羽蛇

徐小斌 —— 著

重庆出版集团
重庆出版社

图书在版编目（CIP）数据

羽蛇 / 徐小斌 著. —重庆：重庆出版社，2012.7
（月光之爱）
ISBN 978-7-229-05448-9

Ⅰ.①羽… Ⅱ.①徐… Ⅲ.①长篇小说－中国－当代 Ⅳ.①I247.5

中国版本图书馆CIP数据核字（2012）第176256号

羽蛇
YUSHE

徐小斌 著

出 版 人：罗小卫
策　　划：华章同人
出版统筹：陈建军
主　 编：贺绍俊
责任编辑：陈建军　张好好
特约编辑：刘　飞
责任印制：杨　宁
营销编辑：张　颖　魏依云
封面绘画：车前子
封面设计：奇文云海

重庆出版集团
重庆出版社　出版
（重庆长江二路205号）
投稿邮箱：bjhztr@vip.163.com
三河九洲财鑫印刷有限公司　印刷
重庆出版集团图书发行有限公司　发行
邮购电话：010-85869375/76/77转810
重庆出版社天猫旗舰店
cqcbs.tmall.com
全国新华书店经销

开本：880mm×1230mm　1/32　印张：13.625　字数：250千
2012年12月第1版　2012年12月第1次印刷
定价：32.00元

如有印装质量问题，请致电023-68706683

版权所有，侵权必究

序

贺绍俊

月上柳梢头，古今中外多少爱情之花是在月光下绽放。月光无限，爱情永恒。这正是我们将这套书系命名为"月光之爱"的用意。月光还象征着女性的温柔，它表明了这套书系均出自女性作家之手。当我们浏览古今中外的优秀小说时，也许会发现这样一个奥秘：女性作家讲述的爱情故事更加美丽、更加打动人心。正是这一缘故，促使我们下决心来编辑这套女性作家爱情小说书系。

社会意义和经典意义，是我们编辑这套书系的两大目标。

这套书系主要以新时期以后的小说为收录对象。新时期文学开启了中国当代文学的新纪元，中国社会从此也开始了以改革开放为标志的新的历史时期。新时期初始，女作家张洁的一篇

《爱，是不能忘记的》，曾经引起全社会的关注，人们从作品中感受到了作家对美好爱情的向往。但伴随着社会的变迁，我们越来越感到这篇作品的寓意深远，张洁仿佛是一位预言大师，当她在社会复苏的时刻，就预见到了富裕起来的人们逐渐会把爱情遗忘，因此她告诫人们：爱，是不能忘记的。事实印证了作家的预见，经济的发展带来欲望的膨胀，物质主义盛行，爱情越来越不被人们珍惜，但唯有文学始终与爱情相伴，作家始终在为爱情呐喊。作家们以富有魅力的叙述，保存着爱情这一人类最美好、最神圣的情感。那些在现实中迷失了爱情又渴望寻找到爱情的年轻人，或许能够从文学中获得勇气和力量。我们尤其不能忽略女性作家对爱情的书写，她们是爱情最真诚的守护人。因为正是从新时期以后，女性意识得到空前的觉悟，女性作家可以走出过去的思想迷津，对爱情被亵渎、被消费、被欲望化、被商业化的现实困顿看得更加清楚，批判也更加有力，她们凭着女性特有的敏锐和细腻，能够发现在恶浊的现实环境中爱情是如何顽强生存的。女性作家新时期以来对爱情的书写，不仅真实地记载了在社会大变迁中爱情的遭遇，而且对爱情做了现代性的思索。这恰好是我们编辑这套书系的出发点，我们力图使这套书系彰显其社会意义，读者阅读这些爱情小说，或许能够对当代爱情有更形象和更深切的理解，或许会对爱情更加充满信心。

我们的第二个目标是追求其经典意义。新时期以来的三十余年，女性作家所创作的爱情小说，经过岁月淘洗，逐渐形成了不少经典性的作品,如王安忆的"三恋",铁凝的"三垛"。有的还介绍到国外,融入世界文学的谱系之中,如徐小斌的《羽蛇》。我们希望这套书系能成为一套打造经典、激发原创的书系。我们想以选编这套书系的方式促成经典的成型,同时也以这套书系集合女性作家的智慧,激发女性作家的原创力,不断推出新的以爱情为主题的作品。因此,从经典意义上说,这应该是一套承前启后的书系。"承前",就是要把当代女性作家已有的成果集中起来,展现在读者面前。承前也是为了启后,"启后",意味着这套书系注目于女性作家在当下和未来的写作,为女性作家的原创性提供实现的平台。因此我们同时还要期望女性作家们思索爱情所面临的新问题,为这套书系写出新的作品。而新的经典也必将在这种承前启后的不断积累中锻造出来。

海上明月共潮生,当女性作家对于爱情的优美叙述会聚到"月光之爱"时,一定是"激滟随波千万里"的壮丽景色,我们更期待,女性作家共同建构起的爱情的理想家园,能够成为每一个人的心灵栖息之处。让爱的月光照进每一个人的心灵,也许这才是古人所憧憬的"何处春江无月明"的真正含义吧。

目录

序（贺绍俊）/ 1

开场白或皇后群体 / 1

第一章　神界的黄昏 / 1

第二章　缺席审判 / 29

第三章　阴爻 / 58

第四章　圆广 / 79

第五章　荒芜童话 / 104

第六章　落角 / 127

第七章　戏剧 / 156

第八章　广场 / 186

第九章　月亮画展 / 235

第十章　碑林 / 287

第十一章　普度 / 353

第十二章　终结与终结者 / 380

尾声 / 420

开场白或皇后群体

　　一个秋风萧瑟的夜晚,我用签字笔在一张仿旧纸上随手画下一些奇怪的线条。10岁的儿子看了,说:这是长着羽毛的蛇。

　　其实是个女人。一双手夸张地画得很长,长到变成了树木的枝条。很美的、枯澹的枝条。又像梅花鹿的一副巨角,在女人头顶的上方绽开,女人的头发像柔软的丝绸一样缠绕在那些枝条上。那些纷繁的线条一根根拔地而起、惊心动魄,因此把女人的脸衬得十分漠然。那是一张完全静止的脸。

　　我没有忘记在她的眉心点上一颗痣。我涂抹她嘴巴的时候浪费了许多黑墨水,为的是让她的嘴巴显得妖媚而浓艳。她的乳房自然就是悬挂在枝干上的果实,腰肢的线条闪动了一下,在脐部那里消失了,下体变成了蟒蛇规整的花纹,在静静的盘桓中缓缓流泻着美丽。

　　只是因为画手臂上的饰物,一滴墨水慢慢洇开,破坏了画面的整体感。于是,我只好顺势把那黑墨水画成黑色的羽毛。许多年之后我才知道,羽蛇,是远古时代人类对于太阳的别称。

我的太阳在我的笔下诞生了,它诞生得如此偶然,令我猝不及防。

羽蛇其实是我的家族中的一个女人。我对于家族的研究已经有若干年了。在我看来,家族与血缘很有些神秘,而母系家族尤甚。为了看到它是如何形成的,现在我们可以选取一只非常大的国际象棋棋盘,在棋盘中心置一皇后。她不允许移动。但是允许兵在棋盘上向四个方向做任何一方移动,从棋盘边缘上的随便什么起始点起步,按照指示完成随机的、甚至醉酒者那样凌乱的起步,每一步的方向是从四个相等几率的方向中选定的。当一个兵到达紧靠原始皇后的一个方格,它自己就变成新的皇后,也就不能进一步移动了。

最后,一个树枝状的、而不是网状的皇后群体逐渐形成,这种神奇的树枝,在现代物理学中,叫做"威顿——桑特DLA簇"。

这神奇的树枝就是血缘。

血缘使我们充分感受到现代分形艺术的美丽。血缘是一棵树,可以产生令人迷惑的错综复杂的形态,感受到它们与真实世界之间深奥而微妙的关系。经过多年的研究,我终于了解了我的母系家族产生的树形结构图。或者说,皇后群体。

在这张树形结构图中,羽蛇是最孱弱而又最坚韧的枝条,她颤巍巍以醉酒者的步伐起步,还没有成为皇后就夭折了。

但是羽蛇的夭折并不影响我这个家族的其他女人。金乌、若木、玄溟……她们都是远古时代的太阳和海洋,她们与生俱来,与这片土地共存。

第一章　神界的黄昏

1

世纪末的暮春时节，防寒服大红大绿的色块还没有完全在街市上消逝，这座城市最著名的脑外科医院的手术室在下午三点一刻缓缓打开，一辆平车如同划过水面那么静悄悄地飘了出来。护士小姐在前面高举着输液瓶，后面依次是护士长、实习医生、助理医生和主刀医生。

那个名叫羽蛇的女人显然还没从全麻状态中醒来，我们可以借助下午的光线看到她苍白中带点青黄的脸。她的头部缠着大面积的绷带，这使她略带青黄的脸显出一丝鬼气。她不漂亮，唯一的优点是眼睫毛很长，现在她闭着眼睛，那睫毛便覆盖着整个青黑色的眼窝，一直达到苍黄的双颊。

她是那种看不出年龄的女人。特别是在当时迷蒙的光线下，她的五官十分模糊，像是一团柔黄清凉的水，随时可以变形，缩小或扩大，聚拢或流散。

自然，她和我那幅关于羽蛇的画毫无关系。

这时，在当时那迷蒙的光线笼罩下，几个坐在长椅上的人聚拢过去，他们被光线勾勒成一个个剔空的人形。我注意到只有墙角处站着的一个人没动。那好像是个年轻人，是个蓝眼睛黄头发的外国男孩。

第一个走过去的是那个叫做若木的女人。75岁的若木穿着绣金剔云头的黑色丝棉马甲。纤细秀弱如一片云竹，飘散出来的芳香把周围的年轻女人衬得污浊不堪。那是一种贵族的芳香，深深埋藏在血脉里，难能被人偷走。

若木的雪白皮肤属于上世纪30年代或更早一些的女性，现在这种真正的雪白已经失传了。是那种从来没被阳光照射过的白，所以护士小姐看到她的第一眼就有些头晕。若木的脸没有一丝皱纹。但是有两个冰凉光滑的大眼袋垂在眼下，如肌肤之外的饰物，看上去十分不协调。鼻子略呈鹰钩状，桃叶形的嘴唇永远像是涂过绛色的唇膏，深红发亮。这同样是没落贵族的标志。先天的营养后天根本无法替代。可以想见若木曾经是个倾国倾城的美人。她面部的线条精致而刻板，与羽蛇那轮廓不清的脸恰成对比。她虽已年逾古稀依然美得咄咄逼人。尽管不长皱纹的老人的脸有些可怕。

若木的眼睛里明显呈现出关切的神情，她的一双手交叉上举拦住了年岁最大的那个医生。她的手一举起来便吓了那个医生一跳，他以为那是一双保养得很好的白色骨骼。

手术是成功的。空前地成功。主刀医生成功地切除了女病人的脑胚叶。精美的手术刀在如头发一般纷乱的神经网络里穿行，竟然没有碰伤一根神经。手术的决定是在病人家属的强烈要求下作出的。病人家属的理由是：她要切除女儿的脑胚叶而维护女儿的心理健康。并使女儿永远成为一个正常人。

现在她的愿望实现了。

这个75岁的美妇人便是羽蛇的母亲，现在她凝视着尚在沉睡的女儿，慈母的泪慢慢渗出来，如雪天的泉水一样温暖。

2

这片著名的风景区在60年代初还不为人所知。相反，它是作为一片贫瘠荒凉之地在收容着那些被当时世界淘汰的人。有一座小木屋童话般地矗立在这片高大的落叶乔木之中。在黄金般灿烂夺目的树叶背后，有一角紫蓝色的天空渗透出意义不明的静谧。

有一种神秘令人无法驾驭。你只能听凭那力量把你拉向悬浮在天空的古老幻想。但你并不满足那些故事，那些被风雨剥蚀的故事。我要说的是我这个故事的场景具有反差极大的变化。你需要不断地适应它。

那些树林，那些高大的林木在黄昏的时候总像是在燃烧着，那是一团神秘的金色，它如此昳丽，光芒四射，使大自然的其他部分完全成了死气沉沉的坟茔。

还有一口湖。在我们这个故事中本来应当避免这样近似太虚幻境式的场景。它毕竟显得不那么真实。木屋前的那口湖尤其如此。那湖如凌空出世般地出现在森林的背景前。湖水蓝得像一整块透明的水晶，湖底的水草像珊瑚一样生出无数美丽的触角。在60年代上半叶若木随丈夫被发配此地的时候，她无论如何也不敢把手伸进水里，她怀疑那水有让人中毒的蓝色染料，假如她真的伸手入水，那蓝一定会侵入她的骨缝里，永不消失。直到小女儿把一双小手伸进水里玩，若木才打消了这一禁忌。小女儿叫羽，她一直叫羽。只因她属蛇，我才把"羽蛇"这两个字如此牵强地拼凑在一起。当然，还有其他的原因。这原因需要你留神在后面的故事中寻找。

羽的出生令若木大失所望。若木盼望的是个男孩，而且，羽远没有母亲企盼的那般美丽。除了那过分长的睫毛之外简直是毫无特色。那睫毛闪动的时候很像是一把一开即合的黑色羽毛扇。于是若木的母亲玄溟叫她做羽。

她的两个姐姐的名字则是若木的即兴之作：生大女儿时若木对绫罗丝绸感兴趣，因此叫绫；生二女儿时若木又喜欢了吹箫，因此叫箫。两个女儿当时都在离这里很远的那座大城市里念书。

若木的母亲玄溟当时刚满一个花甲。玄溟生于上世纪之末。

浑身散发着世纪末的凄清。玄溟在世的时候若木总坐在窗前的一张藤椅上慢慢地掏耳屎。她用的是一根纯金的挖耳勺。在羽的记忆里，若木从不到厨房里去。每到该做饭的时候若木就拿起那根纯金的挖耳勺。而玄溟则颠着一双小脚在厨房里穿行。那脚裹得精美绝伦。

在羽的记忆中，玄溟的脚十分特殊。羽喜欢一切特殊的事物。晚上，当玄溟脱掉鞋子之后，小小的羽便双手捧起外婆的脚，吻。每当这时玄溟威严的脸上便漾出慈祥的笑意。玄溟问：臭不臭？羽说臭。玄溟问：酸不酸？羽说酸。玄溟就满足了。这是每天必要演出的节目。那一双黑色缎鞋就孤寂地置放在角落里，形状很像羽叠起的纸船。鞋尖像船头那样微微翘起，各镶一块菱形绿玉。

玄溟的一切对于羽来说都神秘而诱人。玄溟有个很大的梨花木柜子。是那种很好的金花梨，在上世纪90年代的装修材料里，被人称作"金不换"，是最好的木地板材料。柜子上大大小小有22个抽屉。所有抽屉的钥匙都攥在玄溟手里。玄溟能够迅速而准确无误地找到每一个抽屉的钥匙。后来，玄溟双目失明之后依然如此。她的指尖刚刚从那些冰冷的金属上划过，便可准确无误地做出判断。玄溟活得十分精确。有无数种数字种植在她的脑子里。她失明之后漆黑的眼前常常划过一些类似符号的数字。那些数字闪烁着暗银色萤火虫似的光芒，照亮了玄溟的余生。

有一个黄昏（我们这个故事的很多场景都发生在黄昏），羽钻在床底下玩布娃娃。羽常常喜欢钻进床底，一待就是半天。她觉得床底的黑暗可以给予她某种安全。羽从床底下看见一双镶着菱形绿玉的黑缎鞋走进来，那双鞋停在梨花木柜前。羽屏住呼吸看见玄溟逐一地打开22个抽屉，每个抽屉里都有一串紫水晶制成的紫罗兰花。这些紫色的花朵在黄昏光线中格外神秘。玄溟把这些花朵逐一地穿起来。这些紫色的玻璃样透明的花结成了一盏灯，一盏十分华丽的藤萝架一样的灯。那些花朵像钥匙一样在玄溟的脑子里早已编好了密码程序。貌似相同的花朵在玄溟的眼中是不同的，只要穿错了一朵，便无法结成一盏灯。

羽简直看迷了。她一动不动地看着外婆的游戏。那盏灯在黄昏的玻璃窗前显现出一种无法染指的美。那是一个梦。黄昏窗外绿叶扶疏中飘浮起来的梦。羽的手无法触到它，但手指却分明感觉到一种玻璃器皿冰冻般的寒意。

黄昏中一盏紫水晶结成的灯。串串花朵发出风铃样的声音。羽知道，那是一种昂贵的声音。

玄溟会对着灯沏一杯香茶。茶在这灯光下慢慢凉去。

3

羽已经很久不大讲话了。因为她说话很迟曾经被父亲误以为是哑巴。她心里很明白，她之所以不爱讲话是因为大人们不相信她。她眼里看到的东西，总和人家不一样。这是个很大的问题，这问题后来屡屡暴露出来,变成她一生里倒霉事儿的真正缘起。譬如她看见窗外晾着衣裳在夜风里飘荡,就会觉得是一群没腿的人在跳舞;听见风吹蔷薇花的沙沙声就吓得哭起来,认定是有蛇在房子周围游动。在门口那个清澈见底的湖里,在有一些黄昏(说不上来是哪些黄昏),她会看见湖底有一只巨大的蚌。那蚌颜色很黑,有些时候它会慢慢地启开一条缝。她第一次见到它的时候惊叫了起来,后来就慢慢习惯了。只要当时她拉住父亲或母亲的手,她便会紧紧拉住他们,站住不动,另一只小手指着湖中,发出"呐——呐"的声音。但无论是父亲还是母亲,都会十分粗鲁地拽紧她的胳膊一扯:该回家吃饭了!

她还常常听见一种耳语般的声音,那声音是含混不清的。偶然能听到几个词,也不大懂。但是那耳语对于她,似乎是一种神谕,她常常照着那含糊不清的指示去做,因此做的事让别人看来往往莫名其妙。因为她还小,并没有引起充分的注意,而真正引起注意的时候,一切已经晚了。

那时她还不会说话。等她会说话的时候已经不再想说这些事了。她常常在黄昏的时候面对湖水发呆。湖边各种各样奇怪的花朵在黄昏幽暗的光线下悄悄地闭合。在太阳和月亮交接的一瞬,那些花朵的颜色变得十分阴暗。那些花瓣会变得如同玻璃一般透明而脆弱。她捏紧它们的时候,它们会发出纷乱而破碎的声响。这时,她会看见那只巨蚌静静地躺在湖底一动不动。在一个雷电交加的夜晚,她躲过家人的视线来到湖边,她的头发如烟一般在空中飘动。闪电把她的脸勾勒得忽明忽灭。那个无星无月的夜晚，湖水一片黝黑。就在她穿行在那片奇怪的花丛中的时候，一个巨大的闪电照亮了整个湖面，她看见那只巨蚌慢慢打开了。里面是空的，什么也没有。她趴向水面细细地看，她的头发像淡青色的水母一样在水中飘浮。雷声闪电和暴雨在那一刻就压迫在一个7岁女孩的身上。她还不知道什么是害怕。她只觉得兴奋，好像有什么事就要发生了。

但是，后来闪电中掺进了手电筒的亮光。这几种光线把她和湖水分割成许多块面，就像大教堂中罗可可式的彩绘玻璃一样。在这同时她听到外婆声嘶力竭的唤声。

有一盏灯渐渐近了，她闻到茶叶的芳香。

4

在若木收藏的相册里有一张玄溟年轻时的旧照。那是光绪末年的产物。当时的玄溟只有9岁，却已经绝艳惊人。一切都预示着她将是一个国色天香的美女。但末世的离乱害了她。末世的离乱把她的美淹没了，或者说，把她的美改造了，改造成了一种无奈的凄清。那张照片的珍贵还在于玄溟背后的那个女人。那女人身着宫服，看上去肉滚滚的毫无线条，圆脸上一双大眼睛和精心描画过的嘴显得毫无生气。无论如何不能算作美丽。但那女人的名字却作为某种美丽的牺牲品的象征被载入史册。她是珍妃——光绪皇帝的宠妃,玄溟的"族中姑姑"。

那是光绪二十五年盛夏的一天,也是珍妃生命中的最后一个夏天。关于珍妃的死有着许多说法。最流行的一种是由于珍妃"干预朝政"而被慈禧痛责,后被关入三所,仅通饮食,最后由慈禧降旨被崔阉推入井中而死。但是玄溟坚持说那绝不是慈禧的意思。

玄溟说当时还没等慈禧下令崔玉贵就已经把珍妃投入井中,不然的话慈禧不会后来见到崔阉就害怕,更不会撤了他总管的职,早早让他出了宫。玄溟与姑姑珍妃合影是慈禧一次格外的恩宠。垂暮之年的慈禧喜欢一种袖珍式的美。那是一种可以把玩的美丽。女孩玄溟在慈禧患了白内障的昏花老眼中绝艳惊人。她想起自己的豆蔻年华,于是闻到了一股葫芦花般的气息,她手中纤细的折扇荡漾着生丝的香气。她让女孩玄溟坐在自己的膝上。此时的慈禧早已骨瘦如柴。玄溟小心翼翼地蜷起双腿,生怕身下那两段枯骨会突然折断。

几十年之后,这件事便成为玄溟谈话中一个永恒不变的话题。玄溟总是这样开始:光绪二十五年慈禧太后亲自把我抱在怀里。这个话题演变了几十年之后变成了一个超凡脱俗的故事:玄溟是清王朝末代格格中最美丽的一个,是慈禧最钟爱的曾孙女,慈禧曾多次宣她入宫,曾有立为小公主之意,只是因了慈禧的离世,这一切才化为泡影。

时间总是把历史变成童话。

母亲的话使若木觉得自己是一位满族公主的后裔。于是，若木总是用公主的标准来要求自己。即使是在离乱的时代，若木也总是用刨花水把头发梳得一丝不苟。若木的头发十分丰盛，梳成一个大发髻的时候总是沉甸甸的。只有一次在空袭警报响过三次之后，若木的头发在防空洞拥挤的人群中被挤乱了，发髻散开，黑色瀑布一般的头发汹涌地垂挂下来。若木觉得像被剥光衣服示众一样羞愧难当。若木走路的时候上身始终不动。这是旗人的规矩。若木把这习惯保持终生。直到古稀之年，脸色雪白的若木仍然穿一袭香云纱旗袍，走起路来笔管条直，洒下一路茉莉花和薰衣草的陈年芳香。

而实际上，若木的母系家族与满族毫无关系。若木的外祖父母都是地地道道的汉人，不过是做了清朝的官，随了旗。若木的血液里，没有一滴是属于满洲贵族的。

5

羽烧了整整7天，是高烧。若木慌了神。还是玄溟想办法弄来白酒为羽擦身。玄溟苍老的手指触到羽的皮肤上，羽感到一种陶制品般的寒意。羽的皮肤是那样娇嫩光滑，像是水族的后裔，仿佛一触即破。但就是这样玄溟也没有罢手。玄溟狠歹歹地用大手搓遍了外孙女柔若无骨的身体。玄溟累得气喘吁吁。黑缎鞋上的两块绿玉因为支撑不住忽悠悠地发颤，玄溟边搓边唠叨着，玄溟说这丫头别是条蛇托生的吧,怎么这么冰凉冰凉的?!

羽醒过来的时候看见若木在黄昏的窗前掏着耳朵。那金色的挖耳勺变成一个不断划动的金点。有好久她不知自己身在何处。羽在黄昏的光线里观察着自己的母亲。她看见母亲的肚子有一块奇怪的隆起。这隆起破坏了母亲姣好的身段。母亲穿一件赭石色印黑花的布旗袍,那是黑颜色的菊花。羽想象自然界中一朵真正的黑颜色的菊花,那一定漂亮得让人害怕。

有一个周末,很少回家的父亲回来了。父亲见到羽的第一句话是:这孩子怎么瘦了?家里只有父亲一人注意到羽的胖瘦。羽还没有来得及想出一句话来回答父亲,若木房间的门就开了。若木的房间里有一种森森冷气。但是父亲迎着冷气走了进去。父亲的脸上显出一种从容就义般的无奈。接着羽就听见压低了的说话声和父亲沉重的叹息声。羽一直等在外面。她想找机会和父亲单独说话。但是父亲没有出来。

从很小的时候羽就知道,母亲和外婆并不喜欢她。外婆一见她就唠叨:"家要败,出妖怪……"母亲就转过头来,盯着她。她很怕母亲的那双眼睛,那双眼睛里什么也没有,再也没有比空无一物更可怕的了。她想起那个巨蚌,它打开,是空的,一下子就断了所有的念想,那种空让她害怕,她吓病了。

连她自己也不愿承认,她其实喜欢生病。因为生病的时候母亲和外婆就会对她好一些。外婆会给她做一碗馄饨,然后坐在床边,一边看着她吃,一边回忆着当年。外婆会告诉她当年在陇海铁路的时候,附近的小卖部里有一种叫做羊角酥的点心,咬一口,蜜就流出来。羽听了就咽口水。羽很馋,但当时什么点心也吃不上,只好吃一点外婆做的水酒,或者蘑菇馅的馄饨。林子里,蘑菇总是有的。

羽的外婆玄溟永远生活在回忆之中。永远对现实不满。外婆在回忆的时候,眼里总是闪着光,一提到现在,就灰下脸来,撇着嘴哼一声,而每逢这时,父亲也要更重地哼一声,显然是对于外婆态度的不满。父亲与外婆在家里永远是对立的两极,这一点,家里所有人都知道。

羽病好之后就去上学,小学校就在林子那边。而她的两个姐姐却在离此地很远的那座大城市里上学,父亲说,就是再远,也绝不能耽误了孩子。羽还知道供姐姐们上学的是一个叫做金乌的女人。但是羽看不出母亲对金乌心存感激。有一阵,对于金乌的追逐和好奇完全攫住了羽,对于金乌,羽做了种种想象,但是在家里厚厚的8本相册里,根本找不到金乌的踪迹。

6

那天的雪那么大,整个世界都白得透透的,那种密不透风的白啊。

雪花软绵绵地、慵懒地飘落着,每一片雪花都大得让人害怕。羽很小的时候就知道雪花的形状。那些美丽的、千姿百态的六角形，最早是在万花筒里领教的。为了摘取那些六角形的美丽花朵，羽把那只万花筒给拆了。拆开的结果使她大失所望，原来那不过是一个厚纸卷成的圆筒、三块长条玻璃和一些散碎的彩色玻璃颗粒罢了。并没有什么六角形的花朵。

羽用小手把窗外的雪花捧进来，她看到一粒粒六角形的冰晶，那造型精美至极，绝非人间造物，但是转瞬之间便融化了。羽用了各种方法想把那六角形的美丽花朵留下来，全是徒劳。后来，羽想出了一个高招。

在一次上图画课的时候，老师说，今天你们随便画，画你们最喜欢的东西，献给你们最喜欢的人。羽就用广告色在一张大白纸上涂满极艳的蓝。待那蓝色干了之后，羽又用雪一般厚重的白在上面画满一个一个六角形雪花，那些雪花的形状各异，经过儿童的手画出来又透出一种稚拙而奇异的美。那蓝色和白色都那么鲜艳，晃得人眼痛。老师从她的座位旁边走过，好像突然被什么捉住了似的，站住了。老师站在她旁边很久，一直等到她画完。她一放下笔老师就拿起了那幅画走到讲台前。老师说大家看看，这是羽画的，我要把它挂在教室里。你们要向羽学习，向羽看齐，她画得多好啊！不！我不能把它挂在教室里，我要拿它去参加画展，参加少年儿童画展，不不，不光是参加画展，还要去参加国际少年儿童绘画比赛。我希望我的学生能够在国际绘画比赛中获奖……激动万分的老师说了那么多，冷不防羽轻灵地走到讲台前，毫不犹豫地抓走了那幅画。羽的动作是那么快，令人猝不及防。老师和全班的同学都呆了。羽走出去的时候正好踩着下课铃声。

　　羽头也不回地走出教室，在学校传达室的旁边，她一只手把画按在墙上，另一只手在画的右下角歪歪扭扭地写上了"献给爸爸妈妈"几个字。那时她的手还很小，以至于那画几次要掉下来，她小心翼翼地不弄脏那些鲜艳的蓝色和白色。她写完几个字的时候，来接学生的家长们已经在校门口转来转去了。她像平常一样站在一个高高的石台上，似乎比平常要神气一些，但看上去依然是一个小小的人儿，很可笑地装出一副大人的派头，严肃地握着一卷画注视远方，当时她穿的衣裳是妈妈的旧衣服改的，那衣服本来是绿的，可因为洗的次数太多，和别的衣服串了色，看上去呈现出一种古旧的青铜色，所以远远看去，羽就像是一座小小的青铜像似的，那样子非常的不协调。

　　同学们一个个一群群地走了。羽仍然站在那儿，没有人来接她。画变得越来越重了，她开始倒手，倒手的次数越来越多。后来校园里空了。再后来，有沉重的雪花飘落下来。就是那样一片片硕大的雪花中，羽把画藏进自己的衣服里，在雪地里站着，并不理会传达室老爷爷的招呼。那老爷爷在窗子里喊着："那是哪个班的同学？快来烤烤火，看冻坏了！"

　　羽站了很久了，站到那雪花已经把她的衣裳湿透了，湿透以后又变硬，变成了沉重的铠甲，那上面是一层白里透亮的霜雪，但不是柔软的，而是很坚硬。这时候，有一辆自行车歪歪斜斜地骑到了校门口，羽看见那是管公用电话的李大爷，李大爷端着一条在抗美援朝战场负过伤的胳膊，揉着冻红的鼻子笑眯眯地说：快家去吧，你妈给你生了个小弟弟！羽没听懂似的呆看着他，李大爷忙不迭地用那只好胳膊把她挟起来放在车后座上。李大爷边跨上车边笑："你爸忙着伺候你妈，央告我来接你回家，唉，谁叫是生儿子呢！你妈今年都40了，真真儿的老儿子！……"

羽一动不动地坐在车后座上，因为冷，她把手放在唇边不断哈着气，那些白蒙蒙的呵气迅速消散在寒冷的气流里。羽当时并不明白发生了什么事，以及这件事在她生命中的意义。

7

羽回到家里，看到母亲正躺在床上，神情很安逸。母亲身旁躺着一个很小的人儿。小人儿在睡着。一张很瘦的脸皱得像核桃皮，只有很稀疏的几根头发，还是黄的。这小人儿实在是不好看。连可爱也谈不上。远远没有羽想象的那样。但羽觉得奇怪：怎么家里就俨然多了个小人儿，这小人儿，究竟是从哪儿来的呢？羽就这么奇怪着，按了那小小的皱鼻子一下。就这么一下，按出了哇的一声哭，先是干巴巴的，接着就成了急风暴雨。

羽心里猛地跳一下，向后一闪，她十分害怕，她惊奇这个小东西居然能发出那么大的声音，而且看上去那张小老头似的脸竟然会有如此丰富的表情，满脸的皱纹都活动着，像一朵肌理细腻的菊花正在慢慢绽开。——就在她这么惊奇着的时候,她突然感到脸颊上重重的一击,那一击实在超出一个6岁女孩的承受力,她蓦然摔倒了,摔倒的时候把旁边的茶盘碰到了地上,四个凤头金边盖瓷茶杯都砰然碎了。

羽在一片迷茫中看见母亲扭曲的脸。母亲的脸离得很近,羽可以清晰地看见她的瞳孔。那瞳孔张得很大发棕黄色,羽知道这是母亲盛怒时的表情。

羽还没站稳,另一侧脸颊又重重地挨了一下,那一天,连羽自己也忘了妈妈究竟打了她多少下,她连哭也来不及了,她只是害怕,她不明白母亲突然变脸到底是为什么。她只是轻轻碰了一下那个小鼻子,她并没有做什么啊!

母亲这时已经从墨绿缎被里钻出来了,穿一身浅色的棉毛衫裤。外婆也从另一扇门里踮着小脚走出来。母亲见到外婆之后立即哭了,好像挨打的是她而不是羽似的。母亲哭着说着,哼唧着,那哼唧的声音一直侵入羽的骨髓深处。"可怜我一天一夜没合眼了,"母亲说,"好不容易迷糊着了,这个死丫头,趁我一眼没看见就捂上了宝贝的鼻子,要不是我发现得早,这可怜的孩子命也要没了!……"羽心里叫着你撒谎这不是真的,可她除了痛哭什么也说不出来,眼泪已经把她的心给窒息了。

外婆听了母亲的话就沉下脸来。外婆说:"我早就看出这丫头没个好心眼儿不是个好东西,你忘了她刚生下来不是李大爷给算过命,说她的命硬,妨男孩,可不是你后来流产两个都是成形的男胎？！……"母亲想了想说："是啊，可不是吗，要不是你提醒我还忘了哩！那两次流产可怜我受了多少罪啊！到现在两只手还是麻的，还不能攥紧拳头。"母亲大概是越想越委屈，又呜呜咽咽地哭起来，哭着说着，哼唧着。羽觉得自己的脑袋像爆炸一样痛，外婆在那哼唧声中对着羽大声宣告："从今往后你不许碰这个小孩子，懂吗？他是你的弟弟，是男孩子，是你们家接香火的，他比你重要，懂吗？你妈不可能再生孩子了，懂吗？！……"羽看到外婆平时美丽冷漠的眼睛里烧起了熊熊大火。羽知道舅舅——外婆唯一的儿子死于战乱，外公去世之后，外婆迫不得已只能住在女儿家里，为此外婆曾无数次地与女儿争吵。羽听到过外婆在背后骂母亲的那些脏话："不要脸的东西！离了男人没法儿活啊！没良心的东西！就是为了她，可怜我把那么一个好儿子都给扔了！臭×！骚×！坏×！……"而母亲在这方面也毫不逊色："老寡妇！你这么能那么能，怎么爹在世的时候，宁肯嫖戏子也不要你啊！……"

　　羽常常被母亲和外婆互骂的话惊得目瞪口呆。可现在，母亲和外婆忽然结成了同盟对付她了，而结成同盟的焦点便是床上的那个满脸核桃皮的小人儿。

　　如果没有那些脏话，外婆和母亲平时倒是十分优雅的。外婆没什么文化，只念过几年私塾。但算起账来，即使售货员打着算盘也算不过她。在羽的记忆里，母亲从不进厨房，每到该做饭的时候母亲就坐在窗前的一张藤椅上慢慢地掏耳屎，她用的是一根纯金的挖耳勺,自然是外婆的馈赠。

　　为此羽在心里十分崇拜母亲。那时在她的梦里常常出现一个美丽的中年女人。那女人总穿一件米色起花的丝绸大襟褂子,梳S头,皮肤雪白,涂黑色系列唇膏,羽知道自己渴望长大,渴望成为这样一个女人。羽那时的幻想十分单纯。羽总希望停留在一种充满幻想的梦中,这样的梦便像一个没有拆开的万花筒,总有着各种惑人的色彩。羽那时最喜欢的一件事便是睡觉。羽有时因为睡觉连作业也忘了做。她就那么迷迷糊糊地睡着,一个梦接着一个梦,以至于她常常忘了哪是梦境哪是现实。若是遇上了什么叫人难受的事,她照例会催促自己快快醒来,她会固执地认为那是梦。羽是那种极容易害羞的女孩。为了掩饰羞怯她甚至可以装作粗鲁装作横不讲理。羽怕人,每每家中来客,羽便及时溜出去,夜半方归。如果实在来不及,羽便把自己锁进厕所,然后从小窗爬出去,再攀上后院的桑树枝——幸好那时羽家住的是低矮的小木房。羽为了怕见人可以不吃饭不睡觉。羽不知道自己究竟怕的是什么。但是现在,当母亲和外婆突然翻脸的时候,羽忽然觉得自己冥冥中一直怕着的什么一下子离她很近了。

8

　　羽心里很爱父亲。尽管父亲很少回家,而且表情永远那样严肃冷漠。但是她记得有一回,那时还住在那座大城市里,正当母亲为着什么要责难她的时候，父亲忽然掏出了一张票，父亲挥舞着那张票父亲说羽你快去看电影吧再晚了就开演了！她立即把票揣在兜里颠颠地跑向电影院——她是个电影迷。

她走进去的时候已经灭灯了。她跌跌撞撞地走进一排座位，后面不断响起谴责声：坐下！小孩！！她慌头慌脑地几乎坐在一个人的腿上。这时有一只手——一只温润如玉的手握住了她，那么轻，那么柔地带着她，坐在了一个位子上。她想看清手的主人，可一片漆黑，什么也看不见。

电影的片头音乐还没结束，那是她从没听过的一种古怪而离奇的音乐。她有些害怕，下意识地往旁边靠了靠，那只手再次轻握了她，只轻轻一下，她便觉得好多了。这时她看见银幕上出现了一只女人的手，那正是她想象中的那只手，那只一下子给了她安全感的温润如玉的手。女人正在往她的那只手上涂着红色指甲花汁，银幕上展现的是女人的背影，她衣衫褴褛但身段姣好，有一头齐腰的棕色长发，有一个悦耳的男中音在这时响起：卓玛？女人回过身来。女人的特写：一双长睫毛覆盖下的棕色眼睛。那眼睛里的光辉让她的心里一片明亮。这时那个男中音已经走入了观众的视线，这是个穿着十分考究的男子，但是她不喜欢他身上的金碧辉煌，她觉得那些金线远没有破衣服的姑娘明亮。故事的发展证明了她的直感。那男人是个土司。他爱姑娘的结果是让姑娘生了一个孩子，然后那男人就寻找各种借口躲避姑娘。姑娘吃尽了各种苦头，直到最后亲眼看见那男人与别的女人做爱。姑娘的报复是可怕的:她亲手扼死了那个孩子,那个与男人相爱时留下的无罪的孩子。当姑娘掐死孩子那一刹那,电影院里连续不断地响起惊叫声。她看见那双美丽的手伸向孩子便一下子从椅子上出溜下去,半天都不敢抬头。直到身旁那只温润如玉的手把她拉起来。她真正地惊呆了:她身旁坐着的,竟然是电影里的那个姑娘!这时她的眼睛早已完全适应电影院里的光线了,她清清楚楚地看见,那姑娘长着一双棕色的眼睛,非常明亮。

片尾音乐响起的时候,银幕上是一片白茫茫的大雪。那个衣衫褴褛身段姣好的背影踉跄着向远方走去。她惊奇地看到,整个银幕完全被飘飞的雪花占据了。那一片片雪花的特写是多么美丽,美丽的雪把所有的美好和龌龊都淹没了。

散场的时候,她不断地听见人们在议论那个姑娘是死了还是没死,她并不关心这个,她一直盯着坐在她身旁的那个年轻女人的背影。那个背影在人丛中忽隐忽现。羽心里一直在下着决心:赶上她,跟她说句话,只说一句!……有一次真正赶上了,就近在咫尺,羽犹豫着去拉她的衣角,就是那一刹那的犹豫,人群又把羽和她隔断了。羽的心一直提到嗓子眼,她并不关心电影里的姑娘是死是活,她关心的是这个活着的姑娘,这个长着那么一双明亮的棕色眼睛,那么一双美好的手的姑娘。

9

我们在前面已经提到,羽很早就知道母亲并不喜欢她,但母亲说是因为她"不讨人喜欢"。

羽很想做讨人喜欢的孩子,但她做不到,她很小的时候就发现要想讨人喜欢就得会说假话,可说那样的话还不如杀了她。别说说假话,就是让她说真话她都难受,因为她发现心里想着的一旦变成了语言,就不那么珍贵了,而且或多或少都有虚假的成分,因此她很少说话。很少说话的结果便是"不讨人喜欢",这没有办法。可是今天,羽第一次痛恨自己的口拙和胆怯,她想她如果是个讨人喜欢的女孩,她会甜甜地向那个年轻姑娘一笑,然后拉着她的手请她到家里做客,一切都会很自然,绝不会像现在这样,好像嗓子里上了漆似的,心里闷雷似的跳,可连一点点行动的勇气都没有。

穿过那片光秃的小树林,就能看见家门口了。羽心里充满了绝望。所以当那棕色长发忽然闪现在树林中的时候,羽半天都不敢相信自己的眼睛。

"你和你父亲长得一点都不像。"

年轻姑娘微笑着,一双棕色眼睛在夕照下十分灿烂。

棕色长发飘然而去。羽呆立着。嗓子一直没有开冻。她知道自己在跟着她,她一定知道!羽的脸一下子烧得绯红,可是,难道她就是为了说这样一句话才像仙女似的在林中突然出现吗？是的仙女。羽想到这个词的时候心中一片空明。记忆与幻觉总是分不开的，在事后一次又一次的记忆里，那个叫做金乌的年轻姑娘总是作为一个仙女出现的。那个仙女忽然出现在一片神秘的树林里，仙女披着棕色长发，淡粉的纱衣忽隐忽现，像一片粉红的云霞一般透出背景上的夕照。那夕照璀璨无比似乎代表着一种不可抗拒的力量。羽小小的心在那力量面前被震撼着，像万花筒一样变成无数透明的碎片。在那种压抑与威慑之中，仙女对她耳语：你和你父亲长得一点都不一样。

那耳语非常轻柔但是具有可怕的震撼力，因为当时天空响着背景音乐。羽的回忆固执地反复证明那种威慑的背景音乐，所以她听到的是一种耳语放大的声音——那是极为恐怖的天空的呓语。

事情过去了很长时间，羽才给母亲讲了关于仙女的故事。母亲鼻梁旁两道精致的线条动了一动。母亲说：什么仙女，那是你父亲的学生，一个演过两部电影的混血婊子。

10

羽没有吃晚饭。羽滴着鼻血回到自己的房间，插上门，然后把房间里的一切都砸了。一切都变成了万花筒的碎片。和柔弱的外表相反，羽有着十分暴烈的脾气。羽用打碎了的花瓶割破自己的身体，鲜血汩汩流出，羽用自己幼稚却又固执的思维反复告诉自己：这是真实的，这才是真实的……羽觉得只有用自己身体的痛楚才能减轻心里的痛楚。妈妈不爱我，她不爱我——对一个六岁女孩来讲是致命的事实使她的心破碎了。

母亲和外婆在外面轮番敲门。高一声低一声地喊着。母亲哼哼唧唧的哭声直入她的脑髓。奇怪的是母亲永远把自己打扮成为一个受害者。在羽觉得自己已经痛不欲生的时候，别人同情的却是母亲。羽龟缩在房子里，从窗子里面可以看到一角天空。羽的视线一直在那一角天空游荡。天空由明亮慢慢变得晦暗，羽觉得能看到比天空的表层更深邃的东西，那是一种令人恐怖的色彩，羽看到了它便想起那个年轻姑娘的耳语，那是灰暗的天空在休眠之前的祈祷，具有一种难以言传的震慑的力量。

外面的声音渐渐消失了。羽看到天空的颜色已经无法辨认。羽听见大门开了，好像是什么人走进来了。是的，那是熟悉的脚步声。那是父亲。接着羽就听见压低了的说话声和父亲沉重的叹息声。

黑暗里响彻母亲耳语般的声音。

母亲说我觉得羽那个丫头身上有一种什么可怕的东西，看她那双眼睛，吃得下人似的，得让宝贝离她远点。

父亲叹息着说我求你省点事好不好，外面又在搞运动，我的压力够大的了。

但是母亲像没听见似的接着说："反正她马上也要放寒假

了，不如把她送到大姐那里住段时间。"

羽知道母亲说的大姐就是指大姑，大姑是个老处女，样子很凶，羽从小就怕她。

直到外婆的房间里飘出了茶香，那压低了的说话声才停止。羽依然一动不动地站着，走廊里那么黑，羽的一双眼睛钻进黑暗的深处，黑暗的深处是一个幽谧的王国，但是现在，它突然被一种恐怖的耳语震碎了，就在那一刹那，羽分明看到穿着黑衣的玄溟站在墙角，羽无法抵制恐惧，她大喊一声冲进父母的房间，但是更大的恐惧来临了：她看见平时道貌岸然的父母正搂在一起，赤裸的身体在黑暗里拧绞一处，黄白分明。她还不知所措的时候，就听见黑暗里母亲狂怒的吼声：滚！滚！你个死丫头！不要脸的！你给我滚！

羽仓皇奔回房间，外婆正在沉沉睡梦中打着巨大的鼾声，与外面的巨雷互相呼应。小小的羽觉得自己无处可逃。不要脸这三个字像烙铁一样烫在她的心里。许多年之后她回想起这一幕依然觉得烈火焚心。6岁女孩的羞辱笼罩了她整整一生。这羞辱完全是莫名的，与她毫无关系，却要她来承担。这斥责真的让她觉得自己有罪，自从这一天开始，她永远觉得自己是错，她所做的每件事，还没开始，便会有强烈的失败的预感。后来她真的败了，被周围的人彻底打败了。

父亲走出来对她说话。父亲的冷淡让她觉得受不了，但是她不会向父亲解释，她一辈子都不会解释。父亲在说什么。父亲的话她一句也没听进去。她的态度使父亲更加气愤,父亲拂袖而去。忽然听见她在小声嘟噜了一句什么。父亲停下来:"什么?"她仰起脸,一看到她那双眼睛,父亲的心就软了,那是一双水一样柔弱敏感易受伤害的眼睛,父亲的声调温和了:你说什么,羽?"羽这时清晰地说:"金乌漂亮吗?"羽说这话的时候脸色惨白,好像准备着挨一记狠狠的耳光。父亲呆了一下,眼睛里立即充满了警惕:"小孩子,问这些干吗?!"

从那天起羽知道有些话小孩子是不该问的,当然更不该做。但是谁也阻挡不住她去想。她把她关在自己的世界里。一个念头牢牢地在她的头脑里生了根:她要见金乌,她一定要见见金乌这个女人。

羽看到玄溟站着的地方是个挂着黑衣的衣架,就向玄溟说了。玄溟听后沉默不语。几天之后玄溟自言自语地说:我活不了多久了,我的魂都被小丫头看去了!从那天起玄溟和若木背地里便叫羽"小妖怪",玄溟说"家要败出妖怪"。但是玄溟其实后来活了很久,差一点活过了100岁,在死前的那一天晚上,还做了她最精彩的"穿灯"游戏。那一盏灯她来不及解开了,就挂在那里显露着令人惊异的美丽。若木曾把它拿去卖,却始终没有卖掉,好像它是一件稀世珍宝,它只属于一个人,这个人还没来得及告诉后人解密的方法就去了。直到几代人过世之后,羽蛇姐姐绫的女儿韵儿把它捐给了国内最大最有名的那座博物馆。博物馆的负责同志几经研究才决定收下这盏奇异的灯。但是这灯被放在一个最不起眼的角落里,并且没有标明是哪朝哪代的文物。

11

羽一连几天不吃饭,把自己关在房间里。父母和外婆都咬着牙互相提醒,别理她。谁也没把这个行为乖张的女孩当回事。大人们都聚集在那个长小鸡鸡的男孩周围,他才是他们的希望,他的每一啼每一笑都引来了强烈的反应,他是这个阴盛阳衰的家庭的真正凝聚力。

好像是4天之后的凌晨3点,一声闷响把羽的父母从睡梦中惊醒,像是一个重物落地的声音,母亲蓦然坐起:羽,是羽!……母亲的全身剧烈地抖起来,父亲一个字也没说就冲出去了,母亲也跟着往外冲,往外冲的时候并没有忘记套上自己的丝棉软缎袄裤。母亲有时喜欢追求戏剧性的效果,如果羽再长大一点,她会理解母亲为什么常犯把生活当戏剧的少女思春期才有的错误。但是羽太小了,她还只有6岁,一个6岁女孩只希望躺在母亲怀里撒娇,把母亲据为己有,而现在,母亲背叛了她,这对于她,一个内向而又敏感的6岁女孩来讲,就是天塌下来了。

羽其实只是把一只椅子扔向了窗外。在羽的父母冲向门外的时候,真正的戏剧发生了,这或许就是羽的母亲一直期盼着的戏剧。羽像一个幽灵一般慢慢地踱向父母的卧室。羽知道有一个小小的摇篮就在父母体温的笼罩下静静地伏卧在那里,像一只蚕结了厚厚的茧。

羽趴在那个摇篮的边上,里面的那个小人儿依然如故。在月光下似乎那满脸的核桃皮显得光滑了一些,因此那小人儿也好看了一些。小人熟睡着。脸上随着光线的变化而忽明忽暗。这时羽忽然不合时宜地想起来她看过的那部电影:当那双美丽的手伸向那个无辜的孩子的时候,那个孩子忽然啼哭起来,那哭声像是在提醒什么人这小东西是有生命的。但是啼哭的样子扭歪了孩子的脸,那张红通通的脸似乎显出一种狰恶的表情。

但现在是在黑夜,黑暗中。羽并没有注意到孩子的表情。当时有一缕幽暗的月光斜斜地伫留在窗口。羽觉得那形状很像一片奇大的雪花。雪花应当是美丽的,但是那一片雪花因为过于巨大而显得狰狞。

外婆的呼噜声中止了一刹那,很快又接着打起来。羽觉得那声音是一种暗示,犹如那种不可思议的耳语,它具有不可抗拒的力量。

12

那场大雪载入了那个地区的史册。在雪终于停了的时候,天空和湖泊呈现出一种前所未有的碧蓝,而森林一片青苍、拔地而起。北方已经有了在那个地区出现雪灾的传闻,因此那个地区的人们特别注意收听天气预报。天气预报说,明天上午多云转晴,风向，北转南，风力，2—3级，最高气温，摄氏3度……

那一天，有很多人参加了扫雪。雪里掩埋了很多东西，最让人奇怪的是有一幅画已经和一片霜雪冻在了一起，在没有冻上的一个角上，清晰地可以看见那是一幅蓝底子的雪花图，那一片片的雪花又大又美，透着一种儿童的稚拙，看了的人都赞叹一声，便把它和其他杂物一起扔进了垃圾车。

天气预报的声音像一种放大了的耳语在扫雪的人们中间响起：明天晚上，在西北地区，有一个高空槽……

第二章　缺席审判

1

若木是40年代毕业的大学生。40年代意味着一群穷学生对着炉塘吃贷金饭。困顿的贵州变成豌豆苗的象征。学生们的主菜永远是豌豆苗。但是回忆可以把一切添上色彩。学生们在炉边吟诵的打油诗在几十年之后也变得十分浪漫：站在炉边吃草，命苦何必唠叨……主食永远是粥。那样的粥在进入50年代之后再没有见过。那上面浮着厚厚的一层米油。也许因为没有菜，那一种米香一直渗入若木的脏器，那是一种浓稠的米香。米香浸泡着若木的脏器几乎使她贵族的芳香消失殆尽。但是若木的生命力是强大的。若木就在这米香中浸泡着，从来没有忘记自己上大学的初衷——找个合适的大学生丈夫。若木当时已经29岁，是班里年龄最大的学生。29岁尚待字闺中在当时几乎令人难以置信。就连最贫穷最丑陋,甚或是残疾的姑娘也难得如此。——恰恰相反,若木出身豪门容貌端秀皮肤白如凝脂头脑和身体都十分健全。若木所以29岁尚未婚配仅仅由于母亲的极权。洞察一切的玄溟严禁儿女与异性朋友的交往。

在若木17岁那一年。隔壁搬来了一家新邻居。姓钱。各种家具和金银细软塞满了四个车皮。钱家无女,只有两位公子钱丰和钱润。若木记得在那个早晨,玄溟颠着一双小脚,脸上露出少有的兴奋,玄溟说钱家那两个男孩简直像从画上走下来的。这句话像烙铁一样烫进了若木的心里。玄溟的独生女儿若木从来就没有年轻过没有思春期就连身体发育也一点不明显。若木身体的线条平缓而修长几乎没有什么凸凹。引人注目的是若木雪白的皮肤,如果她全裸着靠在刚刚粉过的墙上,那么唯一可见的将是她的头发和眼睛,假如不抹唇膏,连嘴唇也看不大出来。很少有人有着这样的皮肤。那是一种整体不变的白颜色,像染过了似的,毫无瑕疵、皱折和斑痕,但却并不鲜亮并不透明,如果揭下来挂在阳光下,一定会像做水磨年糕的糯米粉那样呈现出一派虚弱的阴白。

玄溟从不知女儿在想些什么,玄溟也没有时间去想这些。玄溟总是把自己的生活节奏安排得十分紧凑,吃过晚饭之后还要有一场牌局,这场牌局照例要安排在午夜。玄溟从一开始就习惯于女儿的沉默。玄溟认为女儿天性沉默矜持是天生的小姐派头,玄溟对此十分满意。

有一个夜晚，是仲夏之夜。空气中飘浮着金银花的香气。若木像往常一样站在门前的葡萄架下徘徊。每逢这时她的脑子里就浮现出童年时母亲教她背诵的那些宋词："……玉枕纱厨，半夜凉初透。……东篱把酒黄昏后，有暗香盈袖。莫道不销魂，帘卷西风，人比黄花瘦……""帘外雨潺潺，春意阑珊，罗衾不耐五更寒，梦里不知身是客，一晌贪欢……"这一天的月色很好，满架的葡萄叶被照得通明透亮。若木雪白的皮肤在葡萄架的阴影里幽灵一般穿行。这时她突然感到有一道陌生的目光穿透那些阴影如剑一样使那些优美的葡萄叶纷纷坠落。她矜持地转身，然后定格。——个漂亮的男孩正站在身后。她什么也没问就知道那孩子是谁了。他是钱润，一定是的。她想。

那男孩确是钱家二公子钱润。漂亮的男孩子小时候都有几分女孩气。也许按照女孩装饰起来会很像一个美丽的女孩子。钱润的做派也是女孩子型的：平时不爱讲话，讲起话来结结巴巴，羞羞答答，语无伦次，词不达意。由于母亲的严厉，若木在人前行事常常不知所措，与钱润有同样的毛病。而在人后却大大不同，若木冷漠、刁蛮、心硬如铁。因为钱润的软弱若木觉得自己立即变得强大起来。若木喜欢高高在上控制他人而不被人拒绝。钱润恰恰是这样一个对象。因此若木和钱润几乎是一见钟情地好了起来。钱润人前虽然像个姑娘，人后却常有些类似下流的好奇念头。有一天玄溟出去打麻将，钱润便悄悄钻了进来。就在那张巨大的橡木餐桌底下，钱润扒开裤子露出小小的生殖器。你有这个吗？你有吗？钱润又紧张又激动，满头大汗。若木冰冷透明如同玻璃一般的白脸痉挛了一下。若木什么也没说，静静地脱掉了自己的下衣。钱润好奇地趴上去看。就在若木小姐一尘不染毫无装饰的闺房里，钱家二少爷钱润实现了自己梦寐以求的好奇心。若木小姐雪白的双腿中藏着的那粒粉红色果核似的东西大概就是女人的全部秘密了。钱润只是看了又看，手忙脚乱反复研究了一番，就脸色苍白地系上了裤子。他被若木那双直瞪瞪的眼睛吓坏了。那双眼睛像一架监视仪，一个人在监视仪之下是干不了这种活的，特别是对于一个色大胆小的童男子。

但是这个节目却就这么保持下去了。玄溟因为与丈夫的龃龉越来越多地出去打牌。若木只要走到储藏室，轻轻地叩上三下，钱润就会一阵风似的席卷而来。渐渐地，钱润不满足于观赏和研究了。钱润从衣兜里掏出一支德国派克金笔，用笔尖轻轻地触碰那果核的中心，他觉得自己的那玩意儿比这支派克笔粗不了多少。可就在这时，门口挂着的风铃突然响了。钱润全身的血一下子涌上苍白的脸，就像被当场抓住的贼似的，两人急急忙忙穿上下衣。本来玄溟是因为输光了回来取钱的，只要两个年轻人沉着一些，完全可以不惊动一门心思都在牌局上的她。可是，惊慌之中弄出的声响立即打断了玄溟的思维。她循声而去，像一股风一般推门而入，惨白的女儿依在雪洞似的墙上，女儿的脚边有一堆宝蓝色的衣服在战栗不止。

那华贵的宝蓝色直接刺入玄溟的眼睛。玄溟飞起一脚踢开衣服,精美绝伦的脚尖如同锥子一般洞穿压在衣服下的那个人。那个少年在被她拎起来的时候活像一只已经被开膛破肚但尚会甩尾巴的鱼。玄溟拎着他的时候他的裤带自动脱落,露出了常常用来表演节目的道具。

玄溟的吼声响彻了三进院子。丫头、老妈子、厨子和所有的佣人都齐刷刷地在院子里跪下了,黑压压跪了一地。少年钱润穿上裤子仓皇逃出的时候已经接近虚脱。跪在外面的用人谁也不知道发生了什么事情。玄溟出来的时候把内院的门反锁起来。用人们看见小姐的闺房全部拉上了深色的帐幔,什么也看不见。

若木雪洞似的闺房变成了黑洞。若木被勒令罚跪。跪的期限却没有被规定。于是,若木一动不动地跪在那黑洞里。不吃,不喝,也不说话。没有声音。只有在漆黑的深夜,她能隐隐听见母亲的鼾声和远处纺织娘的鸣叫。

2

秦府最老的用人彭妈在一个黄昏小心翼翼地问玄溟:"太太,怎么小姐这几日不见了?"

玄溟一边剔着牙缝里的鱼刺一边悠悠地说:"不该你问的你别问。"彭妈壮着胆子说了一句:"小姐就是有了错,到底年轻,还是太太的亲生骨肉……"玄溟这才抬起眼皮:"我要活活跪死这个贱人,谁求情我就打死谁。"

彭妈大惊失色地找了小姐的贴身丫头梅花。老爷已经是半个月没有着家了。据说是在城外买了房，包了两个戏子。可偌大一个城市上哪里去找？就是去老爷在任的陇海铁路局吧，又怕挨老爷的骂；可这等人命关天的事若不通知老爷，到时也是个死。可怜夹在老爷太太当中，好难做人。

但梅花自有梅花的办法。梅花是秦府第一个漂亮的丫头。做事麻利，嘴又乖巧，秦府上上下下都喜欢，只除了若木一人。梅花是秦府家生的丫头，自小被玄溟差来服侍若木，虽比若木小几岁，却懂规矩、识大体、美行止、善解人意。若与若木比肩而行，竟分辨不出哪是丫头哪是小姐。若木几次想撵她走，竟找不出一点茬子来，便索性让她在下房待着做些针线，平时也不用她，只抓机会对母亲说过："妈，梅花也大了，该嫁人了，我看弟弟房里的梳儿憨憨的，倒实在些，弟弟现在外面读书，也用不着她的，不如赏了给我罢。"玄溟听了并不答话。

小姐对梅花的态度，梅花自然是明白的。但梅花清清亮亮的心里早就有了人。这个人，就是秦府的独生子、若木的弟弟天成。天成如今在外面念书，按照老爷的意思，天成将来是要念铁道管理的，子承父志天经地义。天成从外表到内心都不像秦家的人，却的的确确是秦鹤寿和玄溟嫡亲的骨血。天成的外貌按照线装书里的描述真是仪表堂堂美如冠玉。但天成的眉宇间总是锁着一片忧郁。即或开颜一笑，也赶不走那片愁云。若木和天成都是自小在父母的争吵声中长大的，反应和影响却不甚相同。若木早已对那种争吵熟视无睹。即使是父亲当着她的面对母亲抡板凳，也休想让她皱一下眉头。天成却是真真切切地难过。天成4岁的时候就知道膝行着抱住父亲的腿，求父亲不要打母亲。小小的天成其实并不知道父亲是只纸老虎，真正厉害的是母亲。天成的母亲玄溟今天看来真是妇女解放的先锋。玄溟的生命力和战斗力都是无与伦比的。她可以拍着梨花木的桌子骂上整整一天。她的话字字珠玑句句千金掷地有声每一句都是颠扑不破的真理。在这样的话语笼罩下鹤寿忍无可忍，但鹤寿的语言能力有限，又占不着理，于是只好抄板凳抡烟枪雷声大雨点小地发发威风，以求在儿女和用人们面前保住自己的面子。

但这一切深深伤害了天成细腻温厚的心。他亲眼看见母亲不在家的时候父亲穿着西装打着领结，面对着两个女人坐在沙发上，心满意足地为她们的清唱打着拍子。小小的天成并不知道那其中的一个女人便是四大名旦之一程砚秋的师妹。两个女人都并不好看，起码是远远不如玄溟。可她们的低眉巧笑暗送秋波对男人来讲比真正的美丽更重要。玄溟一辈子都不明白这点，所以她一辈子都在争吵中度过。

玄溟也有偶尔收敛的时候：天成一向学习很好，国学功底尤佳。小学三年级时的一篇作文便被学校列为范文，但是当玄溟喜滋滋地颠着小脚走进校长办公室的时候，她被校长、教导主任和教师忧郁的眼神震慑住了。那作文的题目对于她不啻是一声霹雳——那题目叫做《破碎的家庭》。

在座的所有学校要人们在一致肯定天成的超越品格和过人天赋之后，突然沉默了。良久，校长犹犹豫豫地试探着说：秦太太，恕我冒昧，公子小小年纪，怎么会写这样的文章？当然，他的确写得很好，可是……

当天晚上玄溟落了泪。玄溟好像忽然想起除了秦鹤寿与女戏子的各种风流韵事之外，这世界上还有其他的事在不断地发生。她的一对儿女已经长大了。他们的眼睛已经学会看世界，他们的耳朵已经懂得大人的争吵。这是一件多么危险、可怕又可悲的事啊！

在夜间的黑暗里，这么多年玄溟第一次清理自己的思想。玄溟突然发觉自己关心的事情已经十分遥远。

玄溟的确是一个大家族的幺女。她的父亲曾经家财万贯却没有娶小老婆。她的父母生了兄弟姊妹17人。她是最小的，老17。17姑娘自小通算学、精家政，是理财的一把好手。祖父原是两湖有名的商界巨贾，到了父亲这一代正是家道中兴之时。父亲在17个儿女中单单选中了老幺。幺姑娘15岁便接过了那只家传的铁算盘。在姐妹们都在房间里飞针走线的时候，幺姑娘把她的铁算盘拨得滴溜溜响。

玄溟自小谁也不曾怕过，可是自从那一夜之后，她突然怕她的儿子了。

3

玄溟的儿子天成后来死了,死在战乱的年代,得的是斑疹伤寒。死时正值英年,不过才22岁,大学刚刚毕业。玄溟坚持说当时如果不是为了照顾若木没顾上儿子,天成是绝对不会死的,这是母女之间永远的龃龉。若木从母亲的经历中意识到儿子的重要性,若木下决心要生一个儿子。若木的理想在她40岁的时候终于实现了。她生了个儿子。尽管这个小人儿长得很丑,很弱小,不足月,但他仍然是儿子。是可以传宗接代的,是可以继承香火的。天哪,她终于有儿子了。

大学毕业的若木只工作了4年,生过二女儿箫之后,玄溟就说,不要上班了,陆尘当了副教授,可以养家。那时玄溟的老伴儿鹤寿已经过世,玄溟就一门心思地帮女儿持家。可是女儿若木对待母亲像对待一切人那样充满猜忌,若木从不让玄溟管钱,但她又从不愿意自己去买菜,于是母女俩便养成了一个"报账"的习惯,若木不愧是学管理的,就是一分钱的账对不上,也决不甘休。于是出身大家、掌管过豪门的玄溟便常常无法忍受这种屈辱。玄溟常常在忍无可忍的时候破口大骂。羽便是在那样的时候慢慢知道了家族的故事。羽知道了她曾经有个舅舅,是外婆心爱的儿子,但是外婆在逃难的时候为了照顾母亲,把心爱的儿子丢了。外婆把这个故事重复了一千遍,直到所有的人都由同情变成厌烦。外婆在骂过之后照样颠着小脚挎着篮子去买菜,然后回来一样样精心地做好,摆上桌子,叫大家来吃。但是任何现成的东西都是要付出代价的。在陆家还算丰盛的餐桌上,付出的代价便是要听玄溟的唠叨。而在那时,当着陆尘的面,若木是绝不吭气的,只是低着头默默扒饭,一副受气的小媳妇的样子。陆尘心里的天秤自然要有倾斜。久而久之,陆尘和玄溟甚至像仇人一样互不理睬了。

　　直到有一种新的凝聚力出现在这个争吵不休的家庭里。一个货真价实的男孩诞生了。玄溟立即叫若木写信给过去老用人彭妈的女儿香芹,还有若木的贴身丫头梳儿,绫和箫都是她们从小带大的,现在有了接香火的男孩,人手当然不够。她们两个只要来一个,就能解决问题。另外玄溟坚决主张这个男孩要姓秦,就算过继给死去的天成做儿子,那么就是她玄溟嫡亲的孙子了!陆尘当然不同意。他陆家也是几代单传,好好的,怎么就要把亲生儿子过继给秦家呢?!

　　但是现在,正在为孩子姓陆还是姓秦争论不休的时候,这个孩子没了,夭折了。这个孩子是窒息而死。

　　那天晚上,陆家的天塌下来了。那个小小的蚕茧似的摇篮里,那个满脸皱纹的瘦孩子再也哭不出声了。他无声无息地躺着,脸和皮肤都呈现出青紫。

　　"是她!是三丫头干的!"在最初的惊天动地的哭号过去之后,若木撩开被眼泪粘在一起的湿漉漉的头发,咬牙切齿。

陆尘面如灰土。他好像看见一双奇亮的精灵般的眼睛就潜伏在黑暗之中，一闪，就迅疾地消失了。那是他的小女儿的眼睛。

4

羽是在一个和风拂煦的春日清晨找到金乌的。那是这座城市里最早的高层楼房，在她按了三遍门铃之后，有一个女人探出头来，羽眼前一亮，那正是那个仙女——那个棕色眼睛的电影明星。羽已经想念她许多年了。

金乌的容貌和装束可以用"艳丽"来形容。金乌的一头长发都梳向后面，挽成了一个棕色的大发髻，金乌的前额明亮饱满，看上去像个洋姑娘。杏黄色的唇膏使她的皮肤与嘴唇的色彩反差十分鲜明，羽注意到她的皮肤像婴儿一样娇嫩，流光溢彩。相比之下，羽的皮肤则过早地呈现出枯败的征兆。虽然如此，金乌仍然是个风华正茂的女人，而羽却仍然是个不修边幅的女孩。

年龄是个奇怪的指数。它并不因头发的黑白、皱纹的多少而被掩盖，皮肤、头发、甚至容貌等等软件都不足以说明年龄。年龄是硬件的构成。自古以来有多少美女因惧怕年龄而想出种种美容的手段，但最后无一不以失败告终。从最初红色的矿物粉到现在夏奈尔的高级胭脂，通通对于掩饰年龄起一种掩耳盗铃的作用。但无论是多么聪明的女人都这么一如既往地自欺下去，无怨无悔。最好谁也不要去揭破真相，因为这个世界本身就是混沌的，它是一条灰色的河流；最好谁也不要打破已有的格局，因为已有的格局是经过几千年的循环往复而自然形成的，要打破它不但要付出生命的代价，而且丝毫于事无补。真理在实际生活中有时会变成笑话。假如你真实地告诉一个女人她有多么老多么丑，那么她会恨你入骨，会在你完全预料不到的时候，会在你自以为她早已忘却的时候，给你致命一击。而且会有许多你意想不到的人在一个晚上通通变成了你的敌人，譬如一位曾经赚了你很多钱的美容师，譬如那些靠化妆品发家的老板……他们一向费尽心机地进行美丽的欺骗，而你，却用一句话来终止他们的谎言——他们的生计和饭碗。

这个世界的欺人与自欺是个陷阱，危险而美丽，最好别靠近它。

当时羽注意到金乌穿着一套蓝色丝绸的睡衣睡裤，是那种极艳丽的碧蓝，那种蓝使她骤然想起她家门前那口清澈的湖。那时她天天坐在黄昏的湖边，总是想发现点什么。有些时候她会看到那只巨蚌在悄悄地开启。她总是看不清那里面到底藏着什么，有一天她忽然觉得那其实不是一个蚌，而是一些黑色羽毛粘在了一个蚌形的金属架上，那是一个戏剧，是一个女人的披风。躲在里面的女人是真正的幕后人，她自愿地把自己封闭在羽毛的监狱里，是一种隔离，更是一种保护。

她很像眼前这个女人。

5

那时金乌在那座城市里已经是家喻户晓的明星。金乌演过三部片子，有两部都是少数民族题材，而另外一部她演一个M国女间谍，由于饰演这个间谍她一举成名。从此她在演艺界的绰号就叫"间谍"。金乌天生有风情，她永远是个风姿绰约的妇人，不是少女，也不是老女人。

金乌没有年龄。

她属于现在，永远属于现在。

传说与金乌有染的男人数都数不清。在这座城市里，她相当于半个市长，或许更多。

所以当金乌亲自出面为羽联系学校的时候，一切都很顺利。春末夏初一个湿漉漉的日子里，羽被领进了一个教室，语文老师正在给大家朗诵鲁迅的《一件小事》，羽鼓起勇气看了同学们一眼，就再也说不出话来，语文老师半是怜悯半是轻蔑地说了一句："去坐到那个空位子上吧，一会儿各科课代表会给你发书。"

羽坐下来，羽看到自己的同桌是个外国人。是的，他长得挺帅。但这并没有什么，羽觉得他的帅与自己毫无关系，羽甚至不愿意多瞧他一眼。外国人向她微笑了一下，晒红的脸上露出两排耀眼的白牙。

这座学校过去常有外国学生，这一点儿不稀奇。稀奇的是坐在羽身边的这位外国人是M国一位著名左派领袖的儿子。

他叫迈克,似乎总是很好脾气地微笑着,不怎么讲话,偶尔说一句,谁也听不懂他在说什么。他学习语言的能力真是糟透了,远远不如他的妹妹。他妹妹琼在另一个班里。迈克当时穿的是中国男学生最流行的白衬衫灰裤子。琼则稍稍有点儿特殊:梳盘头,穿波斯图案的花长裙,都生着蔚蓝色的眼睛,生着密密的雀斑,连手上都是。琼的肤色要白一些,不见得有多么惊人的美丽,却显得活泼自然,很动人。

金乌是通过羽认识迈克的。她听说羽班里有个M国左派领袖的儿子,出于好奇,让羽把他请到家里来做客。羽良久不语,最后说,要么你写张条子吧,我跟他不说话。

金乌对于羽的这一套早已习惯了。羽怕人,每每家中来客,羽便及时溜出去。羽为了怕见人可以不吃饭不睡觉,羽年纪轻轻就眼圈发黑、骨瘦如柴。金乌总是觉得,羽心里有什么秘密在瞒着她,羽的心里,好像有一个可怕的秘密。

为此金乌对羽格外宽容。为了羽的幽闭悲伤孤独倒霉不受宠爱不受重视,为了羽的可怕的秘密,更为了羽的不戴假面。

为了羽永远的裸脸。

6

金乌在撒满鲜花的浴池里为羽洗浴。羽的身体正如金乌所想象的那样，柔滑，娇嫩，修长，胸部没有一点儿隆起，两粒小乳头是没有血色的苍白，颜色很古怪。全身没有一根体毛，触上去冰凉光滑，像是水族的后裔。

金乌掬起大捧的花瓣在羽身上搓洗，她想让花瓣的鲜汁渗进这个肉体，她想塑造一个完美的少女羽蛇。被揉碎了的花瓣的粉红色汁液，给浴池染上了颜色，那是凤仙花、石竹花和月季。一朵一朵的花就那么漂浮在水池上。金乌被鲜花的汁液和蒸汽浴蒸得满脸粉红，羽却仍然那么苍白，仿佛全身的血液都被抽走了似的。

金乌久久地看着羽，忽然觉得，羽身上同时有着一种小心翼翼的秀美和放浪形骸的决绝，她可以清淡成一滴墨迹，又可以纵身大水，溺水而歌。她的血管，好像入冬的花茎，干涸的河床，只有在有爱的时候才是美丽的。而现在，她只是像一匹进入冬季后被束之高阁的丝绸，沉睡着，万般无奈。

金乌决定唤醒她。

金乌脱去了睡袍。羽的目光落在金乌饱满的乳部。她的目光一闪即逝，似乎很羞怯，好像在为金乌害羞，又有几分惊吓。金乌被她的那种神态迷住了。她伸手拉羽，两只胳膊在水中变得透明，就像是纠缠在一起的乳白色珊瑚枝。水的浮力使两人都变得飘逸起来，金乌把羽轻轻拉向自己，开始慢慢地抚摸她。羽的一头长发遮蔽着她的脸，看不出她的表情，金乌抚摸羽的手的幅度越来越大，好像不经意似的，金乌触遍了羽全身的每一寸肌肤，然后躺在那儿等羽吻她。羽看见金乌茂盛的阴毛像海草似的在水面上摇曳。羽有些怕，但很快就兴奋了。她甚至比金乌更疯狂。像两条疯狂扭动的鱼似的，两个女人在布满鲜花的浴池里作战，她们甩动长发气喘吁吁体液四溅，直到精疲力竭，像两具尸体似的静静浮在水面上。

水面上，漂来一朵黑色的花，一朵黑色的郁金香，不知是从哪儿漂来的。羽握住这枝花，轻轻把它插入金乌兴奋的下体。羽带着一种奇怪的表情看着自己的杰作。

这是一种行为艺术。羽说。

7

把字条扔给了同桌的迈克。照羽的眼光看来，他和别的傻瓜没什么两样。羽奇怪金乌对于M国二字的痴迷，是的仅仅是这两个字。羽认为假如没有这两个字，金乌是绝对不愿屈尊写这样的字条的。

金乌接下来的举动更让羽生气。她去市中心买了一大堆东西，有壁毯、小花篮、草编饰物，还有一大堆好吃的。她听说迈克喜欢吃中国的饺子，于是又买了许多种馅儿，亲自和面擀皮，忙活了整整一个下午。羽坐在一旁钩手袋，连眼皮也不抬。后来金乌连拉带拽地让羽帮着包饺子，羽包的饺子都是扁扁的，没精打采地躺在盖帘上。金乌包的饺子则像她本人一样俏皮，生气勃勃、展翅欲飞。

迈克到来的时候饺子已经包得差不多了。迈克还是头一回看到这种活计，执意要学。正忙着下饺子的金乌要羽教他，羽冷淡地说："别让我教，我包的饺子都有病。"金乌扑哧一笑，细想想羽话里的意思，竟是十分真切。遂笑道："死丫头，这么犟头倔脑的，将来哪个敢要你？"羽突然睁大了眼睛看金乌："哪个敢要我？难道将来你不要我了？"

金乌大大地吓了一跳，她又感动又害怕，她想，行为艺术应当结束了。

金乌雪白的手指和迈克晒红的手指缠绕在一起。饺子皮不过成了两只手的一种媒介，金乌注意到迈克的手指甲蓄得很长，左手中指戴着一个很精致的象牙戒指。当时迈克已经可以讲一口半生不熟十分难听的中国话。迈克会客气地说谢谢，及时地向女士们献殷勤，尽管献殷勤的话只学会了一句：你真像只可爱的小鸽子啊。

当煮好的饺子热气腾腾地端上来的时候，迈克不知如何表达自己的兴奋，他用含糊不清的中文说了一句："你真像一只可爱的小鸽子啊。"迈克说这话的时候看着饺子。金乌觉得他是在夸羽，羽觉得他是在夸饺子，以致两位女士谁也没有搭腔。迈克历来对于讲中文很不自信，看到她们脸上的表情就更不自信了，他解嘲似的急忙吞下一个饺子，然后伸出留着长指甲的拇指："真是棒极了。"

其实迈克那时还没尝出饺子的味道。

女人喜欢从捕捉细节来判断人，但是就吃饺子这一细节来判断，两个女人得出的细节却是相反的。羽进一步觉得迈克是个不折不扣的傻小子，而金乌则认为迈克可爱极了。迈克是金乌一直在寻找的那种男人：天真未凿，混沌未开，璞玉浑金。金乌有一种为他人启蒙的爱好。

8

金乌有一把檀香扇，精致纤细芳香，宛如葫芦花的苞蕾。她喜欢穿丝绸的衣裳。她很小的时候就爱跟着养母到丝绸店去。一匹紧裹着的丝绸，在女老板软绵绵的手指中滑落，它们明暗交替，像水一样冰凉，像月光一样柔滑，当它们发出裂帛一般的断裂声时，从中间层层显示出了美丽的山谷和云朵，那些漫天翻卷的花纹，像葡萄叶，像鸟，像银箔，那是一种无法描摹的美。少女时代的她不敢去碰那些丝绸，她很怕它们是一些不真实的东西，一碰，就要消失。

她的第一件绸衣是养母给的。是件旧丝绸旗袍。那个晚上养母把它从箱底拿出来的时候，那些绞丝盘金大花在灯光下亮闪闪地发出樟脑的气息，那气息纷纷扬扬地弥漫了整个房间，那些陈旧的花朵一朵一朵地绽开层层波浪，她在养母复杂的目光下穿上它，在镜中，她分明发现自己变成了一个陈年旧梦，那种美呈现出一种古旧的魅力,盘金的花朵像旧照片一样发出赭石的颜色。那时她才14岁,可那件旗袍在她尚未发育成熟的身体上并不显得肥大,实际上它非常合身,只是长了许多,可以想象当年它的主人相当苗条,那个相当苗条的女人不会是她的养母,她想。

养母微微一笑:"你可真像她。"

她问:"像谁?你说我像谁?"

养母又是一笑:"其实也不太像,你看这是她20岁的时候穿的,你20岁的时候就不一定穿得上。她长得又高又苗条,不是瘦,是苗条,现在的女人要么胖得像猪,要么一身排骨,根本不懂得什么叫苗条。就这么说吧,她腰身细得像瓶子口,可是连一根骨头也看不出来,我年轻时也就算是好的了,可她一出来,我就得躲出去,不然看不得呀,没见过她走路,就不知道什么叫风摆杨柳,那种媚气,慢说是男人,真真是我见犹怜呢。"

金乌笑道:"姨妈说得过了,什么女人,就敢把姨妈这样的给比下去?"

养母差一点儿中了她的圈套,急着找照片,可是忽然之间,清醒了似的坐下,喝一口凉茶,悠悠地说:"你也用不着着急,有一天,你会知道她是谁的。"

金乌的养母罗冰在战争时期是一位著名的女指挥员,而养父是养母的部下。从她记事起就知道养母身体不好。养母罗冰一直在各种各样的疗养院里养病。罗冰患有各种慢性疾病,而且不能生育,但她始终认为,养母罗冰是世界上少数真正美丽的女人之一。这种女人即使三灾八难被榨干了汁水剩了骨头，那么骨头也是真正的冰雪质地非同凡响。罗冰有一种病态美，金乌难以想象像她那么病恹恹的样子能够指挥战场上的千军万马。但是这个事实却被养父无数次地证实了。养父最大的嗜好便是炫耀养母的功绩。养母罗冰是金乌一生中最早遇到的女权主义者，走进养母家的各种男人脸上都挂着尊敬与钦佩，是由衷的，而不是被迫的，这使她感到骄傲。

她曾经有一度叫养母为妈妈，因为她那时有叫妈妈的需要。养母却对这个称呼坚辞不受，她坚持要金乌喊她姨妈。养母对她说，"你有妈妈，等你再长大些，我会把她的故事讲给你听。"

可是她并不了解她的养女有多么聪明。

有一天，当养父又在炫耀养母功绩的时候，拿出了一张旧时的照片。这张旧照片已经泛出一种古老油画的颜色，但是金乌还是一眼认出了那个身穿八路军军装的年轻女人是自己的养母。养母罗冰正伸出一只手跟眼前的几个男人说话。养母身边是个穿旗袍的女人，虽然是侧面且照相术十分低劣，仍然能看出那是个美丽的女人。似乎比养母还要美丽得多。她一下就指向那个女人问这是谁。养父像被烫了一下似的收起照片，养父说这是不相干的人，偶然照上的。

对于养父的话她绝不相信。

若干年后，那场运动期间，她像所有的年轻人一样闯入自己不熟悉的那个世界。那台神秘的帷幕如此固执地遮挡在她面前，使她有一种迫不及待想撕开它的欲望。她以"破四旧"为名开始翻查家里的东西。那些平凡的物品因为被尘封日久而变得昂贵起来。就像一只因岁月的积淀而不断升值的首饰匣——多少年之后她在M国的海底游乐园看到了它们。那是一只巨大的海盗船，所有的珠宝都被蛛网尘封着。有一些柔软的海底生物在撞击着它们。就那么徒劳无益、九死不悔地撞着。

终于有一天，她在《毛主席走遍祖国大地》的画像背后发现了秘密：那是张很大的旧照片，颗粒居然很细腻，比过去那张照片好多了。那上面是个梳着发髻的少女，穿剔空镶花马甲，像一颗小小的花蕾一样，还没完全开放，便已经看出一种卓然不群的美了。——她正是那个穿旗袍的女人，是那个女人的童年时代。

就在这时，一个声音在她背后响起："是的，这是你的妈妈。你终于找到她了。但是我要告诉你，她是革命的叛徒。"

她回过头，看见养母罗冰站在黄昏的光线里，因为是逆光，看不见她的表情。

9

金乌就是在那一刻真正长大的。找到母亲的同时知道她是革命的叛徒，这两件事就那么可怕地连在了一起。但是在金乌心里，那颗小小的美丽的花蕾与叛徒二字毫无关系。金乌彻夜未眠，她构想出她那个年龄所能想象出来的无数可能性。她甚至想象是因为妈妈和养母同时爱上了一个男人,所以养母这样说。但她立即否定了这一想法:养父弥勒佛般的形象出现了,她无法把他和那颗美丽的花蕾排列在一起。

自从那张照片出现之后,养父母便在金乌的心中退居到很远的地方,而母亲——那个迷幻绝美的化身,正穿过漫长的岁月,从一个遥远的背景向她走来,母亲的出现,使历史忽然变成可以听得很清晰的声音,好比本来灰暗平庸的乐章,忽然出现了震撼人心的华彩乐段。

叛徒的帽子无论如何戴不到母亲头上,她想,这是不公正的,这是对母亲的缺席审判。

10

现在我们可以穿越时空,看见三十年前的陕北延安。当时的延安就像一幅迷人的宋代工笔画。它坐落在两条小河汇合处的一个山口,陡峭悬崖耸立两旁,西边有着枪眼的城墙沿着陡坡爬上山脊,山上有个小小的瞭望塔,城市坐落在山谷中,东边的城墙修到河边,河对岸是山,山上是残破的庙宇和宝塔。

那条河自然就是著名的延河。但是延河水并不清澈,似乎里面浸满了黄土高原的黄土,有几个妇女在河边洗衣裳。

那道长长的城墙建于宋代,当时延安正是大宋抗击"北狄"的前哨。

那座著名的军政大学就修建在寺庙里，墙壁上画着漫画，那些面目可憎的自然都是日本人。

在1943年的春天，有一个年轻女人骑着一头骆驼来到这里。那头骆驼头上戴着朱红色的垂花，就像是护送新嫁娘的骆驼，但是最引人注目的是那个年轻女人。女人披着一件红披风，马裤马靴，那红披风飘飘闪闪如同山丹丹花一样鲜艳。当然，那女人就是金乌的母亲沈梦棠，是金乌终生寻找的母亲。但是在当时，她不过还是个25岁的年轻姑娘。她21岁参加新四军，一直做情报工作，是真正的"间谍"。（看来金乌的绰号"间谍"绝对是有渊源的）皖南事变后，她暴露了。几经周折，她才走上通往革命圣地之路。她当然做梦也没想到，等着她的，是一场波澜壮阔的戏剧，因为演得太投入，她几乎断送了自己的性命。

但是在那个春天她充满快乐和感动。

似乎是为了欢迎她，那天晚上恰好在公学的礼堂里有专场演出。平时的周末舞会取消了，每人交了两角"边币"，两百边币搞了一次很像样的露天宴会。梦棠生平头一次吃到了新鲜的羔羊肉，这里的一切都是新鲜的，在最新鲜的那一天，沈梦棠发现了一位军政大学年轻的毕业生，他一身戎装，神情坚毅，在那一群熙熙攘攘的人群里很是扎眼。

当天晚上，她被安排在一眼破旧却素洁的窑洞里，有个瘦瘦的姑娘已经为她烧好了洗澡水。那个瘦姑娘就是罗冰。沈梦棠和罗冰一见如故相见恨晚，当天晚上就一直聊到鸡鸣时分。梦棠喜欢罗冰的爽直侠义，罗冰喜欢梦棠的聪颖妩媚。从罗冰嘴里梦棠第一次听到了"抢救运动"这个词，罗冰说，这个叫做抢救运动的审干运动，在1942年，也就是去年秋天掀起了一次高潮，现在，第二次高潮马上就要开始了。

从白区来的梦棠完全没有什么关于"高潮"的概念，梦棠更关心新朋友罗冰的一切。罗冰率直地承认已经有了男朋友，抗大刚刚毕业，过几天就要上前线。自己则已经毕业两年，现正在陕北公学教书。罗冰在谈到男朋友的时候才露出一种年轻女孩子的神情，梦棠看了那神情就感动起来。"你舍得他上前线？""那有什么舍不得？"罗冰咬着嘴唇笑，"到了这里，就把自己的一切都交给革命了。"

梦棠第二天就见到了罗冰的男朋友——正是那个神情坚毅的抗大学生。梦棠见到他就想，坏了，她要和新结识的女朋友爱上同一个人了。

但是梦棠并没有什么负疚感。她从小受的是西化教育。她的父亲沈玄澍青年时代便赴法留学，母亲是大清帝国驻法公使的女儿，曾经做过大舞蹈家邓肯的入室弟子。母亲是中国现代舞的泰斗，她自然耳濡目染地受一些影响，不但舞跳得好，英文法文讲得好，还会弹钢琴。但是舞蹈钢琴对于她来说都不足以托付终身。按照母亲的话来说，她的脑后有"反骨"，她从小就喜欢冒险，越危险的事越能激发她的聪明才智。和她的七个哥哥姐姐完全不同，她选择了革命，其实也就等于选择了一种终生的冒险生涯。在白区，她的谍报工作做得得心应手，几次受到嘉奖。每当她运用自己的聪明才智完成一项任务后，她都能感觉到一种充分的满足。

因为身份与环境的转变，她初到延安时的确充满了新鲜感。但是3个月之后，她唯一感兴趣的只剩下了罗冰的男朋友乌进，乌进后来真的成了她的男朋友。

11

我们可以断定，金乌从来没有完全相信过养父母对于母亲的描述。金乌想，他们无论怎么说都是一面之词。金乌立志去寻找她的母亲。

养父自然不是乌进。乌进已经在战争中牺牲了。金乌坚信乌进爱的是自己的生身母亲。比较起来，男人总是更爱那些聪颖活泼有女人味的女人。而养母的美丽却是一种中性的美丽。金乌惊异地发现，自从知道了自己的妈妈之后，她和养母之间便竖起了一道屏障。在想象中她不断地完善着自己的母亲。她想象着自己哪些像母亲，又有哪些像父亲，养母用仇恨的口气告诉她，她的父亲是个M国佬。"你妈妈就是为了他，背叛了革命。"养父在一边叹了口气说："孩子，说实在的，我们和你妈妈的感情很深，我们喜欢她，敬佩她，那时候，她非常漂亮，会三国外语，会弹钢琴，跳很美的现代舞，在边区的女同志里，没人能比。但是她革命的意志不坚决，受不了委屈和误解，后来跟一个M国佬跑了，这件事情，对我们打击太大。多少年了，我们不能原谅她……可我们毕竟是有感情的，你的姨妈和她，情同姐妹，所以我们一直按照她的愿望，把你养大……"金乌惊奇地发现，从不流泪的养母，眼泪像珠子一样滴落下来，那一滴滴泪水，似乎和历史本身一样沉重。

金乌从此之后很爱照镜子。她对着镜子细细地琢磨，自己那白皙的皮肤，棕色的大眼睛，弯而长的睫毛，那构成"异邦异族"的一切，是怎样把两个种族的血液溶到了一起，一粒精子和一粒卵子，就可以把两个完全不同的国家、民族、文化、个人，系在了一起，嫁接出一个完全不同的新品种来。若干年后，金乌知道了一个新的名词，叫做"国际接轨"。而在当时，金乌对着镜子冷冷地笑了，她拿起一支杏黄色的唇膏，一点点地，涂了满脸。她对着镜子里那个杏黄人说：杂种。她的发音非常清楚。

金乌用了整整两年时间来拼凑母亲的履历。从养父母断断续续的讲述中，她了解到母亲后来正是在那场可怕的审干运动中被定为"特嫌"。一个从白区来的长期做谍报工作、会三国外语的人被定为特嫌，在当时实在是太平常了。但是起因却是因为极小的事。"你妈妈来延安不到两个月，就对当时的环境不满了。"养母狠狠吸着烟，眼圈仍是红的。"她倒不是怕苦，她是觉着精神生活太贫乏了。没有歌，没有诗，没有小说和电影，只有一点儿旧戏，还有一点点政治剧本和简单的快板绕口令，只有延安书店能看到外面的报纸,但是新闻过了一个月,也早就成旧闻了。知识分子不断地被洗脑,有文化的要向文盲和半文盲学习……当然啦,这是你妈妈的偏见,是她在白区待得时间长了,养成的那种小资产阶级情调,我们尽力帮助她改变认识……谁也没想到,你妈妈她把这些写成了报告,正式提出来了。你想想,在当时的情况下,谁救得了她?"

金乌浮想联翩。她看到美丽的母亲在那年秋天被关在一个黑暗的小房间里,接受没完没了的审讯。窗外的秋风黄叶是那么萧瑟悲凉。母亲沈梦棠当时一定非常绝望,因为所有的人在一个早上同时和她"划清了界限"。包括她深爱着的乌进。只有罗冰去看过她两次,第二次,罗冰是和一个陌生的男人一起去的,罗冰做了很多吃的,但是梦棠什么也吃不下。罗冰指着那个胖胖的陌生男人说,这是边区林专员。金乌知道,林专员,就是她现在的养父。

乌进最后一次上前线之前去看了梦棠,那是他们短暂爱情的闭幕式。当时的情形如何,已经无从猜测了。但是养母坚持说,乌进的样子非常痛苦,临走时他只说了一句:"代我照顾她。"乌进的这句话成为他的遗言——三个月之后,他死在前线,因为是自己人的枪走了火,所以并没有能够成为英雄。

在之后漫长的岁月里,沈梦棠被人遗忘了。一年之后,边区接待了第一个外国记者代表团。一位要人对于糟糕的翻译大发雷霆,直到这时,大家好像才忽然想起来,还有一位精通三国语言的女翻译在一个不为人知的地方闲置着。人们像挖掘出土文物似的一通寻找，终于从一个地窖般阴暗的地方找到了被尘封已久的梦棠。罗冰第一眼看到女友的时候真正地惊呆了。她看见那个天生丽质、活泼可爱的姑娘变成了一截枯木，而且是被黄土埋过的枯木。她真的难以想象一年半的时光竟有这样的力量。她三天前接到上级指示，要求她在最短的时间内，恢复沈梦棠的状态，上级说，她可以提出任何要求。

在那眼破旧却素洁的窑洞里，罗冰默默地烧好了洗澡水，就像第一次见面时那样。罗冰用洁净的毛巾帮她擦身，她发现梦棠像个婴孩一样虚弱。在热水和蒸汽里，梦棠几乎窒息过去，但是梦棠的生命力无与伦比。当天晚上，罗冰用"特供食品"为梦棠做了一顿丰盛的晚饭。梦棠吃得很慢，但是罗冰惊异地发现，梦棠每吃一口，她的腮上就恢复一丝红润，眼睛就慢慢地亮起来，梦棠像一只慢慢吹起的红气球似的在逐渐膨胀，在洗掉满脸尘土之后，罗冰惊奇地发现，实际上那尘土不过是一种油彩，别样意义的油彩，包装在里面的脸，除了瘦了很多之外，并没有什么变化。

边区那次重要的记者招待会是在陕北公学的礼堂里召开的。女翻译沈梦棠出足了风头。外国记者们在发现了边区还存在着如此才华横溢的美人之后，对于"赤匪"的恐惧才削减了几分，在那些日子里，沈梦棠几乎成了沟通边区与外界联系的一座桥梁。在面壁了一年零七个月之后，沈梦棠老到了。几乎在严密监视她的罗冰的眼皮底下,她竟然与那个来自M国的青年记者史密斯谈起了恋爱。金乌正是他们恋爱的结果。

金乌想,不管怎么说,母亲一定有她的道理。她想她一定要找到母亲,她不能容忍别人对她的母亲进行缺席审判。

但是缺席审判再度降临,降临在她的养父母身上。一生对党忠诚的老两口儿没能逃出那场浩劫的"缺席审判"。与一个"叛徒"的暧昧关系断送了他们,也断送了他们的一世清白。

第三章　阴爻

1

在易经中，阴阳原与刚柔相同。阳就是刚，阴就是柔。奇数是阳，偶数为阴。因此，在奇数的阳位，即初、三、五为阳爻，而在偶数的阴位，即二、四、上，则为阴爻。凡此种种，都称为得正，或者当位。而相反，就是不正，或者不当位。

内卦与外卦，都有对应的关系。一阴一阳，异性相吸，才能相应，如果相反，就是同性相斥，无法相应。

而"吉"、"无咎"、"吝"、或者"凶"，都是对于未来的占断。"吉"是吉祥，"无咎"是不吉不凶，吝是羞辱，而凶，则是凶险，是祸患。

除了阴阳，还有一种卦形，叫做变爻。

2

羽当然不知道外婆当年如何惩治母亲,假如她知道,也许就不会对母亲的态度那样敏感了。

当年,是贴身丫头梅花救了若木一命。

梅花找的救星是天成。

梅花托给老爷当差的老张去学校找天成。梅花说出了大事了,老张你一定要把天成少爷找回来,不然小姐就没命了。

天成是在一个黄昏叩响院门的。大门的铜环发出金属受潮的音响,一声一声沉潜而执著,所有的用人们都听出那是少爷的声音。19岁的天成已经长成修长俊秀的少年,清癯的脸上不乏刚毅,有一种凛然之气使他和这个家庭的其他成员格格不入。在那个黄昏,天成带着从另一个小城带来的榕树气息和老张一起打开了那把锁。也许是黄昏光线的缘故,天成分明看到一个完全透明的少女跪在那里,白纸剪成的一样。那是一束柔弱的光,好像碰一碰,那人形就会忽然消散。

天成觉得自己的泪马上就要落下来。他弯下身子去搀扶姐姐,但是遇到了意想不到的抵抗。这个白纸剪成的少女纹丝不动。天成说,姐姐是妈让我来的,她老人家说让我扶你去见她。老张在一旁接着说,小姐你快起来吧,太太让厨子单给你做了枸杞炖鸡,要给你补身子,只要你向她认个错……但是白纸剪成的若木依然缄默。若木的眼睑一直垂着,因此天成和老张都看不到她的表情。恐惧一秒钟一秒钟地侵入了他的骨髓,在实在忍受不了的刹那他大吼起来:妈!妈你快来看看姐姐呀!你看她是怎么了?!

一直在门口窃听着的玄溟颠着小脚飞似的冲进了屋里。

玄溟在那个晚上做了使自己悔恨终生的事情。她给自己的女儿跪下了。她先是暴跳如雷而后和风细雨,最后彻底缴械了。她跪下的一刹那白纸剪成的少女才蓦然倒下。在一片慌乱中谁也没有注意到少女嘴角上还挂着一丝微笑,那笑容在阴白的脸上十分阴险可怖。

3

美丽的女人几乎都是薄命的,我们这个故事也未能免俗。梅花并没有因为救过小姐的命而变得幸运,相反,一切似乎因为那件事而变得更糟。这是梅花的智力层面所绝对料想不到的。

若木内心的阴霾笼罩了她整整一生。那个白纸剪成的少女从那个夜晚开始常常在黑暗中狞笑。若木像过去一样寡言,依然那样拿捏着小姐派头,脸上的线条依然那样精致,看不出任何毁伤的痕迹,只是枯坐的时间更长了。饭量简直少得可怜。若木枯坐的时候就直直地望着窗外的葡萄架,然后便慢慢地挖耳屎。那只纯金的挖耳勺就是在这时候玄溟送给若木的。那是玄溟的心爱之物。玄溟以为女儿会欣喜若狂，可是若木只是毫无表情地接过来，便开始挖耳屎了。一下，又一下，若木的镇定和目中无人使玄溟害怕，玄溟颠着小脚倒退着走了，撞响了挂在门廊上的风铃。风铃声是突然爆发的。平时清脆的声音好像发了霉。当时正是梅雨季节，一切都在发霉，包括那个白纸剪成的少女的初恋。

　　能够接近若木的只有梅花。每天晚上，若木在就寝前都要先看一会儿书。略通文墨的梅花完全不明白那上面蝌蚪文似的字码，却被里面的插图弄得心惊肉跳。有一幅插图画着一个女人，穿一件袒胸露背的连衣裙，一双眼睛又大又哀怨，睫毛长得吓人，一个男人搂她在怀里，她凸起的乳房紧挤在男人的胸前。梅花当然不知道小姐看的是法国名著——原版的《曼侬·兰斯科》。梅花只是觉得心跳耳热，身上有什么地方在传递着一种陌生的、从来没有过的讯息。梅花一扭脸就回到了自己的小屋。这间简陋的小屋挂满了梅花自己绣制的各种各色的荷包。梅花把自己血红的脸藏进琳琅满目的荷包里，一股燥热迫使她解开自己的葱绿洒花大襟褂子，胸前那两堆肉已经支棱着从鲜红缎子兜肚里钻出来，就仿佛一夜之间结成的果子，饱满、美丽而芬芳。她轻轻地碰了碰它们，立即觉得全身一阵酥软，连周围的荷包也轻轻颤动起来。荷包颤出一股香气，栀子花与薰衣草的香气，令人痴迷。

　　梅花走进天成房间的时候正是一种痴迷的表情。那是翌日下午，少爷午睡醒来的时候，若木让梅花到弟弟的房间去拿拂尘——若木总觉得房间里有灰尘需要不断地打扫。梅花一走进天成的房间眼睛就变得很亮,亮得就像是噙满了泪水。那种痴迷大大地吓了天成一跳。天成觉得自己的心被一把锤子重重地砸了一下,顿时一阵钝痛。紧接着,那痛似乎蔓延开来,像长了触角一般流遍全身。少年男子的一股血气冲顶上来,天成的脸红了,连眼眶也红了起来。天成眼眶红起来的时候显得纯洁而自尊。那是一种少年男子独有的表情。许多年后梅花仍然记得,当时有一股突如其来的风噩地吹开窗子,有大团白花花的柳絮飘了进来。有一朵恰恰落在天成的肩上。梅花本能地走近两步拂去那朵柳絮,她看见少爷一向英俊但略显刻板的脸忽然变得生动。少爷没有让她的手立即离去,而是放在手里轻轻握了一会儿,好像有一种亮晶晶的液体顺着她的手臂流传到她的身体里,但那只是一瞬间,少爷的手很快松开了,她看到他额角上微微跳动的青色的脉管,看到他的眼光犹疑着滑向她却又不自觉地收拢。那种眼光恰到好处地构成了一种叫做羞涩的表情,于是她的心燃烧了,她心里的燃烧立即由里向外发展,她知道自己的脸一定很红但她根本无法控制那种燃烧。她觉得全身的每一个细胞都变得极度敏感,她很怕少爷的手再碰到她,她想如果那样的话她会控制不住地叫起来的。但是另一种欲望也同样强烈地攫住她:她渴望少爷的手,她渴望这双手会抚爱她,就像窗外4月的风一样撩拨她。她静静地抬起头,一双眼睛出奇的明亮,就像是落进了一颗星。少爷天成显然是被这明亮的目光震慑住了,天成觉得自己失了音,什么也说不出来。

若木唤梅花的声音就是这时传来的。

4

梅花照例在子夜时分给若木送上一杯香茗。她分明看到若木藏在葡萄架下的黑暗中向自己狞笑。那笑容镶嵌在若木惨白的脸上，让梅花看了胆战心惊。

若木慢慢地品了一口茶走回自己的房间。若木示意梅花关上房门。梅花关上房门之后若木就坐在了正中的椅子上。若木拿起纯金的挖耳勺，一下一下地掏着耳屎。梅花听见静极了的房间里响起"当——当——当"的声音，她闹不清那是钟摆还是自己的心跳。不知过了多久，尊贵的若木小姐忽然向她莞尔一笑：梅花，跪下，我要审你呢。

本已是心惊胆战的梅花软绵绵地扑通跪在地上。梅花太年轻了，年轻到把自己内心的情欲冲动当做罪恶的地步。梅花满面通红仿佛自己真的做了什么亏心事。若木又是微微一笑，若木的笑容停留在梅花起伏不已的胸部上。若木说梅花你真是越来越漂亮了，你好像该出嫁了。

这话如晴天霹雳一般使血肉丰腴的梅花一下子僵成了一个木桩。梅花因血液不再回流而变得四肢冰冷。梅花毫不犹豫地不断把自己美丽的前额磕向坚硬的洋灰地。梅花说小姐我死也不嫁人我要伺候小姐一辈子!

若木拿起那根纯金的挖耳勺慢慢地掏着耳屎。法文原版的《曼侬·兰斯科》就那么翻卷着放在一边。若木绝对是真正的大家闺秀贵族小姐,没有任何不良嗜好,打麻将抽鸦片都与她无缘,钱家二少爷的事也早已烟消云散。现在若木小姐静如止水每天的生活不过是一日三餐、看书、品茗与坐禅。若木的名声如同那根纯金挖耳勺一般掷地有声。面对这样一位仪态万方、知书识礼的大小姐,梅花只有高山仰止的分。但这时若木轻启朱唇只说了两个字:假话。这两个字像两颗子弹把美丽多情的侍女梅花击毙了。

若木边掏耳屎边悠悠地说:你放心,我会成全你的。我看,你跟当差的老张挺合适……

梅花觉得自己的身子一片片地碎了,剧痛使她泪如雨下。前额已经磕破了,鲜血把刘海儿粘成一绺绺的,她大睁双眼,满脸是泪和汗构成的液体:小姐,看在我那次救您一命的份儿上!……

梅花永远不知道,正是这句话断送了自己最后的希望。梅花少女的生命便是在那一刻结束的。她看到小姐微微皱了一下眉头,然后拉了一下铃。两分钟之后,46岁的、给老爷当差的老张便出现在小姐的闺房里。

梅花如同疯了似的大哭大闹。梅花在最后的挣扎中嘶喊着少爷天成的名字。梅花的努力只换来了若木加倍的厌恶。若木一生中没有真正爱过任何人，当然也并不十分爱弟弟，但她懂得阶级的差异和维护家族的荣誉。她毫不怀疑弟弟应当娶一位国色天香的千金小姐，而绝不是眼前这个下贱的丫头梅花。梅花与弟弟天成的眉来眼去使若木丧失了最后一点儿慈悲心。自从与钱家二少爷分手之后，若木更加心如铁石。若木对此感到骄傲。

梅花是被两名身强力壮的男仆拖到老张的小屋里的。因为奋力挣扎，她上身的衣裳被撕剥得粉碎，有一只乳房从贴身的红兜肚里钻了出来，那鲜嫩饱满的少女乳房被男人粗黑的大手紧紧握住了。梅花觉得自己的挣扎完全变成了徒劳。要命的是在身心双重的撕裂中她仍然感到亢奋，那是一种掺着剧痛的亢奋。像一只被切开的水果一般，她无法抑制汁液的涌流，青春的液体一次次地奔涌出来，让四十几岁的老光棍欣喜若狂。

梅花在一夜之间便流尽了自己全部的汁液，然后迅速萎谢了。

5

天成回来再没有见到梅花，天成忧郁的眼神更加忧郁了。梳儿看见天成打开窗子，让大团大团的柳絮飞进来，就去把窗子关上，天成就叹道：蠢材！蠢材！梳儿知道少爷是从不骂人的，少爷若是发脾气，那一定是心里难过得要命。少爷本来是回来度春假的，但不知为什么待了几天就走了，这一走，就再没回来。

天成死在日本投降的那一年。那一年，天成所在的大学向南搬迁，就在搬迁的路上，天成得了恶性伤寒。玄溟和若木得到消息赶往医院的时候，天成已在弥留状态。若木惊奇地看到弟弟白皙的脸变成了煤炭样的黑色，她在恍惚间觉得那不是弟弟而是另一个人，那是她第一次强烈地感觉到死亡对于人的状貌的改变。天成最后的要求是想吃一个橘子，尽管喉咙里塞满的痰使他的发音完全走了形，但若木还是从他的口形辨出了橘子二字。于是若木飞跑到街上去买橘子。若木在内心焦急的时候依然没有忘记讨价还价。

　　回到病房时若木听到玄溟伤痛欲绝的哭声。天成已经断气了，但眼睛还睁着，玄溟几次试着合他的眼睛都合不上。若木把一颗金黄明亮的小金橘放进天成张开的嘴里，天成的眼皮一下子合拢了。玄溟又痛哭起来：可怜的孩子，谁知他受了多少罪啊！就想吃口橘子，以后妈妈每年给你买！……可怜哟，造孽哟！……若木也在默默流泪，但是若木觉得自己的眼泪是流给别人看的，就连母亲的泪也带有一半以上的表演性质。若木觉得母亲更多的是在发泄自己的愤懑。当时距陇海铁路疏散家属已经有4年了。鹤寿和玄溟借助国难结束了婚姻，虽然并没办什么手续，但实际上已经天各一方了——玄溟带着一对儿女南下，鹤寿顺水推舟地把妻子儿女推走了，他获得了自由，他可以自由自在地把戏子们领回自己的家，在温柔富贵乡里细细品味红巾翠袖们的美丽多情。只是他忘了这温柔富贵乡的虚妄——在日本人的炮弹面前,随时可以化作尘土。

天成被安葬在学校附近的一座小山上。头天晚上,玄溟反复绣一双金橘图案的鞋垫,玄溟说是一定要让天成带走的,可不知为什么,针总是刺在手上。若木一觉醒来,看见母亲坐在灯下,高举一双血迹斑斑的手,一头黑发在一夜之间全部变得灰白,灰白的长发没有挽成髻,而是披散着,从窗外吹来的夜风把头发高高刮起,玄溟的一双眼睛直直地瞪着睡眼惺忪的若木,十分狰狞。

若木惊叫了一声就把自己藏在了被子里。

6

羽决定在金乌生日那一天送她一件礼物。她知道金乌最喜欢什么。

她手上的这件东西是她最心爱的,它属于一个遥远的时代。

在很久很久以前的一个夜晚,外祖母玄溟照例在做古老灯具的拆装游戏。她悄悄地醒来,从睫毛的缝隙里看着那盏灯。那海棠花一般的锦绣灯盏照亮了她的前额,那是紫罗兰色的水晶,她甚至能看清水晶里的斑点。那一定是水的精髓,是水晶体内不可名状的芬芳,那是迷宫,她甚至觉得那里面漂浮着无数个灵魂,正在挣脱着金或银的珠胎,转世投生。

她在一瞬间就断定了它的价值。

就在这时飘来了茶香。外婆走出去了。她知道,接下来外婆要在那盏灯下喝茶。在花灯下茶水会慢慢凉去。她觉得,那像是一个仪式,一个只有外婆才知道的仪式,古老而神秘。

等外婆回来,她已经把一切都做得天衣无缝。她悄悄地拿走了一块水晶,一片紫罗兰的花瓣。她拿走它完全是出于好奇,她认为在那一大片繁茂的紫罗兰花里,一片小小的花瓣微不足道。她完全没有想到恰恰因为这一片小花瓣,外婆便再也无法结起那盏灯。外婆的灯是结构精密的电脑,哪怕失之毫厘,程序都要出问题。

假如当时外婆能够温和一点儿,冷静一点儿,私人化一点儿,她也许会有别的选择。但是外婆像对待一切事情那样立即就暴跳如雷,外婆的小脚一颠老高,像安了弹簧似的。像惯常那样,羽一到这种时候就觉得周围变得不真实了,唯一真实的是外婆脚上那两粒跳起跳落的菱形绿玉。那暧昧不明的绿色把她弄得昏昏沉沉。就在外婆推开门,向着父母的卧室大吼大叫的时候,她飞快地把"罪证"扔向了窗外。

那个夜晚很有些戏剧性,父母衣衫不整地冲进房间,疯了似的把她从床上拽下来,她还头一次看到父亲如此严厉,父亲说:"外婆的东西,到底是不是你拿了?"父亲说:"是我的女儿,就应当是诚实的人。"她刚想张嘴,母亲哭叽叽的声音又响起来,没有任何一种音响能够模拟母亲那种声音,那种声音可以穿透头颅直接侵入人的脑髓,她觉得任何人在这种声音面前都只有投降。母亲哭叽叽地说:"这个死丫头,真是搅家精呀,可怜我做了一天的牛马,大半夜的还不饶我睡个整觉呀,我前世作了什么孽呀?可怜哟,造孽哟……"在这种声音的逼迫下,父亲照例受不了了,父亲受不了的结果就是要她皮肉受苦。这一切早已成了恶性循环,但她每一次的痛苦仍然是那么新鲜,那么尖锐,她心里的伤口一直在流着血,从来没有真正痊愈过。

尽管她已经在身体上作了充分的准备,但还是没有抗住父亲的第一下拳头。她一下子站不住,倒在床栏上,母亲的声音再次响起,这回已经不再是哼哼叽叽的了,而是突然变得冷酷异常。母亲说:"你看这死丫头多会装,爸爸并没有使多大劲儿,你是爸爸心爱的女儿,他怎么舍得打你呀?小小年纪就这么会演戏了,长大了还了得?你不把全世界的人都给骗了!?"

她觉得母亲的话就像一柄金属的锤子,把她的心都给砸瘪了。她只会哭,可什么也说不出来,她的语言能力太差,她不知道上帝让人学会语言首先就是为了给自己辩解的。她什么也不会辩解,但是她哭着哭着,耳边有个什么却在狞笑起来:"你们打吧,骂吧,我已经把你们的宝贝扔了,我不会还给你们的。"

那耳语声响了好久了。它往往在最关键的时刻给她力量,不管这力量是正义的,还是邪恶的,它都是她唯一敬畏的神祇。

后来外婆只好找了一块玻璃做代用品,把那盏灯穿好了。

7

羽越来越不愿意上学了。

羽刚上学的时候，有那么一两个老师很喜欢她。可是羽那时候就想，她们不会永远喜欢我的。以后她们一定会像爸爸妈妈和外婆那样讨厌我的。羽之所以这么想，是因为她心里那个声音，那个可怕的声音这么在告诉她，羽常常分不清哪个是那种声音，哪个是自己真正的想法，实际上，那声音和她的想法已经成为一体了。那是一种预感，不幸的是，她一生所有的预感都一一应验了。

与人相处是一门大学问。若是掌握了这门学问，则一生平安逢凶化吉遇难呈祥，若是轻视了这门学问，则自讨苦吃运交华盖功亏一篑；要命的是羽根本就不知道世界上有这门学问的存在。有这样的前提，我们这个故事后来发生的一切便顺理成章了。

现在我们知道羽住在金乌家里，她在金乌住的那座城市里借读。但她并不像一切灰姑娘那样遇见王子就时来运转，相反，她总是把本来挺好的事情搞糟。还是那句话，一切事情当她还没做的时候她就预感到要失败，是的，她永远摆脱不了母亲的阴影，每当她就要快乐起来的时候，母亲会告诉她，她要失败，她所做的一切都是一个零，甚至负数。她还没有真正开始就被打败了，但我们并不知道也无从知道，她究竟被什么打败。

一个人喜欢另一个人都是有前提有限度的。数学老师喜欢羽，是因为她聪明，他甚至觉得她简直是个天才。开始他很轻视这个来历不明的瘦姑娘，尽管有他崇拜的大明星金乌出面，他依然觉得很勉强。但是很快，他发现这个不修边幅的女孩常常漫不经心地做出连他都感到棘手的难题。有一回为了试探她，他把一道高中学生都做不出来的有名难题拿给她做，她很快就做出来了，而且和标准答案的做法不是一回事。他急忙回到数学教研室，他叫来了所有的同事，由于激动他的嗓音有点儿嘶哑，他挥着那张习题纸说你们看哪这是个初中学生做出来的，不，其实严格来说她还算是个小学生，她居然能做出这道题，而且用的是一种新方法，我敢说这种方法谁也没用过。于是那张习题纸在老师们的手中传阅，不断引起啧啧之声。

但是羽的出名并没有给她带来任何好的结果。相反，由于她格外受到注意而过早地暴露了她自己，老师很快就因为她的倨傲、固执和逆反心理而讨厌她了。有一回做化学实验，她第一个做完，老师看着她说：做完的同学请出去，不要干扰其他同学。她就像没听见似的，把实验桌上的溶液倒来倒去，直到引起突然爆炸。那一天，暴怒的老师一直把她拖过操场，拽到校长办公室。羽在经过操场的时候忽然想起了遥远的过去。她努力把自己封闭成一只蚕茧，可依然有丝源源不绝地吐出来，这些分泌物依然会引起别人的不快，别人的目光，那些她所怕的目光如死亡之剑，一直在追杀她，从前世到今生，从今生到来世。

那一次,是金乌出了一笔赔偿费,才算了事。金乌并没有说什么,可是羽,从此后却更加沉默了。

羽的沉默救不了她。老师们觉得这个女孩是在用沉默来表示她的轻蔑,她在用轻蔑来摧毁这群可敬的师长——是可忍,孰不可忍?老师们结成同盟来对付羽了,为了维护他们的尊严。

在这场旷日持久的战斗中,羽是注定的牺牲者。羽依然在梦中常常见到那口幽蓝的小湖,就是她出生的那块地方,那湖中缓缓张开的巨蚌,她一定是孤独的,不可救药的孤独。但是她一定珍爱、维护和纵容着自己的孤独。她摆脱了她的血脉,她一无所有,什么也不是,她的心里,是个零,一个永远的零,就是这个零,在顽强地同一个世界在抗衡,她注定要被压瘪的,零压瘪的结果就成了一个一,一断裂了,就变成"--",就是易经里的阴爻,原来每一个女人都是注定要被压瘪了的,古人是多么聪明啊。

8

羽悄悄地打开门走进金乌的房间。她为这件不同凡响的生日礼物买了一只盒子。那一块紫罗兰色的水晶,是她在那天凌晨,所有的人都熟睡了之后,悄悄从前院的小花园里找回来的。她把它藏在贴身的衣袋里,把它视为一道符咒,一个吉祥物。若干年后,她把它精心做成了一枚别针。那样一枚花瓣式的紫罗兰色水晶别针，可以在许许多多的饰物中，一下子跳到人的眼前，令人别无选择。

现在她要把这别针送给她最爱的朋友了。她觉得世界上只有金乌能够配得上这枚别针。

但是屋里静悄悄的。

这是一所美丽的房子。羽喜欢这房子，觉得它与自己以前住过的那间房子相比，这里真要算是天堂了。羽珍惜天堂里的生活。羽一天到晚把自己关在这所房子里，它是她的保护色，是她的甲胄，是她的茧。

外面那个世界，那些火暴的美丽的街景，不属于她。那些形形色色的人，都离她很远，她从来听不懂也看不懂那个世界，却能够在茫茫人海中认出她的一族，她弃绝群体，只对个体感兴趣。

现在我们可以看见一个瘦女孩，正穿过堂屋向卧室走去，女孩穿着一件男式的旧衬衫，很宽大，完全显不出腰身，远远看去，女孩显得很邋遢，全身的线条没有一根是标准的，就像是经过电脑特技处理后的拉长或扭曲，又有些像毕加索蓝色时期的人物，瘦长变形，神秘阴暗，无声无息，如同一个幽灵飘动；但是如果我们打开长焦镜头，就会发现女孩其实是非常与众不同的，她脸上的每一根线条好像都会像水一样流动，这流动的线条使她的容貌瞬息万变，我们能够记住的只有她的一双眼睛，那双眼睛平时总是很好地藏在睫毛下面，可是忽然之间，你觉得它们向你走来，它们离你很近很近，那里面好像有两只飞翔着的鸟儿，好像有烤焦了的鲜花的气息。

羽在屏风前面，站住了。像演皮影戏似的，从那架屏风上，清晰地映出两个人影。那是一个男人和一个女人，他们正做着一些连贯的动作，跳舞似的，但是比舞蹈动作更加激烈精彩。羽看见屏风上挂着男人和女人的衣裳，她认出那是金乌刚刚换上的湖水色洒花丝绸袍子，她看见一只晒红了的长满雀斑的手把女人的胸罩和内裤甩在屏风上。她看见斜侧方的百叶窗，看见百叶窗外的绿叶扶疏，那个瞬间在她的记忆中成为定格。

这时我们看见那个幽灵般的瘦女孩转身离去，她的那双眼睛里，转瞬之间鸟儿飞走了，鲜花的气息消失得无影无踪，就像从来没有出现过。那双眼睛一下子离得很远，在突然之间摆脱了捕捉它的人，逃避到一个不为人知的空漠的山谷。

9

那个女孩就一直躺在越来越浓的黑暗里，像死人一样地躺着。

金乌走进来，开了灯，灯光流在那个女孩的头发上。金乌坐在女孩旁边，轻轻摩挲着她的头发："……迈克要回国了……是的，我们相爱，产生爱情是件正常的事，当然，我比他大，但是爱情和年龄没有关系，以后你就会懂得，爱情和现实中的一切都没有关系,爱情是神性在人身上唯一留下的东西……你不为我高兴?……"

我们看见那个女孩压瘪了的小脸,她的脸湿漉漉的,她在流泪。她在想,她是那么那么的爱金乌,可是金乌并不爱她,金乌像过去她的家人那样,像所有别人那样,并不爱她。她那么爱、那么崇拜的金乌就要背叛她了,金乌爱了一个男人,金乌的心里全是那个男人。对于金乌来说,她毫不重要。她对于谁都无关紧要,世界上找不出一个真正爱她的人,她为这个而悲伤。

"天呐,孩子你怎么了,你在哭?小心眼儿!……小傻瓜!放心,我还会像过去一样疼你爱你,天哪,你怎么这么傻?!……"

"……你别说了,我知道,我是永远不会被原谅的……他们把一切都告诉你了,是吧?是的我犯了罪,是我杀死了我的弟弟,可是……可是我那年只有6岁,我什么也不懂……我……我真的不知道,我怎么才能赎罪?只要能够赎罪,就是死一千次,我也愿意!……"羽在心里哭泣着,"金乌金乌,别离开我,只要你不离开我,你可以让我做任何事……"

金乌大大地吃了一惊。起先她以为羽是小孩说胡话,但是她很快明白了。羽说的是真的。难怪羽的父母从来不像关心绫和箫那样关心羽。羽的一切用度,实际上都是由金乌负担的。金乌并没有觉得多么沉重,实际上,金乌很需要羽做伴,照金乌看来,羽比她的两个姐姐要可爱得多,金乌需要一个永远的女伴。金乌说:"人的一生哪有不犯错的,所有的错误,都会被岁月抵消。因为你太小不懂事,那不是罪恶,那是错误。"

在那个晚上,羽彻夜未眠。羽想,金乌在撒谎,她不会原谅我的,她们都不会原谅我……羽这么想着,泪水就往下流,到了快天明的时候,她好像浸泡在自己的泪水里,悬浮着,她觉得自己变得很轻,在泪水里飘荡。这时,有一个声音在耳边清清楚楚地说:"西覃山金阕寺,可以赎罪……"她吓了一跳,以为是金乌的声音,她蓦然起身,身边空无一人,但是有一种沉静的空气在对她施加压力,她觉得心跳气闷。忽然,她回忆起这一种熟悉的感觉,那是威慑压抑的天空,白雪茫茫中的童年耳语。

西覃山金阕寺。她记得,在童年的时候,外婆对她讲过金阕寺的故事,那里有一位刺青大师,叫做法严。

10

又是个雪天。

那一片一片硕大的雪花,那种密不透风的白啊。羽茫然地走着,在这个白的压抑的世界里,她显得那么一点点儿小。

她的唯一目的是想把自己毁掉。她痛恨自己活着,她恨透了自己身上的每一寸皮肤,这皮肤因为无人光顾无人理睬而变得毫无意义、自轻自贱。她想自己活在这世上真是多余。这样漫天的让人熟悉的大雪啊。那一大片一大片的雪花,随时在羽的瞳孔里出现定格。

那些定格是一个个童年的断片。羽曾经深爱那些美丽的六角形雪花,并且把它们画在一张涂满艳蓝的纸上,作为最值得珍藏的美丽献给爸爸妈妈。

但是爸爸妈妈却并不爱她。

看到这样压抑的白,她心里就有某个地方在流血,血流如注。她真害怕那血会抑制不住地奔涌到雪地上,变成鲜红如火的花朵,如大雪寒梅一般惊心动魄。她想,要是有一天,她心里的血都流光就好了。那时,就不再会有疼痛的感觉。

那座巨大的寺院就是在那时出现的。

那简直是一座巨大的伽蓝。白雪轻而易举地雕出它的轮廓,在黄昏的薄暮时刻(又是黄昏),那寺庙容易使人想起一座冰雕玉琢的宫殿。那时的羽毕竟还年轻,还能记起一个叫做希望的词语。她一看到那座寺庙就觉得有一线光明流入心里。她艰难地往上走,跨过一级级白雪覆盖的石阶,那石阶就像通天的云梯,好高好高啊。她一级级地数着,忘了是在第几级的时候,她忽然觉得眼前金光灿烂,那一座寺庙好像变成了一幅镂空挖嵌晶莹剔透的织锦,没有重量没有质量,马上就要融解在一片纯金之中——这是羽失去知觉前的最后印象。

多少年之后我才知道,若木怀着羽的时候常常吃一种毒鱼的眼睛——那时,若木并不知道那是毒鱼,只知道那鱼的味道鲜美异常,鱼眼尤其鲜美。若木吃了很多次,什么事儿也没有。后来忽然看见报纸上说那鱼有毒，当天若木就把刚刚吃过的鱼吐出来了。若木吐得天昏地暗，从此之后便不再吃那种鱼。

羽是在若木看到报纸上那条消息之前出生的。

羽的怪癖也许恰恰来自那些毒眼。那些毒鱼的眼睛在羽的眼睛背后生了根，能够洞穿一切。这种洞穿一切的能力使羽看世人总有一种混浊的感觉。大概也正因如此，羽渴望着一种来自天国的爱。

在那一个冬日的黄昏，偶然从空中掠过的苍鹰看见雪地上盘桓着一条蛇。一条冻僵了的蛇。看得出那蛇曾经是美丽的，积雪正用它无形的玉手慢慢地覆盖它，看得出那僵硬的蛇已经拒绝漂泊、拒绝把躯壳制成标本，它无可救药地弯曲着，感受着风和雪花的锋利。

或许这正是她释罪的方式，或许她正期待着蜕变，无论是什么，她在那个白雪茫茫的世界中都是渺小的，无能为力的。

第四章 圆广

1

羽睁开眼睛的时候觉得自己仿佛躺在那座寺庙里。当眼睛适应了昏暗的光线之后,她看到自己身旁正盘腿坐着一位老僧。老僧的白胡子显得很清洁,修理得很整齐,除此之外,她看不见老僧的表情。后来她看见老僧的白胡子慢慢蠕动起来,老僧问:"你来这里干什么?"羽说我来找法严大师。老僧的白胡子又动了一下。老僧说:"是谁让你来找他的?"羽答不出话来。羽觉得屋子里很暖和,慢慢地,她冻僵的血液开始回流了,她张开嘴巴,像一条刚刚从寒流里逃来的鱼似的,温暖得说不出话来。也许她的这副样子让老僧觉得好笑或者别的什么,总之他不再问什么,他站起身走了。他站起身的时候羽才看到他穿的是皂角色的土布直裰。宽大的袍袖很沉重,即使是在风里,也摆不起来。

羽动了一动，发现自己是坐在一个蒲团上。那蒲团是各种颜色的布拼成的，又旧又脏，不知被多少人坐过。但是羽觉得那蒲团很亲切。她甚至用手摸了它一下，就那么轻轻地一摸，那一小片布立即就见了经纬线。羽收回手，抱拢双膝坐好，直直地看着眼前那一片彩色的帐幔，那一片看起来五彩斑斓的彩色，一定也是一触即溃的，而且上面一定有很厚的尘土和油垢。

这时一个年轻人走出来了。确切地说是个年轻的僧人。他面无表情地端来一个大盘子。盘子里有一碗饭、一碗炒青菜和一大碗汤。汤里有几块冻豆腐、几粒葱花和虾子。那上面是不是还漂着几滴香油，她忘了，只记得汤很鲜香。她把头埋进汤里，就被乳白的蒸汽罩住了。

青年僧人圆广走进偏殿的时候，正好有一束黄昏的光线从廊檐下斜斜地照过来，他看到一个瘦瘦的女孩，女孩在黄昏的光线下模糊不清，她雪雾一般的身体影影绰绰地映在那团光照里，当她端起汤碗的时候，好像有冰雪融化的液体慢慢从她的前额滴落下来。

圆广目睹和参与了为那个女孩刺青的全部过程。圆广是第一次参加法严大师的这种神圣仪式。圆广认为这仅仅是个仪式。

那个冬夜是个极为奇特的冬夜。那个冬夜的天空因为降过一场大雪而变得圣洁而华美，犹如一顶凛冽而无上的王冠，烛亮了所有清澈与混浊的血液。在那个冬夜，那个叫做羽的女孩或女人是透明的，这证明她的血液是清澈的。她云雾一般的身体已经消散殆尽。她的肉身如同以一个神话的形式矗立着，披挂着月亮的银色。那种华美是凝固的。与华美的天空凝结在一起，构成一个死去的幻象。

这幻象注定还没出生便要死去。

2

法严大师拿出全套的刺青工具，他已经有整整50年没有动用它们了。它们握在他的手中便成了活物。它们试探着刺向那雪雾一团、一点儿也不真实的身体。那个身体缺乏女人特有的形状，像一只海生物或浮游生物似的，很不真实地在空气里游弋。

在法严大师眼里没有男人和女人的分别。青铜色的湿婆神就摆在旁边的小桌上。这个婆罗门教的大舞神有着奇异的面容：一半为男，一半是女，半男半女非男非女，而且结合得那么和谐那么完美。

羽的眼前出现了一片旷野。鲜黄的泥土，翠绿的野草，艳蓝的湖水，在凉风习习中竟闻到水螟的气息，那一种稀薄的水色云遮雾障般地挡住了一个曙光初露的身体。有那么多美丽的葡萄在脸颊上滚动，有一片一片的云母与树叶藏在水的背后，闪烁其词。有一根犀利的针从遥远的地方刺向她的肌肤。第一滴血，因为太浓艳而成了黑色。

湖泊崩溃了，那是碎裂的钻石。颓败的池塘，冒出处女般的液体和乳白的蒸汽。羽只是觉得,她身体里的汁液,那黏稠的与稀薄的汁液,应当喷涌而出,以任何一种形式。她怀疑那是她咽掉的眼泪,现在它们因为积郁太久而变了色,那里面有血。

或许血与泪原就是不可分的。

圆广记得,那个瘦弱的,雪雾一般缥缈的女孩,自始至终没有叫喊一声。就像她的肌肤真的不那么真实,不是血肉而成的,她的隐忍极大地刺激了圆广内心深处的什么,圆广很想用那根犀利的针,来试探她的身体是否真实。

法严看到女孩嘴唇上咬出的血痕,就淡淡地看了一眼圆广,圆广却被这淡淡的一眼击中,他知道这一眼意味着什么。他避开师傅的目光,没有行动。法严用棉花轻轻蘸干她背脊上的血珠,声音既威严又温和:"姑娘,我知道你很痛,现在你全身的皮肤都绷得太紧,我无法继续做了,只有一个办法可以使你松弛,让这个年轻人帮助你吧,只有他的参与,才能让你得到世界上最美丽的文身。"

法严的目光再次落在圆广身上,那目光已经变得十分威严,圆广打了个寒噤,他感到身体的什么地方在神经质地颤抖。他其实是个十分坚强的人(在我们接下去的故事中,你会发现他是如何坚强),但是他居然害怕得发抖,是的他的颤抖其实是因为害怕。他知道自己接下来要做的事情是什么,他知道自己无法违抗法严,他别无选择。

他把羽轻轻拉过来,放在他强壮的身下,他觉得这个女孩子轻灵得像一片羽毛。她的顺从和隐忍使他差点落下泪来，他真的希望她能反抗一下，那样才能把他激发起来，而现在，他觉得自己是疲软的，他心里充满了对她的怜爱。

当法严第三次将目光投向他的时候他知道自己必须开始行动了。他尽可能温柔地抚摸她，为的是她不至于太痛，在他的抚摸中并不包含任何感情色彩，他的眼光穿透了那个缥缈的身体而停留在了另一片国土。他只是机械地做了他被命令做的事，当他进入她身体的时候，因为剧烈的颠簸他把目光收了回来，他看见女孩因为剧痛而咬破了舌头，鲜血从她的嘴角流出来，与此同时，她身下也形成了一个血的湖泊，他没想到她会流那么多的血，他觉得自己已经轻得不能再轻了。

法严锐利的目光停留在女孩瘦削的脊背上，他清晰地看到，当那两个身体翻转，并且像波浪一样轻微起伏的时候，女孩的皮肤已经彻底放松了，每一个毛孔都舒展开来。圆广随着法严目光的号令，随时转换着姿势，后来他直立起来，靠着大殿的圆柱，他把女孩紧紧贴在胸前，而把她整个裸露的脊背留给了法严。这时他终于看见法严满意的目光。

法严的精雕细刻持续了整整两个小时。这是圆广生命中最痛苦的两个小时。他的汗和她的血溶在一起，而他的心里在淌着泪。他心里的泪并没有能瞒过羽。羽注意到近在咫尺的这个年轻男人，从一开始她就发现他冷漠目光中掩藏着的悲悯，她甚至发现他长得很好看，他的英俊超过了M国人迈克。而且，与迈克不同，这是一种与她有联系的英俊，不是屏幕上的，而是有生命、有变化、有来历的。是的来历，从一开始，羽就发现圆广是有来历的，于是她接受了他。

圆广看了一眼羽背后的文身眼睛就亮了。他接过师傅的工具，也跃跃欲试地想做点什么，但又无从下手。羽转身平静地看着他，指指胸前："来吧，留一点儿纪念。"当时天色已经全黑了，月光照射进来，羽的乳房在月光下像陶器一样寒冷。圆广用他一生中最专注的三十分钟，在羽的乳头上精心刺成了两朵梅花，他每刺一针，都有汗水沿着她身体的曲线流下来，把渗出的新鲜血珠冲洗干净。在全部完成的时候，身强力壮的小伙子圆广已经瘫在地上。圆广看看羽身上新鲜的图画，叹了一口气："我是永远追不上大师的了。"

法严闭目养神，良久，慢慢地说了一句话："这是我一生中做得最美的文身，也是这个世界的奇迹和珍品。以后我永远不会再做了。姑娘，你流了很多血，足以赎你的罪了。你走吧，走得越远越好，永远不要让我再见到你。"

3

很久以前，玄溟给羽讲过关于法严大师的故事。

我们在前面已经讲过，玄溟是一个大家族中的十七姑娘。玄溟有一张珍贵的旧照，玄溟说照片里的珍妃是她的姑姑，珍妃并不像传说中那样美丽,而是胖胖的,有一双并不那么有神的大眼睛,但是珍妃在我们这个民族的知名度很高,这或许是因为她非同寻常的死?比起活着的人来,人们总是更多地把爱和关怀投入到死者身上,死者有灵,大约会后悔死去,但他们即使有转世投胎的本领,依然会落入生之艰难的陷阱。

但玄溟却是个货真价实的美女。她讲述的那些有关慈禧太后的陈年故事,都是真的,不过稍稍做了些夸张。但却有一个故事她是永远不会讲的。那就是关于灯——那盏神秘吊灯的来历。

玄溟除了姑姑之外还有很多亲戚。有一年秋天,家里来了一位叫做玉心的姨妈。玉心是母亲杨夫人的亲姐姐。玄溟当时虽然很小,因为生在这样的人家,也算是很见过些世面了,但就是在画里,在戏里,也没见过玉心姨妈那样的美人。按年纪算,玉心姨妈已经年逾半百了,但是仍然能依稀辨出她昔日的风采,她肤色很白,眉目秀丽,神情忧郁,眉心上有一颗鲜红的朱砂痣,母亲告诉她,玉心姨妈的长相是天生要做娘娘的。可是玉心竟然没有结婚,成日待在家里做女红,什么男人也不见。玉心做的绣品,件件都可以入宫的,但是她千叮咛万嘱咐,千万不可卖,不可给宫里送去,除非在她死后。她死之后,这一批绣品就是一笔财产,她用这笔财产来还玄溟家收留她的恩情。她一边说,杨夫人一边哭。"妹妹待我的情分,当然是还不尽的,就算是我给幺姑娘挣一点嫁妆吧。"玉心这么说,神情很冷静。

那些时,玉心常常带了玄溟到后花园去,趁着早晨露水没落尽的时候，采上一大把花，无非是凤仙、茉莉、石竹之类。玉心就命玄溟把花分开，细细地捣碎了花瓣，制胭脂膏子。玉心制的胭脂膏，又细又滑，颜色也是顶好的，玄溟家的女眷们都抢着使。

4

玉心两年之后得了病。杨夫人说："你玉心姨妈的苦，你们都不知道，偏偏她又是个用心太过的，怎么能不生病？！一般的养一养也就好了，可她这病，怕是不大好呢。"

玄溟就天天在玉心房里侍候着。玄溟是那种酒逢知己千杯少的人，一般人面前，常常摆出小姐的款儿，可见了自己真心喜欢敬重的，就是做牛做马也愿意。玄溟一生中最服气的就是这位神秘的姨妈，之所以说她神秘，是因为直到那时玄溟还完全不知道她的来历：她从哪儿来？父母是谁？为何不嫁？为什么总是心事重重的不快乐？

玄溟自然想让玉心快乐，使尽了所有的法子，一律无效。这天下午，掐算着玉心也该起了，就特意装了两色精致点心送了去。却见那紫色绣云头的帐幔，遮挡得严严的。问清了只有玄溟一个，玉心才命她进去。

玄溟一走进帐幔就呆了：玉心一身缟素，正在装一盏紫罗兰色的灯，见了她，也不似平时亲热，只款款地说："姑娘来了？快坐下，外面热不热？"又命丫头应儿："还不快给十七姑娘倒茶？"玄溟平时，并没有别的嗜好，却在品茶方面，最是挑剔，连茶具也一应是最精致最讲究的，玉心深知这个，故叫应儿端了自己平时用的白底青翡翠茶盅，沏了最好的碧螺春，但是当时玄溟却顾不上喝茶了。玄溟的一双眼睛，完全叫那盏美丽的灯捉了去。

在9岁的玄溟眼里，那盏灯不是人间的产物。那是上苍奢豪的馈赠，那一片片精美的水晶，师法造化，浑然天成，在散落的时候，就像是秋风抖落了一地花雨，玄溟惊得说不出话来。

玉心接下来说的话，更是让玄溟目瞪口呆。玉心轻言曼语地说："幺姑娘，我这病不是一天两天的了，怕是就要去了，心里只是舍不得你。你当我是谁？我也不是个省油的灯，从小像你这么大的时候，已经颇识得几个字。真想把我这一辈子写成一本书，可现在已然是灯枯油尽，没有指望了。今儿个，我就拣几个好听的故事，讲给你听听。姑娘家，万不可移了性情，不爱听呢，就当是一阵风儿吹过去，爱听呢，就只当是笑话听听。"玉心握了玄溟的手，问："姑娘可曾听说过长毛的事？"玄溟怔了，点了一下头，从小就听过母亲讲长毛，姊妹们若有谁不听话，母亲便一律拿长毛来吓唬她，只知道长毛也叫太平军，和朝廷一直打仗，旁的便一概不知了。玉心莞尔一笑，指着那盏灯说："姑娘看这盏灯可说得过去？"玄溟说："姨妈说哪里话？我虽然年幼不知事，宫里也去过几回了，说出来真是罪过——就是圣上的宫灯,也不及它万一,玄溟孤陋寡闻,实实的天上人间,难得这等珍宝!"玉心听罢又是一笑:"这便是长毛宫里的灯,我在长毛宫里整整待了3年,这是唯一的纪念了。我没有后代,和姑娘有缘,只把你视同己出,现在有一事相托。"玄溟已是惊得只有点头的份:"姨妈有什么事尽管说。"玉心盯着玄溟看了半晌:"你把它交给西覃山金阁寺的法严大师,你替姨妈还了这个心愿,姨妈在阴间保佑你,一生逢凶化吉,遇难呈祥。"

但是后来的历史证明,玄溟违背了自己的诺言,她把那盏灯留了下来。她究竟是通过努力没有找到法严大师,还是根本就没有想去找,不得而知。她只是在每天的黄昏增加了一次穿灯的游戏,那一个个严密的密码数字编织成的程序,都是玉心姨妈在她的耳边说的。她这一生坎坷颇多,连亲生儿子也死于战乱,不知是不是与她违背诺言有关,老年的玄溟反省到了这一点,因此把这一切通通告诉了外孙女,希望外孙女羽蛇能够分担自己的罪孽。

5

庚申辛酉年间,有洪氏于金陵建都,号天京。天京定制:诸王所居为府,各官署则称衙。凡王府外都有辕门二,大门三,高达数丈。门上彩画龙虎,甬道中筑一高台,两旁悬金锣数十面,有事则鸣锣以达。门以内不准男子进入,一律女侍传达,天王宫于城北，正门匾额为"荣光门"，二门叫"圣天门"，都以真神冠之。两旁有栅，左右有亭。亭台高出墙外，覆以琉璃瓦，西有一井，以五色石作栏，上镌双龙，石质人工，俱极坚致，像是远古之物。殿前一座牌坊，上下均雕刻着龙纹，并饰以金彩，大殿尤其高大开阔，梁栋俱涂赤金，纹以龙凤，四壁彩画为龙虎狮象，光彩耀人，正殿东面有一围墙，内有銮池方广数十丈，池心有一青石砌成的大船，天王常常携妃嫔在此作乐。东王府也是有名的华丽，自从丙辰年被北王韦昌辉付之一炬后，又重建东王府，名曰正九重天庭，府后有园，入门有亭，亭畔有两株花椒树，圆实蕃衍，馨香怡人。自亭北叠石为山，绵延不绝，有清泉环绕其间，园中套园，穷极奢丽，楼台亭榭，逶迤相属，竟是历朝历代所不能比。

洪氏宫中，妇女不下数千，多为吴越产。定制为王后一人，辖嫔娘一，爱娘二，嬉娘二，宠娘二，娱娘二，位列上等，以下那些好女、妙女、姣女、妍女、娟女、媚女、姹女……不计其数，处女13岁便入选宫中，大小数千人中，竟无一完璧。单是好女色也就罢了，有那么一两个男宠，更是搅得天宫晦暗，人人自危。内中有一个叫蒙得恩的，最是谀媚便佞，周旋于天王天妹之间，均得宠幸。蒙氏用的是蛊惑之术，无论男女，很难逃出蒙氏的陷阱。但也有怀贞履洁、刚直不阿的，刺绣馆中绰号"针神"的杨碧城便是一个。

碧城十四入了女馆，曾三日不食，不发一语，后经东王宠信、女营的总管付善祥好言相劝,才开始进食。善祥虽是东王身边第一宠信,却善为下人调护,且十分爱才,因见碧城年轻聪慧、妙曼殊色,心里十分喜爱,两人常常联诗对句,很快便成了文字交。天妹洪宣娇听说碧城诗名,特意召见,一见,便不想放了,执意要认作义女。碧城一向听说天妹的荒淫,哪里敢应,只推说民女不敢高攀等等,逼得实在急了,便说要择吉日才能行大礼,推来推去,便拖延了下来。宣娇何等心高气傲的人,见碧城这样的态度,十分不快,她本来就与善祥有些龃龉,自此之后,更加认为碧城是善祥一党,每每想寻些嫌隙,只是碧城端庄高洁,女红又是第一等的好,宫中各种绣衣屏褥等物都离不开她,方才作罢。

就在天王生日那一天,蒙得恩来到绣馆,说是天王点名要针神杨碧城亲自为他绣龙袍。按过去的惯例,天王每逢寿诞便要绣黄缎龙袍一件,因此碧城没有怀疑,便跟了蒙得恩前往,蒙得恩没有走天王宫,而是去了天妹洪宣娇的一间密室。

6

故事讲到这里,玄溟已经猜到了碧城是谁。眼前这位冰清玉洁高贵秀雅的姨妈,原来竟是从长毛宫中逃出来的。玄溟也就算是胆识过人了,可她依然忍不住瑟瑟发抖。

杨碧城当时已经入宫3年,已经是芳龄16岁的姑娘了。碧城心里其实早已有了人。那个人，就是东王杨秀清麾下的一个青年将领。也是缘分，有一回，善祥特意亲自去绣馆，说是东王手下一个叫做斯臣的将领，一直镇守要塞，屡立战功，杀灭清妖难以计数，如今恰逢他26岁生日，东王要亲自为他做寿，并且要碧城亲制袍服一件，上绣狮虎图案。碧城连夜绣了，第二天晨昏方才入睡，恍惚中她做了个梦，梦见一白袍小将，身材修长，美如冠玉，骑在一匹骏马上，向她微笑，那白袍上的狮虎似乎都活转了来，咆哮生风。她一惊，醒了。就在这时，听见东王府的差人在窗外喊，绣馆姐妹们急急地叫醒她，大家手忙脚乱地为她梳妆打扮一番，送她上了东王府来接人的那乘青衣小轿。姐妹们边笑边说："姐姐这一去，少不得要领赏了，东王府派轿子来接绣馆的人，还是头一回哩，姐姐得了头彩，我们也跟着风光！"说得轿夫也捂了嘴笑。

碧城平日从不妆扮，略施粉黛便宛若天人。看得东王两眼发直。善祥见东王如此不堪，又好气又好笑，赔笑道："王爷特地打发人把碧城姑娘请来，不是要论功行赏吗？难道王爷忘了？！"东王这才正襟危坐，微笑着说："碧城姑娘好一手绣工，真是名不虚传的针神！本王要好好地嘉奖你，以后，凡本王和部下的袍服，一定要你亲手绣制！"随着一声"赏！"，碧城只见一只绣囊里，装满了极大的合浦珍珠，还有数十方玉石，碧城心里暗暗吃惊，待要推诿，见善祥款款地站起来，走到面前，说："碧城，你就收下吧，这些珠子玉石，原是叫你吃的，这还是学的天王的法子,每日晨餐,食珠二颗、玉一方,日子久了,不但肌肤朗润,还可长生哩!珠子要裹入豆腐里隔水炖,煮上半日,珠子会涨大两三倍,入口即化;玉要放进榆根里煮,不能走气,一天一夜,玉就煮得酥烂,吃的时候加点冰糖,好吃得很哩。"碧城只是轻轻道个万福:"谢东王厚恩,只怕这等贵重东西,奴婢消受不起哩。还是东王和善祥姐自己留用吧。"碧城淡淡地说完,并不管东王脸色不悦,只静静地侍立一旁,却在无意之间,看见东王身后站着一个人,身材修长,美如冠玉,正是梦里穿白袍的青年——白袍上绣的,正是自己连夜赶绣的狮虎图案,这么看着,她的脸蓦然红了,那青年分明也在看着她,目光里好像有一种赞许,一种钦佩,并且充满爱意。后来她想那目光里的意义或许是她想象出来的,但是接触了那目光,她就什么都不怕了。

东王的脾气,这等不识进退早要被他骂作贱婢、当众受责了。但那天一来是自己高兴;二来是爱将的好日子,就忍着没有发作,心里只骂这婢子空长了一张好脸,真个是不识好歹的榆木疙瘩。善祥见状,急拉碧城到偏殿去领赏银,嘴里说:"我的小姑奶奶,你可真唬死我了,你不知道他那脾气,是说翻就翻的,你这么当众给他没脸,照平时,他叫人拖下去打死也是有的,你怎么就不怕?妹妹,咱们好了一场,听姐姐一句话:直如弦,死道边,曲如钩,反封侯,你既到这里来了,免不了要收收性子,太刚烈了,只怕是后果不好呢。"碧城淡淡一笑:"我倒是怕他们后果不好呢。吞珠食玉，实在是过于奢靡了，要遭报应呢。"善祥一怔，正色道："我又何尝不知？只是大厦将倾，谁也无力回天罢了！我每日里代东王批改笺牒，哪一位王爷不是大兴土木，天朝的银子，只进不出的，落了多大的亏空！饶这样，大公主还要重建坤宁宫呢。上次我只说了句诸王爷的笺牒文理不通，就惹得东王发怒，把我枷在女馆里一月有余，我染了吸黄烟的毛病，也就是在那一回……好妹妹，你听姐姐一句话，就是退步抽身，表面上一点儿风声也不要露，万不可一时逞强，害了自己。"

碧城何等聪明的人，岂不知道善祥这一番肺腑之言的分量？可是事情偏偏来得那么快，快得让她没有一点儿准备……

7

那一天碧城被蒙得恩领进大公主洪宣娇的一间密室。当时天朝上下正在庆贺李秀成攻占苏杭，朝贺自王后以下，全部盛装登上宸极宫正殿，六宫尽悬灯彩，灯燎相接，火树银花，舞蹈如仪。一切均由宜春宛主管娄妃操持，娄妃性慧，历来得天王宠信，一切安排，井井有条，又放出话来："忠王恰恰在天王寿诞之前打了大胜仗，实在是天王功德昭彰，天父天兄所佑，不如两件喜事一起办，大天朝好好乐他几天！"又找傅善祥："碧城妹妹那里，交给你了，叫绣馆众姐妹辛苦一下，今夜就把新龙袍绣好！"善祥见娄妃正在兴头上，也只好诺诺。

蒙得恩垂涎碧城的美貌，远非一日。又兼宫中上上下下，唯独一个碧城不把他放在眼里，比起嫔妃美人，那赵碧城自有一种旁人无法企及的美，那是一种冷艳，冰清玉洁，端庄高贵。蒙得恩对那些每日里的淫声浪语扭捏作态已然厌倦，想换换胃口，因此借了这个千载难逢的良机，把碧城诓了过去。至于洪宣娇是否与他合谋，碧城后来始终无法判断。但是蒙得恩很快发现，他遇上了一个永远只可远观不可狎玩的女人，他百般蛊惑无效，只好施行强硬手段了。

他万万没有想到，貌似柔弱的碧城竟然如此泼辣，在反抗无效的时候，她竟侧身一闪，用纤纤玉手一把薅住他的私处，狠狠一拽，他当即瘫软在地，疼得喊都喊不出声了。只能眼睁睁看着一个妙人儿就那么走了。

碧城怒气冲天地走入欢庆的人群中。看见她的脸色，所有的妃嫔都捏了一把汗。好在那时天王并不曾注意她，天王正在欣赏一张多宝座椅，那张座椅在众多的宝物中十分醒目：座以珠宝琼瑶、玛瑙、翡翠、碧霞洗、珊瑚枝等连缀而成，下连御床，上承华盖。远远看去，真如云蒸霞蔚，宝光烛天，耀得人眼花缭乱。走近它的时候，有一种氤氲之气，龙涎沈脑，迷迭芳香，四周都以剪彩为花，杂以鲜蕊，无法辨其真伪，恍如游历在珠林宝树之间，真真是到了仙家府第。人人见了，都向天王称贺不迭，唯碧城冷冷地站在一边一语不发，摇头叹息。

傅善祥当时也是艳服靓妆，随东王朝贺罢了，一眼看见怒气未消的碧城，悄声道："痴婢子，今天可是天朝的好日子，不许你杀风景！"碧城就在她的耳边轻声诉说了一番刚才的事，切齿骂道："蒙得恩狗彘不如，真乃天朝败类。"善祥听得呆了，良久，才缓缓地说："你速回绣馆清理衣物吧，怕是不大好呢。若有不测，你速到迎禧院屏风后面，我叫顺儿去帮你。"碧城待要分辩，善祥早已把她狠狠地一推，碧城几乎摔倒，东王嗔道："都什么时候了，还在玩笑，小心天王用银挞揍你们！"一语未了，碧城已经走了，走出人群的时候还回头看了善祥一眼，眼睛里有泪，像雪山上刚刚融化的雪水那么清澈透明，痛彻心扉。善祥见了，觉得自己的泪也在往上冒，只好含悲忍泪，招呼贴身丫头顺儿过来，如此这般地吩咐了一番，最后说："你碧城姐是天朝一等一的人物，她若有何不测，我找你来问罪，你可记住了？"善祥的口气之重，从未有过，换了别的丫头，吓也吓傻了，偏那顺儿是天朝第一个有胆识有担待的女侍，虽然不漂亮，却是善祥身边第一个倚重之人。当时顺儿已经完全懂得事情的严重性，顺儿只点一下头便蓦然离去，因她学过武功，轻功甚佳，夜间行路悄然无声，最适合做夜行使者。

当时夜漏已残，云板声声，天王车驾已巡视一周，折回瑶台，众人屏息伏地，天王坐在多宝座椅上，突然四顾狂笑，对诸妃说："尔等慧心，一至于此，是天赐朕！朕将老此温柔乡矣！"说罢，让众人开怀畅饮。这时洪宣娇也乘风辇来了，也是盛装华服,绚丽可人,来了就命诸妃嫔献颂诗赋,以润色天朝鸿业,又叫:"小蒙子呢?天王的黄缎龙袍何时来献?宣蒙得恩!"

宣蒙得恩这四个字像重锤一般敲得傅善祥胆战心惊。她忽然觉得,这一切都是事先安排好的。难道大公主就非要赶在今天发难?平时他们兄妹关系甚笃,难道她就不怕破了兄长和整个天朝的好日子?!不容她想下去,蒙得恩已是一溜小跑的赶来,手里拿的是一套黄缎冠冕与龙袍。

8

史书上对于傅善祥的突然逸去历来有各种说法。但是玄溟坚持认为,直接原因便是玉心姐姐——也就是针神杨碧城。在所有太平军的野史上都有着关于杨碧城的记载,但是所有的记载中她的结局不是被凌迟便是点了天灯。就是最多疑的史学家也毫不怀疑她的死。野史专家们津津有味地描述道:当时蒙得恩跪在天王面前,把至高无上的锦绣王冠撕裂——那里面竟染着斑斑血迹!蒙得恩叩头流血,大哭失声:"是小的失职,竟让杨碧城这个大胆妖女有隙可乘,妖女竟公然以妇女之秽物缝入吴锦之中,现有同馆人揭发,人证物证俱在,请天王明示。"

善祥记得,当时天王的一张笑脸突然定格,面呈土色。那样子非常可怕。天王抓过那顶冠冕,细细看了,然后狠狠掷在地上。所有的人都僵住了，几个胆子小些的妃嫔已经面白如雪，摇摇欲坠。天王倒是很快平静下来，面向东王冷冷地说："东王，你看这事当如何处置？"东王狠狠瞪了善祥一眼，立即回答："罪大恶极，不可复留，按天朝制，应处极刑，以点天灯示众。"天王说："好，朕就请东王来处理此案，极刑之前，应当审讯，看看到底是谁主谋！"天王的声音冷漠而阴狠，令人胆战心惊。善祥半天才想起来擦汗，却发现手臂已软得抬不起来了。这时她听见娄妃温婉的声音："天王息怒，今儿大好的日子，犯不着被这小蹄子给搅了，依妾愚见，竟是过了今天再作处置，也不迟呀。"她知道，平日里天王是很给娄妃面子的，何况今儿娄妃又是盛会的第一功臣，那把多宝座椅引起天王极大的惊喜——可是娄妃话没说完，天王就变了脸，竟在突然之间，手执银挝向娄妃的头部打去，娄妃本能地一闪，正打在脸上，顿时鲜血濡染如落英缤纷，娄妃只痛号了两声，便晕厥过去。

所有的人都跪下了。跪在了天王的威严面前。

我常常对于帝王的威严感到困惑。我常常大逆不道地想，假如众人都不跪呢，那么会怎么样？最后跪下的会不会是帝王本人？但是实际上这种情况很难发生，在"众人"里，总有一些人要率先跪下，然后便是多数人跟着跪下，不跪的，永远是少数，不跪的少数很容易被消灭殆尽。

不愿跪而又要保全性命的，无疑要靠智慧了。因此在中国，谋士永远多于勇士，这也是优胜劣汰的法则。

在上一个世纪的那个夜晚，那个对于碧城来讲的恐怖之夜，锦衣卫迅疾地包围了绣馆，将绣馆诸姐妹尽数拿下，交与东王府狱。东王心里明白，那一个个瑟瑟发抖的少女中间，缺的正是杨碧城。他想，一定是善祥走在前头了。

杨碧城此时已经拿着通行证，一身村妇装束，匆匆行走在离城百多里的小村落里了。她在夜色中找到迎禧院后，顺儿已经匆匆赶到。顺儿推开屏风，后面是一幅巨大的西洋画，顺儿按住西洋画上小天使的嘴巴，巨画忽然开启了，原来那竟是一扇门，一扇通向秘密通道的门。顺儿在紧急中没有忘记塞给碧城一个包袱，她说："这是善祥姐让给你的，她说跟你好了一场，留个念想儿。她说早晚她也是要走的，她让你好好保重，嫁个好人家儿……通行证就在包袱里，出了通道把它打开来，有了这个，在天朝的地界里就畅通无阻呢。"顺儿边说着碧城边落泪，这时已经泣不成声："顺儿姐，只怕是我走了，善祥姐和你又怎么办呢？"顺儿不再答话，只把碧城推入通道入口，急急地合上了那幅西洋画。顺儿当时已经抱定必死的信念。

三日之后，行刑官宣布：绣馆一案，极刑者一人杨碧成，受杖责者数十人，当夜执行。极刑者被判以"点天灯"酷刑，即以帛裹人身，渍油使透，植高杆倒缚，然后在下面燃起火焰。行刑官到绣馆提人的时候，发现傅善祥亲临绣馆，人犯已然被白帛裹好，待要验明正身，被善祥喝道："是东王命我监刑的，若信不过我，连东王你们也信不过吗？"行刑官吓得诺诺连声而退。

极刑在东王府门前的那棵桂树下执行，人犯被倒悬在桂树上。大火烧了整整一夜。善祥站立窗前，火光映亮了她的脸，看不出她的表情。

她的目光穿透了漫天大火，看到在一个遥远的村落里，碧城已然有了安歇之处。当碧城打开那个包袱的时候，会惊叹那盏灯的美丽。穿灯的诀窍、那些数字密码她已经写在裹灯的绵纸上，那盏灯是在善祥的一个生日晚宴上得到的，当时碧城还没来。献灯的是一位老人。而装灯的盒子里写着的一首词，是善祥至今没有向任何人披露过的："风倒东园柳（隐杨），花飞片片红（隐洪），莫言橙（陈玉成）李（李秀成）好，秋老满林（隐金陵）空。"

这首词似乎正在漫天的火光里成为一个谶言。自那之后不久，善祥就突然逸去了，她消失得如此彻底，无影无踪，以至让人怀疑她是否真的出现过。

突然逸去的还有一个人。他叫斯臣，是东王麾下爱将。自从那个火光冲天的夜晚之后他就失踪了。后来有人传说他在西覃山出家当了和尚，法名法严。

9

在百多年前金陵的那个恐怖之夜，我想顺儿应当是真正的无名英雄。从可以捕捉到的各种蛛丝马迹来看，代替碧城去死的正是顺儿。我们可以想象,当顺儿匆匆赶回东王府的时候,已是一片大乱。锦衣卫夜半抓人的声音穿过一个世纪向我们袭来,那声音听起来毫不陌生。所有的女人,包括善祥,都希望有一种能把自己突然隐去的高超本领,或者把自己像折叠好了的东西那样放进抽屉里,收藏起来。要么,干脆化作一片柔和的云彩,变成鸟翼,或者,一滴清水,蒸发了,就没了。只有一个女人例外,那就是顺儿。顺儿在那个夜晚,在亮如白昼的灯光下,投下自己巨大的阴影——她一往无前地走向东王府,走向死亡。

很明显,在死前善祥和她激烈地争论过,但是她生平第一次违拗善祥的意思,她选择了死,在她纯朴的心里很清楚地知道必须要有人代碧城去死,如果不是她,就会是别人,她像原谅母亲那样原谅世人的堕落,她独自走向通向死亡的回廊,用只有19岁的年轻身体去填补深渊中那个阴暗的缺口。她不漂亮,没有经历过爱情,她来自金陵的乡下,和女馆的其他姐妹不同,当初她是因为仰慕太平军而自愿来的。太平军曾经给她带来虽然短暂但是莫大的欣喜。她曾经用多么崇拜的目光仰视着天王洪秀全和东王杨秀清,她不敢正视石达开、陈玉成那些年轻的将领,她一见他们就禁不住脸红心跳,她无数次地想过了,假如需要为他们去死,就是上刀山下油锅,她也无怨无悔,而且,不必让他们知道。但是天朝的5年生活像一个噩梦把她攫住了,她没有一天不在临睡前在胸前划着十字:"上帝啊,原谅他们的罪孽吧。"

如今她真的要替别人去死了。她和碧城并没有深交,但是碧城与善祥间的每一次文字交都是由她来传递的。有一回碧城高兴了，曾经赠她一副亲手绣的鞋垫。她宝贝似的压在箱底，今儿个，她头一回把它拿出来，垫在脚下，上面绣的鸳鸯依然那么鲜亮，碧城的意思全在上面，可是她，等不到那一天了。

她投环而死，用的是极洁净的白绫。善祥抚尸大哭，善祥知道她之所以用白绫而不用匕首，完全是为了怕鲜血给善祥带来麻烦。善祥把自己最心爱的衣裳拿出来给她穿了，又拿出整整一匹白绫，命两个可靠的丫头细细密密地把她的尸体从头到脚裹了，然后率女馆所有的姐妹跪在尸前，祈祷。

那是一次来自天国的合唱。忽然刮起的狂风是迟来的音乐，在风中，姐妹们感受到了正在俯视的目光，那赤裸裸的目光，牢牢筑在月亮的巢穴里，澄明，冷静，又充满着渴望。

10

我真的无法感受古代与现代有什么不同。从某种意义来说，现代只是对于古代的仿制，现代与古代的区别仅仅在于现代的仿制技术优于古代，它越来越像真的了，它甚至能够仿制——克隆人。而无论多么精密的技术都永远代替不了"感受"——那是一种亘古长存的真理。有一位诗人曾经用简洁明了的句子写道："卑鄙是卑鄙者的通行证，高尚是高尚者的墓志铭。"但是人很难抗拒生的诱惑。就连这位诗人，也为了逃避墓志铭而远去。在通行证与墓志铭之间,是否还有其他的生活?对于青年来说,丧失了纯粹便丧失了美丽,但是对于年纪更大、活得更长的人来说,美丽则意味着色与色之间的过渡,人可以终其一生,面戴甲胄,但是至少有一次要拿出通行证——或者说是身份证来。

不然,人就真的成了蚂蚁,成了虫豸,成了可以被克隆的电子时代的代用品。

11

现在,我们的场景已经切换到了故事的开始。你一定还记得那个与世隔绝的地方,记得那口小湖吧。那一整块蓝的水晶。童年的羽常常在湖水里发现一个巨大的蚌,那个被黑色羽毛封闭起来的蚌,偶尔开启,里面是空的,什么也没有。

那个女孩离开此地已经5年了。现在我们看见5年后的那个女孩,正在黄昏的光线里向着湖水走来。她的目光在树林里摊开,那些树,那些她记忆中的树都变得更高,也更美了。那些树波涛起伏地吟唱,是树木的旋律创造了风景。风景奏起交响乐,玫瑰色晚霞中的铜管乐器为色彩同样强烈的湖水伴奏。黄昏的芳香包围着她,有一些小小的朱红的橙子从浓绿中显现出来,她猜这可能曾是一片远古的陵墓,这里大概掩埋过一位废妃,如今在废妃的神殿上,青草长了出来。

可是当她像小时候那样趴在湖边的时候,却再也看不见那个巨蚌了。

那个女孩，那个文过身的女孩，坐在湖边哭了。她的眼泪是一颗一颗往下坠的，很沉重，就像往下砸似的。就像是什么东西碎裂了。

她的身体，文上了最美的图案，法严大师说，她的血，足以赎任何罪恶了。她带着这一点刚刚被唤起的自信回到金乌家里，却只看到餐桌上的一封信，当然是金乌写的，金乌很平静地告诉女伴，她走了，她要去寻找她的亲生母亲。

金乌曾经是她的憧憬，是她内心深处最美的幻影。她为了赎罪承受了最大的痛楚，她以为金乌会喜欢她的文身，以为金乌会夸奖她，从此埋葬掉她的过去，所以她能咬牙承受剧痛，可现在金乌走了，全身的疼痛在一瞬间都复活了。她的心碎了身子也碎了。她整个人化成了眼泪，那么坚固的有质感的泪，它们碎裂成一颗一颗的，能砸得出声响。

她把头浸入湖中，像小时候那样，头发倒悬在湖水里，像是飘动的水母，但是这时再也没有母亲和外婆叫她的声音了。

第五章　荒芜童话

1

羽被世界放逐到一个更远更荒凉的地方。

也许是自我放逐。

这是个非常寒冷的地方。羽刚来就病倒了。但是在这里生病是不能躺在床上的。即使不干活，一个人躺在床上也要冻僵。晚上，许多人挤在一起，用每个人加在一起的体温取暖。偶然会从屋顶上落下断裂的冰凌，但是她们太疲劳了，无论被砸得多疼，她们谁也不愿睁眼。

只有羽例外。她一夜一夜地睁着眼。等待着什么降临。在夜深人静的时候，她咳嗽和呕吐的声音特别响亮。每当这个时候，有一个离她很远的姑娘，总要走过来站在她的床前，手里拿着一把药。

这个站在她床前的姑娘，在黑暗中一双大眼睛很亮。这个叫做小桃的姑娘好像特别喜欢她。羽知道在白昼的光线里小桃会一下子变得非常美丽。小桃的皮肤非常薄，离她近的时候，可以清晰地看到她皮肤上的毛细血管。她的眼睛，亮得像是落进一对星星。颧骨和下巴微微有点翘，睫毛长得像蝶须，落在颧骨上，阴影一片。小桃的样子，像一个美丽的洋娃娃，羽想。

小桃注意这个叫羽的瘦女孩好久了。这个女孩如此沉默，加在一起说的话也超不过五句，但奇怪的是谁也无法忽视她的存在，她的存在本身就是特殊的，小桃猜她的本意是想逃离一切之外，但是她无法做到，多么奇怪，有的人全身都装满了话筒也无人理睬，可另一些人几乎消失成了影子，却仍然成为巨大的存在。小桃想，羽身上一定有着什么特殊的东西。小桃又想，假如羽不是那么瘦，那么她一定是很美的。

终于有一天，羽从冰河里捞麻上岸的时候，晕倒了。羽的手臂，已经紫了一大片，所有的人都说，没救了。小桃把她背上了二八车（一种手扶拖拉机），到了县里的医院。小桃守了她一天一夜，所有的人都说，准备后事吧。小桃怒目而视不予理睬。第二天的黄昏，刚刚下了一场大雪，雪花把医院肮脏的墙映得很白。羽忽然睁开眼睛，羽一睁开眼睛就像睡醒了似的。羽轻轻地问："下雪了么？"小桃急忙拉住她的手，像是怕她再睡过去似的："下雪了，下得很大……可是你怎么知道下雪了呢？"羽说："我觉得眼前一片白，亮得很难受。"小桃奇怪地看着她。

羽又说:"我饿了,想吃肉。"小桃问:"你还想吃什么?"羽说:"我还想吃饺子,吃鱼,要那种油很多的凤尾鱼,吃菠萝,吃山里红……可我知道,什么都没有。"小桃笑了,一笑露出两个极深的酒窝:"想吃东西,就是好了。我妈告诉我的……你等着,我给你想办法。"

小桃像个皮球似的一下子蹿了出去,羽想拦都没法拦。

2

天已经黑尽了的时候,羽的病房的门开了,一股新鲜的潮湿涌进来,还有一朵一朵的大雪花。灯打开了,开灯有一声很清脆的声音,灯光泻了一地。她首先看见的是一大包东西,然后才看见被东西挡着的小桃。

那一个大口袋像是阿里巴巴的袋子,里面的东西掏也掏不完。她惊奇地看见了五彩缤纷的罐头,在那个没有色彩的年代,那些罐头的确可以称作"五彩缤纷"了。那口大白猪,那熟悉的大白猪,自然是午餐肉罐头,看见它她就觉得舌尖上有一股香味涌了出来,有一年过年,爸爸曾经单给她留了两大片午餐肉,她把它们夹在大白馒头里,慢慢地嚼,从此那香味就留在了舌尖。凤尾鱼、菠萝和山楂罐头也是那么惹眼。小桃笑嘻嘻地说:"就是没有饺子,不过她给你带来了这个——"小桃把一大包松饼放在她眼前,这种松饼别处是吃不到的:一层层地用鸭蛋黄裹了,皮上洒了一层芝麻，烤得喷香松脆。

两个女孩在茫茫大雪中的一所小房子里吃着一顿圣餐。她们吃得那么馋，那么香，把整个世界都忘了。但是世界并没有忘记她们。上天在那一瞬间给了她们一个慈爱的笑脸。窗子被风吹开了，大朵大朵的雪花飘进房子，那些雪花凹凸有致，吐纳自如，就像能够呼吸的生命，在若明若暗的光线里，和谐地采纳光照，宛如一朵朵美丽的花，由于色调变幻而产生奇异的效果，光线把她们和雪花的剪影分成了几个部分，好像罗可可式教堂的彩绘玻璃似的。这样奇异的时刻总能给人带来幻觉。

她看着眼前的小桃，忽然觉得，小桃就是上天派来拯救她的天使。这样可爱的女孩，一定有许多许多人爱她。

于是她问："小桃，你有男朋友吗？"

小桃眨眨眼睛，把最后一点儿菠萝罐头里的糖水倒进嘴里："当然，我的男朋友就在莲池那边养鹿，想要鹿茸吗？开春以后让他割点儿茸送给你……你呢？你一定也有男朋友吧。"

她竟鬼使神差般地点了点头。

"我的男朋友个子很高，很帅，还会骑马。"小桃说，"你的呢？"

她的脸红了一红："他么，长得很好看，比我好看多了，他的力气大极了。有一家寺院的老方丈，非常器重他。"

"哎呀，你可要告诉他，千万不能跟什么老方丈多来往，要是出家当了和尚，你们就结不成婚了！"

她心里有什么东西突然下落了。她自己也不明白，她在描述想象中的男朋友的时候，为什么要以僧人圆广为蓝本。那个英俊的年轻人，他已经是和尚了呀！她这才大梦初醒般地感到了一种疼痛。那是一种新鲜的初潮一般的疼痛，就像那天她的双乳被刻上了两朵梅花一样的新鲜。但是那时她的全身心都在感受着另一个人，以至于对初夜的惨痛现实与近在咫尺的英俊少年麻木不仁。

她总是晚一拍。然后是放弃。她的一生都在不断地放弃。

实际上，在许多年之后她才知道"圆广"的真实身份。有一天，他终于亮出自己真正的身份证。也就是在那一天，他离去了。又过了许多年，当她再次见到他的时候，那个英俊的青年已经永远消失了。

那一天，她忽然发现谎言给人带来的快感，当她撒谎说自己有男朋友的时候，她是那么快乐。前所未有的快乐。那天晚上她很久都在兴奋着。圆广那张曾经被忽略的脸，突然以高倍望远镜般的清晰，出现在眼前。她记得每一个细节。那年轻人眼睛里滚动着的泪水，忽然告诉她，他的心是仁慈的，她现在猜测出了他当时的两难，她惊讶自己竟然能那样自然地接受一个陌生的男人。她从他的脸上读出了自己的残忍，是的真正的残忍者是她，他把她看做一个惹人怜爱的女孩子，而她的眼睛里却没有他，他不过是一个可以使文身正常进行的工具。

现在那些雪花飞进窗里，带给她的疼痛不再是不可忍受的了。那一片片放大了的雪花,就在眼前,贴在门上,狰狞而美丽。

3

有一次小桃对羽说:"我很羡慕怀孕的女人。我很小的时候就写过一句诗:'我一生最美的年华是身怀有孕。'结果被我妈妈揍了一顿。"羽急忙问:"你妈妈常常打你吗?"小桃摇头:"她才舍不得呢。我从小就没爸爸。她很宠我。"羽叹了一口气:"到底你是有妈妈护着的。"小桃把眼睛睁得大大的:"难道你没有?"羽就发呆。小桃并没有眼色,说:"我妈妈是世界上最好的妈妈。就是你们城里人都吃不上饭的那几年,我也是要啥有啥。真的,我虽是个乡下孩子,可就是书里的那话:是在膏粱锦绣丛里长大的。没吃过一点儿亏。"

羽看着小桃那鲜嫩的脸色,发呆。她想不明白,怎么一个乡下长大的孩子,能"要啥有啥"。

答案很快就有了。两人下工以后去县城,一头扎进那个唯一的商场,小桃裹着棉大衣,蹦蹦跳跳像一支脉动着的玫瑰,她跳到羽面前,小声说:"你看着我给你表演。"羽就看着她,她蹦跳着穿过那条罐头的走廊,她的眼睛好像在溶洞里穿行,与对面的一幅盆景对视,但就在她对视的时候,那些罐头纷纷扬扬好像被磁铁吸住的铁屑,它们消失了,就像夜里一些事物起伏的影子，循着光的阶梯旋转，弄得人晕头转向。

羽张口结舌说不出话来。

但是小桃很从容。当她在小酒馆里一样一样拿出那些藏在棉大衣里的罐头的时候，就像是在华丽的客厅里弹琴一样自我陶醉。这是她的杰作。

这是真正的行为艺术，羽想。

4

我们在前面讲过关于梅花的故事。梅花曾经是羽的母亲若木的侍女，梅花曾经被迫嫁给一个叫做老张的听差。后来梅花在秦府消失了。但是梅花并没有像我们想象的那样死去。梅花是个聪明美丽的女人，凡聪明美丽的女人都有着极顽强的生命力。她们可以被命运压瘪，也可以复活和再生，她们像那种再生能力很强的植物，貌似柔弱，却总是能够附着力强，茂盛地攀援。

梅花嫁给老张不久，随他去了乡下。老张是一门的长子，乡下的亲戚见了梅花，都稀罕得了不得——虽然憔悴，却依然是一朵花，一朵风干了的花有时更有味道。但是有一个同门的叔公看了梅花之后却长叹了一声：他断定这个女人是克夫命，不仅如此，她还克一切男人，不久之后，老张就会死于非命。同门叔公没对任何人讲他的看法，但的确是在不久之后，他的看法就应验了。老张的家乡常有盗匪出没，有一天半夜，梅花一觉醒来，看见有一张脸贴在窗格子上——那张脸在灰暗的月光下呈现出青灰,如一张橡皮面具,梅花看了就抖着声音喊了一声,那静夜里的一声把一家老小都喊起来了,但是还没容她穿上衣服,盗匪就已经冲到了床头。

浑身上下只穿了一件兜肚的梅花就那么被为首的劫匪扛了出去,但是几乎所有的人事后回忆都说,她没怎么挣扎,老人们都说,梅花那么好的一个孩子哪见过这个,她是吓晕了。

老张倒在血泊里,是被土匪用带锈的刀砍的,颈上有五个月牙形的印子,同门叔公用一种草药给他止了血,但依然没有救活。

5

梅花很清醒地做了压寨夫人。匪首叫安强,看上去像个年轻英俊的白面书生,并不比天成强壮多少。安强平常总拿着一本《清平山堂话本》,优哉游哉的,似乎很轻松。说实话安强与梅花想象中的匪徒相差何止十万八千里。梅花甚至觉得他们是同路人,他也是被匪徒截获囚禁在这里的。他是个落难的公子。

安强看见她的时候面无表情。完全不像当年天成的羞涩和老张的狂喜。安强只是十分冷静地让下人带她去沐浴更衣,然后吃饭。

浴室很大,是一个石头砌成的浴缸,有人递进来一大片新鲜的叶子，说是用它来当皂角。梅花半信半疑地接过来，轻轻一搓，有一种柔软的丝瓜瓤子的感觉，有新鲜的绿色泡沫源源不断地涌出，她顿时觉得神清气爽。洗到后来，她开始不断地呕吐，但是并不觉得难受，好像有一种清凉的液体浸润肌肤后再慢慢渗入内脏，把内脏也清洁了一遍似的。那是一种彻底的消毒。所以梅花从浴室里走出来的时候，简直觉得自己是一个新生的婴儿了。

然后喝放了黄芪的鸡汤。鸡汤炖得醇白，没有一丝油腥。上面漂了几叶碧绿的葱。梅花是在大户人家做过事的，觉得这里一切的做派，都不像山寨土匪那种暴发户式的奢华，而更像没落豪门式的讲究。梅花吃饭的时候穿的是大红羽纱的纽丝盘银窄褙袄，陪她吃饭的两个女人，又不像丫头，又不像小姐，都一声不吭，连头也不抬，喝汤时不出一点儿声音，梅花悄悄抬眼一看，见穿的都是家常的洒花裙子，一个穿葱绿，一个穿鹅黄。全身并无装点，只手上戴了银镯子，很宽大的，像是过去老爷鼻烟壶上画的洋女人戴的。

吃罢了饭，又有用人捧来睡衣，说是安先生让换的，这里的用人，一律称安强为先生，既不叫老爷少爷，又不叫土匪惯用的称呼，梅花觉得真是奇怪。

镜子里的梅花披上了一层白雪，那件衣裳是一朵朵的雪花钩织成的，层层叠叠，还嵌着几粒雪亮的珍珠，这哪里是什么睡衣，分明是西洋女人结婚时穿的婚纱。梅花虽不识字，却是见过世面的。

但是镜子里的女人让她惊异,让她吃惊的不但是美丽,而且是一种毫不相干的美丽。她觉得那不是她。她记忆中的自己,是年轻单纯的姑娘,有明亮的眼睛和光洁的皮肤,可镜中的这个女人,不知道在什么地方变了,美是美,可那美变成了另一个人的,再不是自己了。

梅花站在镜前很久才适应了那个女人。或者说,镜中的那个女人被她承认了。

更奇怪的事情在后面。当梅花鼓起勇气穿过那些石砌的回廊,走进安强卧室的时候,安强只是平静地看着她,然后打开一个箱子的密码锁,从里面拿出一串珍珠项链。他为她戴好了珍珠项链,左顾右盼地欣赏了一会儿,然后说:"晚安。"

6

羽夜里睡不着的时候一直在想着小桃的故事。小桃的母亲叫梅花。她隐约记得母亲和外婆都曾经提到一个叫梅花的侍女。外婆毫不含糊地说,在所有的用人中,梅花是最漂亮最能干的。而母亲只在对她生气的时候说,过去有个叫梅花的丫头,拧得很,最后还不是嫁人了。丫头片子,闹出大天去,最后还是要嫁人,嫁鸡随鸡嫁狗随狗,嫁出去的女儿泼出去的水。每当母亲这么说着的时候,她就觉得自己的心在流泪。

她从那时起就把世界上的女人分成两类。一种是母亲式的，一种是女儿式的，她逃到这个遥远寒冷的地方，并没有逃避母亲式的管辖，母亲式的女人到处存在。有个母亲式的女人就睡在对面的土炕上，她叫陈玲。

　　陈玲虽然比她大不了几岁，脑门儿上却有一道很深的皱纹，一双长眼睛有点斜视，越发显出那道皱纹的阴险。陈玲是个天生的领导人，这间屋里三十几个女孩子，通通都在她的治下，谁也逃不掉那双斜视的眼睛。

　　有一回铲地，那里的地垄都有十几里长，羽那时正拉痢疾，铲上几锄，就要往路边上跑。等跑回来，便要被落下一大段。陈玲在前面喊："每人每天给她包一根垅，铲不完，哭也得给她哭出来！"陈玲的声音充满了威慑力，她恨不得自己长出八只手来，追上大伙，可是，她被落得那么远。吃中饭的时候，因为离送饭的牛车太远，她只好饿着肚子。她的前面，除了黑土还是黑土。望不见天。

　　在天已经黑尽了的时候，她终于锄到了尽头。但是地头上黑压压地坐了一圈人。黑暗里响彻了陈玲的声音："羽是剥削阶级家庭出身的小姐，她们大家要注意和她划清界限。"

　　陈玲的声音像是掷进了深深的空谷里，在她的耳畔一遍遍地发出回声。

7

很久之后安强才和梅花同房。安强抚着梅花颈上的那串珍珠说："知道吗，这叫茄珠坠儿，是真正名贵好珍珠。当年，唐玄宗身边有个妃子叫梅妃，杨玉环没来的时候她是宠妃，后来杨玉环来了，她失了宠，玄宗想安慰安慰她，叫人送去一斛珍珠，梅妃不受。写了首诗交来人带回。诗写的是：'柳叶双眉久不描，残妆和泪污红绡。长门自是无梳洗，何必珍珠慰寂寥。'后来那个曲名儿《一斛珠》就是这么来的。听说玄宗赏的就是茄珠坠儿，正巧你的名字里也有梅。"

梅花听了，笑一笑："拿我比梅妃，折死我了。何况意思也不好。"

安强笑道："就这么说说，哪儿就认起真来了。"

梅花没说话，心里越发觉得他风流儒雅，实在不像个盗匪的头子。

可是不久之后，梅花就知道了珍珠的来历。知道了珍珠的来历之后就真的懂得了安强。那是个月黑风高之夜，安强第一次带她"出去转转"，他们的马车整整走了三个来小时，停在了一个街角。即使伸手不见五指，梅花也知道，那是此间最有名的一家珠宝行，是她原来的老东家，玄溟太太的娘家开的。

不知为什么，梅花并没有阻止这桩行为，她只是看着，安强给她的任务就是打扮成一个富贵人家少奶奶的模样，为他放风。梅花看见珠宝行的铁栅栏固若金汤，外面双层铁将军把门。可是安强竟然不慌不忙地用他的打火机烤弯了连着的两根铁栅栏，把原来的10厘米间隙扩展成一个（ ）形，事后她才知道，原来安强为了这次行动，早有准备，他买通了珠宝行的修理工，让他们在更换栅栏的时候换上了两根形状记忆合金，这种合金可以记忆高温和低温时的两种状态。安强的偷盗行为中处处闪烁着耀眼的智慧火花，这让梅花觉得既惊奇又刺激，这是无论天成还是老张都没给过她的。

在后来那些日子里，梅花无数次地看见安强用自己那天才的脑袋瓜打开各种各样的密码箱，从里面盗出各种文件和珠宝。安强熟知每一种珠宝的来历，他谈起珠宝来如数家珍，常常使她想起过去的老东家太太玄溟。不知为什么她觉得安强和玄溟有一种什么内在的联系，好像是血缘方面的，又好像不是。但是梅花听太太讲珠宝的时候只觉得有点新鲜，开眼界，但是离那些故事很远。而听安强讲则是另一回事。安强讲的时候，往往被讲述的对象就在眼前，梅花觉得一切都是可以企及的，一伸手，就是一粒价值连城的珍宝。可以企及的，总是更有诱惑力。

这样的日子过了大约有一两年。有一个冬天的夜里，没有雪，也没有风，但无风无雪的冬夜好像愈发寒冷，梅花站在冻得龟裂了的土地上，双手呵着气，跺着脚，心里数着数，她觉着时间好像是个一屁股坐在地上耍赖皮的孩子，怎么也不肯走。也就是在那一回，她心里忽然亮起一道光：与其在这儿挨冻受惊，真的莫如去体验一回盗窃珠宝的乐趣！但这亮光稍纵即逝。"造孽哟！怎么会有这个想头！真是该死了。"梅花自责着，好像心里那一闪念被菩萨知道了似的。但就是在这时，她听见了枪声。

她听见第一声枪响的时候以为谁家在放鞭炮，她愣怔了一下才反应过来，那时已经枪声大作。她奇怪自己并没有什么恐惧感，也许是事情来得太突然，她还没有来得及恐惧。她清晰地看见月光下安强弯腰疾行的身影，月光在安强的脖颈后边映出一道奇怪的亮光。安强身后是他的保镖奎子。奎子似乎扛着很重的一包东西，一望而知他们又得手了。他们向着梅花跑来，什么事情也没有，枪声似乎已经被他们甩到了身后。梅花这时已经钻进了马车里，撩起帘子看两个男人向着自己狂奔。但是帘子外突然出现了一辆飞驰的吉普，是那种老式的吉普，法租界里常常看到的。就是那辆吉普向着两个狂奔着的男人撞去，撞得恶狠狠的，蛮不讲理不可阻挡地撞去，梅花的脑袋瓜一下子糊涂了，她看见一个人被车轮辗了过去，而另一个人被撞得飞起来，像纸鸢似的飘在空中，半天才砸向龟裂了的冻土，发出一声金属被棉花包住摔在地上似的闷响。她心里说："完了。"

那是她第一次看见鲜血。月光下的血是黑色的，充满了黏稠的质感。像是有人把一大桶沥青浇在了那里。那么那么多的血，浸在干硬干硬的冻土上，好像把土上的裂纹也滋润了似的。

8

小桃是在第三个麦收季节接到家里的电报的。小桃把电报给羽看。电文写着:"母病危速归。"小桃一双美丽的大眼睛汪着泪水:"我没请下假来。头儿说,农忙季节,不给假。"羽说:"那怎么办?"小桃说:"怎么办?跑呗。"羽良久不语。

两人同时想起了前天陈玲作的动员报告。陈玲说,农忙季节,谁也不准请假,如果未经批准擅自离队,以逃跑论处。如果知情不报的,要全队通报批评,如果帮助他人逃跑,要受处分。

但是小桃坚持要走。两人叽咕了一夜,商定凌晨三点钟就起身,赶在上工的前头,这里离火车站有40多里地,要是拦不上车,就得腿儿着走了,得打出这个时间来。商量笃定,小桃就香香地睡了,羽又是睁着眼睛看天花板。在这个季节,天花板上的冰凌已经化了,换成了无数蚊虫趴在上头,黑压压的一片,过一会儿,就掉下一两只来,有时候还掉进打呼噜的人嘴里。凌晨时候羽才迷糊着,迷糊着就做了个噩梦,醒来后断断续续也记不清了,只记得她和小桃背着行李到了火车站,她觉得很累很累,好像腿都快迈不动了,但是她们都看见火车站的月台上有个女人的背影,很风韵的,小桃就叫上了:"妈妈!是我的妈妈,妈妈!"羽不知道怎么了,也跟着一起叫,叫妈妈。妈妈这个字眼儿对于羽已经很陌生了,一开口叫妈妈,便有两道温暖的泪水慢慢从眼角淌下来。可是，那个女人一回头，却是一张没有五官的白脸，羽惊叫了一声醒来，看见小桃还在香香地睡着。羽回忆梦中的情形，做出叫妈妈的口形，她发现自己真的在流泪。她真想像别的女孩子一样倒在妈妈的怀里撒一回娇，要妈妈来哄她，小桃这一回去，她的妈妈还不知怎么疼她呢，她想。

看看表已经是三点钟了，她叫醒了小桃，并没有梳洗，两人悄悄地各拎了一个提包溜出去。走出队里的时候很顺利。但是天太黑了，路又难走得很，两人磕磕绊绊走了一路，没有拦着车，只听见远处野狼的嚎叫。

9

在1947年之后的大部分日子里，梅花都陪伴在受伤的安强身边。安强伤在脚踝，是粉碎性骨折，当时，整个车身扑来，他就地打滚儿蜷成一团儿，可就是他再敏捷，也来不及收起那只右脚了。他自己当时就听到了咔嚓嚓断裂的声音。梅花至今记得当时的恐怖景象：安强的右脚脚踝整个折断，森森白骨茬子露了出来，整个脚腕儿鲜血淋漓的只连着一张皮，那时只要用一把削水果的小刀轻轻一碰，一只完整的脚就会掉下来。梅花把他的脚抬高，放在自己的腿上，用衣服一层层地把它裹严，可是鲜血依然源源不绝地渗透出来。

奎子已经不需要上车了。奎子躺在月光底下，一双眼睛瞪得溜圆。奎子棱角分明的面部像是刀切斧凿般的具有雕塑感,他全身看上去完好无损,可是再细细一看,就会发现他身下那个鲜血的湖泊来自他的双耳:鲜血从他的两个耳朵眼里流出,咕嘟嘟像泉眼似的,这时似乎正在慢慢地凝固。

终身残废的安强似乎在情绪上并没有受多大的影响,在最初的痛苦过去之后,他又开始一如既往地策划每一次新的行动。有一天小憩醒来,他忽然兴致勃勃地对梅花说:"你跟了我这么长时间了,总该有点儿长进。这么着吧,我想考考你。"安强给梅花出了一道试题,安强把三个一模一样的珠宝盒放在桌上,盒盖上贴着的标签分别写着:钻石、红宝石和蛋白石。"不过,箱子里的东西和外边的标签完全不同,要想让标签和箱子里的东西一致,你认为至少要打开几只箱子?……是不是太难了,要么我先出个容易点儿的?"

梅花对这种只有在他们之间才有的夫妻游戏早已习惯了。梅花几乎连想也没想就说:"开一个就可以了。"安强惊异地扬了扬眉毛:"为什么?"梅花莞尔一笑,随手打开一个贴着钻石标签的箱子,见里面放的是蛋白石,就说:"刚才你说了,标签和内容肯定不一致,钻石既然不在这里边,那么肯定是放在红宝石的箱子里了,因为如果钻石放在蛋白石的箱子里,那么红宝石就只能放在贴红宝石标签的箱子里,就和你的题目不一样了。这样答案就是:钻石标签装的是蛋白石,红宝石标签装的是钻石,蛋白石标签装的是红宝石,对吗?……要不,验证一下?"

安强拉过梅花的手，笑容可掬。梅花还是头一回看到安强这么高兴。安强说："不必了，答案肯定是对的。梅花，你真是冰雪聪明之人，前途无量啊。"

安强的话是惊心动魄的暗示。失去了爱情的女人胆子总是变得很大，总想做出什么出格的事情，能与爱情相媲美的刺激几乎是没有的，但是聪明美丽的梅花将注定一生不会平静，或者说，是她自己选择了不平静。在那之后不久，西覃山一带开始了关于女盗梅姑的传说，这传说经久不衰，持续了四十余年，与关于法严大师的传说并列成为西覃山的两大传奇。

安强一直活到1953年。在女儿小桃生下来之后15天，安强就死了，死的时候没有任何痛苦。女儿的出生使他很开心，安强这一辈子，一直活得很洒脱，他总是极快地适应各种处境，使自己在任何环境里游刃有余。梅花越来越悟到，安强其实并不太在乎那些冒着生命危险换来的钱财珠宝，他热衷于过程但并不太看重结果，他很像个做游戏的孩子，用尽各种方法来完成一个智力拼图，但完成之后又把它一推，玩儿别的去了。但是他每一次做起游戏来总是全心投入，兴致勃勃。他好像从一开始就知道梅花并不爱他，他也并不强求什么，他总是能很快接受现实，包括"终生残废"这种残酷的现实。他的一切做派都让梅花猜想他出身豪门，但他对自己的身世始终守口如瓶。这个与自己朝夕相处的男人始终是个谜，他耐人寻味。在他离去之后越来越久远的日子里，梅花觉得有点爱他了。

10

羽本来是想和小桃一起走的,但是她们所有的钱加在一起,只够一张火车票。还剩六块二角钱可以足足实实地吃一顿。她们等车的时候就跑到火车站旁边的小馆,点了盐水花生、咕咾肉、油焖大虾和茄子焖土豆。她们吃了又吃,吃得饭馆的小老板目瞪口呆。小老板纳闷儿地想,这两个看上去斯斯文文的姑娘,好像能够不动声色地吃下一只牝鹿!她们肚子里到底亏了多少?他真想告诉她们,靠一顿饭就是把肚子吃爆了也找补不回来,可他没有说。他还想挣钱呢,这饭馆冷清清的,平时一天的流水也就是二三十块钱,来了都是吃四毛钱一盘的辣子炒饼的,上一块钱的都很少,就别说像今儿个这样一顿吃上它六块多钱的了。小老板是念过几年书的,心里一喜,就上去搭话:"两位姑娘不是本地人吧?"

小桃吃得满嘴油汪汪的,一翻眼睛:"对,我们是外地的,知青。"

小老板同情地眨眨眼,在一旁的空凳子上坐下来。"我说呢,大城市的知青,到我们这疙来,真是委屈了!要啥没啥不说,人也野,过去这疙是劳改农场,知道不?"

小桃学着本地的话:"咋不知道?建设边疆保卫边疆嘛,啥苦都得吃,这叫明知山有虎偏向虎山行!知道不?"

小老板忙不迭地点头："唉唉，那当然，两位姑娘这是上哪疙去呀？"

小桃警惕地盯着他："回家。"

"回家？"小老板笑了，"开什么玩笑，到北安去的车，一个小时以前已经走了，那不是你们回城的必经之路？"

两个女孩都猛然抬起头来，小桃还在挣扎着："不是可以在这儿直接坐火车？"

"哎呀我的小姑奶奶！那是啥时候的老黄历了！你再细看看那张火车票，上车地点到底是哪疙？这个火车站其实早就废了，就是有时候运货的车还在这疙停一下子，上头说了，为的就是对付你们这些知青！你们这帮人搭这趟车逃跑的，海了！这回可好，一天只有一趟长途车到北安县城，你们等明天再来吧！"

小桃急得要哭起来："大叔，快帮我们想想法子吧！"

小老板把票子拿过来颠来倒去地看，眼珠子飞快地转。小老板说，倒是有一趟去北安的拉粮车，可不能白搭人家的车！起码要送开车的两三听午餐肉罐头才行。小桃又急得跳脚："早知道，我们不吃这顿饭了！"时间一分钟一分钟地消逝，羽就像对事情的变化茫然不知似的，在吃得干净的盘子里冲了一点儿开水，一小口一小口地喝着。等到小桃和小老板的对话全部结束，出现真空的时候，她才抬起头，对着小老板说："我给你干一天活，顶得上三听午餐肉罐头吗？"

后来的事实证明，事情就是从这句话开始出现转机的。小桃终于搭上了去北安的那趟拉粮车,而羽,给小老板干了整整一天的活儿,不是端盘子,也不是扫地,而是清扫垃圾——小老板的厨房里堆满了垃圾,肮脏不堪。在星星升起来的时候,羽才喘出一口气来,羽喘出气来之后就呕吐起来,把上午那顿丰盛的饭菜吐了个一干二净。

羽赶回队里的时候已经是晚上十点多钟了。那个晚上的空气特别清明,星星好像是蓝色的,但是有一种潮水般的声音在打破静寂,走近了听,又像是留声机出毛病时的声音,终于,羽看到那个人头攒动的场院了。羽看到了那个场院就开始茫然不知所措,她从攒射的目光中穿过,就像在两面镜子中间的道路行走,那些蓝色的星星好像一颗颗地落了下来,变成蓝色的骷髅起舞,她听见一个声音从天上落下来,落下来之后就成了一声雷:"看看,她回来了!她还敢回来!把她押到台上来,让大伙看看!"

羽听出来了,这是陈玲的声音。

"你交代交代,是怎么和安小桃串通一气,掩护她逃跑的?知情不报还协助她,罪加一等你懂不懂?!……"

后来有许多许多的声音,声音交叠在一起的时候,就形成了一种耳语般的声浪,层层叠叠的,羽心里忽然觉得恐惧,那是她童年时听到的耳语声,有多少年没有听到了啊。她听见这声音的时候就预感到,灾难要降临了。

羽被许多只手推到一个高高的台子上,忽然觉得自己离天空很近,好像随时可以听见上天的召唤似的,天空原来这么广阔,星星又大又美，依然是蓝色的，那么美丽却又那么冷漠，它们冷冷地俯视着地面上各种血腥的游戏，毫不动容。但是地面却不容它们冷漠，地面竟在突然之间，把它们烧得滚烫，把那些蓝色的星星，烧得通红，就像一粒粒滚烫的炭火似的，爆发了明亮之后，变成了灰烬，一颗颗地陨落了。

那是场突然爆发的大火。那场大火在多少年之后载入了知青的史册，起火的原因却始终是个谜。火是从豆秸垛开始燃烧的，很快就烧着了粮食，待人们发现的时候已经燃成了熊熊大火，所有的人都抄起树枝冲进火海，大家拼命地打火，拼命地表现自己与众不同的英勇，那是个非凡的年代，所有人都透着非凡的生命力，所有人都死去活来大起大落大喜大悲大开大阖，当他们冲进火海的时候，好像已经忘了火是可以吞噬人的生命的，许多人甚至狂喜着，一个做英雄的机会终于来了。

那场大火之后再没有见到羽。一具具焦炭样的尸体早已分辨不出本来面目，队里只是按照花名册的排列顺序建了三十一座墓碑，没有羽。陈玲坚持羽是阶级异己分子，生前身后都不能进入革命队伍。但是当地的老乡在那天夜里却看到一个奇异的景观，他们看到一个全身穿红的女孩，骑在一颗星星上，跑了，消失了。

羽当然并没有死，或者说她死了之后又再生了，她有一种再生的能力。总之她没有消失。我们这个故事说的就是她的死亡与再生的故事，"猫有九条命"，羽也经历了九次死亡，确切地说是八次，第九次，也就是在我们故事开始时说的那样，应她母亲的要求，医院为她做了脑胚叶切除手术，这最后的一次，才是她真正的死亡。而在故事还没有讲完之前，她当然还活着。但有时活着所经历的一切，比死还要痛苦。正如我们所料，羽后来回到了金乌居住的那座城市，有一天，她偶然路过一个著名大商场的小吃部，羽是在落地窗外看见那一幕的：她看见小桃在里面，尽管小桃的穿着与过去完全不同了，但她还是一眼认出了她，她身旁是个男人，他们正在吃这个商城最著名的奶油炸糕，喝豆粥。小桃一小勺一小勺地抿着，小桃的嘴巴涂得很红，穿那时很时髦的青果领绣花两用衫。她偶尔还瞥那个男人一眼，照羽看来那眼光又酸又辣，而那男人，则是一副谄媚的样子。那还是在20世纪70年代初，那时能到那座著名的商场吃奶油炸糕，喝豆粥，已经算是很奢华了。

  羽在落地窗外清晰地看到小桃那曾经无比亲近的脸，那双美丽的眼睛。但是她没有进去，她停留了一会儿，慢慢地走了。小桃走后一直没有给她来信，后来，她终于知道小桃走的真正原因是她母亲为她在城里找了一份工作，连电报也是假的，她的母亲梅花活得好好的。

第六章 落角

1

　　金乌居住的那座城市因为缺少了金乌而显得寥落。羽从来没有想到还会回到这里。她在那座尘封的房子里转来转去,努力想寻找些什么,记忆些什么。但这种努力显然是徒劳的。她已经有了几世前生,她记不住了,幸好是记不住了。
　　她注意到床上有一套蓝丝绸的睡衣睡裤。是那种极艳丽的碧蓝,那种蓝使她骤然想起她家门前那口清澈的湖。她曾经在一个黄昏跳进湖水里。她跳湖的时候很平静,她只是想发现些什么。她跳进去了,她看见那个巨大的长满黑色羽毛的蚌慢慢张开了,有一只温柔透明如蜗牛触髭般的女人的手轻轻把她拉了进去,她进去之后就感到了一种清澈的暖意。在最初的黑暗过去之后她慢慢睁开眼,原来她坐进了一条尘封的船,在周围漫无边际的水流里孤零零地驶去。有一个驾船的人背对着她,她始终无法看清他的面孔。那条船很大,像一座大房子。她一个舱房一个舱房地转过去,看见最大的那间舱房里有一张大床,确切地说是张婚床,床上,一个已经死去多年变成木乃伊的妇人正在照镜子,地上散乱着各种生了锈的文物,还有巨大的盒子里散开了的珠宝,蛛网把一切都尘封了,外面好像有枪林弹雨的声音。

她回忆起那个关于湖水的梦之后就觉得心里隐隐作痛。那个梦撕开了她记忆的一角帷幕,那隐蔽多年的帷幕正在慢慢掀起。她无力面对过去的一切。她躺在床上,换上了那套碧蓝的睡衣。她觉得自己正躺在蓝色的湖水上,漂浮着,她看着日升月落,看着绚丽的黑夜与破碎的白昼,在自己的眼前循环不已。

她忘记了时间。但是时间并没有忘记她,时间在她躺在床上的时候,已经悄然过去了七天。第七天上,有人敲门。

门是虚掩着的。有人推开虚掩着的门,悄悄走进来。她忽然感受到了一股暖流正向她走近。是金乌!一定是的!这个念头如同一道神谕,一下子穿透了她心中的黯淡,她的眼前突然明亮起来,她在毫无准备的情况下猛然睁开眼:她的眼前不是金乌,而是个男人,一个又瘦又老的男人。无论他的变化有多么大,她还是一眼认出了他,他是陆尘,她的亲生父亲。

她揉着眼睛坐起来,这时她才感觉到自己十分衰弱,好像连坐起来的力气都没有。这时她看见父亲的眼角里慢慢涌上来的泪水。父亲在她的床边坐下了,慢慢抚摸着她的头发,她觉得心底的一股潮水涌出，哽在喉咙里，她避开父亲的目光，她不能允许自己有任何温情的表示。她久已不习惯表达温情了，这时她觉得父亲的手在烫着她的头皮，撞击着她埋在最底层的渴望，但她知道那是一个深渊，一个永远填补不满的伤口。那是永远碰不得的伤啊！她真想把他的手推开去。

"长好了些……"父亲的泪水终于流下来，"回家去吧，妈妈和外婆都很想你。"

她摇了摇头，不说话，她知道自己若一开口，喉咙里那股滚烫的东西就要溢出来了。

"大姐结婚了，和姐夫两个一起回来，都想见见你呢。家里只有你不在……他们还给你带了照片。"父亲抖着手掏照片，递给她。

那是那个年代最普通的结婚照。她看见大姐绫和一个陌生的男人肩并肩地坐在一起，两个脑袋微微地靠拢着，都穿着军装。照片背面写着：羽妹存念，姐，陆绫，哥，王中。那个叫王中的长相也和他的名字一样普通。可是姐姐，她已经结婚了，那么就是说，结婚这个字眼儿对于她们姊妹已经不再遥远了，它像一股黑色的潜流，正在从远方慢慢地袭来，不动声色。

她慢慢地站起身来。

"羽，你还没有叫我……"

"……爸。"她极其艰难地叫出这个字之后，忽然一下子轻松了，两滴泪水很松弛地淌下来，她已经很久很久没有这种松弛的感觉了。

2

绫是跟着外婆玄溟长大的，从小就是玄溟的掌上明珠心头肉。因为若木不愿意喂奶，玄溟费了九牛二虎之力为她请了奶妈。绫的奶妈，是过去秦府老用人彭妈的女儿。玄溟总觉得找过去的老关系要可靠一些。但是一世精明的玄溟却万万没有想到，血缘有时也不那么可靠，老实的彭妈不一定有一个老实的女儿。

奶妈香芹的外貌还是说得过去的。典型的小家碧玉，颇有几分姿色。最让玄溟喜欢的，是她胸前那一对晃来晃去的大乳房，不用挤，只轻轻一碰，便会有许多乳汁喷涌而出。

玄溟把家里最大的房间腾出来给了香芹和绫。瘦弱的绫很快被香芹的丰盛的乳汁喂得肥白，玄溟看在心里喜在心上，常单独煨了汤，给香芹喝。香芹也渐渐肥白起来，乳汁也越发丰盛。

那时若木已经生了箫，又请了梳儿来照顾，若木已经不把梳儿叫梳儿了，梳儿的年龄实在是大得不能再叫梳儿了，因此若木叫她田姐，后来又随着绫叫田姨。老姑娘梳儿依然像过去那样忠心耿耿，现在这样忠心耿耿的保姆实在是太难找了。为了让玄溟休息好，梳儿在过道里搭好了铺，自己带着箫睡，一夜起码要起来四五回：换尿布、喂奶，有时箫撒了呓症，还要抱着来回走，嘴里一定要哼《麻雀与小孩》的歌，那是一部20世纪30年代的歌剧,是若木小姐上中学的时候常常哼唱的,田姨记得很熟。

"小麻雀呀,小麻雀呀,
你的母亲,哪儿去啦?"
"我的母亲飞去打食,
还没回头,饿得真难受。"
"你是我的好朋友,我是你的小朋友,
我家有许多小青豆,
我家有许多小虫肉,
你要吃吃喝喝和我一同走。
我的小麻雀,
我的好朋友。"
"走吧走吧走吧走吧走!"

而香芹则是另一种风格。

香芹是绝不起夜的。一个很好的理由就是起夜会影响奶水的分泌。玄溟为了自己外孙女不受亏,就只好自己起夜,颠着一双小脚给绫换尿布,而白天,还要给外孙女煮肉泥,给若木和香芹煨汤。汤必是不一样的,给香芹要煨萝卜鲫鱼汤,发奶;给若木的则是莲子老鸭汤,或者乌鸡炖黄芪,补气补血。玄溟在做这一切的时候总是兴致勃勃,一双小脚满屋飞跑,两粒菱形绿玉变成了两道绿光,片刻不停地流动。

香芹的生活则简单多了：吃饭——喂奶——吃饭，还有一桩连玄溟也瞒了过去的事情，就是：男人。

但香芹却瞒不过绫。

绫虽是难产的孩子，头部还被接生的比利时大夫夹破，却早慧。5岁时候已经略知人事了。绫从很小的时候就爱自己。她常常在洗澡的时候一个部位一个部位地照自己，不放过任何一个隐秘的所在。在她小时候的梦境里常常出现一个中年女人，那女人眉目清秀皮肤白皙嘴巴涂得血红，穿一件米色丝绸裙子。细细一想那女人就是她们美丽的母亲。是的她从小就对中年女人深感兴趣无限倾慕。她始终认为女人只有到了中年才能活得枝繁叶茂活得肆无忌惮，因此窥视奶妈比照自己是她童年时的又一秘密。卫生间上面的那扇天窗正通她的卧室。奶妈香芹做梦也不会想到一个5岁的女孩能够攀上那么高的柜子，隔着水汽朦胧的玻璃，窥视。

奶妈香芹的裸体早已熟稔于心。却仍然每一次使绫惊诧。每当香芹的两只手绕到身后去解胸罩，金乌便感到有一种巨大的兴奋逼近喉咙，她知道紧接着便会有两只硕大的乳房活灵鲜鲜地弹跳出来，乳晕宽大而鲜艳，就像是贴上去的什么花朵。绫见到它们就有一种晕眩的感觉。她不知道是所有女人都会这样，还是奶妈独独如此。

有一个晚上，她在水汽朦胧中看见了另一个人。那无疑是个男人。香芹榕树长髯一般的头发遮挡着他的脸。他的一双手如枯干的树枝一般从后面绕过来紧紧捏着香芹的乳房,绫觉得那乳房在他的手掌里如同两只可以捏扁的水果,他把它们捏得那么狠,就好像那不是人的肉体而是什么物质似的。绫看见那乳房由白变红变得鲜艳夺目就好像有鲜红的汁液马上就要喷射出来飞溅出来似的。绫惊叫了一声就仰倒在自己的小床上,在她仰倒前的一刹那她分明看清了那个男人的脸,那是个陌生的男人,但是样子像电影里的流氓或者恶棍。

绫的惊叫淹没在水喷头巨大的哗哗声中。绫在发了一分钟呆之后,把房门反插上,飞快地脱光自己的衣服犹如鸟儿褪掉自己的羽毛,然后穿上一件母亲年轻时穿的旗袍,那件旗袍是软缎毛阁的,滚银色灯果边,碧青底子起淡藕色大花,花朵一律用银色镶嵌,铁划银钩,有一种意义不明的质感。镜子里穿旗袍的绫一下子觉得自己成了梦中那个美丽的中年女人,她没有忘记把两块手绢塞在胸前。

我们当然记得羽童年时常常在幻想中出现的女人,她和绫的梦中女人一样成为一种意义不明的象征,如果我们肯费心去了解一下,那么就会有一个十分令人惊奇的发现:在许多女童的幻想中,都有着一个美丽或者特别的成年女人,她是她们的母亲的原始心象,也是她们一切欲望的缘起。是她们的同性唤起了她们最初的欲望,但她们很难接受这个事实。

绫最初欲望的爆发是在奶妈香芹生育之后。那已经是几年之后的事了,绫已经上小学六年级,香芹也已经离开陆家好几年了。但是每逢寒暑假，香芹都要把绫接到乡下去住些日子。那个炎热的夏天在金银花盛开的时节提前来到。正在午睡的绫被一种痛苦的呻吟声弄醒，绫看见香芹仰躺在竹席上，裸着两只硕乳在昏睡，旁边是个耗子似的瘦小婴儿，香芹不时用双手揉着乳房，那表情十分痛苦。香芹没有睁眼就说好孩子是你来了，你快帮媳挤挤媳都快疼死了。绫激动地匍匐下去用汗湿的双手压住她早已十分熟悉的双乳，她碰到乳头的时候身上有个地方狂烈地抖动了一下，她用了那么大力气，以致香芹一下子瞪大了眼睛，四只眼睛在一瞬间遥遥相对表情凝固，香芹的眼睛很快就退缩开了，她心惊肉跳，那一瞬间她发现那女孩的眼睛里有一种邪恶和残忍。

香芹的乳房在突如其来的压力下如一口袖珍的喷泉迸射出细小而汹涌的乳汁，那乳汁因为太浓而呈现出一种黏稠的黄色，黄色的激流喷射了许久许久才变成白色，最后变成无色。变成无色之后香芹痛苦的表情才得到缓解。事情过了很久，香芹还在跟从供销社回来的丈夫絮叨着：这次多亏了那孩子，不然我要得乳腺炎了。但是香芹说过这话之后便是一个激灵，突然有一双眼睛在黑暗里出现，那眼睛虽然是个孩子的，却有一种成人式的邪恶与残忍。

在学校里绫绝对是个好学生好孩子。是少先队干部。她喜欢站在队旗下发号施令。但是夜深人静的时候，她觉得一切都离她很远。只有一种下流的欲念在攫紧她，她不知道她要的是什么，常常有一种莫名其妙的焦渴的感觉,甚至从骨缝里发痒。骨缝里发痒的这种感觉一直持续到结婚之后,新婚之夜,她这种从小就有的毛病突然好了,好了半年,后来又完了,每当她结识一个新的男人并且跟他上床以后,她的这种毛病就会忽然痊愈。这毛病伴随了她四十几年,最后在她年满五十的那一任丈夫上台之后,她再没有犯过这毛病。

自从14岁的那天起,她下流的欲念便成为具象。她狂热地喜欢香芹身上那股汗乳交融的酸臭味,那是一股像是沤过很久的发馊的味儿,那是一种下流的味道。她狂热地喜欢她抓住香芹双乳的时候,香芹脸上那种痛苦而又迷狂的表情。那种表情加深了她的征服欲。连绫自己也奇怪自己内心有一种男人式的征服欲和占有欲,还有贪婪,无止境的贪婪。

香芹本来就对绫很好,从那天起越发好了。为了感谢绫,香芹连夜缝了几套衣裳,但是绫完全不屑一顾,绫对于成年女人的装束完全没有兴趣,她只接受了奶妈的一个发卡,那是20世纪40年代的产品,是竹制的,宽而大。呈大蝴蝶的造型。蝴蝶的翅膀是镂空的,雕得很精致。

许久之后绫才知道,这个发卡是在若干年前,外婆玄溟赏给香芹的母亲彭妈的。如今又物归原主了。

3

许多年后,羽亲耳听到二姐箫对邻家姑娘亚丹说,你要是能把绫给写透了,就能得诺贝尔文学奖。亚丹是个作家。在我们以后的故事里,会详细讲到她。

绫的确是个奇怪的人。自小便有千奇百怪、凡人想不到的主意,遇事极有急智,总能成功地把祸水他引,而使自己安然无恙。陆尘常叹:"要是绫把她的聪明用到正路上就好了。"三个女儿里,唯有绫天才地、创造性地、全面地继承、捍卫和发展了母亲若木的一切,只是容貌上虽然算是上乘,总不及母亲端严秀丽有贵族气。

陆家的姑娘个个都是大眼睛,绫也不例外。绫长了一双最美的眼睛,两道最美的眉毛,可惜没有摆正,都呈八字形,所以眼尖的同学自小就给她起了个"八点二十"的绰号,小时候倒还没什么,一大了,这个绰号就成了绫的一块心病。在14岁的那一年,绫趁着家里没人的时候,用母亲针线盒里的镊子一根根地把长长的眉梢拔掉,绫的长眉,本来是极有韵味,极为独特的,拔掉之后一下子成了个秃尾巴鹌鹑,把若木气得整整唠叨了一天。绫的一口牙,因为从小吃了太多的糖,有些变黑了,她就抿着嘴笑,倒显得有几分特别的妩媚。绫长得小巧。绫一生中听得最多的是"呵,你可不像××岁的人,你可显得真年轻!"为了这句话绫一直把小刷子留到40岁,把娃娃服穿到50岁。箫常常为绫奇形怪状的搭配脸红,但是绫永远固执己见,在绫箫之争中,羽永远站在箫的一边,原因很简单:绫常常在父母不在的时候,用长头发遮住脸,把舌头伸得长长的,突然从门背后跑出来,吓唬羽。而箫则静静地端个小板凳和羽并排坐着,把剥好的花生一粒粒地放在她的手心里。

那时陆家的姑娘有几个固定的节目:献宝,试妈妈的衣裳,捡石头,用石笔在新砌的洋灰地上画画。三个姑娘一人一个小藤箱,里面装满了宝贝:各色的糖纸,洋画,弹球,捡来的矿石,各式各样蝴蝶和昆虫的标本,还有妈妈给的漂亮小扣子,外婆给的小梳子小镜子……应有尽有,隔一段时间,三人就要把各自的宝贝拿出来展示一番,是谓"献宝"。试衣裳则要等若木高兴,盘箱子的时候,三人就紧黏着不走,试穿妈妈的旗袍,还要在胸前满满塞上两块手绢。捡石头一定要在雨过天晴的时候,石头被雨水冲刷干净了,才露出绚丽的本色。至于用石笔画画,那是若木的发明,有一天,三个女儿都在写作业,玄溟在厨房里做饭。若木实在无聊了,就拿了根石笔在洋灰地上画了个猫。绫看见了,就学着画,箫和羽也跟着。

事情就出在石笔画上。羽记得清清楚楚,幼儿园放寒假的时候,老远就听见家里闹成了一片,玄溟的咆哮,陆尘的怒吼,若木的哼哼唧唧和绫的放声痛哭,羽是从小就对家里的这一套习惯了的,但是这一次好像格外厉害些。

羽进了家门。看见家里的洋灰地面上，俨然画着一个裸体女人，那女人的某些部位特别夸张，羽看见了那画就心里狂跳起来，她知道父亲刚刚给她们买了《一千零一夜》，那里面有一篇"第二个巴格达女人的故事"，插图画了一个女人被丈夫剥光衣服毒打，那女人的身体弯成了美丽的弓形，充满了诱惑。

绫正是照着那幅插图画的。

在羽的印象里，那次家里闹得天翻地覆。父亲打了绫一个耳光。父亲打了绫之后外婆就扑上来打父亲。小小的羽像猫一样窜过去，挡住了外婆。若木远远地看见了，把一块手帕挡住自己的鼻子，惊呼着："天哪，我们什么样的人家？这样动粗，还不把人笑死！"陆尘喘着气说："什么时候了，还说这话？脸都让你们丢尽了！"玄溟颠着一双小脚往前扑："陆尘你把话说清楚，是谁给谁丢脸？！我女儿嫁你的时候，你连一套体面衣服都没有，里里外外，有哪一件不是我给你们置办的？绫就是再有错也是你陆家的种！你的几个孩子，都是我辛辛苦苦一手带大的，就是教训，有我在这里，也轮不到你！！"

玄溟的怒吼响彻了整个交通大学的家属院。羽看见窗户上齐刷刷地趴了一排脑袋瓜儿，在那些目光的集体射击下，父亲不再说什么，父亲的脸灰了，羽跟着父亲进了房间，她有些害怕，害怕父亲会突然死去。

4

　　羽第一眼见到大姐夫王中的时候就断定,这又是绫的即兴之作。

　　绫从小就常常有即兴之作。譬如那幅裸体画。羽知道,绫并没有因为挨了揍而收敛自己,不过是比先前更秘密了。羽不止一次地发现大姐绫在各种纸头上悄悄地画非常下流的画。绫特别爱画被捆着的裸体女人,肚子上布满了伤痕,一脸痛苦而迷狂的样子。绫迷上的人照羽看来都奇怪得要命:小学时绫爱她的体育老师,体育老师留着个大背头,一脸没文化,但是他对于绫非常重要,他是她的性启蒙老师。羽当然不会知道,自己的大姐在四年级就有了自己最初的性经验。在体育老师的诱导下她脱光了自己的衣裳,她看见自己像一条瘦伶伶的小鱼一样被男人的大手捏来捏去。但是体育老师最终还是在一个关键的步骤上停止了,他喘着粗气抑制住自己,他还是理智的,不愿为一个小女生做失足青年。

　　后来,绫又爱过三夏劳动时的公社书记,爱过一个唱坤角的豫剧演员……每一次都把父亲陆尘气个半死。但是在绫身边的男人,总是不断地出现和不断地消失,而且,一次比一次低俗。对于这些,若木只在挖耳屎的时候,骂一声"下贱!"就好像那被骂的不是她的女儿,而是她过去的哪一个犯错误的侍女似的。若木从不正面与人冲突，她总是拐弯抹角地撺掇玄溟和陆尘出面管教孩子，她是个天生的战略家和战术家，一旦把战争全面发动起来之后，她立即就退守幕后，最后出来做好人——玄溟和陆尘一次次地后悔又一次次地上当，充分体现了若木作为一个政治家或者军事家的天才。

羽走进阔别十年的家里。她惊奇地看到家里所有的一切都变小了，包括母亲和外婆。绫和箫都变得漂亮了，特别是绫。穿着那时最时兴的墨绿闪光劳动布上衣，把个脸蛋衬得雪一样白，一双八点二十（外眼角下垂）的眼睛也闪着热情的光。绫第一个扑上来拥抱妹妹，指着旁边一个奇高的男人说："快叫大哥。"

羽下意识地叫了一声。她看见那个男人穿着洗旧的军衣，那也是那个年代最时髦的。绫拉过羽的手，抢着说话。绫说："你哥的军衣是真的，你哥他是真军人，他是我过去学校里支左部队的排长呢，三代贫农，比咱家成分要好多啦。"绫说这些话的时候陆尘就撇嘴。撇嘴的还有一个人，就是玄溟。在对待王中的态度上这两个人达成了一致。

羽的目光终于落在了母亲身上。若木的脸，几乎没有什么变化，皮肤依然是那种雪白，找不出一条皱纹，但是神情里有一种什么东西，比当年还要可怕，羽见了，就在心里打了个冷噤。

羽攒足了全身的气力叫了一声："妈妈。"羽叫了妈妈之后，忽然觉得这个词已经变得非常陌生，这个词已经失去了它本身的意义，它不过是和任何其他词一样的词，所以羽觉得自己叫妈妈的声音非常空洞和虚飘。

若木淡淡地哼了一声，算是答应了。但是若木心里的怒火，并没有因为岁月的流逝而减退。她看见了小女儿就想起了过去，想起她在40岁那一年本来曾经有了一个儿子，可是因为眼前这个古怪的瘦丫头，她的一切辛苦都白费了，她的命运被完全改写了。

陆尘急忙找出话来："那天你不见了，我和你妈妈真着急啊！谁也想不到你会跑到那么远的地方去，有几百里路呢，你那时才六七岁的人，是怎么找到的呀？"

羽看看父亲没有回答。实在想不起是怎么找到金乌的了，那对于她来说似乎已经是两世前的事了。

陆尘又问："金乌到哪里去了？怎么没有看见她？学费花了多少？生活费她管，我们已经很感谢了，她不过是我的一个学生，不能让人家太破费。"

这时若木就冷冷地哼了一声，转过头去对绫说："怪不得你爸爸跟我们没有话，原来都留着跟心尖儿上的人说呢！"

一颗橡皮子弹准确地打中了羽。羽本来就很难做出什么欢乐的表情，过去的一切，如同刀刻斧凿一般，伤口太深了，何况羽，从来就不是个讨人喜欢的女孩，在所有的关键时刻，总是很笨，总是事与愿违。

若木又看了羽一眼，悠悠地说："你回来了，很好。如果不是那个婊子走了，你还不会回来吧？可怜我们这些年，为你把心都操碎了。你也太狠了,你怎么就下得了手?!我家三代都是吃斋念佛的人,我前世作了什么孽,就生出你这样的东西?!……"

久违了的哼哼唧唧的哭声像利剑一样直刺入她的神经,她久已麻木的神经一下子复苏了,那尘封了的一切突然都现出狰狞的本相,接下来父亲就要怒吼了,然后是拳脚交加。她下意识地靠住桌子,那个已经摇摇欲坠的八仙桌,但是面对父母的那一侧脸颊却神经质地抽动起来,她的姿势像是随时准备逃跑。

父亲陆尘只是沉沉地哼了一声。父亲老了,嘴角两旁的纹路更加深了。那两道纹像是苦纹,好像聚集了深深的苦难。父亲的眼睛显得特别混浊,好像总有游移不定的泪水。羽清晰地听见父亲说:"算了,孩子刚回来……"但是这句话的回声消失在母亲若木歇斯底里的哭声里,若木忽然自己往自己脸上抽着耳光,边哭边说:"我该死!都是我该死!我怎么就忘了她是你最心爱的女儿呢?!……我算个什么东西,一个挣不了钱的家庭妇女,人也老了,哪比得上你的女儿,正是如花似玉的年龄,那么招人喜欢呢?!……"陆尘气得发抖,颤声说:"你说的都是什么话?是当妈妈的说的话吗?难道羽不是你的女儿?……"若木高举一双白色骨殖一般的手:"你们看看,你们当小辈的都看看,你们的父亲是怎么对我的!陆尘,我把自己的脸都打肿了,你还要怎么样?!还要我跪在地上给你的三公主磕头吗?……"

羽抓起自己的小包向门口冲去,她的手抖得那么厉害,几乎抓不住小包,但是五十多岁的若木比她敏捷得多,若木飞快堵在门口跪在地上:"我的三公主,我的小姑奶奶,"她涕泪交流地向地上叩着脑袋:"你饶了我吧,你可别走啊!你要是走了,你父亲这口饭我就吃不上了啊……"

羽的心像是炸裂了一样疼痛。她看见父亲脸色灰暗地倒在了破椅子上,外婆颤着小脚正在向自己走来,绫、箫、王中……他们的脸离得越来越近,他们都在说话,羽闹不清他们说的是什么,只觉得一片巨大的嘈杂的声音向她压过来,那声音那么那么沉重,压得她喘不过气来,那些声音汇成一片耳语,放大了的耳语。她陡然想起了十年前的那一幕——她心里充满了绝望的恐惧。

她推开那许多拦截的手向黄昏的暮色冲去。再没有那个碧蓝的、如同蓝水晶一般的小湖,这只是一座城市,虽然肮脏和破旧,但毕竟是一座城市。

5

羽是被邻居的姑娘亚丹找回来的。亚丹和羽同岁,当时在一个粮食加工厂上班。亚丹好像还没有脱掉婴儿肥,但胖虽胖,却胖得美。亚丹每天下班后都趴在桌上写呀写的,但是她写的什么,谁也不让看。

当时羽像条小狗似的蜷缩在一个水泥管道里,被亚丹拽着一只脚拖了出来。羽全身脏得没有哪个地方敢让人碰。

但是羽已经屈服了。她屈服的是自己的身体,她已经没有一点儿气力了。大家都睡下了。只有田姨的小屋里灯还亮着,但是那盏灯很暗。自从陆家回到这座城市之后,立即把田姨叫了回来。田姨走出来,见了羽,叹了口气。田姨当时已经五十多岁了,动作依然很敏捷,田姨的嘴角上长着一颗痣,表面上显出一种世俗的精明,但细细看去,分明又有一种苦涩,笑起来那颗痣略略一动,就像是嘴有点歪,但田姨是很少有笑容的,即使有,也是需要笑的时候才笑。

田姨打了盆水,重重地放在羽面前:"三姑娘,洗洗吧,你妈刚睡着,别又惹气生。"

可是羽像是没听见似的。她坐在地上双手抱着腿,一动不动。田姨又叹了一声:"何苦呢?一个女孩子家,乖乖听话,好好念书,做做针线,干干净净的,嘴甜一点儿,讨个喜欢,就是父母说两句,做个小花脸儿也就过去了,干吗总那么犟头倔脑的惹父母生气?将来你做了母亲也就知道了,怀胎十月,容易吗?……"

羽没有说话。羽在心里想,假如把我生下来,又不爱我,就不如不生!接着,她忽然抬起眼睛,问了一句让田姨很久之后还感到惊心动魄的话:"告诉我,我是我妈妈生的吗?!"

田姨看着那双烈火焚烧的眼睛,心里打战。这丫头可真是个烈种!难怪老太太和太太都这么不喜欢她!这么想着,嘴上就说:"三姑娘,你这么说,你妈要伤心死了!你睁大眼睛看看,看看你们家三个姑娘谁最像你妈?你妈怀你的时候单爱吃鱼,那鱼鲜得很,可后来才知道那鱼有毒,把你妈吓得什么似的,你妈进产房的时候,老太太正生病,是我陪着去的,虽说已经是第三个了,可你妈还是怕呀,把我的手腕都掐紫了,姐儿三个,只你是你妈喂的奶,一直喂到三岁,都5岁的人了,还不会自个儿吃饭!要说惯,你是惯得最狠的!……可谁让你是个姑娘呢?可怜你妈盼星星盼月亮,好不容易盼来个弟弟,可是你!……唉,不说了,那是你们家的香火呀姑娘,你连这点道理也不懂?!好了,来洗洗,看脏的!……"

羽突然地把手从田姨的手里抽回去,依然搂着自己的双膝,不说话。

那天晚上,田姨直到凌晨4点钟才睡。田姨和面前这个年轻的姑娘僵持着,最后终于崩溃了。田姨第一次说出不合自己身份的话:"你这样的丫头,将来哪个男人也不会要你!就是要了,也得休你十次!"以田姨的老实本分,说出这样的话来,实在是气得急了。可是羽转过头来默默地凝视着她:"那你呢?你那么贤惠,不是也没人要吗?"

田姨全身抖着把手举起来,可还是始终没敢落下去。田姨气得打战,腿软得几乎站不起来,她蹒跚着走回了房间,留下一句话:"你妈吃的毒鱼,都毒在你身上了,从此后你就是被你爹妈揍死,我也绝对不劝一句!"

羽依然一动不动地坐着。在青暗的光线里，羽的脸上出现了一种阴险的冷笑。那种笑出现在一个年轻姑娘的脸上，格外令人毛骨悚然。

青暗的光线里，羽看到从小就熟悉的家具，那些陈旧的已经摇摇欲坠的家具，在黑暗里勉强地支撑着，她突然觉得自己从小就生活着的这个家，正像这些家具一样一直在勉强支撑着，那是个临时拼凑起来的家，随时都会倒塌。

青暗的光线里，羽听见外婆的房间传来熟悉的鼾声，鼾声好像比先前苍老了许多，而且是断断续续的，一切除了变得更老，更陈旧之外，什么也没变。

只有绫的房间里，传出一种奇怪的先前从没听见过的声音。绫在用一种奇怪的声音哼哼着，羽真的不知道大姐跟一个陌生的男人睡在一起会怎么样，照她想来，那很恐怖。

羽只在曙光初露的时候微微动了一下，她忽然发现，下身被什么东西粘住了。那是血，是沥青一样黏稠的鲜血。她被淹没在血里，她自以为已经有的定力在瞬间消失，她淹没在惶惑和恐惧之中，她想大声喊叫，她后悔刚才气走了田姨，但是她已经虚弱得叫不出声了。

绫那种奇怪的哼哼声越来越响。

医生说，羽是全身性内分泌紊乱。医生为她开了许多药。可是许多年之后她再与金乌相遇的时候，金乌告诉她，她缺少的只是一种药，那就是爱。

6

绫明亮的脸色在一个月之后变得灰暗了，而玄溟则面有喜色。当时，王中婚假已满已然回单位上班，他复员后的单位远在西北。他是为了绫选择的西北，因为绫作为最早的一批知青去了西北三线工厂。为了爱情，那时王中可以牺牲一切。与王中同时回去的还有箫，箫也随姐姐去了三线工厂，绫具有很强的蛊惑力，只要绫愿意，一般都可以达到目的。

绫开始呕吐的时候就从远方来了个老太太。老太太高高大大的，脸上有几颗麻子，一口浓浓的关中口音，她是王中的妈。三个女人一台戏，何况是三个老女人，何况又是三个不寻常的老女人。王中妈很勤劳，来了之后就接替了田姨大半的工作，田姨是南方女人，做了大半辈子南方菜，才算被挑剔的玄溟和若木认可，即便这样，若木还常常回忆着做大小姐的时候，那个做过宫廷御膳的厨子。那厨子胖乎乎的一口京片子，宫廷菜就不必说了，老北京的那些吃食，真是如数家珍。像什么春华楼的红烧翅根，泰丰楼的清炖燕菜，百景楼的软炸鸭腰，罗汉斋的生扒鱼翅，又有什么玉庆斋的杠子饽饽，芙蓉斋的芙蓉糕马，大亨轩的鸡油烧饼，耳朵眼儿的蘑菇饺子……从大吃到小吃，从山珍海味到香槟大菜，只听一听就要发馋了。

但是经过战乱的若木毕竟有很强的适应力。所以现在让她吃王中妈的大馅包子也没什么怨言，应当说若木还是很好伺候的，前提只有一个，只要她自己不动手就行。

玄溟却没有这般大度。玄溟是个完美主义者，处处要尽善尽美，看着那些巨大的、一个盘子里只能装一个的包子，自然要撇嘴，玄溟是常常撇嘴的，她的撇嘴平时对于敏感的陆尘就像是一把刀刃，而王中妈却浑然不觉。王中妈也是裹了脚的，却远远不如玄溟那般精美，加上人胖，沉甸甸的步伐总是老远就听得见，玄溟听了就撇嘴："打夯的又来了。"

偏王中妈又不识相，闲聊时问玄溟老太太：你老下过几个？

玄溟怔了一下才反应过来，反应过来之后便勃然大怒，又骂外孙女："找什么样的不好找？专找这样的人家，又不是牲口，怎么生孩子叫'下'呢？造孽哟！……你们陆家前世作了什么孽，攀上这样的亲家！……"

但是绫的感觉却恰恰相反。这使从小就疼爱她的外婆非常痛心。绫总是说："妈妈是劳动人民家的女儿，三代贫农，你们比不了。"绫总是在若木面前称王中妈为"妈妈"，令若木十分惶惑。有一回，全家人一起吃饭的时候，有一盘玄溟亲手做的霸王别姬，绫夹起一块柔软的裙边说："妈，您吃。"若木下意识地把碗伸了过去，绫不屑地看了母亲一眼，毫不留情地睁大那双美丽的八点二十的眼睛："我没叫你，我是叫我妈吃呢！"话没说完，陆尘重重地把碗撞在桌上，回房间去了。玄溟有生以来第一次向着心爱的外孙女大吼大叫："难道她不是你妈？你到底是谁生的？！"

绫每逢知道自己理短的时候就用哭来做武器，绫咧开一嘴小黑牙哀哀地哭，希望得到外婆的谅解，但是这回玄溟绝对没有谅解的意思。玄溟拍着桌子大骂，以致王中妈做小服低地为玄溟扇着扇子，嘴里说道："老太太快别气着，大热的天，这是怎么话儿说的？小孩子嘛，她懂什么？她就是有千日的不好，还有一日的好，老太太就抬抬手吧！"玄溟火暴的脾气历来如男人的早泄，发一发也就没了后劲儿，倒是若木，竟在大吵大闹之中，静如植物地一口口吃着霸王别姬里的精彩部分，吃完了，才把筷子一撂，眼圈儿一红，然后掏出帕子擤一把鼻涕："我好苦的命！生她的时候，三天三夜都下不来，还是爹给请的比利时大夫，钳子夹破了头，担心得我几年都睡不着啊！还好，6岁上就会念《小妇人》了，谁不夸奖她聪明？我这才一颗心放下来。早知道女儿是为人家养的，可就是没想到人家会上门来抢！亏了这还是在我的家里，亏了我吃的还是自己丈夫的饭！……"越说越伤心，又一眼看见羽背对着自己在月份牌前的镜子里照着，从镜子里可以看见嘴角上似乎有一丝冷笑，便索性推了桌子，把手上正拿着的一把调羹照着羽的脑袋便扔了过去，因为太突然，羽来不及躲闪，调羹擦破了额角。

哭叽叽的声音同时响起："死丫头！你高什么兴？难道看着你亲妈被人欺负得了意了？为你出了气了？……"

杀鸡吓猴是若木一向的拿手好戏，王中妈再讨厌，到底有亲家母的名分，而绫又已经是人家的人，身怀六甲，而羽，当然是唯一的发泄怒火的渠道了。

可是羽并不懂得这个，她认真地跟母亲计较起来了。她毕竟还是个17岁的少女，她一直努力想做个好姑娘，她一直抱着一个最纯朴的幻想，想让她的爸爸妈妈爱她，可她一次次地心碎了。她甚至听到了自己心脏碎裂的声音，她知道自己的心正在被一种坚硬的金属活活地搅碎，母亲的游戏或许是陆家永远的周而复始的游戏，但在羽看来，这是一种血腥的游戏，这种游戏的残酷就在于它永远闻不见血腥味，却把一颗年轻的心活生生地搅碎了。

羽扑向了若木，为的是自己17岁的尊严，可是无数双手同时拽住了她，无数个声音严厉谴责着她，声音高高低低地都在说："不管怎么样，她是你妈！她打你骂你都是应该的，可你要听话！要孝顺！……"

那一次，羽终于把心里那句话说出来了："如果生了我，又不爱我，那还不如不生我！"

"天哪，这个丫头将来要杀人的呀！"若木睁圆一双泪眼，若木是真的呆了，和另外两个老女人一起呆了。这时绫早已回了房间，她不想把业已引开的战火重新燃到自己身上，但是王中妈却冲上来了，王中妈抡起外婆的拐棍，不知轻重地照着这个令人憎恶的瘦女孩拦腰一棒，羽一声没吭就倒下去了。

许久，女人们听见陆尘在屋里的叹声："打吧打吧，什么时候打到我死了，看看你们怎么办？！……"

绫在屋里哇地哭了，因为她觉得要是再不哭，父亲的怒火或许会转向她。她哭了又哭，哭得玄溟和王中妈都求她："千万别动了胎气。"于是她们为她煨了汤，在两双档次不同的小脚忙前忙后的时候，若木一个人静静地坐在窗前，用那只金挖耳勺挖耳屎，用悲天悯人的口气吩咐田姨："快带三姑娘去看看，别年轻轻的出了什么毛病，她虽不把我当妈看，可她到底是我的亲生女儿，性子是烈了些，我心里到底舍不得的……"心里又恨王中妈："我们家的事，你瞎掺和什么？猪狗一样的人，也配和我们攀亲戚？！……"

7

那个中午，太阳烤人，烤人的太阳使人幻想来自水面的鸟、水底的飞鱼。那个中午，陆家的两个姑娘同时住进了医院。

绫进的是妇产医院。玄溟和王中妈都陪着去了。绫走进待产室的时候，王中也风尘扑扑地赶来了。绫一见王中就尖叫一声，扑进他的怀里，又哭又骂："你干的好事！你跑了，让我来受罪！你赔！你赔！！你看看，看看！你把我弄得多难看！多难看哪！……"绫哭了又哭，数落了又数落，两个老太太也陪着落泪，感叹着，又想起她们年轻的时候，哪个敢这样当众数落自己的丈夫？又为绫高兴："眼看就要当妈妈了，要是生个白胖的儿子，该有多好！……"直到护士厉声命令绫躺回床上去，王中已经要被勒断的颈子才算松了口气,但是紧接着绫就高一声低一声地叫起来了,医生进来一量宫颈,说是已经开到了八指,急忙用平车把绫送进了产房。

产房外面的三个人坐立不安。一个生命就要诞生了,生长的形式也许有一万种,但却可以简化成一颗发芽的种子,在黑暗中发芽,是不是真的有一种安全感?那一天酷热之后是一场暴雨,产房外面的景色很美,那个荷塘承接着雨滴,飘浮在硕大的叶片上,待天放晴的时候,会有一股青色的风和一两点红色的鸟语,那些鸟在接近天空的时候,会落下一两片白色的羽毛。

但是在产房里面,生命诞生的时候,却是撕心裂肺的哭喊,绫的声音具有无与伦比的穿透力,它高悬在房间上空久久不下,压过了无数痛苦的呻吟,让产房外面的三个人胆战心惊。就那么喊了一下午,声音渐渐地弱了。护士长走出来说,是难产,吸引器和侧切都不管事儿,还是得剖腹。汗流浃背的王中哆嗦着签了字,就看见一辆平车推绫出来,只能看见一头汗湿了的头发,搭在白床单外面,王中的眼泪就禁不住往外涌,玄溟边掉泪边说:"你买的那巧克力呢,还不快给她喂一块,只怕她接不上力呢!"倒是王中妈沉着,轻轻撩一撩白罩单,中气十足地忽然喊一声:"还不快停下来?孩子头都露出来了,还剖什么腹?!"

多少年之后王中还为母亲在大难来临时的正确判断骄傲:"要不是我妈,你还不是得挨一刀?!忘恩负义的婊子!……"

自然,这些都是后话了,把后话衔接在这儿,实在失当,但也让人觉得世事无常，触目惊心。

那一天，当护士倒提着那一个全身青紫的小人儿轻轻拍打的时候，小人儿一声也没哭，护士说，是个女孩，就把她放进了隔离室。医生在当天的病案上写道："胎儿宫内窘迫，新生儿窒息5分钟。"

电话打回家的时候，若木正坐在窗前掏耳屎。接了电话叫田姨："跟她们说，我已起好了名字，就单名一个韵字。"田姨垂着眼睛问："您起这个名字可有什么说道？"若木恹恹地："有什么说道？不过是偶然想起这个字来罢了。"又轻声嘟囔一句："一个丫头，又能有什么说道？！……不过，你倒是提醒我了，这是我们陆家第三代的长女，得随我们姓陆。一会儿你跟那个老太太商量商量。要是愿意呢，就叫韵儿，放在这儿，省得她带了到那不得见人的山沟子里去，要是不愿意呢，我们也不勉强，让她一家子带了人走，省得在我眼前晃来晃去的，惹人烦。"田姨点点头，急忙问："那绫姑娘呢？"若木把眼一睁："你怎么越老越糊涂了？绫儿不是她王家的人吗？随他们处置吧。"

田姨定神看看若木，也觉奇怪得很，解放这么些年了，她的大小姐已然改变了许多，在外人面前，谦卑礼让，和气有加，可唯独在她——当年的梳儿面前，说话的口气神情竟一点儿没变。每当独自面对若木的时候，田姨总会产生一种幻觉，好像又回到了四十年代，那雪洞似的房间，门外那架葡萄藤，小姐总是喜欢在那架葡萄下打秋千的，那时总是梅花陪着小姐。两个人在一起的时候那么美丽，好像把所有的葡萄都照亮了。但是最后小姐选择了自己，这是让梳儿——田姨感恩一辈子的事。

到了晚上，一家人都平平安安地聚在了一起，好像经过生离死别似的，格外亲热。田姨抱着刚出生的小公主转来转去地给人看。陆尘很晚才回家，一脸灰暗，看了一眼外孙女就低头扒饭了，扒了几口就皱眉头说胃痛，田姨急着找热水袋，说："陆先生小病小灾从来不说的，说胃疼，想必是疼极了。怕是要看看去呢！"吃了饭又洗了澡、显得光彩照人的若木急忙走上去问寒问暖，陆尘直瞪着她问："女儿呢？"若木说："那不，房间里躺着呢。生了一天，虽然赶不上当年我生她时候的艰难，也难为她了。要好好养养呢。"陆尘说："我说的是羽。"若木这才变脸变色的说："真的呢，三姑娘上哪儿去了？她姐姐生孩子，她也不露面儿。"田姨急忙说："您忘了，三姑娘不是腰疼，让隔壁的亚丹陪着上医院了？"陆尘听了，扔下热水袋就站起来，门就在这时候敲响了。

进门的是亚丹。亚丹气喘吁吁的，像是走了很远的路。亚丹说话的时候只看陆尘："陆伯伯，今晚陆羽就住我家了，跟你们说一声，怕你们着急。"若木忙说："怎么好麻烦你们？还是叫她回来吧。她到底是怎么了？"亚丹依然看着陆尘："查了，是外伤引起的椎间盘突出，大夫说，起码要卧床一个月。看你们家挺热闹的，也没法儿照顾她，还是去我那儿吧。我爸妈都不常回来，正好跟我做个伴儿。"陆尘正要说话，若木忙抢着说："要是这么着就太麻烦你了,"又回头对着玄溟:"亚丹这孩子,从小我就看着好,为人厚道,处处知道让人,连我们家羽这么古怪的,她都能处得来……亚丹呀,要是说羽那腰病,可不是什么外伤引起的,她回来的时候就有腰肌劳损,你好好照顾她吧,她脾气怪,凡事你都要有个担待……"陆尘这才好不容易抢过话头:"亚丹你天天还在上班,不如还是让羽回来吧,田姨能照顾她……"亚丹的眼睛始终只看着陆尘一人,好像这满屋子人只有陆尘是个真实的存在:"羽说了,她不回来,她愿意和我做伴儿。我想好了,我把家里钥匙给你们留一把,我上班的时候,就麻烦田姨过去照顾一下。"亚丹边说边把钥匙递过来,塞在陆尘的手里,嘴里说着再见,逃也似的关上了门。若木玄溟又一起开了门,向外伸着头,叮咛着:"慢走啊,外面黑,可别扭了脚……"

陆尘呆了似的站在身后,手里握着一把钥匙,那冰凉坚硬的金属摸在手里,像是夜里一些事物起伏的身影。面对着冰凉坚硬的一切,他无话可说,永远无话可说,所以他把本来可以流淌出来的,全部凝聚到了心里,十多年后他得的那要命的病,正是这许多年的积累与聚集。

第七章　戏剧

1

多年以前有一个秋天，树叶飘零的日子。有一个女人走进陆家的院门。那女人轻轻敲了一下门。当时玄溟在厨房里做饭，若木在房间里换衣服，陆尘去辅导他的苏联学生，绫和箫都去上学了。因此只有羽听见了那一声门响。但是羽没有及时去开门。而是趴在窗上向外看了看。她看见那个女人穿着翘肩的豆青色薄呢大衣，头发梳成那个年代很时髦的大波浪式，脸上居然化了一点儿妆，而且有一条十分华丽的真丝围巾围在颈上，在那个无色彩的年代羽顿时觉得她十分美丽。她的美使羽呆了好长时间才去开门。当时环绕陆家的金银花藤都已颓败了，只有靠窗的蔷薇还发出一种惨淡的赭石色。

但是她走进来的时候羽就发现了美中不足的地方：她的身

后,还紧跟着一个瘦条条的女孩。那小孩子很瘦,好像比绫还弱小。那女人看了羽一眼就笑了,说这孩子一看就是若木姐的女儿,长得可真像若木姐。就这一句话说得羽满脸通红,羽立刻大叫来客人了。不知为什么羽不喜欢人家说她长得像她的妈妈。

玄溟和若木几乎同时从各自的房间里走出来。但她们的眼睛在同一瞬间暗淡了。玄溟的眼睛里甚至流露出一种怨毒。这时那女人分别向玄溟和若木鞠了一躬,嘴里说着:"姆妈,若木姐,我带孩子来看你们了。"玄溟冷冷地哼了一声,转身走回厨房,若木则以一贯的虚假态度很不情愿地微笑着,让羽叫一声孟静阿姨,然后去泡茶。但是女人并没有因为她们的态度有丝毫不快。女人微微一笑,对羽说,别叫我孟静阿姨,要叫舅妈。她的声音很轻,但是对于若木来说却像是晴天雷一样震响,羽看见母亲倒茶水的手忽然一抖,茶水泼了出来。

接着孟静说:"姆妈,若木姐,我和天成是成了亲的,虽然没来得及结婚,可我也不在乎那个名分,这孩子,就是天成的骨血……我知道,姆妈最是大慈大悲的……"

这就是那一天的场面。后来玄溟端了午饭出来,是黄花鱼、素馅包子和白菜汤。那时陆家的饭菜虽说已远远不及过去,但还是要比邻居家吃得强得多。那个女孩一口气吃了六个大包子,以至绫和箫放学回来簸箩里只剩了两个包子,还是破了皮儿的。玄溟端上饭菜的时候就冷冷地宣布:"你们吃了饭就走吧,家里没得住。"但那孟静像没听见似的,只把一双清水眼盯向包子。羽听见若木咬着牙嘟囔了一句：皮厚！羽想孟静可能听见了，但她仍然不失风度地向嘴里塞着包子，每吃两口便要舀一调羹汤，然后再给女儿夹一筷子黄花鱼。玄溟在鄙夷地看着孟静的同时忍不住向那小女孩瞥了两眼，女孩十分敏感地放下筷子，从睫毛的缝隙里向外眺望。女孩忽然用沙哑的嗓子叫了一声"奶奶"，举座皆惊。孟静立即纠正她说："应该叫加婆。"加婆是玄溟的家乡叫奶奶的称呼，玄溟听了这话脸上就好多了，玄溟说奶奶就奶奶吧，伢儿们，叫么事都行。玄溟说这话的时候眼睛里就发出了一道亮光，那亮光和暖而亲切，照亮了那个女孩脏兮兮的小脸。在一边洗手的绫看到这亮光，立即把女孩推开坐在那把椅子上，绫说这是我的椅子，你别抢我的椅子。绫虽然瘦小力气却大得出奇，女孩被推倒在地，额角撞到了火炉上，顿时一缕暗紫色的血流了出来，那血流得非常慢，颜色很暗，就像窗外那一丛在秋风里显得陈旧的蔷薇花。

羽很害怕，下意识地去扶那女孩。但是女孩自己很快就爬起来了。女孩在摔倒的时候仍然紧紧捏着那一小块没吃完的包子。包子被炉灰裹得很脏，但女孩怕人抢跑似的把它一口塞进嘴里，并没有顾及额头上的血。孟静这才舍得放下那一碗白菜汤，打来一点儿温水为女孩擦洗。玄溟拍了拍那个女孩的头，然后把手里半个破了皮的包子塞到她手里。

这两个房客就这么住下了。

那时，因为陆尘在交通大学的职位，家里住着整整一排平房。就是苏联专家在20世纪50年代初修建的那种四四方方、笨笨实实的平房，虽然并不好看，却很结实，让人想起苏联老大哥生产的那种方糖。

第二天，还躺在被窝里羽就闻见了一股香味。闻见香味的同时她听见母亲咬牙切齿地对父亲说："真不要脸！她竟然用花生油炸油饼吃！"那时花生油十分珍贵，每人每月只限定二两，所以玄溟炒菜经常用议价的菜子油。陆尘边刷牙边轻蔑地看了若木一眼。在对外人的慷慨程度上，他们南辕北辙。羽注意到外婆头一回没有下厨房。外婆慢悠悠地在给绫梳头，外婆总是用篦子把绫的头发刮得亮亮的，然后梳成两条大辫子，再扎上一段玻璃丝。外婆每天都给绫和箫梳头，玻璃丝的颜色是常常要换的，时而鲜红时而橘黄时而翠绿，而且每天外婆在扎玻璃丝的时候都要感叹一句："多好的头发！油光水滑的！"

那一天外婆给绫梳头的时候，孟静把炸得金黄的油饼端上桌。她对玄溟笑笑说："姆妈，你吃吧，"又对三个姑娘说："你们吃呀。"玄溟闭闭眼睛说你们先吃好了。孟静又去叫若木和陆尘，回答与玄溟差不多。只有绫像一只猫那样敏捷地窜上桌子，与孟静母女展开了一场"埃洛大战"。头上裹着绷带的小女孩的筷子刚刚碰到油饼，绫染着红色凤仙花指甲的手便捷足先登了。手总比筷子要灵敏得多。绫的食量其实很少，心思却很贪。所谓眼大肚小。那一次是以绫上吐下泻而最终败北。而孟静，却生着一个如无底洞一般的胃。女孩亦颇有乃母之风，这两个房客使陆家户口上转存的粮票风卷残云般地消失了。

她们在陆家安然度过了那三年的饥饿时期,然后,陆尘被发配到了遥远的边陲。而她们却住下来了。孟静嫁给了新一任的院长。

那个女孩当然就是亚丹。亚丹说她永远记得当年她摔倒的时候,是羽把她扶起来的。

2

玄溟第一个发现羽脊背后面的刺青。

羽住进亚丹家之后忽然感到了一种狂喜。当亚丹上班家里只剩了她一个人的时候,有一天,清澈的阳光从窗帘的一侧倾泻进来,好像经过了一道神妙的滗析,过滤后的阳光洒满光亮的四壁之间,使整个空间清新明快,犹如杯中盈满的清水。天空中的行云流影映入房间,变幻无穷。像小时候那样,每当这时候,羽就觉得,有什么事要发生了。

真的发生了。是羽好久好久没听见过的耳语,又轻轻地响起来了。那是她的神灵。她的神灵没有抛弃她,她欣喜若狂。

那个声音还是那么平和稳定。那个声音说:"你盼着的,就要来了。"羽急急地问:"是什么?是人?还是什么事情?"但那个声音并不回答。

羽立即想,自己是在盼着什么。羽在追问着内心深处。但是内心深处，没有回答。羽心里明白，自己确实是一直盼着什么的。她盼得那么焦渴难受，以至于她时常生活在内心世界里，对于外部世界感到陌生，在她行动着的时候，她总显得那么笨拙，那么漫不经心，以至于她周围的人，她的亲人，都在嘲笑她，看不起、不信任她的能力，他们的讥笑慢慢使她相信自己就是个没用的人，是废物，她的存在，没有任何意义，她过去曾经自视甚高，可现在，她自惭形秽。

那放大了的耳语是神的启示。她重新看见了曙光。她看见自己成了一个新的人，穿白色衬衫，深蓝裙子，在林荫道上愉快地行走。越走越近，她总是看不清自己的脸，她觉得那张脸，可以是任何人的，她忘了自己的特征，她看到的是一部电影的特写，当她走得不能再近的时候，她突然看见，她裸着身子，两个乳头上刺着的梅花已经发青，她惊叫了一声，醒来，原来是梦。外婆坐在她的身边，像小时候一样，每当她生病的时候，外婆就变得非常慈祥。

但是外婆的表情却是少有的惊惧。她看见外婆掀起她后背的衣裳，在细细地看着。

玄溟看过了，放下她的衣裳，厉声问："你文过身？"

羽不说话。

"你知道你文身的图案吗？！"

羽摇摇头。她真的不知道。她曾经努力地用双面镜子来照自己，但只能看见局部。局部的图案，精美绝伦，已经令她很满意了。

"是一条蛇。一条长着羽毛的蛇。"

羽不自觉地抖了一下,脸色煞白。

"刺得很美。你为么事要文身?"

"为了……赎罪。"

"是谁给你文的身?"

"法严大师。"

"什么?!"

"就是西覃山的法严大师,是你告诉我的。"

玄溟全身筛糠似的哆嗦起来,满脸的皱纹毫无规则地流淌着,不知是哭还是笑。

"可是,法严大师,他已经死去六十年了……"

羽呆呆地看着玄溟,她在拼命回忆着自己文身的经过。从那个大雪茫茫的冬天,她没有一时一刻忘掉自己的罪孽,她想赎罪,在她发现金乌已经被那个白痴M国人夺去的那一天,神谕给了她重要的启示。神谕对着她的耳边说:"西覃山,金阕寺……"为了赎罪,她忍受了文身的剧痛,可是她没有找回金乌,金乌走了,不知所终。她跳进了那口湖,但是她却像以前那样,没有死。莫名其妙地活了下来,不知是谁救了她。

她异常清晰地记起了这一切,但是她没有说。她像小时候那样懒得说话,大人们都太笨了,要让他们懂得一件事,要花很大的力气。

可是羽把玄溟吓坏了。玄溟执著地认为，这女孩遇见了鬼。玄溟郑重其事地烧起了龙涎香，默默地念诵起"往生咒"。在玄溟为法严超度的时候，往事历历再现了。

3

玄溟自然想起玉心姨妈的"临终嘱咐"。在接过那盏灯之后不到7天，玉心姨妈就溘然长逝了。玄溟很快打听到西覃山的位置，正在琢磨着如何去送灯的时候，有一件事发生了，这件事的发生使玄溟的送灯计划无止境地拖延了下来。

这件事就是所谓"光绪二十五年，慈禧太后把玄溟抱在怀里"的由来。玉心死后不久，宫里一位亲王的宠妃因来玄溟家里做客，发现了玉心手绣的那些绣品，爱得不得了，不由分说就拿了一件香袋去给老佛爷看。老佛爷看了，就不放手了，立即宣杨夫人入宫，还格外开恩说，要见见十七姑娘。杨夫人听说，先是惊得三魂出窍，因为参与戊戌变法的杨锐，正是杨夫人一个远房的亲戚，没出五服的，当时出了事，几乎把杨夫人唬死，还好，不知是疏漏还是对杨家放了一马，总算没有追查。过去杨家是仗着珍瑾二妃之势随旗入官的，可变法之后，珍妃被老佛爷关进了三所，一直未通音讯。杨夫人久居宫中，如何不知道老佛爷的手段？！最怕的，就是还要见见玄溟。又恰逢老爷不在，正不知如何是好，亲王宠妃笑道："瞧把你吓的！老佛爷今儿个精神好，你可别让她老人家败兴！听我说，趁早儿把你藏的那些绣品，拣一两件精致的拿了去，我保你什么事儿没有！"杨夫人吓慌了，哪还顾得上别的什么，竟把玉心平时里绣的悉数带走。

玄溟深切地记得那一天，她穿了最好看的衣裳，随母亲进了殿。她看见一个老太太端坐在龙椅上，穿着黄缎袍，上面绣着大朵的红牡丹，冠冕上挂满了珠宝，两旁各有一支珠花，中间有一支玉凤。绣袍外面是披肩，玄溟从来没见过那么华丽的披肩：它是渔网形的，由三千五百粒珍珠做成，颗颗大如鸟卵，颜色光泽都一模一样，边上镶着玉石穿成的璎珞。玄溟想，可惜这么美丽的珠宝里裹着的是个干瘦的老太婆。

玄溟看见母亲见了那个老太婆就不会说话了。母亲三跪九叩，嘴里不知唠叨着什么。等母亲站起来的时候，就命玄溟给那老太婆磕头。就在这时，奇迹发生了，老太太忽然和颜悦色地伸长袖子，把玄溟揽在怀里，嘴里说着："姑娘就不必行大礼了，可怜见儿的。"又问："有几岁了？"

玄溟答了话，慈禧更加喜欢，说："这孩子伶牙俐齿的，不如放在宫里，和我做个伴吧。"杨夫人急忙叩头，说："老佛爷如此大恩，真是折死奴婢了！只是这孩子从小缺少调教，过于宠爱，十分顽皮，只怕惊了老佛爷的驾呢！……"慈禧仰头大笑："我也不过是说着玩罢了，知道她是你的掌上明珠，心头肉！"玄溟惊奇地看见老太婆说这话的时候，用那戴着金指甲套的长指甲，一下一下地戳着母亲的胸口，那样子显得很亲热，玄溟发现这个被人称作老佛爷的老太婆，并不像传闻中的那么厉害，她还是很有人情味的。但是母亲已经吓黄了脸，那一脸堆起的笑容还不如哭好看。玄溟看见母亲慌慌张张地打开那一包绣品，嘴里说着："奴婢该死！……请老佛爷瞧瞧，这是我一个远房亲戚绣的，手工看着还算过得去，老佛爷若是喜欢，就留着赏人罢。"

玄溟看见那老太婆瞪大了一双混浊的眼睛，一件件仔细地瞧着，并不动声色。就在她瞧着的时候，玄溟看见母亲一直在瑟瑟发抖。有一道亮光忽然掠过：做一个至高无上、让人敬畏的女人是多么惬意啊！玄溟想她长大之后一定要出人头地，起码不能像母亲这样，看人脸色，受人辖制。正这么想着，忽听那苍老的声音响起来了："小李子，大姑娘，你们都来瞧瞧！是我孤陋寡闻，还是瞧走眼了？天底下还有这样的女红！成日价进贡的那些个绣品，竟都该烧了呢！"

玄溟这才看见站在帐幔角落里的李莲英，还有他的妹妹李大姑娘。两人走上前来一看，都跪下了。李莲英说："佛爷哪儿有走眼的时候，这绣工真真儿的不同，奴才们算是饱了眼福了！"李大姑娘也感叹不已。慈禧抬起眼来，满脸笑容，对杨氏道："你快起来吧。这些绣品，件件都好，我若是都留下呢，又怕说是倚势欺人，你可不知道朝廷上下这些嘴，可多着呢。不如让你的姑娘在我这挑一两件儿东西，咱们也是平等互换的意思。"杨氏急忙叩头如捣蒜："老佛爷快别这么说，折杀奴婢了！怕的就是老佛爷不喜欢！老佛爷若是喜欢，慢说是这么几件绣品，就是我们的身家性命,也都是老佛爷给的,老佛爷说一声喜欢,我们高兴还高兴不过来呢!"慈禧点着头说:"这正是你懂事的地方。话虽这么说,也要有个来往才是。"没等慈禧说完,玄溟忽然扯起清亮的小嗓门儿说:"老佛爷,我倒要求一件赏。"杨夫人连忙拦她,慈禧说:"你让她说,小人儿家,童言无忌。"

玄溟求的赏惊天动地。玄溟说,要和珍妃姑姑见一面,照一张相。

4

羽便心怀一种狂想,想完整地看到她背上的文身。她想,唯一的办法是请一位可靠的人,为她拍一张背部的照片。不知为什么,她不愿让亚丹来做这件事。而外婆又太老了,她那双老手若是一颤,那么所有精致的花纹就要变成一片模糊不清的云霓了。

但是羽可以看到自己的胸部,可以看到两个小小的乳尖上两朵梅花。羽看到了那梅花就想起了那个叫做圆广的青年僧人。经过时光的陶冶,那青年的脸越发英俊了。当天夜里羽做了个梦,梦见窗子在夜气中静悄悄地敞开了,有一个巨大的阴影反射在对面被月光照亮的墙上。她下意识地回过头去,看见有一只巨型的飞鸟正慢慢飞进窗子,向她飞来,奇怪的是她并不怕。因为那大鸟很安静,那大鸟的目光很平和,她和大鸟的目光衔接着,可是在突然之间,中断了。大鸟突然匍匐在了她的床边。就在她目光转换的那一瞬间，她看见落在她床边的并不是什么大鸟，而是一领袈裟。

那袈裟她是熟悉的。那颜色、那气味，被岁月侵蚀过了的，却浸润在她的记忆里。当她倏然醒来时，那气味依然弥漫在房间里。

那种气味令她反常。就是在那一天，她被一种反常的力量所驱使，做了一件非同寻常的事——她看了亚丹的作品——亚丹一直悄悄地做着的，是一篇小说，又不大像小说，题目叫做《铁窗问答》。

……她在这晚风拂煦的林荫道上慢慢踱着，夕阳的余晖斜映着一个孤独的身影。

她，年纪约二十许。仿佛命运注定她是孤独的，她的外貌和装束完全不同于这个城市的其他姑娘们——那些讲求时髦、乐天知命的以及多愁善感的姑娘们。她完全是另一类型的人。在她那潭水般深沉、钻石般晶莹的双眸中，闪烁着一种至少在这一代女孩中多年不见的正直、倔强、渴求知识的童贞目光，3年来生活的紊乱并未冲淡这种目光，这是尤其可贵的。

她要干什么？

她要寻求真理。

几年前，当她还是个小学生的时候，她就千百次地翻阅着历代名人们关于"真理"的格言。"个人的生命是可宝贵的，但一代的真理更可宝贵。生命牺牲了，而真理昭然于天下，这死是值得的。"这似乎已经成为她心底的座右铭。是啊,为捍卫真理而死,那是多么壮烈辉煌!于是一连串罗曼蒂克的幻想接踵而来,直至"丹心"永照"汗青",实在是一曲英雄的壮歌。

然而,自从3年前那个难忘的早晨,当命运把她从粉红色杏仁糖的外壳中抛弃出来之际,她才真正体尝到了生活。

她在这种生活中度过了人生中最美好的几年,现在回味起来,仿佛是一场噩梦。过重的体力劳动摧毁了她的健康,破坏了她的美丽,更残酷地扼杀了她内心由智慧和感情凝成的初放的花朵,然而,她不屈服。

她百折不挠地探索着,寻求着,可是终于发现,真理,在这个社会里已经成为某些大人物为自己服务的工具。他们的话就是真理。他们可以今天指鹿为马,明天又反戈一击,他们总是不能自圆其说,却又要求别人无条件地"紧跟",可是就在紧跟着的驯服的胡羊中,也难免有一天哪一头被作为替罪羊拿去宰割。真理被残酷地踩躏了,阉割了,她哭泣着,要求恢复她的本来面目,可是,在这个社会里,聪明人是不会拿自己的生命开玩笑的。真理,是廉价的,无意义的,就像没有爱情的婚姻那样乏味。

生命在十字路口。

一条,是红地毯和橄榄枝编织的平坦道路。可以有名有利,有地位,得人心,可以有领导的青睐,各方面条件的便利,小家庭的幸福,总之,可以得到个人的一切。

另一条,是荆棘丛生、坎坷不平的崎岖小径,虎豹豺狼在暗中窥视,魑魅魍魉在中途藏匿,每时每刻都有死亡的威胁,无数肉体的痛苦,精神的折磨,莫须有的污蔑诽谤,卑鄙无耻的造谣中伤,甚至被定罪而遗祸于全家以至子孙后代。在这条小径上,没有安逸,没有个人的幸福。然而,几十年,几百年,甚至几千年后,公正的法官——历史,却会给他(她)以应得的报偿。他(她)的生命永远有两条,一条是短暂的,而另一条却与日月共存,历史上不就有许多先例吗?!

何去何从,是选择的时候了。

"路漫漫其修远兮,吾将上下而求索。"苍茫的暮色中,她轻吟着屈原的诗句,准备回返了。

忽然,习习的晚风送来一阵歌声。

"感受不自由莫大的痛苦,
你牺牲了光荣的生命,
在我们艰苦的斗争中,
你英勇地抛弃头颅……"

是抑郁、低沉、但充满了感情的男中音。在微风的瑟瑟声中,听起来格外动人心魄。

这是怎么回事啊?在这种时候,这种地方,唱这种歌?难道是幻觉吗?她不由停下脚步洗耳静听:

"英勇,你英勇地抛弃头颅……"

声音更加低沉了。仿佛唱歌的人已经沉醉在自己的歌声中,那声音的悲怆动人是她从没听到过的,她呆立着,感到心头的热血在困乏无力中异样地抖动,她已经好久没有过这种感觉了。

《光荣的牺牲》——她自然知道。这是苏联卫国战争时的一首名曲。强烈的好奇心驱使着她,顾不得天色已经昏暗,夜晚的凉风钻进灼热的肉体,她想知道,在这多年失修的靶场里,是谁这样大胆地唱起了"禁歌"。

跳过野草丛生、积水很深的一道沟壑,她就来到了这座阴森森的房子前面。这里破旧、肮脏、又是那样僻静、阴暗,自从这个靶场被关闭之后,就几乎没人再来过这儿。更别说一个女孩子在夜晚独自一人来到这里——无论如何她很有胆量。

歌声忽然中止了。周围是死一般的静寂。高大漆黑的树影像怪兽般摇曳着,阵阵凉风袭来,树叶簌簌作响,在神秘的阴影深处,仿佛有无数个暗中窥探的眼睛。一种极端令人毛骨悚然的恐惧紧紧包围着她。

她屏住心跳,从铁栅栏的缝隙向里面望去:

惨淡的月光下,是一个高高的年轻的身影。

她骇然了。陡然想起关于这里关押着一个重要罪犯的传闻……

5

亚丹,我想看看外面的世界。

外面的世界很可怕,你最好别看。

可是房子里同样可怕，如果你每天都待在房子里的话。

但是和外面的世界比较起来，还是房子里面安全些。

我不要安全。

那你要什么？

我……我要寻找，我想发现……

你会知道你其实什么也寻找不到，什么也发现不了。

但是我毕竟寻找过了。我要发现的也许并不是有形的、看得见的东西。

但是你一旦走出这所房子，也许就永远进不来了。

为什么？

并不是每个人都有这种幸运，可以随时进进出出的，这所房子的门槛对于你来说是个临界点。

那么什么样的人才能有这种幸运，可以随时进进出出呢？

修炼出来的人。

像你？

不，我完全不行。

那么，我会修炼的。

那你就要想好。不是什么人都能修炼出来的。太上老君的炼丹炉里，修炼出来的只有一个孙悟空。

你的意思是如果修炼不出来的话，就要化为齑粉？

是的。你会后悔吗？

我不后悔。

6

在羽眼里,亚丹的形象变了。

亚丹本不过是个普普通通的女孩,胖乎乎的,中等姿色,身材上瘦下肥,有些像东北用来打水的柳罐。但是现在的亚丹,写了《铁窗问答》的亚丹,成了一个谜。

是亚丹把羽带到了外面的世界。

那是一个夜晚,春天的夜晚。很多事情都是从春天开始的。羽一闻见春天的气息,全身就开始膨胀,就觉得身子要飘起来。亚丹也是。亚丹换下贴身的内衣,闻了一闻,然后让羽闻,亚丹说:"有种味儿,你闻得出来吗?"羽说:"是的,有种味儿。"亚丹说:"你知道是什么味儿吗?"羽眨眨眼:"春天的味儿。"亚丹笑了:"你真聪明。"

于是亚丹的手拉住了羽的手,走进外面的黑暗里。羽的腰已经好了。在春风里,在月光下,亚丹觉得她拉着的人没有一点儿分量,像个精灵一样,柔若无骨,飘忽不定。在黑暗里,亚丹只能看到她的一双眼睛,像一对须臾不可分离的鱼,上下游动,闪着亮晶晶的光。

她们走进这座城市西部一条普通的胡同里,胡同的深处有一个普通的四合院,羽看见,西厢房里面已经坐满了人。羽有些怕,躲在了亚丹的身后。羽在亚丹的身后观察着,羽的眼睛在一张张陌生的脸上移动着,忽然,她发现了一张熟悉的脸,那张脸很英俊,本来应当光着的头顶,已经齐刷刷长出一层黑色的绒毛,她一惊,心忽然狂烈地跳了起来,那个影像,那个上一世的魂灵,竟如此清晰地显现,他显现得如此突然,令她猝不及防。他的出现,使她突然想起那句令人费解的耳语:"你盼着的,就要来了。"难道她心里在盼着的是他?

他是圆广。

7

所以她说:"我认识你,你是圆广。"

但是那个男人,那个年轻的男人,眼睛里流过一丝惊异,他说:"我不叫圆广,我叫烛龙。"

羽在心里微微地笑了。叫做圆广还是叫做烛龙有什么不同,反正他就是他,不会是别人,他是那个在西覃山金阕寺出家的和尚,是他破开了她的身体,并且在她刚刚发育起来的乳头上,纹下了两朵小小的梅花。现在,那两朵梅花已经变成了青色。羽看见圆广或者烛龙的时候就在心里说,她找到能够为她拍摄文身的人了。

但是接下来的事情让她惊奇。她看见亚丹见到烛龙之后就变成了另外一个人。相貌平平的亚丹一下子灿烂起来,就像一朵花一样突然盛开,是那种极其鲜艳的花朵,譬如大丽菊或者美人蕉，颜色很浓，浓稠得化不开，而且，就像一团烧开了的沥青那么滚烫滚烫的，离得很远就能感觉到热度。

羽看见亚丹和烛龙站到了房间的中央，说着一些自己完全听不懂的话。

亚丹（显得激动不安，声音发颤）：告诉我，你是什么人？为什么……在这里？

烛龙：我……是个被判死刑的人，在这里就是为了把我与世隔绝。

亚丹（颤抖得更厉害了，眼睛在燃烧）：为什么……为什么要判你死刑？！

烛龙：别问了，你还太小，没必要知道这个。

亚丹（含着泪水执拗地）：不，我要知道，你别小看我，我都懂得！……

烛龙：小点儿声，外面有看守。

亚丹向窗外看去，羽也跟着下意识地回过头去，只有一片随风摇曳的漆黑的树影。

烛龙：我以为，我这一生就会在无人知晓的情况下完结了，没想到，上帝居然还为我安排了一次自我表白的机会。看了我这副样子，你一定有点害怕吧，这是因为你还太小，你们的眼睛总是看惯了美好的东西，耳朵总是听惯了正面的宣传，可对一些丑恶的、黑暗的事情，你们总是不爱听，也不愿意相信的。

亚丹：不，我根本不是那种人！

烛龙：……那么好吧，我就跟你讲讲我的故事……

这时，羽听到旁边一个留胡子的男人喊了一声：停！

胡子说："这一段就算过了，从'给我一个支点'开始，再来，开始！"

胡子一说开始，羽就看见烛龙和亚丹换了一个位置，亚丹的脸，正对着她，亚丹的脸红得像是要滴下血来。

烛龙："阿基米德说，给我一个支点，我就能举起地球。我以为，在政治生活中，言论自由正是这样一个支点。言论自由，是一切民主制度最外在、最表面的形式，可以说，是民主制度的第一道防线，有了言论自由，并不等于有了一切，但是丧失言论自由，却等于丧失了一切！

那些反对言论自由，主张禁锢思想的人，是因为怕了解反面意见就会动摇正确的信仰，这不就等于说，他们实际上认为反动思想比正确思想更有力量么？！"

……

那个叫做烛龙的男人，说了那么大一堆话，一堆让羽觉得很难懂的话。羽一直期待着的表情，在他的脸上，压根儿就没出现过。他长出了头发，他的装束变了，岁月把他由圆广变成了烛龙，但他依然是他，他的脸，他的手，他的气味，他的没有表情的表情。他骗不了她。

烛龙：……就讲到这儿吧。已经说得很多了。快回去，马上就要下雨了！……

（好像为了证实他的话。从背景处突然响起定音鼓和钹的巨响。亚丹像是害怕似的向他偎依）快走！……

亚丹：他们……他们还要把你关多长时间？

烛龙：不长了，今天凌晨4点就全部结束了。

亚丹（呼吸急促，整个身子似乎要瘫软下去）：什么？！

烛龙：你……怎么了？

亚丹：没什么。我在想，我们两个……一块儿死！……人的一生，至少有一次要拿出真正的身份证，现在，是我拿出身份证来的时候了！

这时，定音鼓与钹的巨响再次大作。背景处，有许多人在朗诵，像是多音部的合唱。参差不齐：

一个男人：焦虑散发着垂危的血腥味

拳头陷入空无一物的奇异裂缝

一个女人：长长的夜晚

大都是风主宰的世界

而风已不会呜咽

第二个男人：月亮太古老了，

古老得和我一样

第二个女人：你是一个优美的伤口

你的心飘浮在十五的月光里

没有一丝红晕

……

然后，羽清晰地听到一个声音：

卑鄙是卑鄙者的通行证
高尚是高尚者的墓志铭

这时，灯熄，幕落。
幕是从高空处突然掉落的沉重的帷幕。
那帷幕像是叠起了几十层丝绒，即使是电光也穿越不透。
那沉重的帷幕就这样把羽和戏剧隔绝了。

8

许多年之后，羽在M国最著名的剧场里看到另一部戏剧，那戏剧的名字叫做《黑寡妇》。她看到在M国巨大的纯银雕刻的背景前面，有一只巨蚌慢慢地打开了，那不过是些黑色的羽毛慢慢粘贴在蚌形的金属架上，那里面，是一个裸体的女人。蚌在慢慢收拢，没有动作没有速度，只微微有些颤抖。

蚌合拢了。又不断地微微开启。在它微微开启的时候，人们才能看到那里面的女人，她如此隐秘，如此缄默，她把自己深深地埋藏在第二层皮肤里，这黑色羽毛的监狱，是一种隔离，更是一种保护。

裸体女人把自己装扮成了贞女。不过，她也许就是贞女。贞女看上去像荡妇，荡妇看上去像贞女。也可能贞女就像贞女，荡妇就像荡妇。但是负负得正，结果还是一样的。

她不明白，属于她童年的巨蚌，是如何流失到了M国。

她一生看过许多戏剧，但印象最深的是这两部：《铁窗问答》与《黑寡妇》。

9

亚丹从小的愿望就是要做一个女侠。

八九岁上，亚丹就会背诵秋瑾的诗："祖国陆沉人有责，天涯漂泊我无家。一腔热血愁回首，肠断难为五月花。""不惜千金买宝刀，貂裘换酒也堪豪。一腔热血怒澎湃，洒去犹能化碧涛。"秋瑾的许多诗里都有"一腔热血"的字样，于是亚丹也常怀"一腔热血"。后来发生的事情证明，她正是被这"一腔热血"给害了。

亚丹从小喜欢和男孩子一起舞枪弄棒，14岁那一年，正在舞着的时候，突然舞出了"一腔热血"。她又羞又怕，不知如何是好。她突然停住了，把背紧紧贴在山墙上，一动不动。她把棒子扔掉，说："我不玩了。"

男孩们对于"我不玩了"这句话百思不得其解。他们让她继续玩，又拉又拽，她慢慢出溜着蹲下去，哭了。男孩们更奇怪了，哄她，就那么僵持着，直到天黑，她才敢离开那道山墙。她心里明白,"一腔热血"已经把她的整条裤子都弄湿了。

从那时起,亚丹就心怀一个秘密。母亲是从不对她作这种教育的,那时也没有任何这方面的书。亚丹只好一个人承受这沉甸甸的秘密。每当"热血"要来未来和要去未去的那两天,她总是觉得有一种东西让她承受不住。她再不能"慎独"了。当她一个人独处的时候,她总是忍不住地去抚摸自己已经悄然变化了的身体。在一个月夜,一个月光如水的夜晚,她打开窗帘,就着月光看自己日益突起的乳房,月光下的乳房像陶器一样寒冷而美丽。她用双手揉着自己的双乳,就立即感到了一股电流向下面窜去,她的手,循着那股电流,一下子就触到了那个让她无可奈何而又讳莫如深的焦点核心,她心里突然窜出的火焰一下子把所有的理性全部烧光,她疯狂地扭动起来,膀胱渐渐发胀仿佛有许多热流在涌向全身,那一种酸胀奇痒的感觉令人疯狂,后来胀满的膀胱忽然突突地跳了起来,那跳动牵动了她整个的下腹四肢全身的神经血液连指端也在颤抖。那样的感觉持续了十几秒钟然后她平静了。她平静之后就开始悔恨自己的行为。她看不起自己,她坚信自己下次再不会有这样的行为,但是到了下次,她依然故我。她无法抗拒心里那种欲擒故纵式的诱惑。

就这样恶性循环下去,直到"一腔热血"消失的时候。

许多年之后亚丹才懂得,那原来就是女性的性高潮。那种高潮是多少女性一辈子也没尝受过的,竟被一个少女找到了开启秘密的钥匙,它使性这件多少带点神秘与偶然的事情,竟突然变得如此简单，用不着两个人，用不着去九死不悔地寻找上帝创造的另一半，用不着按照文明社会规定的程序，去做完那一件件在做这件事情之前必须做的事情，它完全可以成为一个人的快乐和痛苦，一个人的享受和付出，完全是一个人的，纯粹意义上的个人隐秘。用不着惊扰任何人。

然而，享受必然伴随着代价。有多少索取就会有多少付出。几年之后亚丹忽然发现了她与同龄女孩间的差异：她显得比她们年纪大。而后她迅速发现，这原因正是因为她的那项"秘密活动"。每当她从高潮的巅峰跌落下来的时候，她就心灰意冷地发现了面部皮肤的晦暗无光和乳房逐渐的松弛。但她无法克制欲望。她想，唯一的办法是有个男人爱她，也值得她爱，爱与性，不是一回事。由爱而来的性与单纯的性，不是一回事。那个爱她的男人无疑是等于救她。

但是多年来爱她而又被她爱的男人并没有出现，于是年轻的亚丹脸上就有了沧桑感。与比她小不了几岁的羽相比，她老了许多。而羽，却永远是清淡的，柔滑的，清淡成一滴古典的墨迹。

终于亚丹遇上了烛龙，她深信，她一直等待着的那个人出现了，那个值得她爱，也有可能爱上她的男人。

10

那个戏剧里的那些人，那些演员，当然，还包括羽和亚丹，一起去了郊区去玩。郊区离城里非常远，大概有一百多公里那么远，但他们就那么笑着唱着，每人骑一辆破车，轻轻松松就骑到了那里。他们都只有二十几岁，年轻健康，荷尔蒙给予他们无限的力量，尽管那时他们谁也不懂得荷尔蒙这个词。

那里有一大片湖。那湖巨大而宁静，藤萝攀附在四周的断墙上，以它美丽的密林，装饰着风景。那些垂在水边的绿叶，就像一条条垂死的鱼，被水浸泡得又肥又鲜。知更鸟钻入树的阴影，太阳光发出金甲虫一样嗡嗡的声音。羽看见穿上泳装的亚丹像玉兰花一样肥白丰美，那两个圆浑结实的胸乳的轮廓，清清楚楚地暴露在众人面前，她看见亚丹紧紧跟着烛龙游远了。于是她也把自己浸在水里。

她原不会游泳，可是一进入水中，就感到了一种舒展。她想起她对于水并不陌生，那个她童年的湖，浸透了她的童年经验。终于，湖水没过了她的双肩。像是一领冰凉的丝绸轻轻拂过她的身子，那一种柔软飘逸把她轻轻地举了起来，她划动双臂，仿佛在天空中飞翔，躺在深蓝色的云彩上，自然地起伏。水花的迷茫中，她能看见渐渐西沉的太阳，也随着她上下浮动。她向水底深处扎去，柔软冰凉的水像丝绸一样亲切，她感觉到一种高度的和谐优美，她闭上眼睛，享受着这无与伦比的美妙时刻。皮肤上的每个毛孔都舒适地张开着，心悠然沉寂，变成一泓静水，只觉得体内一股温暖的气流在循环，循环中血液慢慢清澈，像红宝石一般晶莹，五脏六腑都被洗得纤尘不染，所有的经络都疏通了，流动了,像日升月落一般循环不已。从寂静中,她渐渐听出各种声音,那纷繁的千百种声调恰似交响曲分解成许多乐章和乐句,那是奇怪的声音,就像是宇宙深处最隐秘的一扇门洞开了,她听到了宇宙灵魂的赋格曲。

那乐声似曾相识。

于是她忘记了时间和空间,忘记了自己的存在。她不知道那时天已黑尽,整个夜晚正飘浮在清新的雾霭之中,星星正在静悄悄地向湖底沉落,一个男人正站在湖边,俯视着她。男人看见,在清澈见底的湖水里,有一个洁白的影子,她沉默如月,有如一条静静游动着的白色的鱼。当一颗星落在她身旁的时候,男人看到她整个身子都是透明的,能看到所有的血管经络甚至五脏六腑。就像一个透明的淡绿色水母。

但是这一切都不能使男人震惊。使他震惊的,只有她背上的文身,还有她胸前的两朵梅花。那两朵梅花几乎唤醒了他的记忆。他想起在非常久远的梦里,曾经遇到过一个女孩。那个女孩的柔顺与刚烈同时打中了他,还有那个女孩因忧伤而显得清纯的眼睛。那个女孩,那个注定了不能在尘世生活的女孩,那个在梦里让他落泪的女孩,为什么现在来到了尘世?

于是那个男人,那个叫做圆广或者烛龙的男人,像一个遁世者一般站在湖边,沉思不已。

11

在深夜,那个叫做羽的女孩,从湖水深处走上来。她的湿漉漉的长发沉甸甸地披散着,沉得让那细瘦的身子经不住。她的腰很细,细得让人想起花瓶的颈子,乳房只有一点点微微的隆起。腰胯之间是柔和修长的流线型,走起路来,两条流线就一闪一闪的,射着水光,好像一个灰色的水妖,在有星星的夜晚出现。

在距离烛龙大概六七米左右的地方,羽站住了。

星光的流韵如同碎银,一座芬芳的湖上,浮出一片琥珀的岛屿。眼前的女孩,这个一丝不挂的女孩,却引不起叫做烛龙的男人一点点欲望。这个水妖一样的形体引不起人的欲望。烛龙在沉思着,他在想,如果用一年的月光来催开一株水仙,那枝水仙就可能是这样的。那枝水仙饱含着月光。但是不能碰。不要去碰它。它是娇嫩的,却又无比骄傲。她的骄傲从那双貌似温和的眼睛里喷射而出。她胸前的那两朵梅花,在月光的覆盖下,发出梅香隽永的禅语:

  她的眼睛是遥远的爱情的颜色

  她的双臂与黄榴石一样美丽

  她的嘴唇无声地翕动在珊瑚的光里

  最后,她从那扇门中离去

一进入河中她就把一切洗净

再次闪光如同雨中的一块白色石子

没向后望一眼她再次游走

游向虚空,游向她的死亡。

只有海里的鱼懂得自由的价值

它们的缄默迫使我们制造虚荣

这个时代的成功是通向绝境的成功

不是树木生长智慧,惊醒的不是王侯而是恐龙。

你叫什么?

我叫羽。

为什么叫羽呢?脱离了翅膀的羽毛,不是飞翔,而是飘零,因为它的命运,掌握在风的手中……

那你呢?你为什么叫烛龙?

烛龙,就是祝融,是远古火神的名字。我的使命,就是为黑暗带来火。

……

羽,你过去真的见过我么?

是的,我见过你。

时间,地点,你还记得么?

当然记得。西覃山金阕寺。一场大雪之后。

……

法严大师,你总该有印象吧。

……

那么,我身上的刺青,你不会记不住吧?!

羽几乎是愤怒地转过身来,把后背对着烛龙。

叫做烛龙的男人在月光下辨认着。他看到一条生着羽毛的蛇盘踞在女孩的细瘦的背上。他心里忽地感到一阵痛楚,但是他不想说,真的什么也不想说。

看着他的表情,羽的心一点点在碎裂。她和这个男人,分明曾经离得那么近,这个男人的表情,他脸上的汗,他的气息……都分明从那时走来,一直走到眼前,是他使她流出处女的鲜血,他的汗和她的血融在了一起,曾经使那一天的大雪蒸腾出滚滚热气,但是现在,大雪的背景换了,换成了月光。在月光下,一切都变得冷漠起来,她要接受这个现实,——他不再认识她——这个现实。

我想请你……为我拍张照片。

什么?

没什么,我只是想看看文身的图案。

……好吧。你的文身,很美。

但是这时亚丹从黑暗的背景处走出来,一句话就击碎了那座琥珀的岛屿。

"羽,快去穿衣服!你是不是要招公安局来抓你!"

亚丹从黑暗的背景处走出来,走到月光下,她像一个愤怒的猎人,冲向生存围猎的栅栏。

第八章 广场

1

若木是在26岁那年上大学的。对于若木上学这件事一直众说纷纭。有人传说是若木的父亲花了一笔钱。而在几十年之后若木坚持说确实是她考进去的。若木后来的贴身丫头梳儿也斩钉截铁地证明了这一点。"说老太爷花钱的那些人是嫉妒，小姐一直遭人嫉妒，因为她太了不起了！"梳儿姓田，终身未婚。30岁之后被称作田姐，40岁之后被称作田姨。几十年之后，田姨在给若木的3个女儿讲述往事的时候，永远坚定不移地站在"小姐"一边。

若木也许真是自己考上的。在1941年整整一个夏天，也就是梅花被迫嫁给当差的老张之后，若木把自己关在雪洞似的房里，连葡萄架也不再去。能走进若木房间的只有母亲和梳儿。梳儿每天打扫完房间都不忘点上一支龙涎香。她觉得小姐的房间里弥漫着一种特殊的怪味儿。梳儿并不知道那就是狐臭的味道。若木在那一年腋下忽然长了个疙瘩,若木把它抓破了,后来腋下便渗出那种味道。若木每天都用很多杜米牌香粉,那种牌子是父亲的比利时朋友送的。

开学那天,玄溟陪着若木走进教室,安排若木在前排就座,然后自己在最后一排坐下来。玄溟边听课边拿出绣花绷子悠闲地绣花。玄溟的举动惹得同学们不断地回过头来,学生们是听说过关于天成的故事的,他们惊异地看着玄溟,心里暗暗猜测着她是不是又犯了病。后来交通大学咄咄逼人的教授马敬对局长太太的行为终于忍无可忍:"老太太,请你回去吧!"马教授强忍怒火向玄溟鞠了一躬。"怎么,我在这里碍你的事?"玄溟连眼皮也没抬,一双白嫩的手在飞针走线。"不敢,老太太。可教室不是人人都进得的!"马敬说完这话就后悔了,他知道局长太太暴烈的脾气。这一句话也许会把他送入地狱。

但是玄溟并没有像平时那样暴跳如雷。玄溟的脸上竟露出一种孩子气的笑容,天真之中还带点调皮。玄溟说马先生我小时候只念过私塾还是头一回进学堂,我看学堂蛮有意思呀。你就开恩让我在这里多坐坐,顶多我再给你多交一份学费嘛!

马敬张口结舌说不出话来。从此交通大学管(2)班的教室里便多了一位陪读的太太。玄溟总是把自己收拾得纤尘不染,就连犯病的那些时候也是如此。在玄溟生病期间不知是谁把她的病情写信告诉了鹤寿,鹤寿既没有来探望也没有来信,只是汇来了一笔钱，这笔钱不但治好了玄溟的病，还把她和女儿从豌豆苗的灾难中解救出来，玄溟好像头一回感觉到老头子的重要性。但是玄溟仍然没有就此屈服。玄溟把剩下来的那些白花花的银洋攒起来，自己开了一爿杂货店，卖油盐酱醋，卖绣花枕套，卖自己和女儿穿剩的旧旗袍，生意很好。玄溟从年轻时便偏好素色，干净却不奢华，若在夏天，不过是一袭黑色香云纱旗袍，或者一套雪白的竹布裤褂。女儿身上她倒是很精心的：梨黄色羽纱旗袍，上面铁划银钩似的绣上碧青银白的两色孔雀尾；或者茜红色软缎毛阁旗袍，领口别一枚水晶心形领针；或者米色凸绣万字纹丝绸裤褂，配一条黑色丝质缕花披巾……若木的装束永远与众不同。全班30人只有4个女同学。有3个都已有了男朋友。无论若木如何有钱，如何与众不同，她还是被剩下了。

　　另外3个女同学是管湘怡、孟静和邵芬妮。管湘怡年龄大些，是订了婚才来上学的，未婚夫就是交大的王教授。很有钱，功课中等，湘怡虽略胖却胖得美，面部线条又柔和又干净，不管穿什么都显得富贵。湘怡脾气好，天大的事到她那儿都大事化小小事化了，这一点，玄溟很欣赏。湘怡最会讲话，只要功课不多，就被玄溟请到家里聊天，什么解不开的事只须湘怡一句话就都解了。湘怡见世面又广，单拣那新鲜有趣的事讲给玄溟母女听，若木倒还罢了，玄溟尤其爱听，为了留住湘怡，玄溟常烧了好菜好饭，吃了上顿又要留下顿，倒把湘怡养得越发胖了。管（2）班的都说，秦老太太爱听湘怡的话，湘怡爱吃秦老太太的饭。用话来换饭,在那个豌豆苗成灾的季节,的确是一件让人赏心悦目的事。

孟静是班里最漂亮的。父亲是个钟表匠,早年丧妻,只她一个独女,父亲对她宠爱有加,因她自小聪明,父亲不想耽误她,下决心供她上大学。孟静到底是小家碧玉,有些小性儿,一些小事儿上爱拨尖儿,别人一般的倒不计较,只是若木,常在无声处,给她几句不酸不凉的话。若木讲这些话的时候总是分外和颜悦色,让孟静又气恼又发作不得,何况,孟静一直深爱若木的弟弟天成,所以凡与若木沾边的事,都礼让三分。尽管如此,孟静的那点小心眼,还是清清爽爽地让人看得出来,不像若木,犹如一个偶中套偶的大玩偶,每一层都涂了特别的保护色。

若木觉得最难把握、心里也最怕的是邵芬妮。邵芬妮属于那种聪明绝顶的女子。好像若木什么心思都收在她眼里。功课好,又弹得一手好钢琴。邵芬妮有一种不可侵犯的贵族气,邵芬妮的容貌不能用"漂亮"这种词来形容,她总是显得病恹恹的,面色黄黄的,但皮肤的质地很细腻,一双眼睛别有一种妩媚。鼻梁的线条十分精致,嘴巴尤其美。上课时总是掏出手帕轻咳几声,若木觉得自己想象中的林黛玉也不过如此了。果然,男同学的目光多半集中在芬妮身上。湘怡因为已经订了婚,又是王教授的未婚妻,能说会道会办事,受人尊敬;孟静年龄最轻又最漂亮,大家自然也就让她三分。亏就亏在若木,好像哪头也不占。这种自我感觉使若木产生了极大的失落感,若木有时也想行动,但还没开始就觉得自己注定要输,这大约正是那次发霉的"初恋"给她带来的心理副产品。

但是玄溟不认输。不认输是玄溟永恒的个性。玄溟在4年中始终窝着那双精美绝伦的小脚坐在她自己的固定位置上。她似乎在专注于绣花或听课的那双眼睛,其实是深海中埋藏的一只潜望镜。哪个人也休想从这潜望镜中漏掉。她的一尘不染的客厅成为管(2)无可争议的沙龙。每逢节假日玄溟便会以慈母身份邀请学校的各色人等赴家宴。玄溟做得一手好菜,是正宗的湘菜。玄溟做菜从不费力,只需梳儿在一旁打打下手。所以若木活到近30岁连面条也不会下。那时交大已迁到乔家坳。玄溟家不过使一只蜂窝煤炉子做饭。就是这只炉子在4年之内立下了丰功伟绩。管(2)全班30个人都为局长太太搬过蜂窝煤打过煤饼。就在那些豌豆苗成灾的岁月里,这只蜂窝煤炉依然为学生烧过鲜美的腊肉黄豆。

有一天这只炉子炖了整整一只鸭子。鸭汤里漂着红的枸杞、绿的芫荽、黑的香菇、黄的当归。汤很清,只有清灵的一层油花。鸭肉很烂,筷子轻轻一戳就能插进去。应邀作客的湘怡和未婚夫——湖南同乡会的会长王教授介文同时接过两大碗鸭肉连汤的时候,立刻感到了其中的分量。

"伯母托问的事我问过了。"湘怡吃一大口鸭肉,又抿一口汤。

"怎么样?"玄溟急急地问,一边把热水袋放进湘怡的怀里。

"陆尘已经有女朋友了。你猜是谁？就是邵芬妮！"

"邵芬妮？痨病鬼嘛！"玄溟不屑地撇一下嘴，心里却暗暗叫苦。邵芬妮是班里成绩最好的女同学，人又美，又聪明，哪方面若木都比不得。唯独身体不好。哪节课上要是听不见她咳嗽，连玄溟也要放了绣花绷子看一看的。班长陆尘选了芬妮做朋友玄溟一点儿也不惊奇。但是这些青年男女的所谓"爱情"从来没放在玄溟眼里。玄溟觉得那都是些小伢子过家家之类的把戏，就像家里的那些坛坛罐罐一样，一碰，就会粉碎的。

"那您的意思……"王教授打着饱嗝，依然不甘心地把鸭肉往嘴里塞。

"星期天不是湖南同乡会活动，把陆尘和我家姑娘叫到一起嘛！"

玄溟的口气十分决断。

陆尘是整个交通大学被公认的最出色的学生。玄溟在"陪读"一个星期之后就发现了他。然后就很快弄清了他的出身与履历，接着，观察了他整整3年。让玄溟满意实在不是件容易的事。

2

天气转凉。像是晓得玄溟的安排似的，芬妮的病竟加重了。

芬妮背着陆尘悄悄去看病，遇到了管湘怡。湘怡怜爱地看着她："越发像个病西施了。陆尘怎么没陪你来？"

芬妮用帕子捂上嘴轻咳两下："还要叫他？躲他还来不及呢！这病不是一天两天的了，他哪拖得起？何况，他最近正忙着排戏……"

湘怡笑笑：这正是你懂事的地方。要是那种轻薄的女孩子，可就害了他了！

芬妮听了这话心里一震，脸上强笑着：湘怡姐，咱们姐妹好了一场，你跟我说句心里话，换了你，会怎么做呢？

湘怡脸上的线条越发柔和了：我想的没你那么多，再复杂的事到我这里也简单了。我要是你，就休一年学，回香港把病彻底治好了再回来。你们两个以后的日子还长着呢，还在乎这一年半载？要是他陆尘连这点考验都经不起，也就没多大意思了，你说呢？

芬妮含泪强笑了一下，点了点头：我也是这样想。

湘怡把芬妮的手拉过来，心里暗暗惊讶着芬妮的手竟这样光滑、冰凉而坚硬，有着一种金属般的质感。相比之下，湘怡觉得自己的手简直像雪白柔软温暖的大面团。湘怡知道自己既考上了交大就要吃铁路这碗饭，这是铁饭碗。而若木的父亲秦鹤寿已经在铁路系统里几十年了，秦鹤寿的网络如全国的铁道线一般纷繁复杂，湘怡知道管（2）的任何一个同学也难逃这张网。

湘怡说：这就对了。我早就觉得你是个大气的人，做不惯那些小儿女态的。走吧,我们去秦伯母家坐坐,让她老人家给你烧只好菜吃吃。"

芬妮抬起头,泪水在睫毛上颤动。芬妮从来不是个软弱的人,但是疾病使任何人都变得软弱:不了,湘怡姐,我这个病,到谁家也讨人嫌,又何必去麻烦秦伯母?

但是芬妮没有拗过湘怡。芬妮一走进若木家的门就闻到一股扑面而来的甜香。玄溟正在家里炒月饼馅儿。马上就是中秋了,玄溟做了12种月饼。桂花、白糖、桂圆、豆沙、莲蓉、火腿、腊肉、香芋、枣泥、五仁、椰蓉、咸蛋。月饼外形做成十二生肖的样子,编一个铁丝烘炉,就那么在蜂窝煤炉子上一只一只地烤出来,自然那味道比买来的又两样。玄溟炒月饼馅子成了交大的一道景观,那种香味一直传到杂货铺里,几天都散不掉,来买东西的也就格外多,都使劲吸两下鼻子,说:秦太太又在炒月饼馅儿了,中秋要到了嘛。

芬妮却只感到了伤秋。她很怕节气,尤其怕立秋之后的节气。立秋之后她一直低烧不退,最近更是咳出了血丝。她跟谁也没说,父母是要她回去过中秋的,她一直犹豫着,可是今天,一切似乎都已经很明确了。

湘怡拣了一只咸蛋黄馅儿的咬了一口,连说好吃。玄溟忙把刚烤好的一样挑两只放在大盘子里,推到她们面前,再三地让,芬妮也只拣了一只桂花的,一咬,满嘴都是桂花糖香,只掰了一小半就不吃了,玄溟纳闷儿:可是不好吃?芬妮恹恹地一笑:好吃是顶好吃的，就是我身子不好，怕禁不得。玄溟说：知道姑娘身子弱，我用的都是素油，若木一顿也能吃两块呢，她那个身体怕比你强不了哪去，今天姑娘说什么也要把这块吃下去。芬妮这才和着水把月饼吃了，玄溟沏了茶端上来，笑：姑娘真真是锦心绣口。

湘怡这才问：若木呢？玄溟朝房间里努了努嘴。两人一起走进去，都忍不住扑哧一笑：若木正半倚半躺在床上翻那本卷了皮儿的《曼侬·兰斯科》，看得一脸呆气，这时夕阳正从窗帘里软软地射进来，若木那蜡像式的呆白的脸好像平添了几分血色。湘怡笑着用手把那本书捂上："呆子，看谁来了？"若木这才痴痴地抬起眼，如梦初醒似的："是芬妮来了？快请坐。"

其实，若木堪称一个天才的演员。从芬妮和湘怡走进家门，她就一直在谛听着，连一个细节也不曾漏掉。直到她们进房间门之前，若木才把那本委屈透了的《曼侬·兰斯科》作为道具，挡住了脸。但若木精彩的表演轻易地把两个女伴哄过去了。在若木若有所思魂不守舍的表情中，其实正藏着一股锋芒扫向完全没有设防的芬妮。

那天若木母女的表演到比利时大夫的出场达到高潮。

好像无意似的，若木向母亲建议：妈，不是前次给你看病的那个比利时大夫还在此地吗？为什么不让芬妮试试呢？

比利时大夫霍夫曼精通精神科、神经内科、胸外科甚至妇产科……好像除泌尿科和儿科之外，霍夫曼都堪称一个行家里手。

若木的建议立即得到了湘怡的呼应。玄溟立即颠着那双精美绝伦的小脚走向那台老式电话机。玄溟拨号的时候芬妮有点紧张。芬妮当时穿着一件粉红色的旧呢外套,一向黄黄的脸被粉红色衬得有些血色,环抱在一头大波浪的黑发中,让人觉得有一种陈旧的美,就像那种静静开放又静静闭合的花朵,并不在盛开,又不是开败了,就是在暗暗的光线下,看不出颜色来。

其实只要芬妮稍加注意就能感觉到,那位比利时大夫来得太快了一些。仿佛是事前排练好的戏剧———一切显得过于完美,过于无可挑剔了。但是当时芬妮完全沉醉在对友情的感激涕零之中。比利时大夫用恰到好处的绅士态度对待芬妮,使芬妮完全没有什么不舒服不自然的感觉。比利时大夫带着出诊时所能带的全套医疗器械,用了三个小时细细地为芬妮做了检查。当玄溟把炖得喷香的芋头汤端上来的时候,比利时大夫很郑重地宣布,芬妮得的是浸润性肺结核外加慢性支气管哮喘,需要立即休学治疗,否则后果会很严重。

芬妮黄黄的脸变得惨白,她接过玄溟递过来的芋头汤,用调羹慢慢搅着,她的目光和思维完全集中在那把调羹上,渐渐地,那调羹变成了双影、又分离成4个、8个……调羹破碎了,成了残片。

玄溟和湘怡都闷头喝着汤。她们有些怕那张惨白的脸。只有若木,情不自禁地往那张脸上瞧,然后用那本《曼侬·兰斯科》遮住嘴巴,因为她突然想笑,简直抑制不住地想笑。谢天谢地,当时芬妮完全呆住了,根本没注意周围的一切。

那一天客人们走了之后若木躲进自己房间里笑了起来。29年来第一次开怀大笑。若木的笑声凌厉而尖锐在夜深人静的时候听起来十分瘆人。玄溟颠着小脚使劲地拍门,一下一下的,打擂台似的,与若木瘆人的笑声交织在一起,构成了乔家坳一个少有的恐怖之夜。

3

芬妮是在一个月黑风高之夜离开大陆的。那个晚上,全校师生员工和家属都去礼堂看戏,是全套的京剧《失空斩》,全部由交大学生客串。陆尘演诸葛亮,自然是第一主角。陆尘身穿八卦服摇着羽毛扇唱着"我正在城楼观山景,耳听得城外乱纷纷"的同时,他的目光一直游离着在台下寻找着什么。几天前,芬妮的父母从香港来了,芬妮父母的到来一开始给了陆尘一种错觉,以致他一直在等待着什么。但是他终于发现,好像是他在自作多情。芬妮好像有什么事情在瞒着他。他隐隐地有些着急,但是排戏很紧张使他来不及多想,他只是想待演出结束后一定要与芬妮好好谈一谈。他已经用他不多的奖学金给二老买了礼物,是他跑了上百里路到贵阳最好的点心店买的盒装点心,上面印了贵宾阁三个烫金字。他想,虽然比不上香港的东西,也算是自己尽一份心了。

交通大学的礼堂据说是一位名家设计的，很大的穹顶，上面有一颗红星，红星里面嵌着铁路的标志。全部的大理石。水晶玻璃吊灯。四周是深灰色天鹅绒帷幕。在战时的后方，三千人聚在一起看戏，当算是相当奢侈的了。

陆尘扮相很好，羽扇纶巾，八卦袍服，都是铁划金钩般的有分量。陆尘并没有学过戏，只是高级票友水平，且是祖传的。父亲便是铁杆谭鑫培迷。陆尘的戏路自然是"谭派"，虽说不能与梨园正宗相比，在一座大学里客串演出也是游刃有余的了，何况他人缘极好，每唱一句都有叫好的，连平时那些威风八面的大教授、斯斯文文的女学生，此时也都半合了掌半眯了眼，边打拍子边喊一声好，那好字出来的也有水平，仿佛是鼻腔共鸣似的，总带有嗡嗡的声音，人一多了，声音撞在大理石上，真好像是陆尘唱腔的回声，余音绕梁，三日未绝。

"旌旗招展空幡映，却原来是司马发来的兵，

一来是马谡无谋少才能，二来是将帅不和失守街亭……"

陆尘抖了抖精神，心里却是越发绝望了。那本该出现的粉红色始终没有出现。那件粉红色的旧呢外套在陆尘眼里就是永远的花朵，那是一种令人心碎的颜色，因为美丽到了危险的程度，所以令人心碎。

那个夜晚对于陆尘来说终生难忘。那座圣殿似的礼堂耸立在泛着夜草清香的乔家坳，似乎是一种不吉之兆。乔家坳的人从来

没见过有这样巨大的建筑，他们赶集回来议论纷纷，那一团明亮的灯光使他们觉得似乎要发生什么事情。那是久久不见的明亮，让习惯生活在黑暗里的人害怕的明亮。

在那个夜晚，他们看见一个穿着粉红色旧呢外套的少女，同样颜色大檐帽的帽饰遮挡不住她忧郁的表情，那样一个忧郁的少女登上了一架马车，马车上坐着一对衣冠楚楚的老年夫妇，老年夫妇爱怜地把她拥在中间，一望而知她是他们的爱女。那个穿粉红色外套的忧郁少女那样静静地离开炫目的灯光远去，静极了，就像被夜气静静托起似的，那一架马车在远离灯光的时候有一种飘浮起来的感觉。

陆尘病了很久。后来他一见诸葛亮铁划金钩的八卦袍就要作呕。他挚爱的人没有给他留下片言只字，只有湘怡转给他一个淡淡的口信：回香港了，不一定再回来，要安心养病，以后不必联络了。

陆尘在大病初愈想吃东西的时候，湘怡给他送来一碗鸭汤。陆尘顿有一种五脏六腑都被洗净的感觉，陆尘说："太好了，再来一碗。"湘怡微微一笑："好么？好就到秦伯母家吃去，看你瘦的，倒是要养一养呢。"

陆尘到底是凡夫俗子，无法羽化登仙的。几天之后的湖南同乡会上，他被王介文教授拉着去请秦若木跳舞，舞是没有跳成，但感觉总算找到了。陆尘是个死心眼儿，爱芬妮的时候，旁的女人一眼都不看的，这时同学四年，才算把若木看清楚了：白而不润、单薄而柔韧,像秋风里一根银白的芦苇,自有许多味道。那一双眼睛,永远是呆滞的,看不出表情,眼白却呈现出一种艳蓝,那种蓝代表着她的调子,那种冷冷的蓝是她的色彩,在粉红的暖色消逝之后,蓝的冷色成为陆尘眼中的主调,他犹豫了一下便接受了这种调子,这调子虽然激发不出他的激情,却是新鲜的、干净的,可以承受的。

接下来的事十分顺理成章:到秦家喝仰慕已久的鸭汤,管湘怡做媒,王教授主婚,秦太太玄溟出钱去打订婚戒指,然后去照相馆照婚纱照。酒席办了八桌,虽然与玄溟的初衷不符,在那个战乱的年代,也算是相当说得过去了。只是在新婚之夜陆尘才得知:新娘比他,整整大上五岁。

4

陆尘似乎越来越不能忍受若木了,甚至一听到她的脚步声就皱眉头。陆尘的饭量越来越少,他得了十二指肠溃疡。医生说,忌油腻辛辣。但是在家里的饭桌上,总是断不了油腻辛辣。巧妇难为无米之炊,以玄溟的手艺,是红案白案都拿得起来的,但是一个月每人只有半斤肉,海鲜之类更谈不上,要想开胃,只能多放油,多放辣子。而油也是限量的,每人每月二两,玄溟就只好颠着那双小脚,去多买几两肥肉,熬它满满一罐子猪油,再加上议价的菜籽油,好歹将就着过了。但是猪油加辣椒,对于胃,实在是一种戕害。

随着年龄的增长，若木已经不能满足于坐在旧藤椅上，用金挖耳勺掏耳屎了。她需要常常走来走去，走来走去的结果是走进了羽的房间。像鸽子笼似的，堆满了各种乱七八糟、让她不能忍受的东西——那都是羽的宝贝。那是些用旧铁丝编成的东西，羽用旧铁丝编成了大大的蜘蛛、蜈蚣和蝙蝠。那些铁丝生了锈，在这间光照不十分分明的小屋里，成了一道阴暗古怪的风景。若木让自己纤细如文竹般的身体穿过那些翅膀，那些张牙舞爪地伸展出来的翅膀，她看到羽的桌子上堆满了画，用炭铅笔画的，也有涂了颜色的，她一张张地翻下去，就禁不住坐了下来。

第一幅，羽画了一个躺着的木乃伊，木乃伊身披一层青铜的甲胄，正有淡红色的血从甲胄的薄弱处渗出来，有两个长得十分相似的少女一头一尾地站着，俯视着那个木乃伊。

第二幅，又是两个长得很相似的女人，好像是那两个少女长大了的模样，两个女人全身赤裸，雪白的裸体上装饰着绚丽夺目的阿拉伯珠宝，毫无表情地凝视着一个巨大的鱼缸，那种面无表情构成了一种冷冷的神秘。鱼缸里装着一个没有头颅和躯干，只有四肢的畸形人。那怪物浸泡在液体里，好像正在接受那两个女人的魔咒。

第三幅，正对画面的是一位少女，燃烧的红头发和清冷的面孔构成一种奇异的对比。少女的身体像青白的瓷一般虚假。少女面前摆着五颜六色各式各样的酒杯，而她的背后有一扇门正慢慢洞开，那门用金色和草绿色装饰得十分华丽，衬托出站立在门边那个神秘女人的银光灿烂的皮肤。那女人正在走向这个生日晚宴，却无意理睬红头发的少女。而少女给了她一个僵直冷漠的背影。可以看出少女不欢迎任何人，包括死神本身。她面前的酒便是与死神抗争的最后武器。整个画面一片死寂，仿佛被一种万古不变的浓稠静谧统治着，因此给人带来一种莫名的恐惧。

接下来的一幅没有画完：一个身穿古希腊服装的牧羊女，踏在云彩或者水上，羊群闪亮的梅花形蹄瓣浸在水里，看不出是云彩还是水，那女子双手捧着一团迷迷蒙蒙的光，太阳的血色被吸走了，但是在太阳的位置上有一个被剪的男人的头颅，被剪去的空白落到了女人的手上。在这幅画的右下角写着："阿波罗死了。"

若木吃惊地看着，心里的恐惧一点点地增加："三丫头病了，她的脑子有毛病了。过去只说是她性子古怪，没想到她真的有毛病了……"她这么想着，作为一个母亲，她自然认为有病就需要治，可是这种病需要花很多钱。也许从那时起，她就萌生了为女儿治病的念头，这个念头的萌生距离羽做脑胚叶手术，还需要等待整整16年。

但是仅仅如此也就罢了。若木仍然心有不甘地翻着。她的窥视欲望几十年如一日地不变，也许要追溯到20世纪40年代的那座葡萄架，那芳香的葡萄架是她的滑铁卢，它把人生的帷幕向她掀开一角，然后迅速关上了，她看到的恰恰是惊鸿一瞥的奇景,但是还没来得及品尝,那帷幕就关上了。从此后她总想看到帷幕的背后,她掀起一块块帷幕,可是看到的都是欲望,被精美的包装纸包裹着的欲望,她知道不能捅破那张纸,捅破了,或许会付出一生的代价。她已经付出一生的代价了,但她不愿承认。她只知道在谈论价格的时候,需要捂紧耳朵,但是仍然有一些声音会传进来。那些声音告诉她,她已经错过了终生一遇的奇迹,她没希望了。

　　希望与绝望就这么缠绕着她。在有希望的时候,她需要不断地窥视,每当发现别人有和她同样的绝望,她心里就会好受得多。她最喜欢看的是别人的信和日记,那些信和日记给她带来无穷的享受。但是羽的日记很没意思,上面都是些她看不懂的话,有一些词从本子里跳出来:真理——没意思——牢笼——腐烂——纯粹——黑棉絮——铜锣——高尚——卑鄙——

　　这些词让她觉得又无聊又费解,"三丫头病得不浅哩。"她这么想,接着翻下去,有一些新的句子跳了出来,这些新的句子牢牢抓住了她:

　　　　阿波罗死了
　　　　阿波罗死了吗?
　　　　让死的死去吧
　　　　生的魂灵
　　　　不是已经在晨光中歌唱了吗?

……

对于学过古诗词格律的她来说，这些诗不像诗、词不像词的句子真叫她看不上，但是这些署名圆广的人所做的零散句子里，有一种渗透出来的东西让她有点害怕。她是受过高等教育的，当然经常看报纸和听广播，应当说无论是报纸还是广播，于她来讲都是可有可无的，那些内容对于她，只是催眠的材料。但问题是，生活在今天的人们大概并不能理解，那是个特殊的时代。

那个时代的媒体都是通过高音喇叭完成的，高音喇叭的渗透力是无与伦比的，那是一点一滴的渗透，那种渗透制造了许多奇迹，譬如白痴或者哑语者，也偶然会喊出"万岁"或者"万寿无疆"之类的话。

传媒力量的巨大，从那时就显现出来。在一个没有信仰的社会里，传媒成为左右舆论、左右人心向背的重要武器。在那样的时代里，她即使再糊涂，也能一下子感觉到那些零散的句子，气味完全不对，它们完全是反动的，反动透顶。何况她并不糊涂。

她一下子兴奋起来了。命运让她做了个家庭妇女，是不公平的。王中妈早就走了，两个大些的女儿走了，羽住进了亚丹的家，玄溟一天到晚被曾外孙女韵儿弄得昏头昏脑，连话都懒得跟她说。田姨更是围着韵儿转。陆尘忙着写检查和揭发别人，连便血都没有时间去看。她觉得被所有的人抛弃了，所有的人都不再关心她，她觉得，这不公平，实在不公平。

那天晚上，很晚了。她把陆尘叫到自己的床头，说着说着就哭了，陆尘一声声地叹气。这种场景，在她们结婚近三十年的岁月里，总是重复不断地演出。后来，她把在羽房间里搜检到的那些断句拿出来给陆尘看，陆尘一看眼就直了。陆尘一迭连声地大吼着："把羽给我叫回来！叫回来！"

像是呼应陆尘的吼声，在另一间房子里，韵儿哇地一下大声哭嚎起来，响亮的声音穿透墙壁，势不可当。母亲和田姨几乎同时奔向摇篮，田姨怜惜地把那个小小的人儿从摇篮里抱了出来，这小人儿长得不如她妈，真的不如她妈。田姨看着那小人儿，嘴里自然哼起了几十年前的老调子：

小麻雀呀，小麻雀呀，
你的母亲，哪儿去啦？……

5

韵儿的母亲绫，此时正在远离那座城市几千里的西北，和一个男人在工厂宿舍里睡觉，而那个男人并不是王中。

绫从小就喜欢制造一些戏剧，在这方面，绫的灵感比若木有过之而无不及。那个男人叫做胡，是绫和箫的师傅。胡个子矮矮的，毛发浓密，浑身像有使不完的劲儿。胡离了婚，二茬子光棍确实难熬，瞄准的几个女人里，只有绫没费什么劲儿就到了手，他知道绫的丈夫就在离此地不远的那个兵工厂里。

绫有一种渴望暴力的倾向。新婚不久她就对丈夫失去了兴趣。譬如做爱,王中永远只有那么一套,一点儿新鲜玩意儿也没有,又如温吞水一般,令她厌倦。而眼前的这个胡,却有着千奇百怪的花样儿,两人在一起有如烈火干柴,每天都要闹到半夜。绫让胡把自己的双臂捆在床栏杆上,身子弯成一道美丽的弓形,就像《一千零一夜》里的那个女人。绫真是个想象力极强的聪明女子,无师自通,她的这种姿势,在十几年之后的黄色录像带里,胡才有幸重温。

每逢这种时候,胡就像条狗一样趴下去,用长着厚厚舌苔的舌头,温柔或者恶狠狠地去舔绫的身体,而绫,就像一只发情的母猫一样,断断续续地哼唧着,扭动着,不知是痛苦还是舒服,也许是又痛苦又舒服。

可是有一天,胡在做了这些动作之后,忽然叹了口气。

"可惜……"他说。

"什么可惜?"绫一下子撑起身子,她忘了她的双臂都是被捆着的,绳子把她结结实实抻了一下。

"你就是太瘦了一点儿……"

"你喜欢胖的?"绫比划了一下,简直要笑出声了。

"……"

"那还不好办?我的妹妹箫就胖得很,你有本事找她去!"绫气呼呼地用毛巾被挡在了自己胸前。

"又要小孩脾气了是吧？干吗对我提别的女人？你是最好的，永远是最好的……"

完全没有消化，也没有过滤，绫就把胡的呢喃声生生地吞了进去。她确实认为，自己是最好的。她从心里看不起二妹箫，箫的一切都那么平常，脸上的表情那么直白，动作那么笨拙，完全没有她那带钩儿的眼风和袅娜的媚态，而这些都是天生的，永远学不会也没法学的。真是外婆说的："一娘养九子。"她从小的自信一半都来自箫，每每与箫同出，大人们夸奖的，肯定是她。聪明，好看，活泼，这些词儿在语文老师没教她之前，她已经从大人们的嘴里听得烂熟了。为了表现出与众不同的自信，她主动地找来了箫，她说，胡师傅，请你尝尝我二妹做的饭，好吃得很哩。

箫做饭和她做别的事情一样稳重踏实。箫仔仔细细地把米淘净，炸好了辣椒油，做了一个回锅肉、一个烧豆角和一个西北的特色菜：发菜肉卷。还有汤。箫还在做汤的时候，绫和胡已经把菜吃得差不多了。绫从小因受到外婆的庇护，处处要多吃多占，每次家里吃些好的，外婆总要单留出一份给绫，绫常常要吃了双份，别人倒也没说什么，只有若木要向陆尘嘀咕两句，也并不见得是恶意，陆尘就要气得哼哼："好吃懒做！"若木是天生的政治家，很会搞平衡，很会抓主要矛盾。陆家的主要矛盾自然是玄溟和陆尘的矛盾。这矛盾要追溯到20世纪40年代，当陆尘知道新娘比他大5岁的时候，他头一个感觉就是被人骗了。骗人的自然是他那精明的丈母娘——陆尘从一开始就有些怕她,那老太太坐在管(2)教室的最后一排,看上去是在从从容容地绣花,但是他总是觉得身后的一双眼睛在慢慢地把他洞穿。后来他们在所有问题上都意见相左,包括对待孩子的问题。绫是玄溟心爱的外孙女,在陆尘那里便失了宠;而羽则恰恰相反,取中的是箫,箫在家里,既没有得到太多的疼爱,也没有受到太多的菲薄,箫是安安静静的,可有可无的。

箫看到桌上的杯盘狼藉,并不说一个字,只脸红红地坐下去闷头喝汤。那时的箫真是个纯洁的女孩子,见了任何男人都要脸红。箫的羞怯狠狠地撩拨了胡,但胡是有经验的男人,懂得在各种不同的场合该说什么不该说什么,懂得含而不露和引而不发的道理。所以胡只是有节制地嘘寒问暖了一番,很符合作为一个师傅关心徒弟的分寸。

但是几天之后的一个晚上,箫拿着脸盆到水房去盥洗,好像完全是偶然的,她遇见了胡。胡依然是一脸严肃,倒是箫一下子脸红心跳得不知道怎么好,当时箫只穿了一件宽松的大背心,晃晃荡荡地顶出高耸的胸脯,箫看见胡的第一个反应就是想把胸脯收回去,她弯腰探肩地把身子侧过去放水盆,嘴里含糊地叫了一声:"胡师傅。"

胡却十分坦然。胡坦然地走到箫的面前,十分自然地笑着:"那天真感谢你的那顿好饭菜,厂子里都说你能干,这回我算是领教了。送你件小礼物,算是我的一点儿谢意吧。"胡说着就拿出一枚毛主席像章,是夜光的,在幽暗的水房里放着莹莹的绿光,箫一看见那绿光眼睛就亮了,那时的像章,是宝贝,尤其是夜光的,刚出来的时候,众人都抢。胡看到箫的一双眼睛就放心了,他大胆地走上前去,很认真地为她别在胸前,为她别像章的时候,他看见那一对饱满的活物正突突地跳着,他的手指像是不经意地触了一下,她的反应简直强烈得出乎意料。

一个月之后,厂子里所有人都知道,胡和箫好了。傍晚的时候,常看见箫坐在女工宿舍的门口,一针针地打毛线袜子。有的老女工就逗她:"悠着点儿,别把眼睛做坏了,鸡上笼,越做越松!"箫抬头望一眼,不作声也不笑,还是很严肃地继续做,像是从事一项什么神圣的事业。她不愿把自己认为很严肃的事情搞庸俗了。

以箫的想象力,怎么也想象不到,正是亲姐姐绫在背后操纵着这件事。在胡指定的那些日子里,绫总是如期而至。绫绝对是性解放的先锋,她从开始就把那么多著名学者通过无数次讨论都没搞懂的问题分得清清楚楚:爱情,性,还有婚姻家庭,是一定要分开的。这三方面对于一个女人来说都很重要,缺一不可。爱情,是流动着的,是瞬息即逝的,需要不断地占有,不断地更换;性,于目前来说就是眼前的胡,他能很好地满足她,聪明地、不言自明地满足她各种难以启齿的欲望;而婚姻,最理想的丈夫莫过于王中了:忠心耿耿,体贴入微,山盟海誓,像条狗似的对她死心塌地。而且最妙的是,他不在身边,就是想管也管不了她。所以那一时期的绫如盛开的春花，"八点二十"的美丽眼睛里处处流露出极大的满足。26岁的绫梳着小刷子穿着娃娃服，看上去就像是十六七的小丫头似的，每当厂子里的老职工见到绫与箫两姐妹的时候，总要开开"妹妹像姐姐，姐姐像妹妹"一类的玩笑，每逢那时，绫的得意之情便溢于言表。

然而，聪明的绫忘了一件事，一件也许是最最重要的事，那就是：事情总是会变化的，而她的个人魅力在变化中也许会大打折扣，仿佛一个故事还没有讲完，便被连根拔去。

不知从什么时候起，胡的心态起了变化，微妙的变化。他的心里关于两姐妹的天秤开始倾斜，向箫倾斜。在绫秋波频送笑靥横生满脸跑眉毛的同时，箫不言不语地为他织好了一件件毛衣一双双袜子，为他把衣服熨得看不出一点折，饭菜做得挑不出一点儿刺，最重要的，是箫从不像绫那样缠着他，他来去自如，游刃有余，这对于一个像胡这样的男人来说，简直太重要了。那简直就是一切。

胡渐渐开始寻找各种借口躲避绫，在被胡闪过的那些日子里，绫简直就像扎了吗啡一样兴奋，绫下了班以后就骑着自行车到处乱窜，去找胡。借口也很妙：我妹妹要找胡师傅，你们看见了吗？

厂子里的人像看笑话似的看这姐妹俩演双簧。终于有一天，一个得过小儿麻痹后遗症的女工给了绫最后的答案："你妹妹不是和胡师傅在一块儿吗？俩人吃了晚饭就钻小树林儿了,你没看见?"

　　小树林儿里的一幕至今让箫难以忘怀。她看见姐姐风驰电掣般地骑着自行车,两只眼睛里蹿着火苗,那模样儿像是要来杀人。她看见姐姐把车摔在一边就直奔胡而去,奇怪的是胡的神色并不十分慌乱,好像视死如归地在迎接盼望已久的事情似的,还没等她反应过来,姐姐又急又快的耳光已经重重地扇在胡长满胡髭的脸上。耳光的声音并不清脆而是疲沓,就像是重物落在棉花包上的声音,她看见胡的嘴角很快被鲜血糊住了。血的幻影飘浮起来,把她的眼前染成一片赤红。她听见赤红的雾里传来姐姐发疯一样的语无伦次的恶骂:"不要脸的,还没过河就拆桥,臭流氓!臭流氓你照照镜子,你也配!你也配一个人霸着我们姐妹俩!……呜呜……你现在用不着我了,不要我了,你也不想想,要不是我说话,我妹妹能理你吗?箫!箫!你要还是我妹妹,从今天起就别理他,他是流氓!是地地道道的臭流氓!……"

　　绫的性子实在是太急了一点,她的聪明全被她的性子耽搁了,这点很像她的外婆玄溟。假如她能讲点策略引而不发,或者稍微沉一沉,那么最后的结局很可能完全两样,而现在,她注定只剩下了一种结局。

　　箫呆呆地站着,半天才明白过来,明白过来之后她就觉得一阵恶心。人的心确实可能破裂,如果这种令人作呕的感情是爱的话。但是箫哭不出来,在快要坠落的高原的太阳照射下,箫的脸上隐隐现出两块"老模红",看上去像雪天里的果子一样朴实,还有那双布鞋，是外婆亲手纳的底子，她一直穿着，这时在夕阳里显得很宁静。

箫的第一次爱情还没盛开就流产了。她闭紧双眼，不愿看见没有了爱情的自己，她知道，她已经被自己的忠贞损伤无余。

而绫，或许连她自己也没想到，自此之后，她生活在了人们的白眼和讥笑之中，她那么努力，那么用尽所有的气力展开的游戏，竟有着血腥的结局。两个月之后，收到一封匿名信的王中从兵工厂赶来，把绫领走了。本来像狗一样死心塌地的王中再没有了狗的驯顺，他把绫给揍了，开了这个戒，便一发而不可收。王中的心被伤透了，所以后来他骂：忘恩负义的婊子！——这件事为10年后两人的离异埋下了伏笔。

6

若木敲响这扇门的时候心里总觉得别扭。她自然记得若干年前，孟静母女那两个不速之客突然闯来的情景，从那时起家里就一直不得安生。最让她鄙夷和不可忍受的，是陆尘的被放逐和孟静嫁给了新一任的院长。这两件事几乎是同时发生的，而且，是在她们母女在陆家躲过了三年自然灾害之后。

大学时代的孟静就从来没入过若木的眼。虽然有两分姿色，到底是小家碧玉，不过是个钟表匠的女儿，而且，她一直那么不顾脸面，狂热地追求弟弟天成，真让人替她害臊。她咬定在天成一生中最后的那些日子里,是她和他在一起,她成了他没有名分的太太,而亚丹就是他们爱情的结晶。她绘声绘色声泪俱下地描述她和天成如何相亲相爱、相濡以沫,并且对玄溟"姆妈姆妈"地叫个不停,弄得玄溟把嘴撇得像油勺一样,若木虽然没什么表情,却是一肚子的瞧不起。在孟静母女住在陆家的那段日子里,孟静对天成一厢情愿的爱情一直都是陆家的一个话题。确切地说是玄溟和若木之间的话题,每当玄溟对什么不满、怒火渐渐燃起的时候,若木总是适时地把话题引导到孟静身上,犹如洪水找到了宣泄口,玄溟再不会想现实现世的事情,而是开始前三皇后五帝地怀古,最后以痛骂孟静狐狸精、痛哭天成英年早逝而告终,这是陆家的又一个循环,良性循环。但是这种良性循环并没有持续多久,陆尘就被放逐了。而孟静嫁给了新任的院长,无论玄溟和若木的语言多么刻毒,但最后的胜利者却是孟静。

所以,如果不是陆尘动了气,一定要把羽叫回来,若木是绝不愿走进这扇大门的。

但是若木的运气很不好,给她开门的恰恰是孟静。孟静早已随丈夫调离了交大,一年也不过回来两三次,却偏偏让若木给赶上了。好在孟静是很会应变的,怔了一分钟之后就堆下了一脸的笑容:"若木姐,贵客呀,快请坐,难得来一趟,快尝尝我带回来的好龙井,是人家送我们老杨的……"

若木依然站在原处,肚子里又在冷冷地笑,她笑孟静三句话离不开"我们老杨",就像过去声泪俱下三句话离不开天成一样。应当钦佩这个女人的生命活力,她总在不断地做,不断地走动,她走动的时候两脚生风,大小姐出身的若木常常因此感到晕眩,但是她做了十几年了,走动了十几年了,并不见老,只有浅浅的鱼尾纹,步子仍然像年轻时那样有弹性,见到这样的女人若木就全身不舒服:若木的脸仍然是年轻人的脸,可若木的步子却早就有了老态,大约是因了成天坐在藤椅上不动弹的缘故,若木很不善于走路,走上几步就累得很,而她那疲软的脚步,让别人听起来也难受得要命,于是她也就越发不愿动弹了。

若木肚里的冷笑并不妨碍她脸上和颜悦色的表情:"你可别客气,我呀,还真是喝不得茶,现在喝上一口,夜里也要一宿都睡不着,人家送给我们老陆的碧螺春,闻着真香啊,那天我趁着还早,悄悄喝了一小杯,还就是灵,真的那天就睡不着了!你瞧瞧,我这不是穷命富身子又是什么?现在家里还放着两桶碧螺春,是今年的新茶,你要是喜欢呢,就拿去喝好了。"

孟静噎了口气:都什么时候了,还拿着小姐的款儿,来压人。一面脸上堆着笑:"若木姐是来找羽的吧?羽跟着亚丹上班去了,她现在亚丹的厂子里当了临时工,你不知道?"

孟静怀着一种欣赏的心情看着若木的脸渐渐苍白。若木鼻子里哧了一声:"这个死丫头,专跟人唱对台戏!家里又不是养不起她,偏要去当什么临时工!下贱!……"下贱是若木最常用来骂人的话,听到这个词孟静就心潮起伏难以平静,她想起当年和亚丹孤儿寡母的来到这座大城市,背前面后不知遭了若木多少茶毒，亏了还是过去的老同学，还和天成有一段恋情！若木竟是半点情分也不讲的，孟静自然也不是省油的灯。

"若木姐，还是想开着点儿吧，孩子大了，人大心大，想管也管不了。就说我们亚丹吧，交了男朋友，都不跟家里说，羽也有二十几了吧？操心的事往后还多着呢，你还操得过来？"

孟静几句不咸不淡的话，一下子击中了若木，她隐忍多年的脾气一下子发作了，根本没有多加考虑，她把手心里一直攥着的、写着那首诗不像诗、词不像词的那页纸，一直伸到孟静的鼻子底下："你瞧瞧，瞧瞧！要说管，你也该管管你们家的亚丹了！羽虽然不懂事，到底幼稚，她是写不出这些来的，你瞧瞧，写的是什么东西！……"

若木怒不可遏地把那页纸扔给孟静，转身就走，把门拍得山响。在门口还丢了一句话："一会儿羽回来，劳驾你叫她回家！"孟静半晌才抖着手展开那页纸。署名圆广的那些句子像一把把飞刀似的跳到眼前，她的心怦怦地剧烈地跳了。但是她到底是聪明的、机巧的，她认出那些字迹完全不是亚丹的。署名是圆广，字迹是羽的，与亚丹完全没有关系，但是她要弄清，圆广究竟是什么人。

7

我问你，圆广是谁？

圆广？没听说过。怎么了？

都这时候了，你还不说实话！死丫头！早晚你爹妈要遭你连累！……

到底是怎么了？

怎么也不怎么！哪儿那么些怎么了？你以为你大了，是个人了，不把妈放眼里了，告诉你，你还嫩点儿！没有妈有你的今天吗？想当初孤儿寡母的奔到这儿来，妈吃了多少明亏暗气，挨了多少窝心儿脚！我容易吗？呜呜……你觉着你如今挣钱了，你身价高了，告诉你，妈永远在你上边，眼睛再高，高得过眉毛吗？……呜呜……

妈，您说的这是什么，我一点儿都不明白……

不明白？你瞧瞧这，你瞧瞧——明白了吗？

哦……什么圆广，这是烛龙写的，是我的男朋友。

你还说！还说！你还哪壶不开提拎哪壶！告诉你，今儿往后就是有人问，也不许你提这个姓烛的是你男朋友，什么男朋友，你刚多大就知道谈对象？告诉你，这男女的事儿学问大了，就是几十年你也未必悟出来，你就慢慢地悟吧！……

妈妈！——你把这个给我。

不给！

妈妈！我可告诉你，你要是把他卖了，这辈子就休想再让我叫你一声妈！

说什么哪？为个男的跟妈翻脸，臊不臊？我算是看出来了，嫁出去的姑娘泼出去的水,这还没怎么着呢,指甲盖就往外长了!叫不叫你都是我生的,男朋友能换人,妈可换不了!

你!你说的什么呀!哦呜呜……呜呜……我走,我不回来你可别后悔!

……

我问你,圆广是谁?

……

说呀,你爸问你,你没听见?

……

死丫头!又犯犟了!你说话呀!你要气死你爸呀?

羽,你告诉爸爸,圆广是谁?

一个朋友。

呸!一个朋友!你听她说得多轻巧!你从小到大把我们折磨得死去活来,把你养这么大,我们容易吗?现在什么时候,你还抄这样的东西,你是成心把你爹妈往死里推呀,怪不得外婆说家要败出妖怪,你就是我们家的妖怪呀……呜呜……

好了好了,你就先别哭了。羽,爸爸一直担心你,担心你的思想,你小小年纪,思想很灰,这方面,真不如你的两个姐姐,这么下去,你是要犯错误的!爸爸不是吓唬你,我的那些学生,二十几岁犯错误的有的是!

呜呜,生下这样的鬼也没法子,你要怎么样随你去,我们只求你别连累我们!一大家子人,好不容易从那个鬼地方回了城,好不容易呀！呜呜……生下这样的鬼，真是报应啊！……

你有什么权力看我的日记？！

你看看这个死丫头，她还有理了，我是你妈，连你人都是我生的，怎么就没权力看你的日记？！

偷看别人日记犯法！

住口！不许你这么说妈妈！

你们放心，我绝不会连累你们的，我这就走，不会回来了。

……

以上这两部小品几乎同时在两个家庭发生，两个女孩子，几乎是前后脚离开了家门，几乎是前后脚去了同一个地方——个巨大的、寒冷而又热烈的广场。

8

那个4月，那个寒冷而又热烈的4月，因为非常特殊，而被记录在了史册上。那个4月好像一直在下着雨。那个4月之夜，雨水透过槭树丛淋下来，那低而渐大的声音，好像在倾诉着凋零和腐烂，但是每一滴雨水，都令人想起钻石，想起钻石的纯粹。羽进入这个寒冷而热烈的雨夜就被淹没在人海里。那个巨大广场里的人群就是无数的雨滴，人群是透明的，如雨滴一样透明，透明的雨滴背后有一座巨大的灰白色的石碑，它在雨中忽隐忽现。它像是这些雨滴的魂灵，人群的魂灵。

让死的死去吧，

生的魂灵

不是已经在晨光中歌唱了吗？

羽竟然从4月的冷雨中感受到了温暖。那雨水像是无泪者的泪，那样默默无声地飘洒着。那个巨大的广场，那个有着魂灵的喧哗与骚动的广场，这时被各种各样的花环与花圈笼罩着，羽这辈子也没见过的那么多的花啊！可惜都是假的。

羽只有在童年的时候，才见过各种各样的真花。那是些野花，它们独自发了又谢，谢了又发，从每一滴枯黑的血色里，都能衔出星星点点的绚烂。那口湖里的鱼，不断地成群结伙地从水边的石子背后游过，被那湖水漂得发白，漂得幽蓝，她伸手入水，就一直蓝到她的骨缝里。

可现在这些假花很好看，假的并不一定是丑的。这许许多多的花浸在雨水里，好像活了过来。这广场原是一张巨大的白纸，又像是巨大的甲骨、钟鼎或者碑石，人群在上面密密麻麻写满了字，不，是嵌进碑石里的字，有如一个金饰匠人，用锤子把汉字一个个砸进碑文。羽心里忽然萌生出一种巨大的冲动，她想抚摸这些碑文，抚摸千百种思想的澄明，她觉得自己一下子长大了，成熟了，她的冲动是成熟的冲动。她忽然明白了自己痛苦的根源。当她还是个小小人儿的时候，就一直渴求着爱，她希望爸爸妈妈爱她，最爱她，后来她又渴望朋友的爱，爱和友情是她的药，非此治不了她的痼疾，她就像个病急乱投医的病人，她的要求和希望越来越少,后来她只希望能得到一点点药,就像一株即将萎败的野草,只要有一滴露水,就能够复活,可谁也没有把这一滴露水给她。人们太吝啬了。得不到这爱她就身心交瘁,不但心里有说不出的疼痛,那痛竟蔓延出来,连皮肤都疼得不可忍受,精神的起因总会引起物质的结果。她只好四处流浪,她想,或许她这一辈子都会是一个流浪者,一辈子都在寻找家园但却没有家园。面对着广场,面对着一座沸腾的大海,看着海水的忘情喷发,看着无数燃着火的粒子,竞相挣脱着胎胞,挣脱胶着在一处的滚滚岩浆,她终于明白了,这所有的人,都是在寻找家园的,大家都是流浪者,他们都是爱过的,都是真心爱过却被爱欺骗了的,一个没有了爱,没有了信仰的民族,除了终生流浪,别无归途。

这时,她听见心里的耳语,忽然变成巨大的声音在广场传递出来:

阿波罗死了
阿波罗死了吗?
让死的死去吧
生的魂灵
不是已经在晨光中歌唱了吗?

她看见,那个发出巨大声音的人高高地站在石碑上,正是那个叫做圆广或者烛龙的男人，他的身边有个女人，她是亚丹。

亚丹并没有事先和烛龙约好，但是来到广场之后她就有预感——她能在这里找到烛龙。她本有一肚子的话要对烛龙说，但是广场的雨把她心里的怒火扑灭了，她一下子觉得，世界上有比她的问题大得多的问题。但她见到烛龙还是流了泪，她哭着说了一句："我在家没法儿待了！……"烛龙就拉了她的手，走上了石碑的基石，她小心翼翼地攥住了他的手，生怕这难得的幸福会忽然跑了，在那个年月，似乎拉了手也要算是一种暗示，一种默契，所以当烛龙拉着亚丹的手登上石基的时候，亚丹的心里全盛满了《婚礼进行曲》的旋律。

但是谁也没有注意，在广场的另一个角落，有一个身材挺拔丰满的女人，正在拍照，那个角落灰蓝色的反光把女人本来艳丽的面容映得蓝森森的。那个女人，那个由革命与爱情孕育的与国际接轨的女人，刚刚从附近那座城市彩排了一台歌舞赶来，那台歌舞歌颂了那个时代的伟人，歌颂了工人农民，但是这个叫做金乌的女人并没有搞清那台歌舞究竟歌颂的是什么，她只觉得那歌舞离真实的生活很远很远，而她能够参加演出，是解除无聊的办法之一。除此之外她还有许多办法，她是那种在任何时代都可以活得不枯燥的人。她热衷于表演，她是《送粮路上》的领舞，她换上美丽的傣族服装便感觉到一种刺激，她知道台下有无数饥渴的男人在盯着她的胸脯，她那被傣家紧身衣束得高耸的、颤动的胸脯。当时的各种舞蹈都是程式化的，会跳一个就会跳许多，有如当时的歌,会唱一首就会唱无数首,起码歌词都差不多。这个民族是先进的,当时就已经懂得了克隆产品,只不过不是用电子或生物克隆罢了,那完全是一种智力,有着这样智力的民族才有可能在远古时代便有"四大发明"。

> 迎着东方灿烂的朝阳
> 披着竹林美丽的霞光
> 傣族姑娘送公粮
> 社员们的情意挑肩上
> 花裙迎风舞哟
> 笑声满山冈哟
> 担担好粮献国家
> 心儿多欢畅哟……

于是金乌便用一种游戏的态度貌似认真地领舞,那几个动作就是在她梦游的时候也能做出来。另外她爱好挑乐队的毛病,每当她用女中音的胸腔共鸣指出乐队一点儿微小的错误的时候,她心里总是充满着领袖般的欢快。

但是她知道,这一切都跟"歌舞"没有关系,她知道"送粮"给农民带来的绝不是欢笑,而是泪水。她来到了广场,她要把这历史的场面拍下来,将来在末日审判的时候,为历史作证,她的血液里全是勇敢者的血清蛋白,她是革命与爱情的孩子,是最早的"国际接轨"的结果。在这个广场的人群中,她非常独特,独特到她只有把自己藏起来。

9

那个晚上,那个属于历史的夜晚,有晕红的挽歌在广袤的空间动荡不安地升起。雨越下越大,雷声几乎压住了警车的嘟哨声。人们四散而逃。到处都是泥沼和霰弹般沉重的雨点。奇怪的是羽并不害怕,羽不断舔着流进嘴里的雨水,感觉到一股血与土的腥味。羽被一种不可知的东西牵引着,走过那些小水塘和泥沼,所有的人都希望在一瞬间化蝶飞出广场,广场要出事了,出事了出事了——羽耳边响起那个耳语。

羽走出了广场。这时羽看见有很多人冲进了广场,拿着棍棒。羽听见高音喇叭里反复播送着一个单调的声音——羽看见她的正前方,有一对背影,一对美丽而熟悉的背影,羽从来不知道他们搭配在一起的时候是那么好看。现在他们叠印在一起,在这个大雨滂沱之夜,迈出那么跌宕起伏的步子,那么有性别的步子,这让羽完全忘了心在一瞬间的疼痛,成为一名观众,在后面默默地欣赏起来。

可是,一辆警车从羽背后呼啸而来,险些把她撞倒。羽看见那警车在那一对背影身后停了一下,那一对背影便突然消失了——在羽来得及喊出声音来之前,消失了。

然后羽对着雨夜狂呼：亚丹——烛龙——

羽听见一个人在黑暗中说：据查，阿波罗死了就是指太阳死了，真是反动透顶。

10

三个月之后，金乌临时居住的那座城市消失了。它附近的那座大城市也山摇地动起来。她毫不惊慌，一切都在她的预料之中。她知道广场那接近沸点的岩浆，一场大雨是扑不灭的。那岩浆在地下流淌，终归要喷涌出来。她提前来到了那座大城市，她记得她在这里还有个家，她的小朋友羽应当在这里，留守着，她早就在想羽了，她离开羽，不过是为了寻找她的母亲，也想摆脱羽的泛滥的情感。为了羽的将来，她必须这么做。

养父母去世后，关于母亲的线索中断了。迈克回国她送他到机场。他答应尽全力帮她寻找。如果有消息，会及时托人给她带信儿。但她总觉得心里不踏实。看着那望不到边的绿色通道，她就想，总有一天，她会进入这条通道的，一旦她过了那通道，就再也不会回来了。

她坚信她的母亲沈梦棠还活着。她是那种充满生命活力的女人。当初她以那么巨大的热情爱着乌进。在1943年5月的一天深夜，她的母亲沈梦棠与年轻的军人乌进，挽着手在延河边散步，5月的月光和花香浸透了他们的肌肤，他们在一起的时候就暂时忘掉了一切烦恼，受西化教育长大的母亲把自己投入了那个年轻军人的怀抱，但是那个年轻人咬紧牙关克制着自己，他说："别这样，难道你不知道刘茜和黄克功的事？"

当时，刘茜与黄克功的故事已经成为边区青年男女的一道警戒线——那个由爱情引起的悲剧，足以让人"警钟长鸣"。好军人好青年们都努力使自己成为守身如玉的清教徒，不要再做第二个黄克功。乌进自然也是这样。但是违背人的本性自然会受到惩罚，乌进觉得自己整个身心都感到不可名状的痛苦，他唯一的解脱就是再去前线。在前线的炮火硝烟中，他可以暂且忘掉一切。在清醒的时候，他当然知道那是一种自我欺骗，但是在当时，他宁可相信所有的欲望都是罪恶，大敌当前，好青年应当把自己的血肉，无保留地献给国家和民族。

但他眼前的姑娘却说，这是两个问题，保卫祖国与建立爱情，两者之间并不矛盾。

当时她的母亲沈梦棠给他讲了许多革命与爱情的故事。她讲了《前夜》，讲了那个保加利亚革命者英沙罗夫，与俄国姑娘爱伦娜刻骨铭心的爱情，讲着讲着，他们都哭了，但就在那个时候，有一道贼亮的手电光耀花了他们的眼睛。在那道手电光的映照下的他们的形态显得十分可笑。他们就像业已被蛛网笼罩却还在垂死挣扎的小虫子，巨大蜘蛛的嘴已经离他们很近很近了。

乌进写了检查，一稿两稿，三稿才通过。却没有碰她的母亲。她的母亲何等聪明，她想有关方面可能要对她算总账了。在白区工作的经验帮助了她，她在被关押之前做了一些准备，在接受审讯的时候，她巧妙地利用了两位审干头目的矛盾，保全了自己一条性命。

养母说："你妈妈把她们都要了，可她们还是喜欢她。"

什么叫个人魅力？这就是个人魅力！金乌的母亲的魅力光彩照人，这令她感到骄傲。

金乌找到了那座空屋。床上还摊着她那套艳丽的蓝丝绸睡衣，但是她的小朋友已经不见了。整个屋子都被尘封了起来，这座大城市的污染已经到了无法忍受和无可救药的地步，这样密闭着的房子里，竟然也积满了这么厚的灰尘。她觉得自己的嗓子和鼻孔里都是灰尘的味道，那些陈年旧事也像灰尘一般泛起，她只是用那套蓝丝绸睡衣象征性地掸了掸床单上的灰，就躺下了，反正自己也是满身灰土。

自己是不是太残酷了？那么一个瘦弱的小女孩，从那么远的地方投奔到她这儿，可怜见的，跟妈妈的关系又不好，她是把自己当做唯一的亲人了，自己闪了她，就那么无情地不告而别，她受得了吗？她——会不会出什么事？

她对着天花板，一动不动。平时她是难得有这种一动不动的时候，她觉得有时间想想事情真是一种享受。但是她的自责瞬息而逝：在如何对待羽这件事情上面，她别无选择。因为她早已发现，那个柔柔弱弱的女孩，在情感上却无比强悍，那女孩岂止是爱她，简直是要占有她，占有她的自由，她对自己所有的朋友都心怀敌意嗤之以鼻,看看她那双眼睛,在看那个倒霉的迈克的时候,简直像是要把人家给吃了!——这些都让她无法忍受。金乌是自由的,她属于自由。她之所以是永远的,正因为她的自由。她是永远无法把爱固定在世界的某一点的,无论是风景,还是人。

但是现在,清醒的她在严酷的历史变革的前夜,在一张积满灰尘的床上,开始想念那个小女孩了。那个又古怪又可爱,又倔强又多情,又让人怜爱又招人讨厌的女孩,她的出现对于这个世界来说是多么的不协调啊!无论是什么时代,她都注定是人类和平友爱交响乐中的一个不谐和音。

11

在那次毁灭性的大地震之后,20世纪50年代的俄式建筑保存完好。羽和亚丹家的房子,一点儿没有受到损害,但尽管如此,还是受了很大的虚惊。整个交通大学都搭了防震棚,所有的人都住在了外面,除了羽。

羽是第一个醒来的人,或者说,那天她根本就没睡,那天她无论如何也睡不着,凌晨3点起夜的时候,她看见外面的天空一片暗红,红得十分狰狞,她刚刚觉着奇怪的时候,灯盏就摇晃起来了,接着,是整个房间剧烈的抖动。

在那次灾难的第二天夜里,戴着红袖标的人们辛辛苦苦地满院转着,挨家挨户地串,但是并不需要他们做动员,人们其实都把生命看得很重,即使活在地狱里,人也愿意活着,当然,我指的是一般意义上的"正常人"。

羽的不正常再一次在公众面前暴露出来:她坚决拒绝住在棚里。那一夜,家委会的大妈直到凌晨2点还在羽的窗前做着动员:"姑娘,出来吧,我们已经向组织保证了,不能失去一个阶级弟兄,我们已经连续三年被区里评上优秀家委会了,现在全院就你特殊,你不能这么坑害我们。"又等了十来分钟,窗户里面终于扔出来一张纸条,上写:陆羽自愿在室内居住,后果自负,与家委会无关。老太太们实在无望,这才慢慢地挪开了。走不多远就忍不住说:"陆家的这个三姑娘,真的是有病呢。"从此,陆家三姑娘有病的说法就在交通大学流传开来,所以20世纪90年代羽作脑胚叶切除,谁也不感到意外。

天还只有一丝亮光的时候,住在棚里的人就看见陆家三姑娘背起一个书包走了,陆家三姑娘走起路来像个影子,如同在飘。伴睡的若木当然听见羽悄悄对父亲说:"爸,我走了,到班上去,这几天就不回来了。"然后还没等陆尘反应过来,羽便飘然而去。若木睁开眼,哭叽叽地说:"真是劫数啊!刚刚报过还有余震,她就又跑了,她到底安的什么心?她是嫌父母为她操心操少了,想让我们早点死吗?"若木虽絮絮叨叨的,到底不是在家里,总要收敛些。陆尘合上眼,又长吁短叹起来。

拆棚的那天,绫和箫前后脚回来了,从遥远的大西北回来,看外婆父母和弟妹。在全国最大的那家报纸上用通栏标题报道灾难之后,姐妹俩都打来了电报。细心的陆尘发现,姐妹俩之间并没有互通信息。

幸存的感觉使大家变得善意多了,陆家在团聚的头两个小时里显示出难得的温馨。玄溟已经把饭菜端上了桌。箫问:"羽呢?"陆家的饭桌上好一阵静寂,绫又问:"羽总是不在家,是不是外面有朋友啦?"若木吃进一个炸辣椒,咳着说:"她的事,我们管不了,我倒是惦记着箫,你那么大了,也该谈朋友了,再晚要成老姑娘了。"———语未了,绫和箫竟同时变了脸色。箫一口鱼没咽下去就呕了出来,捂着脸跑到厕所,吐个没完没了,竟有呜呜的哭声。陆尘把筷子一摔:"这个家,要是实在过不下去就趁早散伙!别成天大哭小叫的号丧!"玄溟把筷子摔得更响,脸只朝着若木:"你听听,老人还在这里坐着,他就号丧号丧地吼,你问问他,他到底想号谁的丧?!"没容若木说出话来,陆尘就直着眼睛说:"姆妈,你老人家也不用跟我过不去,箫到底怎么了,你老人家心爱的大外孙女比谁都清楚!你问问她去!"原来,陆尘早就得到了箫的一封信,信上把姐姐的劣迹一五一十写得清清楚楚,陆尘也回了封信,也说不出什么,只能劝劝女儿别难过,以后还会有好机会,但是心重的陆尘为此事一连三天睡不着觉,只想叹气,又不敢叹出声来,吵醒了若木,本来只想就此把这件家丑按下不表,可事情一来,他依然抗不过自己的脾气。

于是绫也就哭着为自己辩解，绫一哭，玄溟自然就心疼得流泪，田姨一看老太太哭了，也就跟着哭，家里的老少女人哭成一片。箫从厕所冲出来，指着绫的鼻子，一五一十地当众数落了绫的劣迹，绫便跟着一五一十地辩解，在数落与辩解的过程中，那座俄式平房的窗外已经人头攒动。

看着窗子外面的那些人，老太太玄溟把多年未用的招数都使上了。玄溟痛哭着扇自己的耳光，玄溟哭着说："丢脸啊，你们都是大家子出身，过去都应该是小姐的，出了这样的丑事！……我的名声一辈子堂堂正正摔得出响声，铁路上谁不知道我秦太太，……真是现世现报啊！呜呜……你们把我的脸都丢尽了！我这是前世造的什么孽，把我那么好的儿子没了，要是他还在，我怎么会到这来，做人家的眼中钉肉中刺呢？！……"

那一天，闹中取静的只有韵儿，韵儿虽然才只有4岁，却很知道乱中取胜的道理，她先是趁着若木没注意，拿了她的扣子盒，外婆的扣子盒一直是韵儿想玩的，若木却一直不许她玩。这回趁着乱，韵儿不但玩了，还拣了几个漂亮的大扣子自己收了。并且，在找着扣子盒的同时，韵儿还找着了外婆收着的一盒巧克力，她一块块地吃，一会儿就下去了半盒。弄得那几天韵儿一直不想吃饭，连拉出的屎都是巧克力色的。

12

　　羽一直瞒着家里——她在厂子里干的是装卸工。羽一直托着亚丹帮她找活干，有一天亚丹回来说，招临时工，可惜你干不了。羽一听是装卸工就笑了。羽说亚丹你真小瞧了我，我就是干这个的出身。我扛过160斤的整袋麦包，还上跳板。亚丹上下打量了她一下："我还不想帮你叫救护车出医疗费。"

　　但是最后亚丹还是答应了。羽上班了，可所有的人都看着她的细腰摇头。装卸班不是没有女人，都是万吨水压机式的。羽的体积只有她们三分之一强。可装卸班是计件的，羽绝对沾不了她们的光。

　　头一回背尿素，都是100斤一袋的。羽很有信心地弯身等待着，但是那尿素往她身上一压她就来了个趔趄，但她强迫自己稳下来，在周围一片不信任的目光中一步步走向仓库。但是她自己明白，她心口下面有个地方在疼，那种疼痛有点让她害怕。

　　她忽然明白，青春这个字眼是多么值钱。那不过只是几年前的事，但是青春帮她抵挡住了灾难，而现在，从外表看她毫无变化，可内部的零件早已不是前几年的了。内部的脏器与机能，每天每天都在变化，每一个昨天都不再，每一个今天都是唯一的。就像那位古希腊的哲学家说的，人永远不能进入两条完全相同的河流。人的身体也在像河流一样变化，也许比河流变化得更快。

羽咬牙挺下来，总算拿到一个月的工资，除了一个月8块的饭钱，她把剩下的22块全部交给了亚丹——她不想欠任何人的。亚丹抵挡不住她的固执，就把她的钱存了起来，亚丹想，总有一天她要用的。

但是地震之后，羽的运气就不那么好了。那一天，就是她忍受不了家委会而搬到厂里住的第二天，暴雨倾盆，装卸班接到抢粮的紧急任务，都穿着雨靴，趟着齐腰深的水往粮库奔。水是漆黑的，上面漂了一层油。是对面橡胶厂流过来的黑水。那黑水已经把压在底下的粮食淹了。

200斤的整袋，羽几乎听得见骨头的碎裂声。如万吨水压机一般的女人也倒下了。但是羽依然踉踉跄跄地扛，她听见万吨在骂："想当劳模咋的？整天丧着个脸，小命儿搭进去也没人说你好！小心腰拧了，孩子都生不下来！……"

羽的眼泪和着雨水在流，谁也没发现她在哭。连她自己也没太在意那泪水。她只是忍不住，下意识的。自从广场上的那个雨夜，她觉得自己长大了。世上并不只她一个人受苦。她惦着那一对美丽而富有性别感的背影，自从他们在那个雨夜的警车中消失之后，杳无音讯。但是她羡慕他们。她多么希望能和一个人同生共死。但是世界上有些人天生就是孤独的，天生就是要被人群孤立的。羽不幸陷入了那被孤立的沼泽里，无法自拔。多少次的祈祷，她希望心里的那个神明来救她。但是神明默然不语。

现在我们可以看见那个女孩，那个苍白瘦弱的女孩，背负着那么巨大的粮袋,就像耶稣当年驮着十字架。她的神态其实很奇怪,捉摸不定,好像在谛听着什么。她真的是在谛听,听着骨头的咯吱吱的碎裂声,那种碎裂声代替了耳语。后来她不再听了,在粮库边她软绵绵地坐下来,掏出一块脏兮兮的手绢,把什么东西吐在手绢上。假如我们离得很近便可以看见,那是一小块血。是鲜红的。奇怪的是女孩的神色并不怎么慌张。相反,她吐出那一小块血之后就心安理得多了。

亚丹是第三天放出来的。亚丹的样子让羽害怕。亚丹说,他就关在半步桥监狱,要告,告他们随便抓人。羽问:向什么地方告?亚丹怔了一下,说总有地方可以告他们,我们去找,找权力最大的领导。亚丹说这话的时候才来得及看羽一眼,亚丹就吓了一跳:"出什么事儿了?你的脸色怎么跟凉粉儿似的?"羽默然不语。半晌抬起头说:走吧,我们去找。

13

羽一个人走进那座大厅,亚丹被挡在了那座大楼之外。

就像当年荆轲刺秦,秦舞阳被挡在了门外,走进大殿的只有荆轲一人。羽很骄傲。

但是羽的记忆总是把真实变成虚幻。在羽的记忆里,大楼顶层是一间空旷的大房子。有一张巨大的长条形的红木桌。就像一张放大了的长形会议桌那样。桌子两边很齐整地坐着两排衣冠楚楚的男人。当时正在讨论着一个什么问题。男人们都很文雅地用手帕半捂了嘴,低声地发表着自己的见解,那种低低的声音在巨大空旷的房子里变成了如同蜂群一般的嗡嗡声,那种声音很快聚拢又消散,消散又聚拢。

这时羽走进来了。

羽走路的时候没有一点儿声音。男人们是凭感觉才发现有人进来的。待到羽的影子投射到长条形红木桌面的时候,太阳刚刚挂在对面的楼檐上。太阳碰到玻璃发射的白光使人睁不开眼。所以,男人们追随羽的眼睛一碰到那白光就遁去了。他们只能低着头,他们看到羽笔直笔直地向他们走来。这时他们才来得及大叫:"怎么回事儿?!抓人!抓人!!"

但是已经晚了。羽走到红木桌前的时候就轻盈地一跃,跃到桌面,男人们看到一双纤秀的赤脚从容不迫地走过长长的红木桌,红木桌的尽头,是那扇敞开着的玻璃窗。

羽就那么从容那么轻盈地跃了出去。她可不愿像荆轲那样被人抓住剁成肉酱。她不愿让人碰她,尤其不愿让这些男人碰她,她嫌他们脏。

男人们张口结舌地看见她扔在桌上的一张纸。纸上写着:"烛龙被关在半步桥监狱,他是好人,请把他放了。"

多少年之后人们还在议论着这件事。当时一些要人们正在那座楼上与国际友人谈判,大鼻子小鼻子黄头发黑头发的男人们都被那个擅自闯入的女孩吓坏了,折服了。由于这一事件的发生,有关的规章制度整个被重新修订，那天值班的所有警卫都被撤职查办，那天所有进出大楼的人都被隔离审查。值班警卫指天画地地保证，确实有两个女孩要进去，但他毫不留情地把她们挡在了外面。除非……除非她不是人。警卫班长的汗下来了——他的刺刀可以挡得住人，可是挡不住鬼，莫非她是鬼？！

对于国际友人的解释是：那是个患了严重精神分裂症的服务员，突然发病（这种解释流传甚广，为羽在若干年后的脑胚叶切除奠定了牢固的舆论基础）。大鼻子们耸着肩表示遗憾，说这真是太可惜了，因为他们注意到她的一双赤脚非常美丽，有这么美的脚的女孩一定也有一张美丽的脸。

那天路过那座大楼的人还记得，当时看到一个女孩轻盈得像树叶似的向下飘落，当时他们都被那奇异的景象吸引住了。

那个穿着朴素的女孩跌落在地的时候并没有出血，没有出血自然更让人害怕。五分钟之后来了救护车。医院的诊断是肝脏破裂，多处骨折并发软组织损伤。但是肝破裂的病人竟然没有死，她活了下来，整个身体几乎被重新缝合了一遍。被重新缝合好的羽走出医院的时候，另一个时代已经开始了。

第九章　月亮画展

1

　　金乌觉得，真正属于自己的时代开始了。

　　金乌是演员。金乌演过间谍。但是金乌并不满足于当演员。在一个时代的初始，有许多新鲜的、让很多人望而却步的事情发生。金乌却没有却步，她冲了上去。她自由选择了模特这个职业，而且是做画家的裸体模特。这个职业，收入甚丰，也不需要太死板的上班，金乌一下子就获取了钱和自由，然后她用这两样东西换取其他的一系列的东西，她的生活状态一下子就形成了良性循环。

　　在那个时代的初始，那座全国最权威的美术学院招收了第一批裸体模特，这件事在当时的整个社会上引起了轩然大波。国人的禁欲运动已经进行了十年，有如阿拉伯神话中魔鬼与胆瓶的故事,那魔鬼,一旦冲出了胆瓶,便再也回不去了。魔鬼在这片古老东方的土地上游荡,与那些剩余的、早已残缺不全的"主义"结了缘,生出或者流产了一批已经成形的怪胎。

也有骄子。那座皇家的艺术殿堂,就有着一批艺术的骄子。十年于他们,变成了一生的积蕴。因此当他们终于可以如另一个世界的同龄人一样享有画模特的基本待遇时,他们都很激动。

第一批模特都很美丽。特别是与那些已经年近五十的老模特相比。但是心态却是迥异的。金乌认为,做裸体模特很正常。它不过是一种职业。和教师,和演员,没什么两样。金乌的心永远是健康明朗的。她爱自己。爱自己美丽的裸体。——感谢上天,只有一个金乌。当她从屏风后面走出来,她的心是沉潜端庄的,她的表情是生动自然的,但是另外所有的人,那些教师,那些学生,那些所有的男人与女人,都在心里同时发出了一声惊叹,惊叹上苍竟有如此美丽的造物。但是惊叹过了,也有人疑心,这样的身体,实在不像华夏的后裔。除了丰乳突臀之外,连体毛也是金色的,鬈曲的,像是一种纤维一样,很不真实。

油画系的钛白便是疑心的一个。钛白是新时代初始时最早留长髭长发的男人。看上去像个神父,而且是中世纪大教堂里的神父:见过世面,又有几分矜持。钛白一边作画一边思考着,钛白的思考妨碍了他的作画,以致两节课下来,他没有完成作业。于是,顺理成章地,他邀请金乌加班,晚上,在他的宿舍。

钛白已婚。太太在文联做事,另有住房。钛白同房间的钴绿是学生干部,常常深夜方归,于是钛白便有了很大的自由活动空间。应当说,钛白是颇有天分的,并且自视甚高。但是钛白有一种疯狂的对于美的向心力。钛白一生只做一件事:发现、捕捉和占有世间的一切美丽,然后再更新。

所以当他感受到金乌的美丽时,第一个冲动就是:捕捉和占有她!

当时正是春末夏初的季节,还微微有一点儿凉意,所以金乌脱去衣裳之后便裹上了一条毛巾被,毛巾被是金乌自己带来的,她不愿意用别人的东西,看到钛白和钴绿的床铺之后她很床幸自己带了毛巾被。金乌裹上毛巾被,依然闻得见一股说不出的气味,那好像是油画颜料、廉价香水和男人脑油混合在一起的味道。金乌闻见那味道之后就把所有的窗子都打开了。

"你还热?难道?"钛白喜欢用倒装句说话。一边在调色板上抹下一道钴蓝——他打算用蓝调子来画她的裸体。

"我在想,久居兰室不闻其香,大概反过来也一样。"金乌说话历来不留情面。在他的示意下,她这时揭开毛巾被,斜倚在床上,用毛巾被隔离开他的床铺。

"你真厉害。"钛白显出一副很聪明的样子,一面朝床上喷香水,"好些了吗?现在?"

"我想你还是快些画吧,应当从我摆好姿势算起——"

聪明的钛白忽略了金乌这句极其重要的话,以至于犯了一个不可饶恕的错误。面对着一个一丝不挂的美人,画家钛白略略有一点儿乱了方寸,他的笔有些颤抖,不由自主地强调着她的某些部位。"是蓝色的,表现主义。"他安慰自己。

当时宿舍里开了三盏灯。灯光交叉的焦点恰恰停在金乌的身体上。灯光掩饰了宿舍里破败的景象,勾勒出金乌身体的曲线,那些明亮的曲线帮助了表现主义的画家,但是灯光又给人一种虚假的感觉,好像那个半透明的、隐隐露出毛细血管的肉体变得物化了,不那么真实了,美自然是美的,但美得像艺术品,而不像真人。

画家丢开画笔,开始抚摸他的艺术,他沿着那道明亮的光,很顺畅地延续下去,在那些起伏的部位他稍作停留,他好像想通过触觉颠覆关于艺术品的想法,他宁愿斜倚在那儿的是个有缺陷的女人而不是完美的艺术品。他证实了。她的皮肤温暖柔软而光滑,像一整匹高档的丝绸,手感非常棒。他证实了这个,就开始激动起来,开始作准备活动了。

"怎么,你也想搞行为艺术吗?"丝绸一样的女人忽然开口了,她的声音也像绸缎。

事后连金乌自己也不明白,"行为艺术"这个词是怎么突然穿过时空,一下子进入她的声音里。这个多年以前就被羽使用过的词,忽然变成了一个非常时髦的词了。正是这个词,一下子打中了画家。画家这才看到女人的脸。女人的一边嘴角微微有些下沉,眼睛微微有点斜视,那是一种讥讽的微笑,那种微笑里包含的内容很多:深谙一切的穿透力,还有居高临下的宽容。就像一个久经沙场的过来人,看着一个涉世未深的初学者。

画家在这种目光下微微地战栗起来,同时怒火在心里慢慢升起。他急于想证明自己,忘记了保持从容优雅的态度,他有些慌乱地行动起来,但是当他的整个身体都贴上那匹绸缎的时候,他心里一下子空了下来,这种一下子的空非常可怕,好像支撑不住似的,他只是象征性地动了两下,就像是一只吹得鼓鼓的热气球被扎了一针,一下子泄了下来,那一对距离很近的眼睛里,全是嘲弄。

"结束了吗?你?"金乌也学起他的倒装句,然后看了看表,"好吧,一共是一小时四十分钟。"

"……什么一小时四十分钟?!"

"使用模特是要付费的,晚上加倍。你忘了吗,先生?"金乌从容不迫地穿好衣裳,往身上喷着香水,"而且,还要付我的嗅觉损失费。"她咯咯地笑起来,"刚才我说过了,从我摆好姿势算起。"

愤怒的画家不知说什么才好,实际上他什么也没说。他只是发着抖,掏空了他的钱包。她微笑着接过钱,依然很优雅。

"其实我……我只是想知道……你好像不是纯粹的汉族人,你好像有西方血统……"

"你用了一小时四十分钟,就是要问这句话么?呵,太昂贵了。我可以回答你:我不知道。"

"好吧。"画家尽量把捏紧的拳头藏起来,他把脸躲在门后的阴影里,看着她仪态万方地走出门,在门口,她略停了一下。

"顺便说一句,下次你再搞行为艺术的时候,最好喷一点儿这个牌子的香水——"她把一瓶香水在他眼前晃了一下。他忍无可忍地一拳打在门框上。拳头立即被木刺扎出了血。

"婊子。"

"你说什么?"

"婊子。"

金乌微笑着把脸凑近他,一字一字地说:"听着,你——是——个——白——痴——"

然后,没等他反应过来,金乌把手里的钱狠狠地抽在他的脸上,然后收了回去。金乌可不愿像电影里那些冰清玉洁的女主角似的,为了证明自己的清白而把钱扔掉。钱这个东西在商品社会,实在太重要了。

2

羽出院之后被金乌接回了那座尘封的房子。那时,几乎所有的羽的熟人都在准备考大学。金乌很认真地对羽说,你也得考,将来你就会知道,有个大学文凭多么重要。未来将是个优胜劣汰的时代。羽说,那你呢?金乌笑笑没有回答。

金乌为羽做好了一切准备。金乌买了画布,画架,调色板和五十多种油画颜料,比钛白的颜料还要齐全。金乌说画吧,我就不信你画不过那些鸟男人。

羽于是一幅一幅地画起来。羽画到第七幅的时候门敲响了。进来的是个陌生的男人，自我介绍说叫钴绿，是钛白的朋友。羽说，可我并不认识钛白。钴绿没有回答，钴绿的一双眼睛被羽的画吸引了过去。钴绿的脸，慢慢呈现出一种近似惊愕的表情。

羽正在画的那幅画，色彩浓丽得令人恐怖。大红大绿大蓝大紫到了她的笔下，便成为了非人间的色彩。血红浓艳如凝固的血液，湛蓝碧绿又像是浸透了海水，乍看是花朵，再看又变成鸟兽，怪就怪在它们是花朵又是鸟兽。在羽的画中，自然造物是可以转换的。钴绿从瑰丽的花朵里辨出一只鸟头的时候，他同时发现它又是一只鱼头，于是彩色的鸟羽又转化成了鱼鳍。有无数的眼睛藏匿在这片彩色中，撕开美艳便发现原来那是一只只魔鬼般的怪兽——钴绿惊叹邪恶竟如此容易地潜藏在美丽之后，甚至不是潜藏，竟是中了魔咒似的可以随意变化腾挪。状貌古怪的黑女人，青铜色的魔鬼面具，霰雾般轻灵的鸟，花朵中藏着的彩色蜘蛛，失落在蓝色羽毛中的金苹果……那一片彩色的空气中充满了毒液。——但是仅仅这些还没什么。

最让钴绿惊讶的，是羽已经画好的一幅画。那幅画，很简单，只有一个巨大的蚌形的金属架，上面粘满黑色的羽毛。奇怪的是那些羽毛并不能使人想起飞翔的鸟儿，而是像一层帷幕，使缠在架上的蛇显得格外神秘。画法类似西方的照相主义，蛇身上的每一根花纹都画得纤毫毕现，钴绿觉得那条蛇真实得让人害怕，他简直不能长久地看着它，看一下，就要把眼睛转开去，就像一个少年突然见到了一个成熟的裸体妇人一样。又像是一个孩子，第一次见了鳄鱼，又怕看又想看，只好站在了一个安全的地方，看一眼就缩开去，接着又看第二眼。看着看着，钴绿觉得那条蛇爬到了身上，黏糊糊湿漉漉地粘在了后背，不觉倒吸了一口凉气，全身一激灵，有几滴尿溅在了裤裆里。

"你为什么要画这么一幅画？"钴绿胆战心惊地问。

羽抬头看了看他，她觉得他的样子并不蠢，但不知道为什么问出这么蠢的话。羽什么也没说。

钴绿慢慢地在那幅画前转来转去，胆子慢慢大了。他把脸贴近那幅画，细细地看，那样子像是要钻进画里去似的。末后他说："你知道吗？你画的是羽蛇，是远古时代人类最高的神灵。"

羽扔掉了画笔，看着他，在确信他不是开玩笑之后，她差不多想说一句话，她想说：你能为我后背的文身拍张照片吗？

当然，她没有说。她想起圆广。解铃还须系铃人。她对圆广说过希望他为她拍照，她把圆广的回答看做一种承诺。那么，她就不能再对别人说什么了。

羽当然不知道，一年之后，在一个轰动一时的民间画展中，羽的这幅画成了主打画，它放在第一展厅一个最显眼的位置，只是稍稍被改动了一下。但是画家的署名却是：钴绿、钛白。

3

　　萧在20世纪70年代末考上那座重点大学的消息,成为陆家多年来的第一个佳音。如今的萧,早已不是那个脸上长着两块老模红、在黄昏的时候在门前为男友缝袜子织毛衣的女孩了。萧变了很多。她依然那么朴素,但整个的精神气质都变了。她推门进家的时候,玄溟的昏花老眼竟一时没认出她来。

　　一家人又聚在一起。陆尘脸上露出少有的笑容。当年的高材生陆尘多么盼望着自己的儿女们都能考上大学啊。"孩子们耽误10年了。"是他一直挂在嘴边的话。

　　玄溟拉着绫的手流了泪。心爱的大孙女已经许久没见了,似乎憔悴了很多。那双八点二十的眼睛已经不再美丽。眼皮已经松松地搭了下来,而且总像是哭过似的,红红的。王中没回来。王中虽然不在玄溟眼里,可也是正经八百的大外孙女婿,缺了他,一家人还是不全。好在韵儿还在身边,而且,越长越漂亮。那趋势似乎要超过陆家3个姑娘,还要超过若木。韵儿的美直追玄溟,玄溟看见曾外孙女就想起自己的童年,于是又讲起关于光绪25年,慈禧太后把自己抱在怀里的童话。

　　一家人加上王中应当是9口。9口人里有了3对死敌。玄溟与陆尘、若木与羽是不消说的了,绫和萧也成了不共戴天的仇人。萧并没有因为考上了大学而增添几分对于姐姐的宽容,相反,萧在很多事情上更明晰了。箫的眼睛，原来有着婴儿般混沌的，现在闪着奇特而危险的光芒，有一个秘密从这双眼睛里泄露出来：箫有意中人了。

箫的意中人是同班同学华。很奇怪，箫第一眼看到华就在心里对自己说："就是他了。"箫从一开始就认定了她将与华有一段缘。箫一见到华就释放了内心所有的灵性。就像被光线照亮了的灰尘，不起眼，却又迷迷蒙蒙地笼罩了她，还有别人。事实真的如她所料，就在开学的第一天，见面会上表演节目，当他唱完一支歌后，应当由他点下一支歌。当时坐在礼堂里，谁也不认识谁。可是他很坚定地说，从我数起，第八位。同学们于是开始用眼光数数，第八个人，正好是箫。

箫站起来，并不忸怩。箫用沉潜的中音，唱了一支童年的歌，《美丽的田野》。华没想到箫唱得这么好，就侧过脸看了她一眼。就这一眼，华就觉得，有一种莫名的感情从心里掠过。

箫当然不能算作漂亮，但却很戳眼。她的戳眼并不是因了某种华彩，而恰恰是因为她的朴实无华。如今的年月朴实无华恰恰成为了一种特殊。箫变得清瘦的脸上，有一种被唤起的生动在隐隐地辗转着，而迎合着这种生动，她的浅灰色的T恤衫，灰蓝色的牛仔裤，都透出了一种简洁而生动的活力。而简洁与生动，恰恰是华喜欢的。

他们自然而然地走到了一起。箫觉得，在他面前，自己一下子成了个女孩子，箫喜欢这种做女孩的感觉。过去她总是扮演一个姐姐，她对于姐姐这个角色厌倦透了，她需要换一换角色。

箫是一枝一直潜伏在黑暗中的花朵，孤寂而美丽。现在星光升起来了，星光挟住花朵的清凉，使她混沌的心开了一扇门，承受丰富和有层次的感受。学校在遥远的北方，在春天，那片草坪是绿的。箫和同学们在课余时间尽情地在草坪上，吸进那些绿色的空气，可她只感受到了一个人。她的全部感官都为他而开放，他也一样。

有一天，她一个人在宿舍的时候，他走进来。说。说得那么开门见山，让她猝不及防。

他说，我们之间，有一种特殊的感情，你感觉到，我也感觉到了，我们都是成人了，用不着骗自己。

他说，他用了一个转折词说，可是，你得知道，我们得克制自己，这种感情是没有结果的。

就在那一天，他告诉她，他有妻子。

他有妻子这句话，并没有在她的心里引起多大波澜。妻子在这个年代，已经不能构成不可逾越的障碍。但是克制这个字眼儿，却一下子打开了她感情的闸门。她伏在他身上哭起来，她的哭不能感动自己，就如同花朵听不到自己的叹息，但是她的眼泪因为积蓄得太多，就像是依他而立的河流，倒下来，就要淹死自己。他淹没在她的泪水中，像一棵掉光了叶子的苦楝树，噙着不为人知的泪水，把黑色的枝丫刺向灰暗的天空。

箫回家了。箫需要一个倾诉的对象。那时陆家已经装上电话了。箫问:"羽呢?"

4

羽最后一个走进考场,老师抬起头,狠狠地盯了她一眼。是一位中年女教师。女教师说:"我要加一道题,一道活题,测一测大家的想象力。大家都知道,'踏花归来马蹄香'的故事,画家的点睛之笔,就在于马蹄周围那几只蜂蝶飞舞。现在我也给大家念一首诗,大家根据自己的想象,随便画。随便画好了。"接着她念:"东边一棵杨柳树,西边一棵杨柳树,南边一棵杨柳树,北边一棵杨柳树。"

大家面面相觑,都不知所云。

女教师闪闪的目光后面掩藏着欲说还休的得意:"杨柳丝丝千万缕,难系离人驻。"

这一个转折,让大家一直难受着的心,一下子放了回去,几乎是在同时,长吁了一口气。

"鹧鸪啼,子规啼。

鹧鸪啼,行不得也哥哥,

子规啼,不如归去,不如归去。"

就是这么一首古怪的、诗不像诗词不像词的东西,把众考生施了定身法一样囚在了那里。考生们在心里叽里咕噜地骂着。笔头下面，有的出现一对杜鹃，有的出现四棵杨柳树，有的索性出现一对恋人。

而女教师一直盯着羽。羽画了一个女人。一双手高高举起，像是树木的枝丫，那个女人，赤裸的身体上，如墙纸一般出现纤细密集的花纹。女人花朵和树木，都是平面的，没有暗面和高光，平涂的色彩如同一种隐喻。有一颗心画在女人的胸膛，所有内部的经络血管都通向心脏，没有血，在所有该有鲜血的部位都非常冷静地沉寂着，干干净净，就像完全没有情感的图表。

"这是什么？"

"这是《迷宫》。"

"为什么是迷宫？"

"人就是迷宫。心灵和肉体就是迷宫。肉体就是迷宫的墙，而心灵，就是通向中央的那些小径。进去就是生，而出来，就是死。"

"可是你离题万里。"

"一点儿也没有。你的诗说的是个女人，也可能是个妓女。你的诗说的是个女人在挽留男人。但是她注定挽留不住。那些杨柳树，那些鸟群，都是她，都是她自己，都是她想象的、心灵和肉体的密码。我把她的密码都画在这里了，你们去破译吧。"

羽说完了，就走了。留下一屋子人呆在那里。女教师这才想起，这个走了的学生，没有准考证。

考生们一下子把那幅画围得严严实实。良久，有人说："这女孩，如果不是个严重的精神病患者，就是个天才。"

后来，女教师把画收起来了。

5

亚丹在20世纪80年代初发表第一篇小说。亚丹发小说的契机十分偶然。亚丹考上了一座重点大学的中文系。开学那天她惊喜地发现，被释放了的烛龙也考上了那座大学。他上的是物理系。

亚丹的学校广场中央，有一个喷泉。所有的恋人都在月光下的喷泉旁边相会。月光把感情梳理得特别细腻，近乎透明。路灯是昏暗的黄色。亚丹在月光和路灯的交界处，皮肤就像是注入了柔软的黄金。亚丹的身旁，坐着恍同隔世的烛龙。

烛龙说："你为什么不试试，把你那些作品都发表出来呢？你是个潜在的作家。"

亚丹说："你真的这么认为？"

烛龙说："当然。"

于是亚丹熬夜写了几篇小说，但是她一篇也不敢拿给人看。她一点儿也不自信。

有一次，老师出了一个普通的作文题目，叫做《邂逅》。这位老师姓苑，过去做过一个大刊物的编辑，对于作品很挑剔。亚丹在课堂上就写了千把字，下来之后又写了千把字。亚丹编了一段故事：一个叫小凡的女孩在车站等车，与小学时的同学莎莎邂逅相遇。莎莎浓妆艳抹,小凡几乎认不出她来了。小凡考上了大学,可莎莎是个待业青年。通过两人的一段对话,写了小凡的好学上进和莎莎的自暴自弃,最后车来了,两人分手了。小凡觉得,是真正的分手。在亚丹的内心深处,她是把自己比做了小凡,而莎莎的原型则是羽。亚丹听说,羽没有考上美术学院。尽管金乌为她花了很多钱,为她买了许多颜料和画具,她还是没有考上。

亚丹很为羽惋惜。她很清楚羽的才气。她下意识地感到,羽要被甩下了,羽要被这个时代甩下了。

好久没见到羽了。羽跳楼后被人送进医院的时候,亚丹从心底认为她是个英雄。亚丹那时狂热地爱羽,像爱烛龙一样。亚丹做了羽的陪床,整整陪了她三个月。亚丹工工整整地把秋瑾的诗抄给羽:"祖国陆沉人有责,天涯漂泊我无家。一腔热血愁回首,肠断难为五月花。"亚丹觉得,只有羽配得到这首诗。可是羽从医院走出来了,像个修修补补的破布娃娃似的,谁也没想到羽会从那座医院走出来。这件事震动了整个交通大学,家属老太太们到处风传着:"陆家三姑娘,零件都摔散了,又重新拼上了,这不是精怪又是什么?!"

而羽出院之后一直住在金乌家里。亚丹也去看过,羽冷冷的,没什么话说。亚丹竭力地找出些话来,又精心煲了汤,浓浓的用保温桶拎了去,一路颠簸,裙子上都沾满了油渍。及至见了面,急急地把汤倒出来,嘴上说着:"这是甲鱼汤,最养人的,买回来还是活的呢——是我妈把头给剁了！"羽听了就皱皱眉头说不吃。那样子非常厌烦，亚丹猜不出羽是厌烦甲鱼还是厌烦她。一来二去的，亚丹心也凉了，就不常去。

但是羽成了亚丹心里的一个情结，几乎在所有的小说里，都有羽的影子时隐时现。在亚丹与羽保持着距离而又想捕捉羽的时候，她惊奇地发现她可以根据她了解到的羽塑造出各种人物来，有的看上去是截然相反的人物，竟然可以从同一个人身上提炼出来。亚丹发现了这个就自觉发现了人最本质的秘密。亚丹买了一个魔方送给羽。那时候，魔方刚刚出来，很时髦。羽的手托住魔方的那一刹那，阳光正好从窗帘漏进来。在玻璃强烈的辐射下，那玩意儿面面都有景观。亚丹对那一刹那印象深刻：是不是每个人都是一个魔方，排列有序而又形态各异？

亚丹的小说被苑老师当做范文印了，在全年级传看。苑老师问："亚丹，你手头上还有什么小说吗？你写的？"亚丹想了想，就把自己的一篇小说拿了给他，那小说写的是个女孩，很爱自己的妈妈，可是无论她怎样努力，也得不到妈妈的爱，后来她工作了，用挣的第一笔钱给妈妈买了一个蛋糕，妈妈尝了一点就说蛋糕上的不是真奶油，是奶白，就把奶白抠下来喂猫吃了。可是她并不知道这个女孩多么馋蛋糕吃，不管是奶油还是奶白，女孩都没有尝过。女孩觉得自己在妈妈心里还不如一只猫，心里难过得很，就把那只大蛋糕吃了，因为那只猫在跟她抢，她一口气吃下去，竟然活活噎死了。这样的一篇小说到了编辑部，编辑们全都呆了,因为当时的小说分为几类,有伤痕小说,反思小说,知青小说……唯独没见过这样的小说,编辑部互相传看,谁也不愿意当责任编辑,但是也舍不得退掉,因为那小说里确实有一点儿什么动人的东西。最后到了主编手里,主编看了,一拍大腿说好啊,这样的小说为什么不用?这小说分明是写阶级矛盾的嘛!亲不亲,阶级分,她俩虽然是亲生母女,可母亲分明是个资产阶级太太,而小女孩是工人,是无产阶级,这是一种象征性的写法,很有深度哟!编辑们这才释然。于是当做重头小说发在了新人新作栏的头条。

亚丹发小说的时代很好,一篇小说就可以使一个普通人成为名人。不像后来,即使把胳膊写残了也没人理。那篇叫做《奶油蛋糕》的小说使亚丹在一夜之间成了名人。电视台报社都来采访,传达室每天收到读者来信一大堆,都是写给亚丹的,亚丹走到哪儿,都有人在指指点点:"这就是《奶油蛋糕》的作者……""哟,还很年轻嘛!"……《奶油蛋糕》使亚丹从不自信变成自信,终于有一天,亚丹约了烛龙在中央喷泉见面,她想,是时候了。

那一天夜里,星光的流韵把喷泉映成了碎银一般,亚丹看到,烛龙从另一个方向走来,神情沉静。

6

　　金乌在20世纪70年代中期就开始了对于珠宝的迷恋。那时那场革命还没结束。她常常光顾离家很近的那片委托商行，常有些货真价实的首饰在这里廉价出售。那是个奇特的年代，人们的恐惧战胜了一切，包括各种欲望。就是在那家委托行，她认识了玄溟。

　　那是个阴霾密布的深秋晌午，她照例在首饰柜台前转来转去。这时她看见一位老妇人，颠着一双小脚走向商行的玻璃大门。老妇人的那双小脚迅速地吸引了她：那双小脚穿着一双玲珑剔透的黑丝绒鞋，微微翘起的鞋尖上各嵌着一块菱形绿玉。那双小脚使她无比迷恋。她觉得那是真正的古玩，使这个叫做益民委托商行的老古玩店黯然失色。

　　她由于过分注意老妇人的双脚而在稍晚时候才发现她捧着的那个首饰匣子。她一眼望过去，便断定那首饰匣子是金花梨的，边角上包了铜。很精致的铜质角花，显得沉甸甸的。老妇人神色端严地打开盒盖，原来那盒盖像一扇抽拉式的木门，一拉开，便看到里面的四个小抽屉。每一个小抽屉打开的时候，周围的人们心里都惊叹一声。她看到老妇人的眼中闪闪发亮，充满了自豪，在那一瞬间她对老妇人肃然起敬。老妇人是她不熟悉的那个世界的象征。那个世界正是她从小渴望的。她一直没有与它接触的机缘。但是现在,她看到那个世界神秘的帷幕了。那个世界的使者———一个坚毅、沉潜、并且她坚信曾经美丽过的老妇人出现在她眼前,她是决不肯放过这个机会的。

第一个抽屉里放着一枚象牙图章,雕工极尽精妙,象牙已微微发黄了,上面镂空刻着牧童短笛。那条大水牛的面孔酷似那个牧童。那枚印章刻的是一位清代大官僚的名字。那个名字因为曾经镇压太平军而被钉牢在历史的耻辱柱上。她大大地吃了一惊,难道眼前的老妇人竟是那位大官僚的后裔?!

第二个抽屉里是一副银丝玛瑙手镯,每一颗玛瑙都是鲜红的,像是树林深处星星点点的浆果。而那些蛛网一般的银丝缠绕在这些浆果上面,显得华贵而凌乱。金乌注意到有两三根银丝已经断裂了,但是显然被一双巧手很好地伪装起来。金乌断定这件手镯不会值多少钱。

第三个抽屉里是一对珍珠坠,像茄子形。老妇人说这就是茄珠坠,也叫牛奶坠,因珍珠是乳白的,像滴落下来的牛奶。老妇人说这是奇珍异宝,是传下来的,真正的精品只有这一对坠,还有一串珠,被长姊的不肖子拿去,给人了。那不肖子姓安,后来做了盗匪。众人有了兴趣,就都问。老妇人来了精神,就说,你们知道什么?这种珠子所以珍贵是因为它不常见。它生成的原因,是处在珠贝两壳连接处的弯回部分,一头发展受了限制,因此一头尖一头圆,可是这样的珍珠要配成一对,谈何容易?载抟是皇亲国戚,有一对坠子,皮光不好,闪黄,并且通眼儿,只因因为每个重量都超过一钱,所以还算是宝贝。就在他最需要钱的时候,也舍不得卖,宁愿每月拿两百块钱利息用坠子作抵,向潘复借了一万块钱。潘复当时也没钱,是拿自己的《华山庙碑》拓本押给银行转借来的。瞧瞧,不过是茄珠坠的次品,也这么宝贝呢!何况这一对坠子,真真儿的好东西,不到万不得已的时候,她才不卖。她趁势问:"是家里有红白喜事?"老妇人瞥她一眼说:"是大外孙女要结婚。"

最后一个抽屉里是一枚白金钻戒,她暗中估算了一下,那一颗大钻石怎么也有二十克拉。白金上雕了朱雀纹,钻石的两旁,分别刻了两个字,一个是杲,另一个是杳。她觉着新鲜,就问:"一个日上木下,一个木上日下,有什么讲究吗?"老妇人说:"当然有讲究。《海内经》说:'南海之外,黑水、青水之间,有木名曰若木。'若木是什么,若木就是太阳神树的金枝,杲,就是悬在树上的太阳,杳,就是晚上降落在树根旁边的太阳。这是她女儿结婚时候打的戒指,她女儿就叫若木。"她这才知道,这位老太太原来是陆家三个女孩的外婆,是陆尘的岳母。遂执了老太太的手,笑道:"您的大外孙女,可是叫陆绫?"

——这是几年前的事了。现在回想起来还是新鲜的。当时金乌跟了老太太,去了陆家。金乌曾是陆尘的学生,学铁路经济的,学生时代就被电影厂挑去,演了两部电影,后来索性改了行,当了专业演员。金乌与陆尘,其实没有任何瓜葛,但不知为什么,从一开始就被若木恨成一个洞。若木认定金乌是个狐狸精,来了就是要勾引陆尘的,金乌看出了她的心思,就有意对陆尘亲热些,故意气她。直闹到若木对陆尘下了死命令,不许金乌进这个家门。被折磨得奄奄一息的陆尘喘着气对金乌说:"要是想让我多活几年,以后就不要来了。"金乌惊奇地看着陆尘那黄瘦的脸,奇怪一个男人能被一个女人治成如此模样。当时金乌其实有一千条理由可以反驳她的老师,但她还是没有反驳——她的老师,实在是太可怜了。

不过金乌还是在经济上无私地资助了陆家。陆家三个女儿上学,都是住在金乌家里,不交一分钱的。金乌的养父母在世时,因为不能生育,所以特别喜欢孩子,陆家的两个大姑娘借读的时候,都是心肝宝贝似的疼爱。后来他们先后病逝,给金乌留下不少的一笔钱,说是金乌的生母留给她的。但是因为养父母的突然辞世,关于母亲的这条线索也就中断了。

金乌信守诺言,真的一次也没去过陆家。但是见到老太太之后,她改变了主意。金乌去陆家那天真是个百年不遇的大好时机——除了老太太玄溟,谁都不在。金乌的目的很明确:她想看看玄溟的宝贝。而且,玄溟的存在就是一部历史,她想了解这部历史。她想知道除了那五个抽屉之外,还有什么宝贝。

金乌给玄溟做了下午茶,知道玄溟是湖南人,特别做了一种香辣豆。金乌想自己过去多次来过陆家,竟都没见过玄溟,一定是在厨房里忙饭。听绫说,家里从来都是外婆掌勺。如今金乌做了点心,玄溟便盘起一双小脚,摆出老太太的谱,等着金乌伺候。偏这金乌平时懒惯了的,不做是不做,一做便很像样,香辣豆玄溟吃得开胃,又自己拿出一斝米酒,叫金乌陪她喝。听说她便是接济陆家的金乌,玄溟眯着眼睛看了她好一会儿。末后说:"长得怪可人的。有多大了?""我比你大外孙女大三岁,比你女儿小二十几岁,你算。""那也有30岁了,不像。"金乌嘻嘻地笑起来:"我是演员嘛。儿艺的方鞠芬四十几岁了,还要扮演十来岁小孩呢。"说罢,喝一大口米酒,连叫好喝。玄溟说:"这有什么难的,我做了一大盆甜醪糟呢,你都带走就是了。"两人你一杯我一杯地喝起来,很对脾气。喝到微醺时候,金乌说:"我看你那些宝贝,都是你心爱的,恐怕不到不得已的时候,不会去卖。"老太太撇一撇嘴:"可不是,陆尘没有本事嘛,过去我的老头,在铁路上做事,还不是养一大家子人,富足得很。""你老这话说差了,那是什么年代?比不得呀。陆羽的妈妈不也是大学毕业的?怎么没有工作?"玄溟吃一筷子香辣豆,很香地抿一口酒:"还不是听老头子的话?老头子说,女人生了孩子,回家带孩子做饭是本分事,要不是我,她连大学怕也上不成呢。"金乌转转眼珠:"不瞒你老人家说,我母亲倒是给我留了一笔钱,我看着那个白金钻戒很好,若是您愿意呢,就给个价,好歹借我戴戴,等什么时候宽裕,再还给您。岂不比外头不知姓名的人拿了去好些?"玄溟想一想说:"也好。那个钻戒是若木结婚的时候打的,花了九百现洋,你算算,怎么也值三千块人民币吧,可现在这个时候,也就说不得这些了。"金乌从兜里掏出一叠钱，数数有三百块，放在桌上："一千块，分三次付清，怎么样？"玄溟默默地点一点头，把那只白金钻戒用手巾包了，递给她。金乌看见那只苍老的手上，青筋在突突地跳，心里有些不忍，就说："您什么时候要，说一声，立刻就还给您。我家就住羊桥那里，从这儿坐9路无轨，终点站就是。"玄溟这才笑了，说："看你就是个爽利的人。"

从金乌走进家门的那一刻起，玄溟心里一直在盘算着要不要给她看看那盏灯。那才是真正的宝贝。玄溟几次话都到了嘴边，又噎了回去。最后还是决定不说了。所以当金乌问起，还有什么宝贝的时候，玄溟很坚决地摇了摇头。

后来金乌在若干年后，在那个大博物馆里看见那盏灯。金乌围着那灯转来转去。她纳闷儿当年玄溟为什么要瞒着她。如果老太太当时给她看了那灯，她就是把房子卖了也要把灯留下来。可现在，对于这盏年代不详的灯，她永远可望而不可即了。

7

假如大外孙女不向她要首饰，玄溟还真的把羊桥这档子事情忘记了。20世纪80年代，受了重创的绫在一夜之间扔掉了那些革命理想，她忽然悟到自己很傻。什么是真的？对一个女人来说，有钱才是真的。有钱就有了自由，而自由就像鸦片，吸一口，就扔不下了。绫深感到自己越向自由的障碍——钱。

绫自然知道外婆的收藏。在外婆的大樟木箱子小梨木柜子里，有着数不清的宝贝。这些宝贝现在可以名正言顺地变成钱，而且，是一大笔钱。绫开始不断地向外婆要首饰，她知道她必须赶在两个妹妹觉醒之前。

对于心爱的大外孙女的要求，玄溟有求必应。这些年，几个外孙女都工作了，都给玄溟汇一些钱，玄溟除了一日三餐，另外只有每月一束龙涎香的开销，就都攒下了。她想，既然绫现在爱首饰了，就得赶紧把羊桥那件公案了结了。

金乌看到玄溟就在心里感叹不已，不过十年工夫，老人家老得不像样子了。金乌真的不能想象自己将来会是什么样。今朝有酒今朝醉，人真要抓紧生活啊，尤其是女人。

玄溟到来的时候金乌正在为羽筹备画展。满地满床的玻璃框子，玄溟连坐的地方都没有。金乌倒是兴致勃勃。玄溟照例先发一通牢骚，说真是前世欠了他们陆家的，做了一辈子牛马，还是还不清。金乌一听就笑了。金乌说这话我说才对。您到底是外婆，还有份责任，我算什么，不是也为陆家当牛做马吗？玄溟想一想，这才笑了。金乌急忙把玄溟请到卧房里，又是倒茶又是拿点心。金乌的热情让玄溟一下子又想起了做局长太太的时光，于是舒舒服服盘起一双小脚，心想和这姑娘还真是有缘，认个干亲吧，认女儿太小了，认孙女又太大了。因问："你的孩子在哪里？"金乌又笑："我连丈夫都没有，哪来的孩子？"玄溟半晌合不拢嘴，说："也该成家了。女人熬不过四十的。"心里想起一辈子没结婚的玉心姨妈，莫非真的应了红颜薄命那句老话？可看眼前的金乌，容光照人，又绝无薄命之相，暗想世道真是变了。如今的女人，好像比男人还要抗老。

金乌于是一阵旋风似的卷来卷去，笑得灿烂："早知道你老人家来，今天就去超市买虾饺了——我记得您说过爱吃的……今晚一定要留下来吃饭，晚上羽也回来，你们祖孙俩有日子没见了吧？"又忙着煮汤团。当玄溟端起煮好的芝麻汤团时，金乌已经把那个装白金钻戒的小盒子拿了出来。玄溟一见，就忍不住老泪在眼窝里转——她打坐下的时候就琢磨着怎么开口，万没想到还没开口人家就把东西拿出来了，这让一世精明的玄溟感动极了。

金乌亲亲热热坐在玄溟旁边，边给汤团吹着气边说："不瞒你老人家说，这东西我本来是想结婚时候戴的，可婚没结成，放在这儿也是瞎耽误工夫，早就想给你老人家送去，又瞎忙，就放下了，还劳动您这么大岁数跑一趟。……快趁热吃，我有意煮得烂一点，好消化的。"玄溟就忍不住抚摸金乌的头发："好孩子，难为你想得周全，看看，我的牙还好，89岁了，只掉了两颗牙……你大概不知道，现在这件东西，少说也要值七千块，你可得想好了。"金乌嫣然一笑："我怎么不知道？可东西再好，不是自己的就不能拿呀。那时候咱们说好了是您借钱，用这个戒指作抵押，并没有认真卖给我，就像当年载抟和潘复似的，我不能背信弃义啊！"玄溟更觉得难得，含泪笑着说："好孩子，像你这样的人，一辈子都会有神佛保佑的！自打头一回见你，就觉着我们娘儿两个有缘。陆家的事你是知道的，我一个孤老婆子，伺候他们一大家子人，伺候了一辈子，现在我做不动了。子孙后代也不少，可惜没有一个知疼着热的，我过去有个儿子，死在战乱的时候，只怕他活着，我还好些。可现在，我那个女儿你是知道的，从小娇宠惯了，不会做事也就罢了，心眼儿又多得出奇，连一分钱的账她也饶不过去，我老了，脑筋不如以前了，买菜回来，常常有一两毛三四毛对不上，她就能唠叨我一晚上。陆尘是从不跟我讲话，就算我有天大的错处，也是个老人，伺候了他们一辈子，他们两口子就这么对待我。……孙女们就更指不上了，大外孙女是我一手带大的，又怎么样？不过是跟我要钱要东西，我心疼她是真的，可心里岂有不明白的？……好孩子，我要是有你这么个孙女就好了，可惜我作孽太多，没有那个福分哪！"说罢，掏出手巾擦眼睛。金乌忙说："那你就把我当亲孙女疼好了，就把我当你死去的那个儿子生的闺女，正好我也没有老家儿了，我妈是谁我都不知道，自此以后我就一门心思的孝敬您，可好？"玄溟老泪纵横："好孩子，你有多聪明！老人要的就这一句话，做不做得到都不要紧。你看陆家那三个姑娘，大的不用说，怪我惯坏了脾气，二的倒还厚道，就是三棒槌打不出一句话来；小的陆羽，从小脾气就怪，给陆家生出多少事来，外人不知道的都说我和她妈对她不好，可那个孩子，谁能对她好？她把自己的亲弟弟都杀了呢！她妈能饶了她么？！"

金乌急忙掩她的口:"奶奶快别这么说,那时候羽太小不懂事,她悔得不行呢!就为这她去文了身,受了那么大苦……她受的罪够多的了,跟她妈说说,往事就算了吧,到底是自己的亲生女儿。"

那一天,一直聊到吃过晚饭,仍不见羽回来,金乌只好送玄溟回家,一直送到家门口,回来没赶上末班车,打了一辆出租,玄溟小心翼翼地把戒指揣在大襟褂子里,千恩万谢地走了。

8

玄溟当晚一夜没睡。金乌的爽快热情精明又不失侠义使她想起了自己的青年时代。不但女儿,这几个外孙女重外孙女竟没有一个及得上金乌的,这真是报应啊。

玄溟生在上世纪末的多事之秋。娘家姓沈。父亲原是湘鄂两省的首富,是商界巨贾,下面有许多珠宝行绸缎庄的,后来随了旗,才去京都朝廷做了官。玄溟的父亲是老大,几个叔叔,都是翰林,整个家族原来十分显赫。谁知父亲去了京城,反不行了,好像运道离他们而去。先是杨夫人的远亲杨锐犯了事,虽然朝廷并未深究,杨夫人早已吓走了三魂七魄,精气神都没了。玄溟的父亲始终不曾纳妾,沈家17个儿女,全部为杨夫人所生,这在那个年代里,的确鲜见。所以后来玄溟坚决不同意丈夫纳妾,概出于此。在家里,母亲杨夫人极有权威,杀伐决断,一家人都恭敬从之,父亲主外,对家事也并不大管。杨夫人原来便对入京心存疑虑,姨表姐玉心便是杨夫人心中的一块病,后来玉心死了,杨锐又出了事,杨夫人急得病了一场,心想自己已是残花败柳,死不足惜,怕只怕牵连了老爷和孩子。想想自己恐怕来日无多,便张罗着给小女儿玄溟找婆家。杨夫人深知自己女儿娇惯坏了,岂有不淘气的,只找个世家子才好。恰巧玄溟的三叔有一莫逆之交秦天方,是和詹天佑一起修京张铁路的,后来做了铁路上的段长。其子自东洋留学回来不久,托他说亲,三叔便跟杨夫人讲了。那位从日本回来的留学生,便是后来玄溟的丈夫秦鹤寿。

20世纪初的中国,正是欧风东进之时,戊戌变法失败后不久,有一批有识之士都纷纷走出国门,到海外留学。秦天方的小儿子秦鹤寿,十来岁便会领着一批童子军唱歌:

"进行进行!小人小马武装神!

20世纪天演界,不竞争,安能存?

……爱吾国兮如亲,

吾爱群兮如身,

万岁万万岁,

伟哉吾军人!"

剪了辫子的秦鹤寿第一眼看到玄溟的时候并不满意。因为他第一眼看到的是她的脚。那一双玲珑剔透的小脚,原是杨夫人有意要炫耀的,谁知新派人物秦鹤寿,梦寐以求的却是一双天足。幸好秦鹤寿的目光从下往上如摄像机镜头一般从容不迫地行进,他觉得眼前的小姐越来越精彩,由局部到整体,又由整体到局部,不满意的只有那一双小脚,也就罢了。对于玄溟来说,则更简单,虽然娇惯放纵,玄溟到底是大家闺秀,懂规矩的,虽帮着父亲管一点账,也见过些世面,但秦鹤寿这样的青年男子,却是头一回见到。那时仍是父母之命媒妁之言,父母却为她破了例,允许两人当场见面,这对于玄溟的姐姐们来说,简直是难以达到的奢望。玄溟看鹤寿穿着笔挺的长裤,条子衬衫,外罩西服背心,头发梳得像是要滴出油来,一张脸略长,鼻梁坚挺,一双眼睛闪闪发亮,特别有神,当即心下便十分满意了。他们好像还交谈了几句,无非是鹤寿问问小姐念过什么书之类的话,玄溟对答如流,毫无羞怯之感。

婚事就这么定下来了。

1911年,玄溟21岁,嫁给京张铁路段长秦天方的幺公子秦鹤寿,婚礼场面十分隆重。礼单上写着:

白底青翡翠碗六枚。珍珠扇10盒。

红宝碾镂金鸡竿百戏人物屏风一对,黑漆匣全。

珍珠蹙圈夹袋子一副,上有北珠23颗,麻调珠全。

蓝宝石夹口笆一只,把子全。

花犀酒杯20只。

珍珠档10副。

嫁妆单子上写着:

金丝棉被两套,镶八分珠十粒,三分珠十粒,祖母绿五钱,红蓝宝石、碧玺白玉若干。

铜镜一枚。共用珍珠十粒，陀罗经被补珠二十粒。

凤冠一枚。珠翠头面一副。镶三分珠十粒，六厘珠四十粒。

金丝串珠彩绣礼服一件。

天还没亮杨夫人就起来了，叫玄溟起来吃了点心，就把家里大小丫头老妈子都叫醒，凡手脚利索些的都到前厅伺候，留下两个专门负责梳妆的丫头，特意的拿出玉心过去洇好的胭脂汁子，花了两个来时辰，把个玄溟打扮得宛若天人。妆毕早已大亮了。杨夫人亲自为玄溟戴上了珠翠头面，"头面"是有身份家女孩出嫁时必戴的，无非是用珍珠宝石和翡翠穿成的前后两朵正花，左右两只偏凤，凤冠是玉心活着的时候亲手绣的，虽然镶的珠宝并不多，但绣工极其精妙，比宫里格格们出嫁时戴的，又不同些。

到了正午时分，哥哥姐姐们都在前厅聚齐了。这才前呼后拥的簇拥着幺溟上了轿子。轿夫已经抬起了轿，玄溟忽然又跳了下来，跑到母亲面前说："妈，三日之后我是要回来的，你多预备些杠子饽饽，那是我顶爱吃的。"杨夫人本来强忍着眼泪，这时听见这话，泪水刷地流下来："我的儿，你放心地去吧，你是自小娇养惯了的，公婆面前，可由不得你使性子，想吃什么只管对我说，叫人给你送去便是。"沈老爷听了这话就皱皱眉头："哪有嫁出去的姑娘，还屡屡派人送吃食的道理？你也是太惯着她了。依我说，不如入乡随俗，一切听凭公婆的安排，那才算是贤良。"玄溟撅起小嘴说："爹，难道你就不心疼我？"沈老爷长叹一声，抚着女儿的手说："爹倒是想让秦家帮着，杀杀你的性子，女孩儿家，不好太作怪的。"说着，管家催着上轿，喇叭就吹起来了。

21岁的玄溟在辛亥革命那年嫁到了秦府。

9

玄溟嫁到秦家的当天晚上并没有与丈夫合卺。当天晚上，有两个戴瓜皮帽、年约二十六七岁的人来找丈夫，他就把他们带到书房里，一直谈到深夜。中间有两次她去送茶，听他们在谈什么"清政府腐败，列强要瓜分中国……百姓太苦了，孙文的三民主义能救中国……"，等等。忍不住好奇，她就问："什么是列强？"鹤寿看她一眼，回答："列强就是世界上的几个大国，几个帝国主义国家。""那谁是孙文？""孙文就是孙中山先生，是我的师长，在日本的时候就认识的。""那三民主义呢？"

鹤寿犹豫了一下，温和地说："好了好了，别问那么多了，现在我们有事要谈，有空的时候我再给你讲。"

那时鹤寿脾气很好，对她从来都很耐心。他家是大家庭，他在家行二，上面有一兄，下面有四弟一妹，因大嫂有病，所以家政的事便落在了她身上。好在她在娘家也是管家的，对那一套倒是轻车熟路，但即使这样，她仍然常常感到累。她原想他家清静，可以读读书，学学琴，没想到六房兄弟都住在一起，每天有做不完的事：清早起来便要打理一天的伙食烹调，检查清洁卫生与厨务，四季的年节寿诞，装修布置，栽树养花，样样都要想到。每逢夏初，便要翻晾阴了一冬的呢绒绸缎皮毛中西服装，还有大批的书籍字画，每年要做上一二十坛霉干菜、泡菜、豆豉、豆瓣酱、甘草梅，逢年过节，要酿酒、腌腊鱼腊肉，做香肠、蜜饯……什么柚子糖、冬瓜糖、米花糖、橘饼、蜜枣……平常还要抽空交际应酬，晚上还要登记账目，缝纫绣花——虽然秦家佣人很多，可老人的规矩，样样都要媳妇亲自操持带领，一样做不好，人家也要笑话。大嫂便是那样累垮了的。现在得了干血痨，脸色蜡黄蜡黄的，有时候甚至神志不清。玄溟虽年轻，也是一天下来，累得话都不想说。不过，她努力把每件事做得尽善尽美，很快赢得了一家六房的尊敬。每次回娘家，妈都心疼地拉着她说：又瘦了。不过妈也说，女人都是这样咬牙过来的，三十年媳妇熬成婆嘛，熬出来就好了。

鹤寿大概是人缘很好，每天都要来朋友。一聊就聊到很晚，丈夫不睡妻子是不能睡的，每天她为他们添茶的时候，都困得迷迷糊糊。开始的那种好奇心早就消失殆尽。偶尔有一天鹤寿早些休息，她便发牢骚："我小时候只读了几年私塾，原想嫁你之后，再上几年学堂的，谁想给这一大家人当用人？！"鹤寿就笑："上学堂有什么难？现在是困难时期，你先支持我两年，将来情况好转了，我还想让你去日本留学呢！我可以陪你一同去，让你接受文明教育，怎么样？"她喜欢得话也说不出来。那几年,每逢累得不想动的时候,便想起"去日本"的承诺,她把这句话当做无价之宝埋在她的心里,可是这宝贝被岁月尘封、长霉、烂掉了,像别的允诺一样,鹤寿的话从来不曾兑现。

在那年的秋天出了一件大事,打破了玄漠沉闷的生活。那一年是宣统三年,旧历的辛亥年,那一年,宣统皇帝被推翻了。正是鹤寿说的那个孙文,建立了中华民国。那些日子,鹤寿满脸放光,眼睛里充满了希望,总是对她说:"等着吧,好日子在后面呢!"那时,街头巷尾的人都喜气洋洋的,男人的辫子好像一夜之间就消失了,女人也可以不必缠足了,人人都说:"这下好了,民国了。老百姓要过好日子了。要自由平等了。"

但是多少年过去了,日子还是一天天地过,人倒是大变了。民国七年,她生了个女儿,取名若木,好看得很,但是鹤寿连一眼也不看。直到几年之后,她又生了个儿子,鹤寿才高高兴兴地为儿子取名"天成",那时,鹤寿做了陇海铁路局机务段段长,一家四口迁到了西安,总算过上了"小家庭"的生活,住一栋很大很漂亮的宅院,四个丫头两个厨子三个老妈子两个当差的,人口简单得多了,但是她所盼望的那种生活并没有来临,相反,不知从什么时候起,鹤寿吸上了鸦片,还常常摆花酒,把戏子带到家里来。跟他吵了无数次没有用,她就迷上了麻将。他玩她也玩。鹤寿的脾气越来越大,动不动就拍桌子打板凳摔东西扔烟枪,两个孩子稍有顽皮,还要罚跪。看到他这样子,她便存了个心眼,省吃俭用攒下了不少私房钱,加上过去的嫁妆,她想,就是有什么变故也够她们母子三人花几年了。

10

被命名为月亮画展的陆羽个人画展终于如期开幕。

金乌的辛苦没有白费，开幕式那天，当地的一位文艺部长参加了剪彩仪式。为了放倒那位部长，金乌颇费了一番心思。部长终于来了。部长说："在一个改革开放的年代，只要不违反四项基本原则的艺术，我们都允许存在。陆羽还很年轻，非常年轻，还有很长的路要走，我们祝贺她现在取得的成绩，我们期待她未来取得更大的成绩。"讲完话，部长并没有往那些挂着的展品上面看一眼，就低着头匆匆走了。部长一走大家就活跃起来。人们慢慢地踱步，在每一件展品面前驻留。说着这样那样的评语。不时地有"哇！""呀！""哎呀！"之类的叹词。

在这个最高美术学府的画廊里，我们可以看到镶在镜框里的一幅幅展品，那是一些非常古怪的，起码在当时是很异端的作品。有连续不断地变形的一组驴头，像面饼一样搭在树枝上的柔软的电视机，招来苍蝇的腐烂的蝴蝶和残缺不全的尸首，拿着放大的性器官的手和用照相画法画的恐龙的大嘴。一位叫做曙红的美院学生看了一间展厅就到厕所去呕吐了，吐完回来还接着看，临走时在签到簿上写道："令人震惊的弗洛伊德诠释！振聋发聩的俄狄浦斯情结！"

可是在展览正厅一个最显眼的位置，放着一幅风格完全不同的画。那幅宁静单纯的画与周围形成了巨大的反差。那幅画有着艳蓝的底子，上面覆盖着一朵又一朵放大了的雪花。那是一些六角形的花朵，那些神秘的自然的花朵形态迥异却又惊人地相似。在画的下角，有一双小手，戴着鲜红的手套，在接那些落下的雪花。右下角插着的卡片上写：无题。

电视台的记者扛着摄像机和灯走来了。记者走向容光焕发的金乌："您是画家吧？想采访您一下，可以吗？"

金乌这才想起，从剪彩始就没见到羽的影子。金乌一边解释着一边来回地找，金乌说你们搞错了，我可不是画家，我不过是画家的朋友，帮着布展的，你们没听刚才部长讲画家还非常年轻，我可是已经不年轻了。这些话吊起了电视记者们的胃口，记者们都是男人，他们都富于男人的想象力，他们期待着在比肩继踵的人群中出现一张年轻美丽的脸，他们一定要把她隆重推出，时代需要崭新的面孔，同时也需要发现新面孔的伯乐，不是吗？

所以当金乌终于从放签到簿的桌子底下发现睡着的羽时，电视记者们都大失所望。羽迷迷糊糊地揉着眼睛站起来，本来对准她的摄像机全都掉过头去，像接到了什么统一命令似的。这位画家的确年轻，但是灰头土脸无精打采，更加不能容忍的，是她的脸上还有着横七竖八的几道油彩，这岂止是不修边幅？简直就是对人、对大众传媒的不尊重了。电视台记者无论如何也不能忍受这点，这个年纪轻轻的女人简直是无视电视台的权威性！要知道，每天有多少名人准名人多少如云美女哭着喊着要上电视亮相呢，有多少本来已经很漂亮的人儿在上电视之前还要刻意打扮浓妆艳抹花枝招展为自己的一颦一笑一个细节上的放松耿耿于怀呢。想出名的人实在是太多了，所以吃电视这碗饭简直就是金饭碗！电视可以捧红一个人也可以棒杀一个人，一切都在瞬息之间，电视记者们都是职业杀手，就是你再大的名人如果敢冒天下之大不韪，跟电视台记者们矫情，那，对不起，我们想灭就把你灭了，灭得你灰飞烟灭体无完肤，灭得你说不出来道不出来被人卖了还得帮人数钱，灭得你口服心服灭了你你还得向我们道歉向我们三拜九叩才算完事儿，否则你这一辈子就算完了，你那张脸就像被加了密又被忘了密码的存款，一时半会儿是见不着天日了。

但是被惯坏了的电视台记者们万没想到，还有羽这样的异类存在。羽好像完全不懂得大众传媒对于她的重要，她的神态，好像远离喧嚣的展厅，沉浸在另一个世界的思索中。我们可以看到身处在许多人当中的这个年轻女人，眼神迷离而深远，沾着油彩的脏脸蛋全是困惑，她孤零零地站在人群之中，像是被许多高大乔木包围着的一棵落尽枝蔓的灌木，自惭形秽，无所适从。

一个报社记者走进了人墙。

"对不起，陆羽小姐，可以问你几个问题么？……我个人认为，在20世纪，艺术家们用视觉语言勾画出自己面对现实面对神秘面对宇宙而产生的恐惧，他们试图在相对静止的空间里寻找逃避恐惧的避难所。在你的画作里，我认为充满了恐惧和性的焦虑，你所有的主题都显示了阉割、性交、手淫和阳痿，是足以引起妄想的持续不断的疯狂。如果我没有猜错的话，你是个典型的弗洛伊德主义者，对吗？"

"什么弗洛伊德？我不懂。"

"什么？"记者大叫起来，"你！你竟然不知道弗洛伊德？！"记者的叫声并无夸张的成分，在20世纪80年代初的一段时间里，知不知道弗洛伊德简直是划分精英还是草芥，贵族还是平民，有学问还是没学问，甚至是不是知识分子的试金石和分水岭。一个不知道弗洛伊德的画家——这简直是笑话，简直不可思议，简直没有档次可言。一个画家不懂弗洛伊德，意味着一切免谈。

但是那个报社记者有着超乎常人的耐心："那么，好吧，我们换个话题：我想请问，哪个画家对你的影响最大？譬如说，鲁本斯，凡·戴克，或者凡·高，塞尚？"

"……我不知道。我没太注意别人的画。"

"天呐，既然你不知道弗洛伊德，又没有受西方绘画大师的影响，那么你的画作里的恐惧感，它究竟从哪儿来的呢？！"

"我……我不知道。"

在一旁忍耐多时的金乌这时终于沉不住气了："当然是从她自己的感觉里，从她自己的生命体验里来的。"

记者眯细了眼睛，注视了羽许久，又问："那么，在这个展厅的所有画作中，你自己最喜欢哪一幅？"

羽转过眼珠，就像头一回被大人带进了大商场的一个孩子，茫然四顾。然后她指了指那幅画着艳蓝底子和白色雪花的画。

"为什么是《无题》？如果让你为这幅画取个题目，你叫它什么？"

"《童年的一场大雪》。"羽终于没有再回答不知道。她在说"童年的一场大雪"的时候，发现远远的一个年轻男人在注视着她。他是那个叫做圆广或者烛龙的男人，他们很久没见面了。他比以前瘦了，风尘仆仆，但还是很英俊。她之所以能看见他，是因为周围的人走了很多，人们哗哗地向外走，就像哗哗地走进来时一样。

"今天下午是我的竞选答辩会，如果有空，我希望你去看看。"烛龙看着羽，那种认真却又十分中性的目光，把羽也变成了一幅挂在展厅里的画。

在烛龙和羽站在展厅中间说话的时候，人群呼噜噜往外涌，不时地碰撞一下他们的身体。"……什么现代派画展，连弗洛伊德都不知道！……骗子！……"羽听见这话就微微地笑了，她看见烛龙微微皱起眉头，就知道他也听到了。

11

那座著名学校的竞选运动成为了20世纪80年代初的一道景观。

女工陆羽骑着一辆破自行车进入了这座学校。为了听这里的竞选演说,她换成了夜班。那一座办公大楼门口排满了密密麻麻的自行车。那座大楼里,一阵阵的掌声笑声,对于羽来说,这是另一个世界的声音。

突然暴发的一阵掌声,把羽从一种懵懂的状态中唤醒了。羽这才反应过来,这个在会场里嗡嗡作响的男人的声音,就是烛龙的声音。烛龙的声音,已经和《铁窗问答》的时代很不一样了。

"要纯正必须无知,要正确必须愚昧,要坚定必须痴呆,这与真正的马克思主义绝无共同之处!不错,世界上总有些懒得思考,宁愿把个人信仰的选择交给别人的人。这种人,生在中国便自称信仰毛泽东思想,生在苏联则拥护勃涅日列夫主义,若生在印度,会是个佛教徒,如果生在利比亚,那一定是个穆斯林!"

一片笑声。羽面前的人墙终于能够活动了。能容纳两千人的会场辉煌地呈现出来。黑压压的人挤满了上下两层观众席,挤满了舞台上下,过道走廊,每一个窗台每一个暖气架上都站满了人,羽搜索着记忆深处的一幕,那是一个挤满人群的广场。羽平时是怕人的,但是关于广场的记忆却并没有使她害怕。那是她破败的、索然无味的生命中少有的色彩。讲台上的那个男人,同样在灰白色的石碑基座上站过,也是这样的姿势,无论是讲台还是石碑基座,都像是一个祭坛,那个已经不再青春的男人,那个声音变得沙哑的男人,这祭坛就是他的定数,他注定是要用他自己来祭什么的,他有这个嗜好。羽悲伤地想,真是在劫难逃啊。他逃过了一次，不可能永远逃掉。

"惩罚思想的法律实际上是把一切公民都看成嫌疑犯。如果有反动的思想就可以定罪，那么为什么只以公开发表的言论为依据呢？！为什么不可以在一切家庭中安窃听器，为什么不可以拆阅私人信件、检查私人日记呢？另外，思想还可以通过语气表情，或者沉默来表示，为什么不可以惩罚那些'非法的哭'、'别有用心的笑'和'反动的一言不发'呢？事实上，这一切丑行在过去十年里通通发生过，因为它正是'惩罚思想'的合乎逻辑的引申，只要我们还保留'思想有罪'这只蜻蜓的身体，那么尽管我们一次又一次地砍掉这条可恶的尾巴，它还是要长出来的！"

羽像自己做了坏事似的惊恐地看着周围，那些棒子，那些广场上的大棒子，好像就潜藏在人群中，它们随时可以飞出来把人击伤，把人击得鲜血横流，粉身碎骨！别说了，逃啊，再不逃，就永远逃不掉了。

"请问，难道对恶毒攻击的言论也不该加以限制吗？请注意，我这里说的是攻击，而不是批评！"一个学生在暖气架上站起来。

"好，我回答。什么叫攻击？在法律上，诬陷是可以定义的。诽谤也是可以定义的，只有攻击是不可定义的！我们都知道，过去十年里有人用这个罪名害死了多少正直的人……所以，我看不出攻击和批评有什么区别！"

风暴般的掌声。接着是一个危险的问题。主席台前的学生整齐地喊着:"不要回答!不要回答!……"羽这时看到亚丹在那些喊着"不要回答"的人们中,很卖劲地喊着。亚丹的脸,她的眼睛,又变成《铁窗问答》时代的那个夜晚,那个灿烂开放的女孩。而另一部分人则更加大声地喊:"必须回答!必须回答!!"

烛龙只是微微笑了笑。烛龙说我提请选民们注意,我是在竞选人民代表,不是竞选国家主席。一句玩笑,轻轻化险为夷。

但是十几部摄像机对着他,几百架照相机对着他,他的声音被放大了几百倍,提问的纸条在他面前堆成了山,仍然源源不断地递上来。亚丹骄傲地看着他,为他把纸条按类别分开。那仍然是个戏剧舞台,主演的男女主角,仍然是烛龙和亚丹。

又一个学生提问了,他的声音比烛龙的还大:"请问,你了解人民吗?你知道他们在想什么吗?!他们需要的不是言论自由思想解放,是加工资,是就业,是住房!你只能代表你自己!我们需要的是实干不是清谈,你对我校学生的切身利益只字不提,我们凭什么选你做我们的代表?!"

烛龙又笑了笑,但是这次的笑好像有些疲倦。"第一个问题,你的口气是断言我不了解人民,这种逻辑我们并不陌生。如果我说,我本身就是人民的一员,你就会说,但是人民是有阶级性的,如果我说我本人就做过工人,你又会说工农也有先进与落后之分。总之,因为你断言我不了解人民,我就怎么也代表不了人民，而你，却天然就是人民的化身，对吗？"

笑声和掌声。

"第二，我们需要的是实干而不是空谈。好吧，让我们来看看人民代表究竟是干什么的！我们的工人要会做工，医生要会看病，法官要能判案。人民代表大会首先是个立法机构，人民代表首先是为人民说话的代表。（笑声掌声）当然，还要有敢说真话的政治品质，坚实的理论素养，良好的工作作风和能力，等等。举例来说，雷锋是个很好的人，但是如果选他当总司令，就意味着说：政治并不是一门科学，而仅仅是一种荣誉！（掌声）再有，当年马寅初先生在人代会上提出对人口的限制，几乎所有代表都反对，于是'错批一人，误增三亿'，难道那些代表都是坏人吗？不，他们都是好人！而我最担心的就是这种会议。"

掌声响彻了大厅，演讲人下面这句话完全是喊出来的："还有——我认为，我刚才所说的，是包括我们全体同学在内的主体中国青年和中国人民的最大利益！"

他逃不掉了，逃不掉了。一个渐渐扩大的耳语反复地在羽的耳边响起，天哪，又是那令人心悸的耳语！有好久没听到了的耳语，久违了的耳语，惊心动魄地压倒了所有的掌声和欢呼，炸响在羽的耳畔，羽捂住耳朵，她的恐惧达到了极点。

好在接下来的气氛缓和了许多。大家开始问一些纯粹私人的问题："你少年时代最崇拜谁？或者说，你认为，谁是你心目中最棒的男子汉?"

"孙悟空,加贾宝玉。"

这个回答太奇妙了,引起女生们一片意外的惊叹。

一个大胆的女生走向前去:"为什么?"

"孙悟空的坚强勇敢,加上贾宝玉的至情至性,难道不是最完美的吗?"

又是一片掌声和笑声。亚丹响亮的笑声,浮现于所有的笑声之上。羽想,她该走了。

"那么你的恋爱观呢?你有没有意中人?"女生们穷追不舍。

短暂的沉寂。对答如流的烛龙,忽然暴露出了薄弱之处,大灯下他的目光里,令人惊异地出现了温柔和遐想。他的声音变低了,还出现了微微的颤抖。羽看到亚丹紧张地看着他,紧张得像是要炸裂。

"说心里话,我一直喜欢一个女孩子。是她救了我,用她的生命,和血。是的,为了救我,她差点死掉。可是我一直无法走近她。我不知道这是为什么,这也许是我心里……真正的苦恼……"

羽胆战心惊地看着亚丹灿烂的脸一下子变得苍黄如纸。羽看见他的目光如炬穿越无数窥视的眼睛穿越人墙向自己射来,羽急忙背过身去,为的是怕被那目光里的温柔击中。羽背过身之后就向大门走去,她感觉到两侧的人们攒射的目光在洞穿着她,她百孔千疮，从枪林弹雨中，低头疾走，她的泪水，如同两股泉水狠狠地冲了下来，砸得她的脚面生疼。

烛龙烛龙，有这一句话已经足够了，足够了。你回过头去看看亚丹，没有你的爱，她会死掉。

报应立即就出现了。另一名候选人，几乎是跳到了讲台前，声音慷慨激昂："我们投票的日子定在12月11日，这使我想起了一个历史性的日子，那就是1848年12月10日，那是法国人民经过48年革命之后，第一次行使自己投票权力的日子，可能是历史的巧合，和我们只差1天。但是那一天法国人民的选票，却纷纷投进政治骗子路易·波拿巴的票箱。这是一个惨痛的历史悲剧，在社会主义的今天，这种历史的悲剧绝不能再重演了！！"

羽在门口回了一下头，看见烛龙灰败的脸色，他在最不经意的时刻，最真情流露的时刻，被一记冷枪打中了。逃吧烛龙，逃吧，世界上有千万种爱好，你为什么非要挑最危险的一种呢？！

12

烛龙再次走进那个被命名为月亮画展的展室里，天色已经黑了。

羽低头弯身坐在那里，坐成了一个雕像。月光像乳汁一样迷蒙，斑斑驳驳地洒在展厅里。那条月亮画展的横标已经伏卧在地上，沾满了各种各色的脚印。烛龙从外面那个红尘滚滚、人欲横流的世界一踏进来,就被一种静谧震慑住了。那是一种非人间的静谧。这种静谧中,流动着一个女孩子的气息,那是一种被风追赶着、被放逐的美,是很难体验到的美。违反常规的是,那种美丽不是长矛而是盾牌,她用她特殊的美丽做盾,缓缓之中,一个骄傲的男人倾倒了。那个黄昏中出现的灰色水妖,惊鸿一瞥,那一瞥就永远留在了那个男人的心底。

那个男人,那个叫做圆广或者烛龙的男人,一生中遇见过各种各样的女人,他用骄傲封存自己。他总觉得,自己生下来便是为了完成某桩使命的。他注定不能享受世俗的幸福,他将奔波劳累,永无休止,他无法把自己的爱固定在人和世界的某一点上。但是在那个中央喷泉的夜晚,他落入了陷阱。女人真的不该是水,女人应当是火,一个真爱的女孩完全是一团炽火,她不管不顾,烧化别人也烧化自己,全部成为灰烬,就是在灰烬中她依然能够发出声响,那种惨烈的、九死不悔的爱情完全属于女人。亚丹滚烫的抚摸和黑眼睛里闪出的烈火让他有一种不可思议的感觉,他惊奇着,看着亚丹烧红的手解开自己一个个的衣扣,后来他就被那团烈火裹挟了进去,他头脑里的费尔巴哈苏格拉底尼采萨特在瞬间消亡。他到底年轻,定力依然不够,尤其糟糕的是,他发现了她的处女血,他懂得他要为这个负起责任。

但是在夜深人静,他真正面对自己的时候,他眼前只有一个女孩。那个女孩为救他跳了楼,肝破裂,全身重新缝合;那个女孩背后有着精美的文身,那是个神奇的女孩,他无法进入她,不但进入不了她的身体,更进入不了她的思想,她的一切都在对所有的人说:不。

烛龙生平第一次在一个女孩面前一筹莫展了。他知道,她不是他理想的妻子,不能做情人,也很难做朋友,那么,以他的智力,他真的不明白,到底应当怎么对待她。到底怎么对她才是对她好。如果有可能,他真想还她一次,那样,就谁也不欠谁了。但这种想法完全是理论上的,在现实中,他明白他必须对亚丹负责,亚丹是他未来妻子无可争议的人选,尽管他很难说清:到底是不是爱她。

烛龙在她身边蹲下来,小心翼翼的,尽量不打破那种迷人的静谧。

这时我们可以看见,月光蓝灰色的冷调子环抱着这一对人儿。姑娘抬起一双童话般的眼睛,与男人对视着。男人的头发泛着青铜色的光泽。两人并肩坐着,离得很近,却摒弃了一切肉欲的意念而笼罩在宗教般的圣洁光辉里。两人的灵魂通过他们的眼睛在闪烁。烛龙的男性美和羽的女性温柔如蛇一般缠绕着。窗外的点点繁星好像变成象征物,变成一种神秘的符号。羽仿佛在说:"我是背离与梦想的化身,我爱我之所爱,但我的爱永远只是一个隐喻。"烛龙觉得自己听懂了她的话,烛龙说:"羽,记得那次我说的话么?——脱离翅膀的羽毛不是飞翔,而是飘零。"

"因为它的命运,掌握在风的手中。"羽接着说下去。

"你记得真清楚。"

"你所有的话,我都记得很清楚。"

"包括答辩会上的那些宣言?"

"……是。"

"可那不过是政治宣言而已。"

"我出门以后,还听见你在里面说,谁让我们都长着黄皮肤黑头发呢?我们这一代人,不是和祖国一起沉沦,就是和祖国一起起飞。"

"可我心里并不这么想。人性的善,是有限的,人性的恶,是无尽的,过去的十年把所罗门的瓶子打开了,魔鬼钻出来,就再也回不去了。经济的、物质的,都会有的,会腾飞,会赶上、超过世界上的先进国家,可是形而上的、精神的、人的一切……会一塌糊涂,这是最可怕的,这比贫困还要可怕。"

"那你为什么不说真话?"

"羽,一个孩子问他的妈妈:昨天歌里唱,我们的明天比蜜甜,那今天我们为什么还吃大白菜啊?妈妈说,傻孩子,明天还有明天,歌里唱的明天,离我们还远着呢。可是假如妈妈说那明天根本就没有,不存在,孩子又会怎么样?"

"你们不过是拿明天来骗人。可是更多的人更关心今天。"

"当然了,每个人最关心的,都是活着的这几十年,几百年,几千年后怎么样,对一个普通人来讲有多大意义?现代人没有理想没有民族没有国籍……现代人就是飘零的羽毛,是脱离了翅膀的羽毛,注定会终生流浪……"

"……我并没有用明天来骗人。很多人是需要明天的。老师让你解一道难题,你愿意解么?"

"当然。"

"你愿意解,是因为你知道它有解。假如你面对的是一道无解的题,需要你穷尽一生,需要你的子孙后代一代一代地解下去,你愿意么?"

羽无言了。羽的一双水一样温和的眼睛强烈地震动了一下,就凝然如冰了。羽能感到,对话在把他们一点点地拉远,她痛彻心扉,却又无可奈何。她知道他心里要说的是什么,从他走进来之后她就知道了。她只是为了掩饰自己,顽强地扮演着自己的角色。

有音乐在悄然流动。好像是天国里的音乐,从一扇门中走来,把他们的灵魂与肉体一下子暌离了。

"附近有教堂?"

"是。就在旁边,不到一百米。"

"难怪听得这么清楚。……呵,今天是平安夜。"

> 我们有无试探引诱,有无难过苦关头,
> 决不应当因此灰心,仍当到主座前求,
> 何处能寻这般良友,能尝一切苦与愁,
> 我们弱点主都知道,放心到主座前求!

> 我们是否软弱多愁，千斤重担压肩头，
> 主是你我避难之所，仍当到主座前求，
> 你若真逢友叛亲离，应向耶稣座前求，
> 到他怀中他便保护，有他安慰便无忧。

……

"教堂音乐，唱诗班……这在5年前还是不可思议的事，可是今天就实现了。谁能预言到中国的未来？未来学家说，他们可以预见美国的未来，非洲的未来，却唯独无法预见中国的未来。你能想象，10年之后，中国会是什么样子么？"

羽把食指放在嘴边，示意烛龙不要开口。唱诗班的歌声，教堂的音乐，清晰地传进来，心爱的人就坐在身旁，近在咫尺，和她一起聆听着天国的音乐。她爱的人也在爱着她，无可怀疑。这是多么幸福的时刻啊，多年来她盼着的，就在身边，就在眼前，她好像已经感受到神的存在了，就是她自己的神，多年来指点着她的，那耳语正是神谕的力量，她的神就在身旁，就在黑暗的深处，向她微笑。她兴奋得要喊出来了。"你盼着的，就要实现了。"是的，她这才明白她一直盼着的，究竟是什么，它就要实现了，她屏住气，一动也不敢动，生怕动一动便把那巨大的幸福吓跑了。

"羽,有件事我要告诉你。"

"什么?"

"我要结婚了,和亚丹。"

"……祝贺你,你们。"

"可是……我要告诉你的不是这件事。"

"那是什么?"

"……你得知道,我……我一直都很爱你,"烛龙说话变得非常困难。"我爱的是你。我得让你知道这个。可是我知道,我们不适合结婚,我们不能进入对方的世界,真正的爱都是没有结果的……可是我……我想把你永远藏在我的心里,我是自私的,如果我娶了你,你就不再属于我了,可是现在,我把你藏在心里,你就永远属于我,永远,"烛龙轻轻抚摸着羽的长发,泪光闪烁,"现在我告诉你实话吧,我在少年时代曾经做过一个梦,梦见你,我为你的胸前文了两朵梅花,你是我的第一个女人,我也是你的第一个男人,可是梦里的你,根本就没把我放在眼里,你非常骄傲地离开了我,当时我心里非常非常难受,后来梦醒了,梦醒之后我的胸口还在隐隐地疼……可那毕竟是梦啊,你几次问我,我都不敢承认……"

"你为什么也要像别人一样,把现实和梦分开呢?告诉你一个秘密,现实和梦,本来就是一回事,因为灵魂和肉体一样,有工作也要有休息,灵魂工作的时候,就是现实,灵魂休息的时候,就是梦,你细想想,是不是?我灵魂工作的时候,正好是你的灵魂休息的时候,所以对我来讲就是现实,对你来讲就是梦,是不是?"

"你是我遇到的最最特别的女孩,我是个唯物主义者,从来不相信神灵的,可我真的没法儿反驳你。我反驳的那些理由都太苍白了……你是不是有种转世再生的本领?我真的想知道,这太奇怪了……"

"我也不知道自己是怎么回事儿。如果真的有这种本领,"羽哽咽了一下,泪水在睫毛上闪烁,"我倒想把它送给你,烛龙,逃吧,现在逃掉还来得及。"

"为什么要逃?假如我们门口有堵要倒的破墙,挡住我们的去路,我们所有的人都绕着它走,那么也可能等我们死了,它还立在那儿。我现在用头去撞它一下,它就倒了,我同样是一死,可它却不存在了。羽,我明白。什么样的准备我都做好了……"

"可是有的事情比死还要残酷得多。"

"我知道。"

"假如有一天,你照镜子的时候,你忽然觉得,你再也不是你自己了,你认不出你了,也忘了原来那个你了……你怎么办?"

"不,不会的……"烛龙慢慢站了起来,"不会的。"

教堂传来神父的声音:"……上帝爱所有的人,包括那些虚伪的人,不信仰主的人,甚至救助那些酒鬼、罪犯和那些加害于他、把他钉上十字架的法利赛人。耶稣用他的死为所有人带来了新生、宽恕和欢乐，真正的精神的爱、纯粹的爱、永恒的爱、真实的爱，是绝不会结束的，因为上帝就是爱！上帝就是永生！……"

> 何等恩友仁慈救主，负我罪孽担我忧，
> 何等权力能将万事，来到耶稣座前求，
> 多少平安我们坐失，多少痛苦他枉受，
> 都是因为未将万事，来到耶稣座前求！
> ……

我们看到那个站起来的年轻男人，慢慢地向门外走去了。我们看不清他的表情。我们只能看见坐在那儿的那个姑娘，过了很久以后才抬起头。她流过泪的脸，湿漉漉的，她的眼睛里，是一种刻骨铭心的神情。

她想起了一件事，一件让她终生遗憾的事："忘记让他帮我拍照片了。"她想，也许，永远也看不到自己的文身了。

第十章 碑林

1

多年之后羽在欧洲看到了真正的碑林。欧洲的墓地,与教堂一样美。但是墓地与墓地,很不相同。维也纳的墓地是精美的。所有的雕塑都是完美的艺术品。墓地的大门打开了,在祭品、花环、圣灯、水瓶、甲胄、箭筒、银制的面具中间,有着巍峨的雕像,本邦的守护神与童贞女。巴赫、勃拉姆斯、贝多芬、莫扎特……或者拉着他们的小提琴,或者托着他们思想的额头,沉思着。莫扎特的金像,在维也纳的天空下灿烂辉煌,在那些大音乐家的碑林中,始终荡漾着音乐,那个冥冥中的演奏者有着细腻的技巧,精纯的音色,丰满的和弦,微妙的底蕴和完美的表情,那些凝固了的音乐全都变成了碑文,那庄严美丽的墓地上,到处撒落着花朵,那是一种深深的和谐与宁静。

但那不是她留在心里的碑林。

她无意中发现了塞尔维亚南部的中古时代的墓地。和那些大音乐家的碑林相反，这里的雕塑是简单的、粗犷的，只有两三个简单的几何图形，石碑上的沟槽，那些不规则的名字，还有断裂了的碑基，所有的碑都是东倒西歪的，但唯其如此，才让她感受到了真实与惨烈。那片碑林像是一个广袤的古战场，在那片古战场上，曾经发出过荡气回肠的金钺之声。

但那仍然不是她心里的碑林。

2

烛龙并没有能和亚丹结婚。多少年后认识他们两人的都说，假如烛龙能与亚丹结婚，那么两个人的命运就会完全是两样了。

改变烛龙命运的是一顿普通的晚饭。那天他回校迟了，晚饭已经开过，他正好手里拿着一整月的工资（那时有一批带工资上学的学生），就信步走出去，进了离学校很近的那家饭馆。

烛龙点了锅贴和砂锅白菜，还要了一小瓶二锅头。烛龙在等菜的时候，发现斜前方隔一个桌子对着自己坐着的一个女孩，那个女孩新鲜的肤色和明亮的眼睛像浮在灰暗的调色板上的一道亮色，那种明亮完全是没有经过污染的明亮，久居都市的烛龙有很长时间没见过这么新鲜的颜色了。但那并不重要，最奇怪的是那个女孩面前摆着一大桌子菜。这个饭馆，是那种所谓"丰俭由人"的饭馆，烛龙吃的当然是最节俭的，可那个女孩，点的却都是最贵的菜：油焖大虾，焦熘里脊，芙蓉鸡片，清蒸牛蛙……虽然多，那女孩的吃相却很好，一点一点斯斯文文地吃着，就像是个公主，面对着一桌丰盛的筵席，挑拣着，有着很好的家教。

烛龙觉得奇怪极了。

我们现在和烛龙一起观察着这个女孩。她浓黑的头发，粉嘟嘟的脸，一双眼睛里就像是落进了一对星星，颧骨和下巴微微有点翘，睫毛长得像蝶须，落在颧骨上，阴影一片。这个长得像个洋娃娃似的美丽女孩，我们似曾相识，除了头发剪短了之外，她几乎没有变样——她是安小桃，我们曾经在本书第五章里详细描述过的。

我们当然记得，安小桃是大盗安强和侍女梅花的女儿。但是我们可能永远也猜测不到，安强是玄溟四姐玄湛的亲生儿子。玄湛嫁给了一个姓安的捕快，是京城四大名捕之一，于是便有了安强。安强的血液成分里似乎父亲的更多一些，从小便喜欢舞枪弄棒，练得一身好功夫，身手矫捷，风流倜傥。安强失踪于22岁那年，新婚前夜。安强的失踪差不多要了玄湛半条命。玄湛常对妹妹玄溟说："儿女亲事千万不能强求，强儿想必是对这桩婚事不满，才背井离乡地走了。早知如此，何必当初？！"说罢，垂泪不已。但是玄溟并没有接受姐姐的教训，前面我们已经讲过，玄溟对于女儿若木、儿子天成的严厉都是出了名的，玄溟的刚强直接导致了儿女的疲软，是玄溟一手控制了若木的婚姻，但是，玄溟却没有从这桩婚姻中捞得半点好处。

至于梅花,那个漂亮聪明的侍女,那个本来已经枯萎了的女人,是在嫁给安强之后才回黄转绿的。安强的劫持给了她一个最好的逃脱方式。在与安强共同生活的漫长岁月里,梅花有了脱胎换骨般的改变。梅花的改变直接塑造了小桃。小桃自出生始接触到的就是另一个梅花。再不是那个天真多情的女侍。新的梅花,成熟老到,灵气四溢,并且很难为人所动。在小桃的记忆中,母亲总是天马行空、独往独来,像个独行侠,而且,每次行动必有斩获。小桃的心目中,母亲的地位是至高无上的。小桃从小就常常听说"西覃山的梅姑"这样的字眼儿,于是母亲又在她心里有了一层神秘。母亲平时沉默寡言,从不刻意教诲认真规范,便形成小桃无拘无束的性格,在小桃的血液中,兼有父亲的侠义放荡和母亲的聪慧灵逸,加上自小便从不拘泥于任何游戏规则,所以她的生活方式,实在是一片天籁,特别是在母亲病逝之后,小桃独闯京城,更是放任自如,游刃有余,哪把一帮迂腐的京油子放在眼里?得手两回之后,小桃的胆子越发大了。

这个吃着锅贴白菜汤的青年学生,从一进来就引起她的注意。这学生的目光像两柄清水剑,既锐利又清澈,好像能把人一剑刺穿,却又正气凛然,让心怀叵测的人多有畏惧。小桃来到此地已有两年,自以为什么人都见过,但这个年轻人的容貌行止,却令她怦然心动。她从不压抑自己,便隔着桌子招呼他过来同吃,他微微一笑拒绝了。她觉得他的态度恰到好处,便又想找话跟他说,但是他埋进白菜汤里,再不和她的眼光相撞了。

眼看着他要吃完,小桃便急急地叫小姐埋单。小桃叫埋单的声音底气十足,但就在小姐拿来单据的时候,小桃忽然一声惊叫,小桃叫着说,看哪,你们这汤里有什么?一个牙签!你们对顾客还负不负责任?幸好我眼尖,要是吞下去了还有生命危险呢!把你们经理叫来!

所有人的眼光都集中在小桃身上。烛龙惊讶地看着这个女孩,在众目睽睽中泰然自若,在与经理"理论"的过程中据理力争,说出话来有理有力有节,最后弄得经理无话可说,只好沮丧地说好吧,这顿饭钱就免了吧,小姐,请你高抬贵手,就别向消协申诉了。小桃这才转怒为喜,对烛龙飞了一个得意中不无娇媚的眼风,然后从容不迫地向门外走去。这时,邻座的一位老人才咬着牙说:"这是饭虫儿!是炸桌儿呢!——可惜了这么漂亮一个闺女,这年头的事儿真难说!"经理说:"我何尝不知道她是炸桌儿?!可咱拿不出证据,就得吃亏!"

烛龙也结了账,走出去,在拐角处,赶上了小桃。小桃回眸嫣然一笑:"我就知道你要跟出来。"烛龙一脸严肃地说:"我想弄清楚牙签的事。"烛龙的严肃和语气惹得小桃咯咯地笑起来。小桃说:"你真逗,我想知道你在哪儿工作?怎么现在世界上还有这么可爱的人呢?!"

烛龙的脸红了一红,烛龙在女孩子面前从来高高在上,因此从容不迫,但是现在突然有一个女孩,竟然把他当做一个平等的人来揶揄,这让他觉得突然,更觉得刺激。

烛龙说:"你没觉得这么做太掉价儿了吗?"

女孩笑得更厉害了:"天哪,什么叫价儿?你一定是个大知识分子吧?告诉你,我不过是个小学生,高小没毕业就插队去了,还谈得到什么价儿?再说,你一个大知识分子吃白菜,我一个小学生吃宴席,咱俩的价儿到底谁低谁高?咯咯咯……"

烛龙在愠怒之中被牢牢地吸引住了。他想探究这个女孩,穷尽她。

三周之后,小桃和烛龙住到了一起,又过了三周,烛龙毕业分配到了郊区的201所,之后就闪电般地与小桃举行了婚礼。烛龙的婚姻出乎所有人意料之外。烛龙在三个爱他的女孩中选择了小桃,烛龙常常觉得自己对不起亚丹和羽,但是有什么办法呢?当一个男人处在三个女人中间的时候,注定要得罪两个女人。烛龙想,时间可以使她们慢慢淡忘。

但是烛龙想不到的却是,他根本不懂女人。这个被朋友称为职业革命家的堂堂男子,在若干年后,他也没能摸清他要"探究"的对象,而被"穷尽"的,恰恰是他自己。

3

羽没能参加烛龙的婚礼。她病了,再次住进了医院。烛龙娶了安小桃的消息使羽全身的伤口都迸裂了。羽既不能像亚丹那样发泄式的痛哭，又不能像箫那样没完没了地倾诉，羽缺乏一种宣泄的渠道，因此只能自己伤筋动骨。

金乌把羽送到医院的时候正是吃晚饭的时间。外科主治医生丹朱放下饭碗，为羽作了常规检查。丹朱作检查的时候金乌出去为羽买了饭，是羽最爱吃的八宝稀饭，还有涪陵榨菜和凤尾鱼。丹朱做检查的时候就发现了羽胸前的梅花。丹朱天性淡泊从来不爱一惊一乍，但尽管如此他心里还是暗暗地吃了一惊。那毕竟还是20世纪80年代初，千奇百怪的形态还没有开始。在丹朱的眼里，所有的女人脱了衣裳都是一样的，就像所有的男人脱了衣裳都一样似的。但是那两朵小小的梅花使羽忽然脱颖而出——她和任何别的女人都不一样！这引起了丹朱的好奇。丹朱的视线久久停留在羽的胸部，在他看到过的千百种女人中，这无疑是最美的乳房：小小的，袅娜而精致。乳头上的两小朵梅花，为她凭空添加了一种异域色彩。丹朱第一次在心里追问女人的来历，在羽张开时间不多的梦幻而慵懒的眼睛里，他找不到答案。

丹朱出生在一个医学世家里，父亲是卫生部的高级官员、长征时期共产党的王牌医生。但是在丹朱身上找不到半点革命的影子。丹朱非常实际，钻研业务，对于政治和人都毫无兴趣。来就诊的男人女人在他眼里，和实验室的那些解剖活体没什么两样，但这并不妨碍他对病人的职业性的关心，这种关心虽然不带任何感情色彩，却足以说明他是个好大夫了。丹朱的妻子也是搞医的，在化验室做化验员。丹朱的一切都是按部就班的：在需要结婚的年龄，就由母亲介绍了一位化验员，那位姑娘在丹朱看来不比别人好也不比别人差，于是他虽然不积极却也不反对，姑娘倒是如火如荼的。他们一个月之后就结婚了——因为丹朱觉得谈恋爱"耽误时间"，而且，和谁结婚都差不多。与婚姻问题上的消极态度相反，丹朱对于他所从事的职业一往情深。他的外科手术做得非常漂亮，得到著名的J医院的医学泰斗们的一致肯定，于是便成为J医院最年轻的主刀医生。在没有和羽相遇之前，丹朱觉得自己的生活十分充实，没有任何缺憾。

我们常常忽略"相遇"这个词。"相遇"这个词实际上十分复杂。在茫茫人海中，"相遇"谈何容易啊！有的人一生只相遇了一次，却终生不忘；有的人一辈子都生活在一起，却永远不曾"相遇"。丹朱与妻子结婚五年，从没红过脸，所有的人都认为他们是一对模范夫妻，但是丹朱心里明白，那是因为他们从来没有"相遇"。争吵的夫妻是因为他们在思想的小径上碰撞了，所以才争吵，争吵实际是另一种相遇。

按照惯例，丹朱在下班之前去看了看他的病人。他发现羽床头柜上的吃食一点儿也没动。丹朱问："为什么不吃饭？"丹朱问得很轻，但还是把羽吓了一跳。羽正沉浸在她自己的冥思奇想中。羽摇了摇头。丹朱就严厉地说："必须吃。不然明天手术你顶不下来。"羽说，她的胳膊抬不起来。丹朱就坐下来，用小勺给羽喂稀饭吃。羽非常不过意，但是她什么也说不出来。这时她才注意他的脸，他有一双亮而大的眼睛，瞳孔不是黑色，而是一种朦胧的蓝灰色，虽然美，却非常冷漠。他身材偏胖，但是因为个子非常高，因此并不难看，反而显得魁伟。他永远面无表情，说话的口气像是在冷嘲热讽，羽真的不知道他在看自己的时候是一种什么感受。羽觉得自己在他眼里和一个什么小牲口没什么两样，想到这个羽心里就十分难过。

我们猜想，羽实际上是个在心理上早慧，在生理上却晚熟的姑娘。在她与丹朱相遇的那个年龄段，才是她真正的青春期。尽管她精神抑郁身体不好，但是有一股说不出的激情在心里躁动着，渴望与人相撞。她从来没有如此渴望得到别人的爱，哪怕是一点点，都会在她心里燃起熊熊大火。眼前的这位医生，对于她来讲，完全是另一世界的人，唯其如此，才充满了一种神秘感。这位骄傲的医生坐在她的床头，一口一口地喂稀饭给她喝，而在一天之前，他们还不相识。她觉得这件事本身就很神秘。

金乌在给羽登记的时候对丹朱说，她是羽的"表姐"。丹朱当然认得金乌那张脸。金乌是大明星。是在过去黑暗天空里硕果仅存的明星，报纸上永远有关于金乌的报道，金乌的大彩照几乎充斥了所有国内的画报，连海外也有关于电影皇后金乌当了名模的消息。但是金乌那张美丽的化了妆的脸在丹朱面前等于一个零。丹朱并不欣赏这样的女人，甚至有些天然的敌意。就像丹朱从来都不欣赏父亲那代老革命一样，提起他们，他嘴角上就会出现一丝讥讽的笑容。

金乌说："我很忙，希望你多费点心，好好照顾我的表妹。"他虽然点头答应,心里却十分反感。他讨厌金乌无意中流露出的那种居高临下的表情。但是现在,在医院的黄昏时分,来探视的亲属们都离去了,病人们也差不多都出去散步了,大夫们要下班了,病房里很安静,他这时才来得及清理自己的思想,面对着一个神情恍惚、显然与世事格格不入的女孩,有一种深邃的、非常久远的情绪缠绕着他,他忽然想和这个女孩子说话了。

"你家里人,明天都来不了吗?"

"金乌会来的。"

"她明天有演出,可能来不了,刚才临走时跟我讲的。"

"我家里的人,并不知道我住院,我也不想让他们知道。"

"可是手术需要签字。"

"我自己签好了。"

"……那好。明天清早我就让护士给你备皮。"

"什么叫备皮?"

"你身上那么多手术刀痕,不知道什么是备皮?"

"以前的手术,都是在我没有知觉的情况下做的。我晕倒了,被人抬到手术室,全麻之后,就做了手术,就是这样。"

丹朱怔了一下,他忽然觉得,这个年轻的女病人很可怜。于是他把声音放柔和了些。他说:"备皮,就是把体毛刮掉,护士会告诉你怎么做的,不疼。关键是,你千万别紧张。"

丹朱喂完了一碗稀饭,就站起来往外走。他忽然听见羽悄声叫他。他回过头,看见羽用一种奇怪的眼神看着他,他问:"有事吗?"羽说:"没什么事……我只是……只是有点害怕……"他重新又走回来,这时房间里已经很暗了,他开了灯,灯光流泻在羽的脸上,他忽然觉得,这张青里带黄的脸有着一种令人心碎的表情。他坐下来,他不敢走了。

"我刚刚做了一个梦,那个梦就像真的一样。我梦见自己变得很轻,升起来了,一直升到天花板上。我怕极了,就说,让我下来吧,让我下来。我一下子惊醒了,出了一头冷汗,但是在我刚刚想着,幸好是梦的时候,我再一次升起来了,就这样,反复了三次,那种失重的感觉真是太可怕了。我不知道,这个梦要告诉我什么?大夫,你会释梦吗?"

丹朱笑了,他难得一笑。他说:"我怎么从来就没做过梦?"

多梦的羽和无梦的丹朱相遇了。命运注定他们相遇。他们是那种离得很远很远的人,基本上属于两个世界,相遇的概率极低,但是这种概率极低的相遇,注定会产生某种故事。

第二天,羽在丹朱的口罩上端又看见了他的眼睛。这是羽第一次清醒地走上手术台,她觉得,手术室很大很大,广阔无边,而且,白得让人心寒。有多久了,她害怕白色。童年时的那场茫茫大雪,少年时的大雪寒梅,都让她从心里往外冷,寒冷彻骨。现在她躺在手术床上,簌簌发抖,她的眼睛甚至能看见晃动着的床单,这时她听见丹朱在说:"开始吧。"

"开始"这个词使她想起那部叫做《铁窗问答》的戏剧。那个戏剧距离现在有好多年了。那个长了胡子的导演对烛龙和亚丹说:"开始。"也是一间大房子里,站着烛龙和亚丹,但是周围有很多人,他们是在表演。有那么多的人,就在现场,就在身边,可以为他们作证。而现在,她独自一人,面对这个空无一人的舞台,白得让人恐惧,她听得见剪刀咔嚓嚓的声音,却找不到一个证人。她觉得自己面对这一片白色软弱极了,就涌出了泪。泪水一旦涌出了眼眶就止不住了,糟糕的是她渐渐关不住自己的声音。她失声痛哭,哭声撞在雪白的四壁上,好像加入了和声。

"你怎么了?"

她看见丹朱额头上的汗珠,就命令自己收声,但是没有办法,她的泪水完全不执行命令。护士长严厉地训斥了:"你怎么这么娇气,一个小手术,打了那么多麻药,不会疼的,这么大的人了你哭什么?干扰了大夫,手术做不好你自己负责!"

护士长的训斥更加大了哭声,她哭得声嘶力竭,使他不能不停下来。

"你怎么了?疼?不舒服?害怕?……"他的汗一直滴到她的嘴里。他的汗是冷冰冰的,完全没有烛龙的那种热力,但是他的汗的气味很好闻,那是她幻想中的纯正的橄榄油的气味。

他们的眼睛在瞬间相遇了。只是短短的几秒钟,他读懂了她的眼泪。他尽量使自己的声音放得柔和:"别紧张,马上就好,马上。你的朋友就在手术室外头,一会儿看见你眼睛都哭红了,算怎么回事儿?那么大手术你都挺过来了,还在乎这么点儿小意思?好吧好吧,以后我再专门为你做皮护,好吗?……"

护士长惊奇地看着丹朱,她与丹朱医生共事6年,她觉得丹朱把6年的话都攒到今天了。在她的印象里,丹朱是从不开口的,每天面对那么多鲜血和死亡,丹朱早就修炼得处变不惊了。很难有什么使丹朱动容。那么,这个姑娘一定是有某种来历了。至少,她可能是丹朱的什么亲戚。护士长不敢怠慢了,她压着怒火好言相劝,直到羽哭累了,沉沉地睡去。

　　羽睡到半夜才醒来。并没有什么朋友。她发现自己换了病房。是一个小小的单间病房,有个男人背对着她,坐在床边。

　　"醒了?"丹朱转过身,面无表情地看着她。但是她看得出,他其实已经非常疲倦了。她缩着身体坐起来,上身的腋下那里,裹着厚厚的绷带,他给她披上上衣。她一点儿没有为自己的裸体害羞,她看着他,哭过的眼睛很清澈。

　　"你怎么这么爱哭?"他说话的口气仍然淡淡的,但是她看到有一种温柔的表情从他脸上一闪即逝,她的眼泪又要落下来了。

　　"我哭起来很丑,是么?"

　　他不说话。

　　"……可我并不想让你讨厌我,我……我只不过是……"

　　"你得学会戴上面具,那样你的日子可能好过点儿。"

　　她惊奇地看着他。

　　"真的,你得戴上面具。并不是让你有意作假,那不过是社会的人格面具,那也是游戏规则的一种,都在社会上生活,你不能太个别。"

她仍然不解地看着他。

"这些常识,应当是你父母告诉你。对不起,我没有伤害你的意思。"

"那么,什么时候可以摘下面具?"

"对着你亲人的时候,你才可以露出裸脸。"

她垂下眼睛,不再看他了:"那么现在呢?现在可以吗?"

他轻轻弯过一条胳膊,把她搂进自己的怀里。他觉得他怀里的姑娘柔若无骨,冰凉冰凉的,像一条冬眠的蛇。

4

亚丹变得很丑。许多年后,朋友们看亚丹当年的照片,都说:"原来你年轻时候这么美啊?"

亚丹变丑的原因主要在于她失眠一个月之后出现了大大的黑眼眶,那个黑眼眶使她本来大而美的眼睛变得像熊猫一样。其次的原因在于她怀了孕。就是中央喷泉的那个夜晚,她处女的初夜便受了孕。以后屡屡的事实证明,亚丹是那种极其肥沃的女人,男人一碰就要怀孕,假如不是计划生育,亚丹一定会成为真正意义上的英雄母亲。

早孕的反应使亚丹吐得昏天黑地,孟静苍白着脸问:"是谁?到底是谁?!"亚丹咬紧牙关不吭气。孟静咬牙切齿地说:

"一定是那个圆广!"女人的直觉都准确得惊人,亚丹听见圆广两个字的时候,嘴角边甚至划过一缕微笑。看见那点笑意,孟静的心都快碎了。孟静疼爱亚丹的方式以一个耳光显示出来,孟静把亚丹打得摔在了地上,然后自己狠狠地抽起了耳光,虽然哭,却不敢大声号啕。正处在更年期的孟静无法忍受女儿的荒唐,她使劲揪自己的头发,披头散发满屋乱撞,一直闹到半夜,才算在老头的脉脉温情中入睡。第二天一早,她就排队去买甲鱼,当她两手血腥两眼发直地从厨房里走出来的时候,亚丹怕极了,但是母亲的脸上好像忽然有了得意之色,母亲说:"他们家也不安生,羽又住院了,刚才我听见若木和陆尘在吵。"

陆家的灾难一直是孟静的兴奋剂。但是关于羽再次住院的消息却成了亚丹的灾难——亚丹没法儿去看她,即使是面对自己最好的朋友,亚丹也不愿意暴露自己这时的形象。孕妇——这个对她来讲本来是遥不可及的概念一下子进入她的身体,强迫她接受。刚刚大学毕业,分配在部级机关工作的亚丹,在毫无准备的情况下怀孕了,她唯一的办法,只有撒谎。

四个月之后,亚丹再不能撒谎了。整个交通大学都知道孟静的女儿怀孕了,还没结婚就怀孕了。玄溟拐着小脚排队买菜的时候,听见前后左右都在讨论着这件事。

"看看孟静家的姑娘,身子都显形了,还不知道是谁干的,把她妈气个死!"

"姑娘大了就是操心哪,还是你们家好,都是儿子!"

"你看你看,她还出来了,那不是吗?两个大奶!"

"那丫头本来奶就大,那是肉奶,将来喂不了孩子的!……"

亚丹这时已经走到玄溟的身旁,叫了一声"奶奶",玄溟说,"你要买什么菜告诉我好了,我给你带回去。"亚丹把10块钱塞给玄溟说,奶奶,我只要一点儿瘦肉馅儿,说罢转身就走。她听见背后的老太太们在说:"屁股可够大的,像是要生姑娘!""哪啊,后头比前头小多了,还是生儿子!……"

亚丹走进自己家门的时候,觉得自己已经不是个人了。她一头趴在床上,哭得半天缓不过一口气来。单位要好的同事来说,领导本来想提她做部长秘书的,这下彻底告吹了。亚丹不吃不喝,面如黄蜡,从此窝在家里再不出门。孟静到处求人,终于找到一位产科大夫,答应了做引产,因为那时已经将近五月,流产是不可能了。可是亚丹用水果刀对着手腕,死也不去。亚丹只说了一句"一定要把这个孩子生下来"就晕厥了。孟静看着姑娘活不过去,也就不顾面子了,只得好吃好喝伺候着,可亚丹什么都不吃。

五个月的时候去做了一次B超,说是个男孩,孟静惨白的脸上有了一丝红晕。做B超回来,继父赶着亚丹说,有个人来看她,叫什么"烛龙",很怪的名字。孟静看见亚丹听到那个名字身子就发起抖来,眼睛里飞快地射出一种奇亮的光,又熄灭了,好像烧过的陨石似的。几个月来亚丹已经死去了的脸一下子复活了,那张脸抽动了几下,伴着一声号哭,眼泪就重重地砸下来。孟静想,是了。就是他了。这个挨千刀的王八蛋,原来他叫烛龙。

亚丹把自己关在房间里痛哭不已。母亲在外面敲门说,好孩子,别哭了,怀孕的时候,哭不得的。可亚丹哪里听得进去。亚丹心里全是烛龙,她那么想他,觉得比任何时候都要爱他。可她下定决心不见他。她死也不想让他看见自己这副丑样儿。她想象着也许自己生出孩子之后会死掉,那时烛龙会来看她,烛龙会懂得她,为了生出他的孩子,她死去了,而且,连一句话都没有。烛龙会肝肠寸断,就像她现在这样子。她想象着烛龙的悲伤,心里似乎好过了些。晚饭的时候,喝了一碗母亲特意为她煲的百合粥。她喝完一碗又添一碗,吃个没完没了,从此她总是吃得很多。孟静又惊又喜,天天给女儿换着样儿的吃,亚丹一天比一天胖,下巴双了好几层,人都变形了,但亚丹丝毫没有节食的念头,她一天吃六顿,晚上还要吃夜宵。她常常把腿跷得高高的看电视,边看边吃些巧克力、曲奇饼干、浪味鲜之类的甜食。

临产前一个星期,亚丹睡过午觉起来吃点心,看见窗外有个男人正向自己家里走来。那男人宽肩细腰长腿,走起路来微微晃动着肩膀,是亚丹最喜欢的那种男性体形。亚丹还没看清他的脸,仅仅凭他的步态就认出,那是烛龙。一股巨大的惊喜涌向她的喉咙,她咽了口气,泪水一下子冒了出来,她趴在窗上,贪婪地看着他,他仍然是那种匆匆忙忙的样子,目不斜视,她心里所有的情感都在这一刹那调动了出来,她觉得胎儿在狠狠地踢着她的肚子,难道这小东西也认出了他的爸爸?

坐在沙发上织毛衣的孟静一把拽住亚丹:"是他?"没等亚丹回答,她已经走到门口,亚丹跟跄着向大门扑去,用整个身子挡着母亲:"妈妈,告诉他我不在家。"孟静撇一下嘴:"咦,这倒是怪了!你不是成天在想他吗?我倒是想问问这个王八蛋,他到底知不知道自己马上要做父亲了!"亚丹的脸和声音比任何时候都要坚定:"要是你敢说一个字,我们就再不是母女了!"

孟静悲哀地看着女儿。亚丹的脸和声音都使她一下子想起7年前,在问起谁是"圆广"的时候,亚丹说:"你要是敢把他卖了,这辈子都别想再让我叫你一声妈!"天哪,这个什么烛龙,一定就是那个圆广!不过改了个名字罢了。孟静的猜测再次证明了女人直觉的惊人准确。她恨死了这个圆广或者烛龙,是他把女儿生生地夺走了,把那么好的孩子,害了。好命苦啊,怎么生出这样烈性的女儿,这孩子,到底中了什么邪?!

孟静的眼圈红了,她难得流一回泪,可是为了女儿的事,她几乎夜夜躲在被窝里哭。真是报应啊,当年她为了天成,不也是像中了邪一样地死去活来么?可是,天成是好人,是老实温厚的人,而这个天杀的什么烛龙,什么圆广,完完全全是个混蛋啊!

亚丹当时反而十分沉着。她和母亲对视着,毫无相让的意思。她知道,只要她坚定,母亲就自然退缩了。当时她的肚子,已经大得怕人,而且不像一般孕妇那么下坠,而是往上翘着,毫不夸张地说，她肚子的顶峰就是个小桌面，就是放一杯橘子水也掉不下来的。现在这个大肚子横在她和母亲中间，如同楚河汉界，让母亲无法越界一步。

从孟静和亚丹的故事中，我们似乎可以发现，经验只属于经验者自己。经验是无法传授的，哪怕是最亲近的人，最值得敬仰的圣者。但可悲的是，经验就像是一条界线，只要是越界，就再也回不到初始状态了。这是个悖论，是人类永远无法解决的悖论。假如经验可以传授，一切就简单得多了。孟静可以对亚丹说，对于单恋的人来说，无论是男人还是女人，都是得不到爱的回报的，也许有一时感动了对方，对方会做出一点儿反应，但那绝不是爱。而对方作出的回报越大，你受的伤痛也就越深。爱是不能勉强的，而一个人爱另一个人，是从他（她）的胎衣中挣脱出来的那一刻就决定了的，那是血液里的东西，非常神秘，难以言传。

最终屈服的当然是孟静。孟静打开门，尽量从容地对着那个男人说："亚丹不在家。她最近很忙，你不必再来找她了。"而此时，亚丹正站在大门的背后，哭得喘不上气来。

也许是过分紧张和激动了，亚丹的宫缩开始比预产期提前了10天。在待产室，有4个女人在呻吟着，大夫不停地测着她们的宫缩强度，大夫训斥着亚丹旁边的那个姑娘："你小点声叫好不好，你看看人家，"大夫向着亚丹一指，"宫缩强度那么强也没像你这么邪乎，也没要求打杜冷丁！"

但是大夫哪里知道，亚丹心里的痛压倒了她宫缩的疼痛，她在想，我要死了，我真的要死了。我再也见不到烛龙了。

到了产床上，亚丹觉得自己真的成了只小牲口，大夫们熟练地把她全身的衣裳扒光，然后盖上一条洗得发黄了的床单。她赤身裸体，毫无反抗能力地听任摆布。她的两只脚，分别嵌入两个铁圈中，两条腿于是张得大大的，她全身的体毛早已被刮得干干净净，就等待宰割了。一位大夫喊着，宫口已经开到十指了，你使劲啊！她于是使出全身的劲儿，但是一点儿用处也没有。宫缩减小了。大夫们开始换班吃饭。亚丹躺在产床上，大张着腿，走来走去的大夫肆无忌惮地看着她大腿的中间，有的还用戴着橡皮手套的手掰来掰去。亚丹被羞愧烧灼得几乎死去，严格地说，她还是个姑娘，她不过只有一次性的经验，而仅仅是这一次，便使她成为了母亲，可她既没有做母亲的准备更没有做母亲的名分，她总觉得自己还是昨天的那个姑娘，一点儿也没变，可在这里，残酷的事实就摆在面前——在别人眼里，在大夫眼里，她不过是个要生孩子的女人，和那些农村老娘们，和那些雌牲口一样毫无二致——她真的不是人了，这种感觉一直停留在她的潜意识里，挥之不去，一想起来心里就鲜血迸流。

亚丹在那个产床上躺了三天三夜，但是那位产科主治医，因为是医学界的泰斗，当时正在为自然分娩还是剖腹产更科学这一题目与另一位泰斗激烈论争着，她是坚决主张自然分娩的，当然希望亚丹能够咬牙配合，吸引器、侧切……只要不是剖腹，一切可以使用的手段都用上了，但看起来毫无用处。泰斗的汗一滴一滴地渗出来，在第三天的黄昏，眼看亚丹的两颊已经在塌陷的时候，泰斗忽然发现，原来生不出来的原因是正常胎位变成了枕后位，泰斗笑了，她毫不犹豫地把戴着橡皮手套的手伸入亚丹的产道，转动胎位，她伸进去的时候猝不及防，突然的不可忍受的剧痛撬开了亚丹紧咬着的嘴唇，从她的牙缝里迸出惊天动地的一声惨叫，把一直守在外面过道上昏昏欲睡的孟静一下子惊醒了。孟静疯了似的往里冲，嘴里叫着："杀人了！你们把我的姑娘杀死了！……"走廊里所有的产妇家属都涌到门口，助产士和护士长高举着戴橡皮手套的血迹斑斑的手去划门栓堵枪眼，正在一片大乱的时候，忽然听见一声："生了！"但是并没有婴儿的啼哭，孟静几乎晕了过去："我的外孙子！我的外孙子也完了！……"

孟静的外孙子并没有完。那个胖孩子好好的，不过是因为宫内折腾的时间太长，窒息了几分钟而已。

第三天，亚丹从昏迷中醒来，正赶上婴儿的平车推进产房，护士把一个婴儿放在亚丹的枕边，护士说你看看吧，你这个小家伙真够经折腾的，什么事儿也没有！接着亚丹就看见在她的枕边，蓦然出现了一个小小的人儿，严严实实地裹在襁褓里，平头整脸儿的，表情平静，俨然就像是已经满月了的孩子。那鼻子，那嘴，那眉眼，那脸蛋儿，活脱儿就是烛龙的，那简直就是袖珍的一个烛龙！亚丹笑了，亚丹笑着对那小人儿说了一声："你好！"然后她的眼泪就迷迷蒙蒙地挡在了眼前，把那个小人儿遮蔽了。

5

在以后漫长的岁月里,箫有着与亚丹相反的苦恼。如果说亚丹是一片沃土,那么箫就是盐碱地。亚丹的痛苦在箫看来,简直是难以言传的幸福。箫想,假如上帝能赐给她一个孩子,那么就是受炼狱之苦,她也愿意。

但是箫一生也没有得到孩子。

如今的箫已经年近五十,住在欧洲的一个中等城市里。那个城市很美,到处都是街心花园、鸽子、青铜雕像和哥特式、罗可可式、巴洛克式或者拜占庭式的教堂。得了双学位的箫在这里大材小用,只开了一间作坊式的小公司,为人印名片。日子还过得去,但是生活得平淡。箫长期和一位捷克作家同居,自从看了米兰·昆德拉的小说之后箫就对捷克作家充满了好感。那位作家看上去足有60岁了,脸上的皱纹已经变成了深深的肉棱,但是食欲很好,尤其喜欢吃中国菜。他可以坐在城市中心的中餐馆里,吃上整整一盆炖肉。但无论他怎样吃,他的肩胛骨都那么尖刻地把宽大的风衣支棱起来,像是卡通片里的反面人物。他常常穿着这件宽大的风衣和箫一起到城市中心广场,去看中午12点的打钟——那巨大的圆形钟盘在秒针与分针重叠着指向12的时候,会突然启开一扇门,里面有12个奇形怪状的人物鱼贯走出,有一个干瘦的老头儿会举起木槌,把钟声敲得山响。中心广场在那一刻,永远都会站满了人,通通仰起脸,看着世界上这个绝无仅有的表演。那时,作家就会搂着他的中国情人,在离人群稍远的地方,仰头观看。每一天都像是第一次。如果碰上有风的季节,那件宽大的风衣就会被风吹得高高扬起,把箫整个遮挡住。箫在那种时候总会感觉到一丝苍凉——身在异乡为异客的苍凉。

箫的爱情结束于20世纪80年代中期。迟到的爱情使箫变得像小姑娘那么任性。有一回,已经很晚了,箫让室友把华叫来,一定要华陪她去学校的英语角。箫的学校是有名的"巨无霸",而英语角和箫的宿舍又正好是个大对角,那长长的斜线可以成为她和华的漫步的路线,他们可以尽情地倾谈,在夜色的掩盖下,还可以有一些温柔与浪漫。箫很为自己的设计感动。但是实施起来,却并不那么容易——华无论如何不肯陪她去英语角。华说,太晚了,不好。但这样的理由照箫看来,完全是借口。箫哭了,哭得很痛,华安慰她,却始终不答应她。箫忽然感到,在她与华的爱情经历中,一切都是由华来控制的,进展的快慢,情绪的高低,感情的深浅,而华就像一座固若金汤的城堡,假如他不肯开城门,那么就是箫领了千军万马,也休想攻克。爱情的主动权,完全在华的手中。箫从来没觉得自己如此软弱,如此笨拙,如此不满足,而不满足的结果又加快了恶性循环,就像安娜与渥伦斯基的古老游戏那样。

那时箫已经看到这件事的悲剧结局了。

但是箫绝不想认输。箫魂不守舍，箫拼命地打扮自己，箫不惜重金去买进口化妆品，箫尽量使自己经历过革命时代的声音变得温柔甜美，箫对着镜子练习小姑娘那样的笑，箫在课堂上摆出些奇异的姿势，箫夜不能寐食不甘味，箫丢三落四错误百出，箫紧张得不会笑了，箫抹上与自己的年龄与肤色完全不相配的鲜红唇膏。

但是箫这一切的努力，都付之东流了。箫的努力与华对她的期望，南辕北辙。

箫变成了祥林嫂。箫一天到晚喋喋不休的结果让羽遭了难。箫唯一的听众只能是羽。一到周末，家里人都看电视的时候，箫便潜入羽的房间，轻轻关上房门，躺在羽的床上，然后向羽敲一敲床边。羽的脑袋条件反射似的胀大起来，但是羽除了躺在姐姐身边听她唠叨之外别无选择。羽走向箫，就像走向地狱，羽只能想，这是我的姐姐，我不入地狱，谁入地狱？

箫的爱情鸟无可挽回地飞走了。箫强烈地感觉到，她一生只有这一次真爱。她付出了千百般努力，身心疲惫。倾诉，是箫唯一的指望，唯一的宣泄渠道。倾诉可以使她郁集心中数月乃至几十年的沉疴，消散殆尽。

在这里我们注意到倾诉这个词，这个对于某一类人特别是某一类女人的幸福用语。它美妙绝伦不可言喻。它可以洗涤心灵排泄污物，重新变得澄明而有力量，但是它必须有对象，就像一种改变了方式的口淫，在假想的对象面前，永远无法施展。但问题是倾诉的对象，或者说是倾诉的被动语态的承受者，必须具有超人的忍耐与坚强、包罗万象容纳百川的胸怀和气量。倘若不是这样就麻烦了。倾诉的对象将像被动吸烟者那样被迫吸入大量的尼古丁毒素，接受倾诉者排泄的大量心灵污物与垃圾，特别是当他（她）出于某种道义必须岿然不动地承受、而他（她）的神经又不那么坚强的时候，麻烦就会出得很大。

而当倾诉者不巧又是个作家的时候，那简直就是灾难了。他（她）会将心里积郁的全部语言垃圾与思想污垢，甩给读者：他（她）喋喋不休地唠叨着早晨如何起床如何到超市买了一双鞋子试穿的时候觉得还可以回来再一穿觉得小了，到底去换还是不去，还是先换一双薄一点儿的袜子试试吧，换袜子的时候无意中发现自己的脚板上长了鸡眼。为了挖去这个鸡眼他（她）先后用了剪子刀子最后又用指甲刀。

读者需要和他（她）一起体验使用剪子刀子指甲刀挖鸡眼的全部过程。

幸好亚丹不是这样的作家。

在1985年春末夏初季节的电脑红娘恋爱角，箫和亚丹相遇了。

那座城市率先出现的电脑红娘，引导着整整一代的潮流。复制的时代或许从那时起便宣告开始了。"大龄"男女青年鱼贯而来，把资料输入然后等着输出，输入与输出就这样在中国大地上普及。姓名性别年龄籍贯身高毛重净重，就这样成为了一个人的代码。一个人的全部硬件和软件就这样输入电脑之中，变成供另一个人选择的信息。这是多么美好多么快捷啊，简直太现代了。中国的现代化与电脑时代，实在是从电脑红娘开始的。

电脑把一切人都变得平等。亚丹的名字，那时在文学界已经尽人皆知，但在这里，却与泼皮牛二、三八、十三点、二百五毫无二致，所有的名字都进入了那个巨大的机器，然后已经过了正常婚嫁年龄的男女青年们虔诚地排着队，默默祈祷着有一份好运气从天而降。萧在希望栏中写着：希望对方出身知识分子家庭，人品正直，本科学历，兴趣爱好广，身高在1.72米以上，身体健康，年龄不要超过40岁。而在介绍自己的时候则写道：本人出身高知家庭，本科学历，容貌端丽，性格温和，身高1.62米，喜欢读书，擅长烹调。而亚丹的要求则只有一条：希望对方对孩子好。对自己的介绍也很简单：33岁，身体健康，身高1.60米。一般干部家庭。喜爱文学。

萧和亚丹几乎是同时解决了婚姻问题，而且是按照她们本人的要求解决的。萧找的那个身高1.75米，相貌堂堂，知识分子家庭，和萧同岁，最重要的，是他的兴趣爱好非常广泛，广泛得让萧目不暇接。最突出的爱好是摄影。萧的丈夫宁能把荷叶上的露珠拍出生命来，变成一粒粒小小的珠胎，闪着金，闪着银。萧喜出望外，像疼爱孩子一样疼爱和她同龄的宁，像只老母鸡一样，把宁护在自己张开的翅膀之下，为他啄食，为他暖窝，第一天忙到晚，觉得很充实。而宁也给了她许多回报：总是把自己挣来的钱如数交给她，归她支配，在所有朋友和熟人面前都做出温顺胡羊的样子，对箫表现出唯命是从。最让箫满意的，是他为她拍了许多美丽的照片。相貌并不十分出众的箫在宁的胶片里变成了不折不扣的美女。听从宁的劝告，箫留起长发，在后面用一个大卡子别起来，宁亲自动手为箫化妆，宁把箫的脸设计成一个抑郁的美人，然后让她穿上翘肩西服，紧身长裤，手持一把檀香扇，斜倚在阳台的栏杆上。正是这幅照片上了1986年的挂历，在暗房里做旧的效果使箫看起来很像是20世纪30年代上海小洋楼里住的某位少奶奶，恰恰暗合了京城遗老遗少们的怀旧情绪。于是城市中心的一批中年妇女纷纷仿效起来，不管里面穿什么，外面一律都套上一件旧式西服，访亲问友的时候，也个个不忘了带把扇子，谈天的时候一摇一摇，把香水或香粉的味道潜移默化地发散出去。

而亚丹的婚姻经历却完全不同。亚丹的电脑红娘为她带来了一个矮个子的夫君阿全。亚丹大喜过望，因为阿全是那么爱她的儿子，确切地说是她和烛龙的儿子。尽管住在郊区的阿全的家不是那么令人满意，亚丹还是接受了这桩婚姻。亚丹的心全在儿子身上，她固执地想，她有着烛龙的血脉，总有一天会与烛龙团聚的，就像当时印度电影里的那种大团圆结局似的，那时烛龙一定会被她感动得热泪盈眶。一想起这些，她就被自己的高尚感动了，她甚至有些可怜阿全，觉得对阿全来讲，这一切太不公平了，她一定要尽全力给他补偿。

但是婚后不久她便发现,需要补偿的不是别人,恰恰是她自己——阿全患有顽固的阳痿症,属于先天不足的那种类型,很难治愈。

6

我们在叙述这个家族的成年女性的时候,似乎把韵儿遗忘了。

但是韵儿在遗忘中毫不含糊地长成了一个少女。一个地地道道的16岁花季的少女。

前面我们已经讲过,韵儿很美。韵儿十二三岁的时候就超过了母亲、姨姨和外婆,直追曾外祖母玄溟。而这时,韵儿已经远远超过青年时代的玄溟。韵儿的美,是一种绝谷孤音式的美丽,是谁也无法言美的红酒,美得十分高远,有着浓烈的气息,闻一闻,就要醉。

成年女性们为着自己的生活而烦恼苦闷劳碌奔波的时候,忽略了那个女孩的成长,在她们看来,女孩好像是一夜之间长起来的。女孩突然长得比她们还高,她们不能不注意她了。女孩炫目的美晃得她们目瞪口呆。就连一向不大关心孩子们的若木也暗暗地吃了一惊。若木看着韵儿梳头的时候就想,这孩子怎么像是从画上走下来的?

韵儿看见外婆直勾勾地看着自己,就甜甜地叫了一声:"外婆。"但是性喜猜疑的若木并没有被这一声所迷惑,若木固执地盯着外孙女,终于发现,韵儿正偷着使那支绛色的唇膏。若木淡淡地说一声:"韵儿,你过来。"韵儿表情明亮地走了过来。若木轻声说:"才多大的姑娘,怎么就用化妆品呢?不怕把你那嫩脸蛋画坏了?"韵儿甜甜地一笑:"外婆放心,不过用了一点儿唇膏,脸上并没有抹什么。"若木又细细地看了一回,才叮嘱说:"现在外头乱,出去要当心,姑娘家,不要太漂亮了。"韵儿笑嘻嘻地连连点头,走出去了。

韵儿走出去就换了一件丝绸的连衣裙,是母亲的大披肩改的,茜红色,上面起珠灰的兰草,越发衬出韵儿雪白的肤色。韵儿对着穿衣镜上上下下地照了一回,实在没有什么毛病可挑,才放心地出了家门。韵儿自小离开了母亲,凡事自己做得主,比起几个姨姨,韵儿有另样的聪明,这些,陆家的长辈都知道。但是他们万万想不到的是,韵儿其实没考上高中,16岁的韵儿做了一家大饭店的服务小姐,已经拿到两个月的工资了。

那座大饭店坐落在城市最繁华的地段,闹市区,距那个著名的广场只有咫尺之遥。韵儿在前台就能看见广场的石碑。那座高耸的石碑,在韵儿眼里,不过是一道可有可无的风景。姨姨们那一代的神圣感,在韵儿这里已经死灭了。韵儿心里没有神,没有规则,只有自己。韵儿很清楚自己可以修改任何法则,用自己的智慧。韵儿在修改法则的过程中没有恐惧,只有成功的快感或者失败的遗憾。韵儿用了16年的时间耳闻目睹着长辈们的悲欢,这些悲欢在她眼里，似乎都是不值得的。她想，如果换了她，一切都会变得很简单。最让她不明白的一个人，自然是羽。"小姨就是太较真儿了。"有一次若木和她谈起羽的时候，她这么淡淡地说。照她看来，羽所有的痛苦和怪癖都不可思议，羽心里最重要最宝贵的东西在韵儿眼里，完全是一个零。韵儿在这座饭店工作不过只有2个月，便已经建立起很多的关系，每天晚上，韵儿下班之后，都会有各种各样的男人，开着各种档次的车子，来接她，去各种娱乐的场所，韵儿的生活很充实，她乐此不疲。对于她来说，男人们不过是些道具，在生活舞台上用得着的，仅仅是用得着而已。

眼下，就有个男人，一个叫做山口的日本男人，在恋着她。山口差不多一天来一次。山口很大气，总是把大把大把的钱塞给她。在1989年的情人节那天，日本的著名化妆品推销商山口洋次，开着凌志、捧着玫瑰花来接韵儿，叫饭店的众小姐们好不羡慕。——那时，还不大时兴送花，即使送，也不过是悄没声息的一枝玫瑰，哪有像山口这样，气气派派地送了来，红白黄三色足有上百朵玫瑰，不但小姐们羡慕，连经理领班们也一律咋舌呢。

何况日本男人山口还很酷。一个很酷的36岁的男人，眉毛浓浓的，下巴刮得铁青，他很喜欢用下巴轻轻地蹭韵儿娇嫩的脑门儿，一副怜香惜玉的样子。

情人节的节目安排很妥帖。先到杰姆西餐厅吃饭。点了古法拿破仑西冷牛扒配黑胡椒汁，精选芭菲鹅肝沙拉，红海鲜贝目司配帝国大虾，德克萨斯BBQ熏烤乳猪，墨西哥极品烧烤以及威尼斯浓菜汤，杰姆圣代甜品。韵儿生平第一次在这种高级西餐馆用餐，明亮的水晶吊灯下，有穿燕尾服系领结的侍者穿梭似的侍候着，个个都很帅。韵儿感觉到一种快感，那快感远非是一般物质享受可以带来的，它应当叫做：身份。

对于身份这个词，韵儿极其陌生却又极其看重，之所以看重是因为懂得。韵儿当然是在大饭店里懂得这个道理的。有钱的人很多，有身份的人却寥若晨星，这就是转型时代的真理。韵儿立志做一个又有钱又有身份的人，而且，要趁着还年轻。韵儿根本看不起母亲和姨姨们的生活方式，那样的穷日子，她韵儿连想也不要想，韵儿要开出一片新天地。天生丽质是多么幸福啊，韵儿很早就意识到自己的美丽的价值，她已经看到这价值即将变成使用价值的曙光了，她不会放弃，永远不会。

后来去了咖啡苑。韵儿惊喜地看到山口递到眼前的锆石首饰，山口说，这个牌子在日本很走俏。韵儿暗暗欣赏着山口边喝马爹利边谈话的潇洒样子，山口的话在钢琴的叮咚声中时隐时现。韵儿惊讶着这个日本男人竟然有着这么多关于女人的知识。

"一会儿我们去迪厅，你要重新化一下妆，知道吗？韵儿小姐？你这个妆基本成功，但是还有些值得商榷之处。譬如，在灯光下，你最好用橙色珠光胭脂，眼线应当使用墨绿色，刷黑色睫毛油，大红唇彩加金色唇膏，另外你梳短发，用啫喱水塑一下才好。你现在的妆偏淡了一点儿，对吗？"山口很殷勤地为韵儿兑了一杯红粉佳人，微微一笑："别着急，一会儿我陪你先去我的公司，那里有专门负责形象设计的小姐——肯定让你今天晚上大出风头。"韵儿抿了一口酒，不经意似的："为什么你要对我这么好？""这还用问吗？为什么我们会在情人节相聚呢？当然是因为——我们有情。"韵儿注意到山口说情这个字时，咬得很清楚，韵儿在美丽的红灯绿酒中清晰地听到并且感受到这个字，的确非同一般。她在心里问自己，真的有爱情么？真的爱这个日本男人么？韵儿困惑着，微微低了头，一双眼睛在睫毛的掩护下闪烁如星，她瞥见山口的表情转为严肃，严肃的山口对中国少女背诵了那么一大篇名人名言，使少女愈加佩服了。

"莎士比亚说，爱是一种甜蜜的痛苦；伊索说，为恋爱所征服的人总是无羞耻的；所罗门说，爱比死更坚强；柏拉图说，爱情是一种严重的精神病；西塞罗说，蓝色象征真实，黄色嫉妒，绿色拒绝，红色无耻，白色纯洁，黑色死亡，它们的融合色调就形成了爱的多彩多姿……贵国有这么一首诗韵儿小姐是否知道？十里平湖霜满天，寸寸青丝愁华年。对月形单望相护，只羡鸳鸯不羡仙。想知道我是什么人吗？我就是'只羡鸳鸯不羡仙'。哈哈哈……"韵儿也跟着笑起来，问："山口先生难道在中国念过书？""不，我只是在日本念过两年中文。知道我为什么发音这么标准吗？""为什么？""因为我很聪明。哈哈哈……"

山口的笑声使他的表情变得明亮。韵儿的心境也越来越好。她真的跟着山口去了公司，但是并没有什么负责形象设计的小姐。山口并没有什么意外的表情，只是微笑着把韵儿让进自己的办公室："哦，我真该死，怎么就忘了人家也要过情人节呢？"山口的语气和手势都令韵儿着迷。韵儿这个年龄的女孩，潜意识中总要崇拜些什么，在没有神没有信仰的年月，唯一可以崇拜的，便是一个有钱有身份的中年男人了。他比她大20岁，这个年龄对于她有一种威慑，使她不能像对待同龄男孩那么对待他，何况他是日本人，何况他还很有身份。

山口的眼神越来越温柔。山口说，坐下，女孩儿。让我告诉你怎么打扮。首先，你要化一个迪厅妆。你的鼻影和上眼皮要抹上金棕色，眼尾到眉尾的地方要用紫色银粉压下去，唇彩最好涂上冷调的冰紫色，指甲用金色的或者荧光的……山口拿出一套资生堂的化妆品，边说边"实践"。韵儿看到镜中的自己果然变了样子。

"秘诀就在眉毛和嘴唇之间，知道吗，女孩儿？一个女人只有一张脸，多么乏味，可是好莱坞明星可以千百次地变脸。好莱坞的大化妆师奥库安说，一个化妆师如果只会平面地修饰一张脸，那么只能得个及格分。奥库安是个变脸大师，他把德米·莫尔变成克拉拉·鲍，把猫王的女儿莉莎·玛丽变成玛丽莲·梦露，把伊莎贝拉·罗西里尼变成芭芭拉·史翠珊……这才叫真正的化妆！还有，"山口用手慢慢抚摸着韵儿的手臂，眼神变得痴迷，"你得记住，女人不光是脸，还有身体，身体比脸还重要，懂吗？像你，有这么美的腿，为什么要穿长裙呢？你应当穿一条迷你裙，穿莲青色透明长筒丝袜，你的胴部……知道什么是胴部？就是女人身体最性感的部分，喏，包括胸、腰、臀、腰和臀都很美的了，就是胸部，稍稍有一点儿弱，"韵儿看见山口的脸越来越红，手的动作越来越急，伴随着越来越重的喘息，韵儿的心狂跳起来。不，不，韵儿在心里拒绝。韵儿平时只是小打小闹地利用男人，从来也没想到要动真格的，她怕。凭她怎么精明老练，到底只是个16岁的女孩，但是在山口面前，平时那一套保护自己的法子全没了用场，中年男人那种浓重的气息把她笼罩了，那种气息撩拨起她暧昧不明的情欲。"你应当用泡沫垫胸罩，来增高你的乳房……"韵儿看见山口的手停留在她的胸部，山口灵活的手指在跃跃欲试地抚弄着她的纽扣，刹那间，一种新鲜好奇的欲望把恐惧牢牢压了下去，她想试试，她把自己想象成西方电影里的女主人公，这种角色感使她一下子轻松自然了。

7

韵儿也闹不明白这件事是怎么发生的。但是韵儿觉得一切都很简单，应当说这是世界上一切事中最最简单的事。她不知道几个姨姨们为什么那么要死要活痛不欲生，她只觉得这件事对女人很有好处，女人是最大的受益者。

她并不觉得有多么疼，只流了一点点血。但也不觉得有多么快乐。真正的快乐在第二天，山口带她去赛特购物，当然主要是买时装。要知道,从五彩缤纷的时装货架里忽然挑出一件可心的衣裳,那感觉真是又刺激又兴奋,远远胜过床上的感觉。

很快就挑中了一大堆衣裳:有暗灰银灰相间的透花纱衬衫,米色南韩丝拉链绣花套装,苹果绿色毛阁卡腰两用衫,大红镶璎珞羊绒披肩式长袍,茜红色重磅真丝连身裙……不管她看中了什么都有人付钱,这种尽情消费的感觉真是太妙了。

最后挑了一件银白剔花嵌银线的丝绸外套,配黑色紧身迷你裙,戴一套银色饰物,穿银色皮鞋,配上山口亲自为她化的银紫系列妆,对着镜子,连她自己也不敢认自己了。

她吸引了无数的目光,山口看上去很高兴,就带她去了城市最大的娱乐休闲中心芽宝。看来山口是这里的常客,小姐们都跟他很熟,他叫来经理,拿出一大沓钱,说是要把泳池包下来,让经理把其他客人轰走。经理赔着笑脸,一副很难办的样子,商讨了半天,最后决定把里面的一个小温泉泳池腾空。山口又为她买了比基尼,笑笑说:"先凑合吧,今年夏天到法国再给你买新的。"她不大会游,山口就教她,这个泳池只有他们两人,他就悄悄在水下抚摸她的身体,她看到水是美丽的碧绿色,岸边有白色的休息室和墨绿的芭蕉树,就问:"国外的泳池就是这样子吧?"山口停止了抚摸,笑一笑说:"我要带你出去,看看国外的泳池是怎么样的。""当真?""这有什么难的,如果你愿意,今年就可以成行。"

游过泳洗了澡,他们在包房里边吃东西边唱歌,吃的是日本生鱼片，金枪鱼，她不觉得怎么好吃。山口就说，这鱼片不地道，将来你去日本，我请你吃真正的日本生鱼片。然后他问她："喜欢唱歌么？"她说："还行吧。"他就说："好像兴趣也不大似的。你最大的兴趣爱好是什么？"她想了又想，吭吭哧哧地笑着说："大概是时装和化妆吧？"他装作晕倒的样子，吸了口气说："只要你不让我买埃菲尔铁塔就行。"她吃吃地笑，觉得他可真有意思。

他的歌唱得很好。他唱了一首《遥远》，说是在日本时经常在OK厅里唱的，他说卡拉OK的发源地是日本，因为日本男人太累了，所以需要唱歌放松。他说很多日本的蓝领在劳累一天之后都去泡酒吧，唱唱歌，喝杯威士忌，老板娘就送一盘清炒面，有时还有开心果。有时候，生日都在酒吧里过。老板娘会送一个蛋糕，还会让小乐队演奏一首生日快乐。说这些话的时候他的眼光捉摸不定，好像在回忆着什么，又回避着什么。

他再三催促，她才唱了一首《追梦人》，当她唱到"看我看一眼吧莫让红颜守空枕，青春无悔不死永远的爱人"时，他连连点头说是这样，贵国有句诗叫做"人生得意须尽欢，莫使金樽空对月"，说的就是这个道理。然后他又搂住她，吻她，做昨天做的那桩事。接着又赞美她，说她是他见过的最美的女人。她问："难道日本没有美女？"他说，纯种的日本女人实在不能说是好看，好像是因为人种的关系，个个都长着一双萝卜腿，没有脚腕的。只有混血的日本女人很美丽。她说那你母亲一定是混血的日本女人。他瞪大眼睛问她怎么讲，她说，一个萝卜腿的女人肯定生不了你这样一双长腿。他脖子上的血管都暴涨起来，那架势像是要扇她一记大耳光，她真的不明白他为什么要发那么大的火，她不过是跟他开个玩笑。后来时间长了她发现，只能他跟她开玩笑，不能她跟他开，她想这种男人真没劲，要不是看他有钱，早就不跟他玩了。

后来他真的把她带到了日本，那时他才对她说，他有老婆，有孩子，孩子都好大了。他说的一点儿也不出她意料，报纸上常常登这样的故事。但是因为他的缘故她来了日本，这是她所需要的，所以她也没什么抱怨的。他们各得其所。

8

这座城市的派对在20世纪80年代末已经十分火暴了。

金乌的生日派对几乎请来了当时在京的所有熟人。连久没露面的羽也来了，依然是一个人，依然羞怯沉默，默默地坐在一个角落里，半垂着眼睑，她的目光，只看得见各种不同的脚和鞋子，金乌的大房间里，可以容得下很多脚和鞋子在不停地旋转，有一双穿丁字皮鞋的脚，略略有一点儿外八字，穿过许多脚和鞋子向着羽走来。那双早已过了时的丁字皮鞋，歪歪扭扭的让人难受，但是羽并没有抬头。

"羽，你好吗？"

亚丹站在面前。但这只是个"准亚丹"。亚丹的变化实在太大，大到羽的目光不敢在她的脸上停留。亚丹胖而苍老，再不是过去那种很美的婴儿肥，而是中年妇女式的臃肿肥胖了。亚丹的眼睛，因为上眼皮松下来，好像成了三角形，皮肤粗糙，黯淡无华，只有目光还像过去一样明亮。亚丹显然是为了重逢而激动，她拉着羽的手，握得紧紧的，嘴里不停地说："你还是那样，一点儿没变……我呢？羽，我老得不像样了吧？"

亚丹同样的话问过许多人，但是所有的人都在宽慰她："不不不，没怎么变。"可是羽的回答和所有的人都不一样。羽说，你真的变化很大，我都快认不出你了。这一句话把亚丹隐忍着的泪水一下子勾了出来。亚丹哭着说，你真好，羽，还是你对我说实话。

羽的泪水也在眼眶里转动。亚丹哭了一会儿，悄悄递给羽一沓照片，都是亚丹和儿子的。亚丹的儿子羊羊羽还没有见过。羽看见照片上的亚丹露出臃肿的乳房喂奶，心里就抽紧了似的疼痛，她满脑子全是多年以前的那个女孩，摔在炉灰上，手里还攥着一块包子。

羽把亚丹带进金乌卧室的一个小隔断里面，那里没人打扰她们。她们相遇之后便都成了过去的女孩，说着只有她们才了解的话题。说着话，才感觉到亚丹依然是过去的那个亚丹，亚丹虽然老了丑了，可是并没有放弃思想，放弃写作。亚丹说她现在正构思着一部新的小说，小说名字叫做《小凤的故事》，通过一个来大城市闯生活的保姆的视角,讲了一对工薪阶层的年轻夫妻养孩子如何艰难的故事,照例有个光明的尾巴。亚丹绘声绘色地讲着,羽静静地听着。后来羽说,亚丹,你的心还这么年轻。亚丹沉默了一会,亚丹说是啊,女人最糟糕的,就是身体已经老了,可心还年轻。羽说不对,最糟糕的,是身体还年轻,可心已经老了,老得不像样了。亚丹打量了羽一小会儿:"羽,你有朋友了么?""也许,算有吧。""什么话?连我都不能告诉?""没什么保密的。有一个……一个外科医生。我们在一起。""你爱他么?""……不知道。现在我也闹不清,什么是爱。"羽扬起头,平静地看着亚丹。"不过我们在一起,挺好的。""那就快点结婚。"羽笑一笑:"我们永远结不了婚。他有太太,而且,离不了。"亚丹抓住羽的手:"那就离开他。听我的,羽,像这种情况,他就是皇上,也不能沾他。他有太太,有家,可你什么都没有。他进可攻退可守,可你没有退路。""是啊,我也常常觉得,不平等。可是世界上真的有平等吗?"亚丹一怔,是啊,世上好像既不存在平等,更不存在平等的爱。理想爱情的作者一定是被世界遗弃的人,性无能者,鳏夫,或者寡妇。

羽刚刚说完这话外面就起了一阵喧哗,她们共同听到一个熟悉的声音,那个声音在和大家寒暄,听到那个声音羽就觉得飞翔在过去一个熟悉的场景中,那是大雪寒梅中一个触目惊心的景象,细密的血珠,在一个女孩瘦削的背脊上闪烁,一个叫做圆广的青年僧人,光头上全是汗水,眼睛里噙着泪,泪水汗水和血水在那个冬天混淆一处,在大雪寒梅中,留下奇异的印迹。那是历史与时代无法磨灭的印迹,即使在数百年数千年后,它依然存在,并且,无法复制。

那个声音同时唤醒了羽和亚丹。羽惊异地看到,一分钟前还脸色灰暗的亚丹,就像是打了一针肾上腺素似的,整个的人都活转来,她眼睛里的那种表情,让羽一下子回到《铁窗问答》的时代。在那部戏剧里,亚丹像初绽的花朵一样盛开,亚丹盯着走进来的烛龙的眼睛,亮得像星星,烛龙被亚丹那一双眼睛抓住,谁也休想夺走。

从外表看,烛龙似乎没有什么太大的变化。但是羽对他太熟悉了。羽眼里的烛龙的变化,似乎比亚丹还要大。烛龙过去那一双纯正清澈的眼睛,现在已经混浊了,他隐藏得很好,但是一不留神,仍能看出目光背后的一丝痛楚。

烛龙掩藏不住的,一定是痛彻心扉的疼痛。

重逢并没有预期的那么富于戏剧性。亚丹的灿烂也瞬息即逝。大家只是很友好客气地点了一下头,算是打过招呼了。谁也没有装出惊奇或者亲热的样子,那也太难受了。烛龙坐下来便开始滔滔不绝。烛龙的滔滔不绝无疑是一种掩饰。但是烛龙在滔滔不绝中似乎忘记了现实,他的眼睛又亮了。他在谈着一个当时的公众话题。当年的学生领袖烛龙现在正以过来人的眼光看当时的学潮,他说,现在国家有困难,知识分子应当超脱于不满之上,他说:"我不认为学潮对中国当前的问题能起到积极作用。"

羽无论怎样也想不到，烛龙的这句话在几个月后成为一种悖论式的受抨击的对象，他受到来自两个方面的打击，他因为同时得罪了两个方面而无法受到保护。

烛龙说，在非常时期，真正的知识分子应当清醒。应当把沙龙发言、学术思想和政治思想、实践分开。我们讨论前沿专题的时候，往往是头脑风暴法，想到哪儿说哪儿，这样就会有两个问题，一是概念不成熟，术语不准确，没有澄清或者准确界定词语的含义；另一是观点没有经过推敲，提到会上就是为了碰撞、交流，准备修订、完善或者放弃，显然这是学术思想形成的一个阶段，学者不对这个阶段的思想负责，因为它不成熟。但是我们一定要避免用这个阶段的思想去影响别人，我们现在最最要做的，是缓解矛盾，避免恶性事故……

但是烛龙的发言被淹没在一片反对声中。

"烛龙，如果你敢到学校作上述发言，我就服你。"

"我过去是听过你的竞选演说的，真没想到，短短几年，你的棱角就被磨光了！"

"……烛龙，今天我是第一次见你，可是几年前就听到你的名字，人家都说你是'以头撞墙'的青年革命家，现在怎么样，不敢撞了吧？"

一个女中音在众声中格外突出。盛装的金乌这时款款地从楼梯走下来，金乌历来喜欢这种戏剧性效果。金乌一直很想结识烛龙，她想看看被那么多出色的女孩子相中的男人，是怎么样的。

金乌见到了烛龙，就觉得他不过是个平平常常的青年，就连打扮也很传统，真没什么特殊的。金乌真不明白那么傲气的羽怎么会输给他，更不明白追求完美的亚丹怎么会为一个远远谈不到完美的人死去活来。

我们应当注意金乌的这种困惑。这种困惑是极有典型性的——在生活中，我们常常喜欢一类人而排斥另一类人，而被我们排斥的人可能正好被另一类人喜欢。这太正常了。不正常的倒是忽然出现了一个人，被所有的人所喜欢，所接受，无论同性、还是异性，无论年长还是年幼，这样的情况就要引起警惕了。

烛龙笑一笑。烛龙笑起来仍然有一点"圆广"的模样，那种纯正中间隐含的一点儿羞涩，在目光中一闪，竟在刹那之间与羽打了个照面。烛龙的笑容飞逝了。"房间里有蛀虫，我们可以打扫，但是别放火烧房子。'革命'不是好办法。"烛龙说。

烛龙的声音在房子里显得空荡荡的，没有回声，没有反响，孤立无援，恰似空谷绝音。

生日晚宴在临近的一家餐厅举行。大家纷纷向外面走去的时候，羽看见烛龙一动不动地站在黑暗里。亚丹正慢慢地向他走去。羽正好能看见亚丹的脸，羽再次想起那部叫做《铁窗问答》的戏剧。也许亚丹这时产生了一种错觉：这一切都是戏剧，是一部悬念丛生、没有结局的戏剧。亚丹没哭，但那神情让人心碎。亚丹看见了烛龙就想，我爱他，依然爱他，永远都不会变，是的，永远爱他，这没有办法，真的没有办法。

羽听见亚丹低声地说："为什么你一个人来？她呢？我一直想见见她呢。"烛龙不知咕噜了一句什么。亚丹说："……现在我不想说，将来有一天，再告诉你。"羽觉得有一股温热的液体向鼻腔冲去，她感到有些晕眩。羽站起来，走向门口，她打定主意不在这儿吃饭了。

但是她听见脚步声。不管多么轻，她能立即从一群杂沓的声音中辨别出来。她听见烛龙叫她的声音。

"陆羽，为什么不理我？"声音很低，充满了怨怼和委屈。

羽驻步，却没有回头。

"……有很多话想对你说。你现在在哪儿住？我去找你！"

羽依然不回头，不回答。

后面的声音于是也沉默下来。但是她知道他就站在自己的身后，高出一个头，把双手插进自己的衣兜里，低头看着前面的女人那纤细的颈子。

"烛龙，如果你非要我说，我就还说那句话，逃吧，再晚就逃不掉了。"羽头也不回地说完这句话，飞快地走了。羽走进薄暮降临的黄昏，那是一个紫黑色的大舞台，空寂无人，没有车辆，没有行人，没有建筑，没有人为的一切，羽向着那个空寂无人的舞台越走越深，义无反顾，有一种巨大的悲怆在心中涌动。就在那时，好像是另一个世界的声音在她耳畔响起："逃吧，你也要逃，不然，就逃不掉了。"羽惶然四顾，周围没有一个人。

她突然反应过来，那是耳语！是童年时就一直伴随着她的、久违了的耳语，她的神谕，原来还与她同在。

她看见黄昏的一束光，渐渐在地平线那里消失了。

9

金乌看见了那个烛龙就想，真是情人眼里出西施。更确切地说，是情人眼里出潘安。

她的"潘安"却远在M国。多年以前，他离开了正在学习的学校，他回国了。意识形态把他们隔离开。但是这么多年过去之后，他来信了。他没有忘记她，更没忘记她的嘱托。他在一个叫做AIAN的西部小城市里，找到了她母亲的蛛丝马迹。

她按照他的描述想象着那座西部小城的样子：在白雪茫茫中，有几幢童话般的小房子。有很多在国内没见过的花朵，在雪地里盛开着。那些花朵色彩都十分单纯，红的鲜红，黄的明黄，绿的翠绿，空气清冽而甘醇，因为没有风，那寒气也不像北方的冬天那么不可忍受，白雪皑皑的季节，可以穿一双红色的木拖鞋，在雪地里走，溅不上一丝灰星。后来，当她真正到了M国之后，印证了她的想象是完全正确的。

迈克说，在那座小城镇里，人们传说有一位华裔老太太，丈夫死后从不出门，只有她的近邻见过她的模样，也不过是几分钟的时间到对门的比萨饼店买一小桶纸包装牛奶，再加一块不含油的布丁。据说,她丈夫在二战期间的名字就叫做大卫·史密斯。

签证办得很顺利。那天上午最后一个叫到她的名字。她来到3号窗口,都说3号窗口的老太太难缠,可她对她似乎很客气。在例行问话之后,老太太突然微微一笑:"看来你没有任何理由需要回国。"她一怔,立即觉出这是个陷阱,遂答道:"我当然要回国。中国有我的一切。我在中国做了二十年明星,可在M国,我什么都不是。"听完这句话老太太的脸上就阳光灿烂,外国人还是简单,他们太相信语言、太相信表达了。

接下来的事情就是准备出国。在诸多事情中,最要紧的就是找到羽。她不能不见羽一面就走。她帮羽找了一家织手工毛衣的小厂,无论如何比装卸工要好得多。但是金乌几乎找遍了所有的角落都没能找到她。她一定是又跟那个"烛龙"跑了,一定是的,她一见到他就犯糊涂。

10

对于若木来说,20世纪80年代末最大的事情莫过于交通大学建校一百周年的庆典了。很多当年的同学都要回来参加庆祝活动,香港的,台湾的,最让她兴奋的,是邵芬妮也要回来,和她的先生吴天行一起回来。吴天行,过去也是管(2)的同学,一个不起眼的小个子,在班里默默无闻的,却凭了他的温存和执著,竟然独占了花魁。

若木把邵芬妮那封简短的信看了又看，然后，念给玄溟和陆尘听。玄溟已经是99岁的老人，头脑依然很清楚。邵芬妮的信让玄溟觉得恍同隔世。老太太想起在乔家坳炒月饼馅子的往事，为了女儿的婚事她用心良苦，但是结果却并不那么美好。

邵芬妮夫妇来京的那一天是6月2日，儿童节的第2天。陆家的三位老人都在家里等着，门铃一响，若木第一个走到门口，和邵芬妮拥抱在一起。四十几年了，昔日的美人已经成了地道的老太太，但是依然显得优雅：湖水色的夹绸旗袍外罩一件本色剔花马甲，头发已经完全白了，蓬蓬松松地环抱着那张曾经美丽的脸，脸上多了一副精致的玳瑁镜，依然是一口地道的吴侬软语，讲了两三句话就转向玄溟，只叫了一声"伯母"就哽住了——几个人的泪水都涌出来，连陆尘也是泪水滂沱。

芬妮带来许许多多的礼物，依然一副歉疚的样子，好像欠了陆家许多。落座吃茶的时候，芬妮含泪对玄溟说："伯母，四十几年了，一直想着您老人家的月饼馅儿，那一次若不是你老人家和若木姐，我那个身体怕是过不了30岁的。可现在，我们都是70岁的人了，你老人家明年就是百岁高龄了，还这么健康，真真是积德行善修来的呀……"说着，大家又欷歔不已，唯若木听了这话，沉吟不语，想着当初叫那个比利时大夫为芬妮看病，分明是另有用意，但却歪打正着，救了芬妮一命，而自己跟陆尘结婚，夫妻吵嘴吵了40年，并没有什么幸福可言，可见冥冥之中，报应不爽。这么想着，心里便郁郁的，因此扯开话题说："只是不知道湘怡姐的消息。"一听湘怡的名字,芬妮便哽咽起来,吴天行在一旁抢着说:"湘怡姐患糖尿病,已于前年去世了。"听了这话别人还可,玄溟的老泪直流下来,口里说:"湘怡那孩子,和我最对心思,只说这次能见到她,没想到,她倒走到前头去了。"陆尘看看芬妮又要落泪,岔开话题说:"孟静倒是好好的,就住在隔壁,已经当了外婆了——小外孙子很好玩的。已经通知了她,晚饭过来一起吃。"芬妮这才开颜一笑:"她是班里最年轻的,如今也当外婆了,可见我们都老成了什么样!"话题自然又转到孩子身上,知道芬妮家的第三辈人也都不少了,有两个孙子一个孙女,四个外孙女,兴兴旺旺的一大家人。若木也拿来自己家的相册指给芬妮看:"这是陆绫,现在在外地教书,陆箫,考上硕士生了,陆羽,还在给人家做临时工,家里最让人操心的,就是她……这是我的外孙女,老大的女儿,现在在上高中呢……"一语未了,正好韵儿推门进来,艳装靓服,让人眼前一亮,见了芬妮天行,很乖巧地叫一声爷爷奶奶,芬妮喜欢得拉着她的手说:"好孩子,这么漂亮,把我那几个孙子孙女都比下去了!在哪个学校念书?"韵儿怔了一怔,连忙回答:"就在附近的外院附中……奶奶是从香港来的?香港有意思吗?"芬妮笑了,急忙把一大包礼物塞给她,芬妮说香港好不好,将来你去看看就知道了,到奶奶那去,愿意住多久就住多久。韵儿听了,拿着礼物,欢天喜地走了。

到了晚饭时候,越发热闹起来,先是箫和宁,然后又是孟静夫妇来了。孟静抓了芬妮的手,两人哭了又笑,笑了又哭,芬妮问:"女儿和外孙子怎么没来?"孟静说:"说好了来的,谁知道呢,你不知道我这个女儿,让我操多大的心!"于是大家上桌,箫做的菜,陆尘和宁打下手,先端出8个凉菜,都是最家常的,有芥末鸭掌、煮青豆、花生米、炝黄瓜、白斩鸡、小葱拌豆腐、蒜泥白肉、夫妻肺片,芬妮一样尝了一口,说:"个个都好,很像当年伯母的手艺。我还记着当年伯母做的鸭子汤,总和天行说什么时候再尝一口才好!"大家都笑,若木说:"就知道你馋鸭汤喝,陆尘已经预备下了,只不知道有没有姆妈做得好吃。"

绫是在上热菜的时候走进家门的。绫显得憔悴而难看,绫的样子把大家都吓了一跳。但是绫却装出快乐的样子。那种强装的快乐让人觉得非常难受。天行惊讶地看着绫:"这就是那个用产钳夹出来的孩子?"芬妮急忙用手肘碰他,玄溟说:"事情过去多少年了,说说也不妨事的。那时候她妈三天三夜生不下她,只有出的气,没有进的气,都说是不行了,是我拉着她外公到观音庙还愿,磕了两百个响头,把额角都磕破了,观音还真的显灵了,那个比利时大夫还记得吧,已经回国了的,忽然又返回来了,亲自接生,用产钳把孩子弄出来了,这些事,不能不信的。"若木瞟了母亲一眼:"又成了你的功劳了?孩子是你磕头磕出来的?"幸好玄溟的耳朵已经聋了八成,并不曾听见,自顾自地说下去:"可是我后来没有还愿,观音菩萨她老人家生了气，就把我那个小外孙子收走啦……可怜那孩子还不到1岁……"一语未了，若木把自己筷子一放，扭头就回了房间。陆尘可怜巴巴地看着芬妮："你看见了，我们这个家几十年如一日，老节目了，让谁受得了？！"芬妮留又不是，走又不是，只好劝道："谁家都是一样。家家都有一本难念的经。"两人对视了一下，都把头低了，似乎同时想起来过去的事情。陆尘看着白发苍苍的芬妮想，世上的事情原是可以这样，又可以那样的，年轻时候还是幼稚，总想着这辈子要是不跟芬妮结婚，就当和尚，可实际上呢，娶了谁嫁了谁不是一样过，怎么样过不是一辈子呢，想到这里，心也寒了，止不住就长长地叹了口气，心里有块垒似的东西在郁积着，动一下，就隐隐地痛。

芬妮第一眼看到陆尘的时候几乎没认出他来。芬妮想，假如在大街上遇见，肯定会擦肩而过的。当年那么风度翩翩的陆尘成了个干瘦的老头儿，他那么瘦，就像是身体有什么病，而且，他好像已经不会笑了，就是笑，也像是苦笑，那种笑让人心疼。芬妮真的无法想象陆尘这些年的生活，但是她猜得出来，像他这么清高自负的人，是绝对不会有什么好日子过的。社会和家庭双面的夹击把他压瘪了，所以他才这么瘦。

孟静就把芬妮拉到一边，低声说："你不晓得的，这是若木姐的一块心病，她40岁那年本来生了一个儿子，可后来死了，是非正常死亡。""怎么讲？""是被人闷死的！""什么？是谁？""若木姐的小女儿陆羽。那丫头从小就怪得很。这么大了也不嫁人，连个正式工作都没有，一天到晚拉着我那个傻丫头，作古作怪的，早晚要弄出事情来！"芬妮细细一想，越发觉得吃惊："要死啦，怎么能把自己的亲弟弟弄死呢？""一点儿都不错，是老太太亲口告诉我的，把若木姐气了个死！她们母女到现在都不说话呢！"

芬妮天行说好说歹地把若木劝了出来，若木鼻涕一把泪一把地说："你们都看见了，我在这个家，算个什么东西，谁想唠叨就唠叨一顿，她老人家都99岁了，嘴上还这么硬朗，早晚要把我们先妨死，然后她才病老归西呢！"芬妮听着这话不像回事，急忙岔过去了，幸好玄溟不曾听见。于是芬妮天行起身告辞，就在这时，羽回来了。

羽是最后一个回家的。羽又有很长时间没有回家了。她是接到父亲的信才回来的。父亲说，羽，2号你一定要回来，你邵阿姨和吴叔叔从香港来参加校庆，他们都是爸爸四十多年的老朋友了，你一定要回来见一见……羽从小就听过关于邵芬妮的陈年故事，对于父亲当年的这位老情人充满了好奇。羽回来了，仍像平时一样穿着破破烂烂的衣裳，不修边幅的样子，她一眼就看见那个白发苍苍的老太太，她和她想象的邵芬妮太不一样了，很难想象那张脸曾经美丽过，女人没有爱，就会失去美丽的，羽想。可是世界上真正能够遭遇爱情的，又有几人呢？

芬妮是个率真的人，不会装假的。听了羽的故事后再见到羽，脸上的表情就不那么自然，芬妮脸上僵硬恐惧的表情立即传染给了羽,羽想,她们已经说过我了,她们已经把陈年旧事告诉给她了——多少年了,每每羽这样想起的时候,就有一种自暴自弃的颓丧。把脸弄脏!把脸弄脏!羽的兴奋立即滑落成了一种对抗,她不再显出对邵芬妮的丝毫兴趣,而是把脸转过去,和箫聊天。芬妮在最初的讶异过去之后,暗想这个女孩真是奇怪啊,这样斯斯文文的一个女孩,怎么会干出那种凶残的事呢?一定是搞错了,搞错了!可是在那个女孩眼里,分明有一种强硬的、和她的年龄阅历完全不符的神情,是天生就有的,还是故意装出来的?

芬妮害怕冷场,急忙说:"三个姑娘,一个比一个漂亮,二女婿也很气派,不知大女婿在哪里工作?怎么没一起回来呢?"

听了芬妮的话,大家才想起,绫有好长时间没吭声了。绫不停地吃着,似乎想用食物使自己内心安定下来。绫已经塌陷的蜡黄的腮帮随着咀嚼而伸缩着,好像已经失去了弹性。绫抬起头怔怔地看着,好像对于芬妮的问话半天都没反应过来。

"真的呢,王中怎么没来?是工作忙?"若木似乎已有了不祥的预感,于是急忙给绫递话。

但是绫过去的伶俐好像都离她而去,绫看着芬妮呆呆地说:"我们离婚了。"

陆尘像是没听懂她的话:"你说什么?!"

"我——们——离——婚——了!"绫忽然大声地吼叫起来,然后是一阵突如其来的号哭。

饭桌上的人都变成了蜡像，僵住了。良久，韵儿尖叫的声音直冲天花板："你们快看啊，看太姥姥怎么了？！"

玄溟歪在了那里，有一丝涎水从嘴角流出来。

11

在那个春末夏初的时节，是羊羊把亚丹给救了。

多少年之后亚丹的母亲还说，羊羊是他们家的福星，要是没有羊羊，亚丹早完了。

那年的六一儿童节，幼儿园老师通知所有的家长，把孩子接走。当时的那场风潮，已经风起云涌。亚丹接回了羊羊就被羊羊看得牢牢的，哪也不准去，只有邵阿姨来的那个晚上她出去了一趟。出乎她的意料之外，与十多年前的那个寒冷的4月，并不一样。那个4月，隐忍、悲怆、却又明亮、单纯，那时的眼泪，是单纯的眼泪，可现在，已经多了很多复杂的成分。

她再也没法忘记，过门儿的那一天，她走进京郊那个小院儿，空气里软软地泄出腐败的味儿，院子里满都是黏糊糊的长丝，每根丝上都挂着四五个虫子，也有蛹，硬邦邦的有小枣核那么大。有两条老丝瓜沉甸甸地一直垂到地面，那丝瓜已经老得不能再老了，整条瓜蔓和黑褐色的皮都脆裂得像是一触即溃，里面露出些灰乎乎的干瓢子，被灰尘和蛛网裹着，使它们不至于坠落。她小心翼翼地走在阿全后边，躲过一条条倒挂的虫子。后来她捅破了一个蛹，里面流出一股姜黄色的液体，她急忙把手放在树干上抹抹，却抹出一手密密麻麻的小黑虫。

家里陈设都很旧，所有的家具都像生了层锈似的。地板灰乎乎一片，看不出原来的色儿。只有床是新的，喜气洋洋地闪着大红大绿。婆婆一阵儿风似的迎出来。婆婆的眼睛又小又亮，三角形地隐没在混混沌沌的两团黑晕中，鼻子嘴巴都是惊人地大，鼻子旁边有一颗挺大的肉疣，一笑，两个颧骨上的肉便挤出，露出两排坚实的三角形牙齿。她注意到婆婆的胸平得可疑，于是她急忙弓了背，把自己那高耸的胸脯收起来。公公高大健壮，脸上的血像是特别多，连脑门儿都是绛红的，公公很喜欢清嗓子，每说一句话就咳一声，然后中气很足地咳出一口白痰。东屋里还有一位老太太，足有90岁了，是婆婆的妈。婆婆让她叫她太婆。

那间屋子光线很暗，挂着厚厚的窗帘，她闻见一股捂馊了的酸白菜的味儿，她看见太婆床上的被子摊着，露出半只热水袋，蒸腾着热气。太婆正从一只结着厚厚油垢的老式沙锅里舀肘子吃。和煦的一道光射进来，照见无数小飞虫，灰尘似的落下。沙锅里炖着一只极大的肘子，肥厚的白油闷住下面的白汤。太婆瘪着嘴，一点一点地抿着那稀烂的美味，每抿一下，铁青色的牙床就变成了酱紫色，肥浓的汤汁顺着牙巴骨淌下来，在她的脚边汇成了一个油汪汪的小湖泊，许多虫子都在舔那汤汁，那些虫子肥得再也飞不动啦。太婆响亮地咂吧着嘴，同时放着一个个怒气冲冲的屁。

她忍不住恶心，去踩那些虫子，却被太婆推了一把。

"它又没有冒犯你，你为啥要灭它？造孽哟！……"

太婆和婆婆长得很像。都是小小的三角眼，大大的三角脸，想必原先还生着同样的三角形牙齿，但现在只剩了两排光秃秃的牙床，翕动时挺像一盘石碾子，就连衣裳也相像，婆婆穿着件宽宽大大的黑毛衣，太婆穿了件同样宽松的黑大襟褂子。她不明白她们为什么这么偏爱黑色，特别是今天这喜日子。

她美丽的彩格毛衣上留下了五个油指印。

当晚，她和阿全睡得很迟。她觉得自己一夜也没睡踏实，好像刚刚打了个盹，便恍惚觉得，有一只啄木鸟在笃笃地敲着一棵老树，一下，又一下，她堵起耳朵，自己也不明白到底是睡着还是醒着，终于啄木鸟的声音渐大，大到像敲定音鼓，老树发出腐朽的空空声，那声音漫入脑髓，刺激得她的耳朵如同触角般竖起来。天色还暗，可那疯狂的声音的确存在，并且房门已经在摇晃了。

"阿全，开门哪！"

终于听出是婆婆的声音！她和阿全疯了似的穿衣裳。阿全强睁着眼去开门，竟忘了她还没来得及穿外衣，大门洞开，她的两只手像忽然脱了臼似的，怎么也系不上扣子了。只感到婆婆的目光一闪，尖刀似的在她只穿内衣的胸脯上狠狠划了一道。

"都几点了，还不起床？太婆要等着孙媳妇做早饭哩！"婆婆的面色像是打了蜡，眼皮沉甸甸地耷拉下来，小小的三角眼里凝结着一种刻骨铭心的仇恨。公公的笑意也不见了，一口口地吐着白痰。太婆灰着脸坐在里屋，不耐烦地敲着饭碗，谁也没看她，但她感觉到了他们的目光，在这扇洞开的大门前，她觉得自己被撕剥得一丝不挂，她必须要在这刻毒的目光下穿好衣裳，可她觉得，自己身上正在结着厚厚的一层痂，变成壳，她想起院子里倒挂着的那些虫蛹，惊惶起来。

"按照我们家乡的风俗，过门儿第二天就是新媳妇了，不能总像做客似的哩！"吃罢早饭，三位老人呈品字形排列坐在饭桌旁，另一面是墙，婆婆拿出两个红纸包，给他们一人一个，"好啦，这也是图个吉利，从今天起你就是我们家的人啦，这可是定钱，明年我们是要抱孙子的，记住了？"

那时，三个老人还不知道她有孩子。

应当感谢阿全，在孩子问题上他千方百计地替她打掩护，直到最后再也没有退路了，阿全横下一条心对家里人说了话，阿全说经检查他有病不能生孩子，这消息如晴天霹雳把三个老人都震晕了——阿全是三代单传的独子。阿全一看效果达到了，就把漂亮聪明的羊羊领了去。老人们这才知道独子娶了个二婚头，可生米煮成熟饭，孙子虽不是自己嫡亲的，到底比没有孙子强，也就只好忍了。

她是在母亲来了第五个电话之后才决定回家的。那是两天以后的早晨。她简单吃了早点，把羊羊打扮得漂漂亮亮的，放在自行车后座上，刚上了马路她便觉得有点什么不对劲儿的地方，昨天还很热闹的街市一下子冷清了。骑到环线路口的时候,有一辆被烧毁的车,正仰躺着,绝望地看着铅灰色的天空,冒出一缕缕焦灼的烟。羊羊伸出小手问:"妈妈,大汽车怎么了?"

她没有回答,她觉得全身的血忽然涌了上来,冲撞得她心口一阵阵疼痛。

12

那一天的天空布满了灰色的阴霾。空气是凝固的,窒息的,空气里充满了动荡不安的元素。

亚丹的自行车刚进了交大大院,便有熟人跑过来,看着羊羊说:"这是什么时候了?你怎么还敢把孩子带出来?!"亚丹怔怔的,对"这是什么时候了"这句话一时没反应过来,但是熟人惊恐的表情感染了她,她惶惶不安地想,出事了,出大事了。然后她立即想到了烛龙。

烛龙!天呐,烛龙他在哪儿?!

再不是那个四月的广场,再不能在寒冷而又温暖的雨中,在心里唱着婚礼进行曲,走向庄严神圣的祭坛。

芬妮惊奇漂亮的孟静生了如此丑陋的女儿,更惊奇她脸上那种让人心碎的表情。

芬妮天行买了6号的机票,但是一切交通工具都停止了运行,连机场大巴也不能保证正点到达。亚丹借来了一辆平板三轮，和箫一起，轮换着，把芬妮夫妇送到了机场。沿途的街道一片狼藉，箫不断地惊叹着，但是亚丹什么也没看见，她在想着烛龙，想着羽。他们曾经如同蜕变一般挣脱胎衣，从一个时代降生到另一个时代，原想乘着同一只诺亚方舟来抗拒外部的滔滔洪水，但是他们还是离散了，被各自的命运打散了。

芬妮走入绿色通道之前，神情黯然地拉着箫和亚丹的手："我来的不是时候，给你们和你们的父母都添麻烦了。四十几年第一次回来，没想到……"亚丹再也忍不住泪水："对不起，邵阿姨，对不起。其实我们一直很好，真的，这次真是意外……""我知道，亚丹，"芬妮爱怜地抚了一下亚丹的头发，她惊奇这个丑姑娘在哭或者笑的时候便会突然焕发出一种神采，那种神采告诉她，这个姑娘原来曾经很美。"一切都会好起来的，等我下次来的时候，一定会好得多……谢谢你们这么艰难把我送到机场，如果需要我帮忙就打个电话，邵阿姨这些年，好歹攒了几个钱……"芬妮说不下去了，她拉着两个姑娘的手，哽咽失声。芬妮已是70岁的老人了，再回来谈何容易？这一点，两个姑娘岂有不知道的，只是谁也不愿说破，都在为这次芬妮的大陆之行感到惋惜罢了。

芬妮夫妇的身影，渐渐消失在绿色通道的尽头了。亚丹忽然想起，应当立即找到烛龙，然后想办法把他送到邵阿姨那里，邵阿姨那里现在是最理想的停泊地。可是，怎么才能找到他？那个浪迹天涯、不顾生死的人，婚姻并没能改造他，想到这个亚丹心里就有了一丝安慰,他的婚姻到底是怎样的,他守口如瓶,谁也不知道,但是,在所有社交的场合,他从来都是天马行空、独往独来,他永远给人以独行侠式的印象,却是不争的事实。

那一天的机场只有寥若晨星的几个人,所以,所有的熟人和朋友都注定相遇。在机场大厅里,神情恍惚的亚丹和箫意外地见到了泰然自若的金乌,金乌穿着她最喜欢的那件红衣裳,对着她们微笑。

"你也送人来了?"箫问。

"不,我是被人送。"

"什么?"

"难道你们俩只送芬妮不送我?"

"你也要走?"

"别那么眼睛瞪得跟包子似的!我怎么就不能出国?"

"是怎么办的?到哪国?"

"去M国,探亲访友。是我过去的一个M国朋友帮我办的。"

"你就这么不声不响地走了?"

"难道让我敲着锣打着鼓走?"

"我是说,你没跟任何人告别。"

"现在不是在跟你们告别吗?我的飞机是晚上的,知道你们下午送人,所以就早一点儿来了。"

箫和亚丹面面相觑,亚丹说:"难道你连羽也没告诉?"

金乌这才变了脸色:"这孩子整整一个星期没回来了,给厂子里打电话,也说没见到,你们若见了她,告诉她我已经走了,到了那儿,我会跟她联系的。"

金乌像13年前一样再度消失。但是这次金乌不是从一座小城市逃往一座大城市,而是从世界的一座城市逃往另一座城市。

当天晚上,陆尘全家人都围在玄溟的床边。出诊的大夫说,老太太是脑血栓,99岁了,没必要往医院送了,准备后事吧。但是在钟响12点的时候,玄溟忽然睁开了眼。玄溟清清爽爽地说:"告诉你们,昨晚响了一夜的不是鞭炮,是枪声。"大家听了这话都傻了,然后玄溟说,把我妆老的衣裳给我穿上。若木哽咽着说:"她老人家要就给她吧,冲一冲也好。"妆老的衣裳是玄溟的家乡话,意思是寿衣。玄溟穿了蓝缎子嵌银丝的寿衣,坐在藤椅上,又清醒又气派,大家都说,这下好了,老太太怎么也能活过100岁。玄溟把一串钥匙递给绫,命她把灯拿出来,她要穿灯。然后,就在昏黄的光线下,玄溟老太太一生最后一次把那盏灯穿好了。严格地按照密码程序,把那无数精美的水晶花瓣,穿成了一盏灯。她整整用了两个半小时,穿上最后一个花瓣的时候,已经是深夜2点了。玄溟穿灯的手在昏黄的光线下越来越苍白,软弱无力,就像抬不起来似的。最后,那双手变得像白纸剪的一样薄,飘来飘去,摇摇欲坠。玄溟最后一句话说的是:"把它交给亚丹的儿子羊羊,他说不定真是天成的亲骨肉。"玄溟说这话的时候已经没有力气,因此声音很弱,喉咙里还有咕噜噜的痰音。说完这话她的头一歪,就去了。

陆家的大小女眷们一起号哭起来。老人平生积攒了那么多珠宝，却并没有为她们分配，反而把最贵重的一件珍宝留给外人，这简直是陆家人的耻辱，所以若木和绫都说，她们没听清玄溟最后那句话，只有箫说，外婆好像说的是把灯交给羊羊。箫说完这话陆尘就重重地叹了口气。若木厉声说箫这孩子真是糊涂了，外婆平生最烦的是孟静，怎么会把这么贵重的东西交给孟静的孙子呢？一定是你听错了！箫便不再说什么，忙着帮母亲为外婆擦身子，然后打电话给殡仪馆。

韵儿揉着眼睛起来撒尿，呆呆地看着太姥姥，瘪着嘴哭了，她想，她对不起太姥姥，她找了个太姥姥生平最恨的日本人，太姥姥要是知道了，绝对饶不了她的。

13

玄溟去世的时候羽和烛龙在一起，在西覃山金阕寺的内殿里。

羽在一支支地点香，点到第九支的时候，香忽然灭了。羽说，我们家出事了。我的外婆死了。

烛龙半信半疑地看着她。烛龙问，难道你的感应没出过差错。羽歪着头想一想说，好像还没有。

前一天的清晨，当他们坐了整整一夜火车，逃离那座大城市，来到西覃山的时候，烛龙神色诧异。烛龙的确记得多年以前做过的那个梦。在那个梦中,他成了一个僧人,别人都叫他圆广,在一个大雪寒梅的冬日清晨,他为一位叫做法严的法师做助手,为一个年轻的女孩文身。西覃山的确与他梦中相似,不过,没有大雪也没有梅花。梦中那个巨大的伽蓝金阕寺,也显得陈旧不堪、土头土脑。但他的确在梦中来过这地方,的确在这里出过家,并且被人唤作圆广——这一切,简直太神奇了。

羽更是兴奋不已。羽不断地说,就是这儿,就是这儿,金阕寺还在!然后羽就拉着烛龙走进正殿,殿里正在做佛事的僧人们一见烛龙,都惊奇地站了起来:"圆广师,你回来了?"

羽的经历得到了老方丈的证实。老方丈说,法严大师圆寂于1969年秋天,享年139岁,他一生所做的最后一件事,就是给一个女孩子文身。法严说,那是他做得最美的文身。他做完了这件事之后就走进禅堂不再出来。法严大师圆寂之后,他的亲传弟子圆广也离开了山门。老方丈看了一眼烛龙说:"这位施主的确很像圆广。"羽急忙说:"您就把他当做圆广吧,他也要出家,请您亲自为他剃度。"烛龙愠怒地看了羽一眼,他还是第一次生羽的气,他忍着气说,还是先住下吧,住下再说。

他们选择了法严大师圆寂的那个禅堂。他们昨天还置身在那个人声鼎沸的广场,而一天之隔,简直恍同隔世。烛龙在把所有的朋友安顿好之后,才在深夜离开了那座火光熊熊的城市。一路上,他带着一种姑息听从着羽的安排,但是他想,那个存在于羽的头脑中的金阕寺,一定是不存在的。

但是他们找到了。不但找到了西罩山金阕寺，还找到了法严大师圆寂的禅堂。在这座尘封的禅堂里，烛龙细细找寻着法严大师的痕迹，老方丈说，法严大师圆寂时呈卧佛状。烛龙从心里钦佩大师的品格，却深知自己无法做"圆广"。他只能是烛龙，远古的火神。在这样的暗夜里，他只想烧尽自己，烧尽自己也许能为前方的路带来一丝光亮。他膨胀的血在这清冷的禅堂里慢慢冷却了，他想，所有的人都躲起来了，但是必须有一个人，这个人要站出来，为刚刚发生的事件承担责任。不然，那可怕的后果将会蔓延下去，没有止境。

羽跪在法严大师圆寂的禅床前，再次点燃香火。羽在心里默默地祈祷：大师，保佑烛龙吧，不管他做没做过您的弟子，他是个好人，保佑他躲过这一劫吧。羽刚刚说完，就有一阵风突然刮起，吹灭了所有的香火。羽惊呆了，羽站起来说我们走吧，兆头不好呢。

但是烛龙不肯。烛龙说明天吧，明天再走也不迟。

羽轻轻叹了一声就在烛龙的身旁坐下来。烛龙把她揽进怀里，烛龙的眼睛里忽然划过一丝笑意：那个梦我记起来了。我走进偏殿的时候，正好有一束黄昏的光线从廊檐下斜斜地照过来，我看到一个瘦瘦的女孩，女孩在黄昏的光线下模糊不清，好像有冰雪融化的液体慢慢从她的前额滴落下来。

那个女孩，就是你。

羽说，烛龙，谢谢你还记得。当时，有一根犀利的针从遥远的地方刺向我的肌肤。第一滴血，因为太浓艳而成了黑色。

烛龙说他记得，那个瘦弱的女孩，自始至终没有叫喊一声。她的隐忍极大地刺激了他心深处的什么，他想用那根犀利的针，来试探她的身体是否真实。

羽说当时法严用棉花轻轻蘸干她背脊上的血珠，声音既威严又温和："姑娘，我知道你很痛，现在你全身的皮肤都绷得太紧，我无法继续做了，只有一个办法可以使你松弛，让这个年轻人帮助你吧，只有他的参与，才能让你得到世界上最美丽的文身。"

烛龙说是的，我知道自己无法违抗法严，我别无选择。

我真的没想到你会流那么多的血，我觉得自己已经轻得不能再轻了。

法严的精雕细刻持续了整整两个小时。这是我生命中最痛苦的两个小时。我的汗和你的血溶在一起，我心里在流泪。

你心里的泪并没有能瞒过我，羽说。我从一开始就发现，你是有来历的，于是我才接受了你。

烛龙说，后来我也接过师傅的工具，跃跃欲试地想做点什么，但又无从下手。你转身平静地看着我，指指胸前："来吧，留一点儿纪念。"当时天色已经全黑了，月光照射进来。我用一生中最专注的30分钟，在你的胸前精心刺成了两朵梅花。

羽的泪水已经在眼眶里转悠：你真的想起来了烛龙，你全都想起来了，你每刺一针，都有汗水从我身上流下来，把渗出的新鲜血珠冲洗干净。在全部完成的时候，你瘫在地上，叹了一口气说"我是永远追不上大师的了"。

烛龙的神情反而越来越从容："后来法严慢慢地说了一句话，他说'这是我一生中做得最美的文身，也是这个世界的奇迹和珍品。以后我永远不会再做了。姑娘，你走吧，走得越远越好，永远不要让我再见到你'。"

两个人默默地在黑暗里拥抱在一起。这个尘封的旧禅房使他们充满激情。现在已经没有血也没有泪了，一切都干干净净从容不迫。带着一点枯澹的美，洗尽铅华，弃绝色彩，完全是一种生命的意志。再没有比这种感觉更好的了。

烛龙轻轻抚摸着羽，羽的皮肤依然是陶器一般的光滑、冰凉，那两粒小小的梅花正在慢慢变成暗青色。这个奇妙的女孩成了女人，在一个平庸的世界里，她真的能这么奇妙下去吗？他让她有些僵硬的身体在他的双手中复活，他触碰到那两朵小梅花，她剧烈地抖动了一下，这种过于强烈的反应把他吓了一跳，却挑起了他更强烈的欲望，他开始捏羽的乳头，暗青色的梅花捏成了深红色，像是马上要挤出鲜血来似的。看到羽半是痛苦半是陶醉地甩动那一头长发，烛龙感到一种前所未有的真实，而羽，似乎比他还要疯狂，她像条鱼一样在他身旁游动，一开始那种僵硬的感觉慢慢消失了，消失之后羽就感到了自己身体的存在，原来被冰冻多年的身体依然是真实的，它疯狂地需要另一个身体的交合，她觉得自己全身的汁液潮水般地涌了出来，那是解冻后的春潮，不可抵挡。

但是突然，他在一个关键的步骤上停了下来，他脑门儿上的青筋暴烈地跳动，他抱着双膝，把头深埋在双腿中间。"羽，原谅我，不行。"

羽从晕眩中一下子清醒："什么？你说什么？"

烛龙再不说一句话，他像一头被围猎的野兽一样低低地吼了起来，那天夜里，金阕寺所有的僧人都听见禅房里压抑着的野兽的吼声。

快到天亮，羽才迷迷糊糊地睡着，睡得很沉。

羽是被射进来的太阳光耀醒的，她揉着眼睛坐起来，发现烛龙已经不见了。她惶惶不安地转了一会儿，然后看到烛龙留下的一张纸条："羽，我走了。不管怎样，我想应当有人出来承担责任。别找我，后会有期。"羽看到自己的双手慢慢变得苍白，所有的脉管都在跳，越跳越快。羽茫然地搜索着，想找出一点点证物，仅仅是想证明，昨晚的一切是不是真的发生？后来羽真的发现了一点儿东西，就在烛龙躺过的地方，显然是他不小心从衣兜里掉出来的，那是个小瓶子，好像是什么药，羽打开了，里面还塞着一小团纸。

烛龙：

对不起，都是我不好，把这种病传染给了你，托小弟把这瓶药带给你，望你按时吃药，早日恢复健康。

妻：小桃

5.20

羽把这张条子反复看了3遍,每看一遍都觉得有一把三棱刀在剐着自己的胸口。为了抑制疼痛她把身体蜷缩起来。她用双手拔着自己的头发,可奇怪的是眼眶烧得滚烫,却流不出一滴泪水来。

羽迎着大风奔跑。在西覃山上,太阳光直射下来,耀得人眼痛。羽就是在风和太阳下发现那片碑林的。那片碑林,好像是一夜之间出现的。那是漫山遍野的碑林。所有的石碑都是灰色的,像是布满阴霾的天空。羽注意到所有的碑上都没有碑文,没有名字。

漫山遍野一望无际的无字碑!

多少年之后羽回忆起来,依然心悸。

那是羽心中的碑林。

第十一章 普度

1

5年以后羽做了一个梦。梦见天上的星星结成了一张网，在漆黑的夜空里，有一只骨殖刻成的小船正在漆黑的深海里颠簸。有一个穿使徒服装的人坐在那只船里，手里捧着一颗头颅。

羽按照那个梦境的提示作了一幅画，M国人迈克说，画的名字应当叫"普度"。外婆玄溟生前说过，"普度"是佛教中的一个词。

羽想，"普度"真是个值得注意的词，它被东西方的宗教文化共同接受和认同。

后来，她把那颗头颅的脸画成了烛龙，而把那个穿使徒服装的画成了自己。

2

羽自东向西飞行，恍惚觉得飞机的翅膀长在她身上。是的她是一只笨拙的大鸟，笨拙而又无奈地跨过那座著名的大洋，在被白云吞噬的深紫色天空上，划出一道巨大的圆弧。

有风吹来，在风中她已经感受到他的体温。她知道，离他越来越近，越来越近了。

四月的W城呈现着一种灰雾蒙蒙的调子。很像一幅19世纪的英国水彩。有一种淡淡的贵族气息。淡粉的樱花和谐地融入灰色。只有上帝的调色板才能调出那种如梦如幻的颜色。那是梦，但绝不飘浮。它是真实而沉潜的，它是经历了百孔千疮而无法缝合的梦，它预示着一种枯澹之美。就像一个曾经很美的老女人，饱经摧残却又强打精神，就是最高级的化妆品，也只能使这张脸焕发瞬间的明媚。那是一种高级的美。那美甚至包括了疲惫。一个疲惫的曾经陷落的世界这时又伫立起来。在一场大劫后重新找到了痕迹——那些有形和无形的痕迹，这时深埋地下，姿态迥异。

她忍不住跪下来，吻那痕迹。她轻轻地吻，很怕它会渗出鲜血。像果汁一样新鲜而澎湃的血液，在夜空里，它曾经绽出鲜艳夺目的花朵。

他说，Union Station。他说，明晚七点，Union Station。

她拿着话筒不知说什么才好。他的声音整整隔绝了5年，可她心里却注满了他的回声。那回声在一片碑林里转了向，分割成无数声道，如同光线一般穿越了荆棘密布的荒园，在那些大叶槐和紫桐叶的边缘，拉成一道道锋利的锯齿，那些锯齿曾经啮咬过她的心。她长茧的心现在仍然布满了齿痕。

她知道她见到他不会流泪。

她的眼泪在见到他之前已经流到几近干涸，在见到他之后仍然会流，但唯独见到他的时候，她不流泪。

她不会流泪，不会激动得语无伦次，不会用身体语言来表达多年的思念，甚至不会凝视不会深沉不会缄默不会痛彻心扉地寂静，她知道他也不会。

这并不因为他们已不再年轻。

5年前的那个夜晚，他去了。一个人去了。一个人默默地走向那个暗夜里张开大嘴的十字架。他被钉死在那个暗夜里。他流了那么那么多的血。他的血一点儿也不比耶稣流的血少，但他不是耶稣，他做不成耶稣。现在不是一个产生耶稣基督的时代。在那个暗夜中他没有见证人，所有的人都好像在一瞬间消失了。没有人掩埋他的尸身。没有人愿意因为他的崇高而反衬出他们的卑鄙，所有的人都在为他的行为设想一个卑鄙的充满私欲的理由，当这个理由无法成立的时候，人们又把他塑造成一个屹立云端的英雄，把最美好最华丽同时也是最廉价的辞藻毫不吝惜地塞给他，但是谁也不愿意他从云端上下来，谁也不愿意看到他的复活。可是他复活了。

最惨的是:他复活了。

3

羽认出了烛龙。在Union Station,W城最大的车站。在比肩继踵的异国人群中,她很艰难地认出了他。大的框架依然是他的,可是其中的内容却已经破碎了。她表情平静地看着他那张破碎的脸。她不让自己有任何惊讶。她看见他穿着十分宽大的衣服,用那种宽松来掩饰他肥胖的肚子。这个被激素催起来的胖肚子,这个脸色灰暗、微微谢顶的胖子,与5年前那个雄姿英发的青年毫不相干。他告诉她,现在他和他的妻子安小桃生活在一起,在离这里不远的B市,他说他很感谢小桃,若不是她,他恐怕永远也不会从暗夜里走出来了。

但是羽看见他领子上没有洗净的污迹。

她不想说。什么也不想说。小人鱼救了王子,就游向了深海。王子醒过来,身边是一位美丽的公主。王子当然认为是公主救了他,而小人鱼的舌头被割去了,什么也不能说,什么也说不出来。这是多么优美的隐喻和警示啊。它成了千百年来误解与悲剧的模式,谁也无法超越。

他叫了茶。像M国所有的餐厅和咖啡馆那样,服务生送来了幸运果,他们谁也没有打开,幸运果就装在盘子里,他们的眼睛看着它们,有好久不知道说什么。

不,她不愿意在M国的背景下看到他。她宁可看到他死去,也不愿看到他现在这样子。所以她只是眼睛直直地盯着那只幸运果。她不看他,只是默默地听着他的声音,她想从声音里找回过去。在异国车站的一个咖啡厅里,她努力寻找被丢弃在多年以前的那个声音。那个声音是和教堂的颂歌同时出现的。

> 何等恩友仁慈救主,负我罪孽担我忧,
> 何等权力能将万事,来到耶稣座前求,
> 多少平安我们坐失,多少痛苦他枉受,
> 都是因为未将万事,来到耶稣座前求!

> 我们是否软弱多愁,千斤重担压肩头,
> 主是你我避难之所,仍当到主座前求,
> 你若真逢友叛亲离,应向耶稣座前求,
> 到他怀中他便保护,有他安慰便无忧。

> ……

那个晚上,不复存在了。一个空寂的展厅,那时我们可以看见,月光蓝灰色的冷调子环抱着一对人儿。烛龙说:"羽,记得那次我说的话么?——脱离翅膀的羽毛不是飞翔,而是飘零。"

看来谁也躲不过飘零的命运。

"逃吧烛龙,逃吧,现在逃还来得及。"那时的羽说。

"为什么要逃?假如我们门口有堵要倒的破墙,挡住我们的去路,我们所有的人都绕着它走,那么也可能等我们死了,它还立在那儿。我现在用头去撞它一下,它就倒了,我同样是一死,可它却不存在了。羽,我明白。什么样的准备我都做好了……"那时的烛龙,说这话的时候英气勃勃,底气很足。

"可是有的事情比死还要残酷得多。"

"我知道。"

"假如有一天,你照镜子的时候,你忽然觉得,你再也不是你自己了,你认不出你了,也忘了原来那个你了……你怎么办?"

"不,不会的……"那时的烛龙慢慢站了起来,"不会的。"

这时的羽想,这句话其实打中了烛龙,这句话里的残酷性把烛龙狠狠地打中了。

那时的教堂传来神父的声音:"……上帝爱所有的人,包括那些虚伪的人,不信仰主的人,甚至救助那些酒鬼、罪犯和那些加害于他,把他钉上十字架的法利赛人。耶稣用他的死为所有人带来了新生、宽恕和欢乐,真正的精神的爱、纯粹的爱、永恒的爱、真实的爱,是绝不会结束的,因为上帝就是爱!上帝就是永生!……"

爱?永生?羽冷冷地笑了。那个晚上的教堂音乐,罗可可式的窗玻璃的反光,荡漾在空气里的苹果花的芳香,不过都是点缀那一部戏剧的道具。那部戏剧的男一号和女一号,真的进戏了,演得和真的一样。远远超过了《铁窗问答》的时代。这是个进步。但是后来当羽看过《黑寡妇》之后,就感觉到了《铁窗问答》背后的虚伪。《黑寡妇》使她想起童年时代的黑蚌——生活本来就是这样子的。而《铁窗问答》则告诉她,生活可以是另一种模样。但是违反自然的生活都会受到惩罚,无论他(她)的信念多么崇高。崇高其实与禁锢一样违反人性。

烛龙几乎和羽同时想起了那个教堂之夜。他想眼前这个女孩真的是个神话,她不过是个幻影而已。是他的青年时代的幻影。他把自己和自己的幻影留在了那片土地上。那是他应当付出的代价。他想起教堂音乐的时候没有任何感伤,他知道他已被摧毁,被一种无法战胜的力量彻底摧毁了。在他的青年时代,他常常不能理解为什么有些历史人物最后要背叛他们自己,但是他现在理解了,但付出的是生命的代价。那个巨大的悖论又出现了:只有越界才能取得经验,而一旦越界,就再也回不到原初的状态了。这也许是世界上大多数悲剧的起源。但是在这种时候他不愿回忆过去,凡是和过去有关的一切他都要回避,包括他的幻影,这是一种脆弱的防范,一旦被击碎,他就会再也找不出活着的理由了。

他陪她参观博物馆。在一座古怪的雕塑旁边,她要他为她拍张照片。那是一个铁丝架子,像是回收的废品做的,铁丝上满是铁锈,而那种天然的铁锈组合成了一种奇怪的图案。她站到架子前,把两臂伸开,于是身上那个大披肩的璎珞就像女巫的翅膀一样了。"行为艺术"。她再次想到了这个词。想到这个她就想起了金乌。金乌就在附近的那座城市里,在徒劳地寻找着母亲。

博物馆有8层,可他转了3层就汗如雨下了。

"那么你靠什么生活呢?"

"送外卖。我不愿意接受他们的施舍。"

"你这样的身体,送外卖?"

"是的。这已经很好了。每天可以吃上两顿饭,到附近华人开的小铺里,买两袋冻饺子。那种冻饺子很好吃。"

"谁在照顾你的生活?"羽的眼光再次落在他衣领的污迹上。

"为什么要别人照顾,我又不是病人。"

"可你的确是在生病。我知道,你一直病得很重。你在一个4平方米的小屋里关过3年,那个小屋,夏天的时候恶臭难闻,到处都爬满了蛆虫,后来你身上长了暗疮,痒得不行,把身上都抓烂了,有些地方,烂得见了骨头,一场大病差点要了你的命……后来你写出一个条子来,呼吁有关方面采取措施,否则,你就要以死相拼。用死来捍卫你的个人尊严……"

他咬紧牙关:"那已经是过去的事了。"

她毫不留情:"还有,你进去的时候身上就染上了病,我是看见过那瓶药的,在西覃山金阁寺……"

他突然怒吼起来:"我说过那已经是过去的事了!!"

她突然把眼睛睁得大大的,看着他。然后,整个人都累得不堪似的,瘫软下来,她再次感到汉语的恐怖。仅仅用"过去"一个词,就把所有的东西都掩盖了。她又想起"残酷"这个词,比起"过去"它又显得那么苍白无力,一双眼睛从清澈到混浊,肤色从明亮到晦暗,底蕴从丰足到匮乏,神气从清爽到迟钝,是一个多么可怕的历程,一个美好的造物的破碎,在宇宙间连一点儿声响也不会留下。破碎了,也就成为"过去"了。破碎的肉体连同破碎的灵魂,都被"过去"隔离在了另一个世界。

而在"过去",她曾经怀着巨大的恐惧和悲伤,去找丹朱,求丹朱的父亲为他开争取保外就医的重病证明,为他请了最好的律师,为他一次次地到处奔走,她没有钱,为了他,她把自己的灵魂与肉体,通通割成了碎片。

"还有一件事你没有了结。"她冷静地看着他。

"什么?"

"你有个儿子,已经10岁了。"

他的嘴唇渐渐苍白起来:"……你说的是……亚丹?"

羽的心里有一种不可抑制的恶毒,她想让他痛苦,让他难受。她幸灾乐祸地笑了一下:"你觉得你对亚丹公平吗?大英雄?"

他并没有被击倒。他的眼睛望着一个遥远的地方。"你读过《人与森林之神》吗?森林之神说:我们的智慧发轫之端,正是你的智慧终结之处。人回答：神话的时代已经过去。尽管没有神话的时代毫无魅力。实际上，现代人逃避自由的冲动和渴望自由一样强烈。过去，我渴望自由，可是现在，我只想……只想逃避自由……亚丹是了不起的女人。"他顿了一下，居然显得很轻松："我的儿子好吗？"

羽又笑了。烛龙好像第一次发现羽的微笑非常好看。羽显得比他还要轻松："我们打开幸运果看看好吗？"

他们同时打开了幸运果，烛龙幸运果里的纸条上写着："你将和你一生的爱擦肩而过。"烛龙慢慢把纸条揉成了一团。羽看到自己的纸条上写着："你盼望的，就要来了。"

"你盼望的，就要来了。"羽惊异地抬起眼睛，周围的展品并没有什么异样。这是M国最大的博物馆，金发碧眼的上帝宠儿们含着幸福而略带傻气的微笑，在他们的周围走过。可是，那个耳语，那个属于另一世界的耳语，怎么竟然写在了这里？！羽忽然感到，冥冥中的什么一直追逐着她，注视着她，引导着她。它在告诉她，她盼望的，不是金乌，不是法严大师，不是圆广或者烛龙，它一步步地引领着她走入一个通向迷宫的小径，最后的答案就藏在迷宫深处，她盼望的，究竟是什么呢？这个巨大的悬念吸引着她，她盼望着却又惧怕着最终的揭秘。

那天深夜，开往B市的最后一趟火车终于到了。车站上，情人们在拥抱接吻。烛龙和羽各自避开对方，谁也不看谁，说着一些无关紧要的话。最后一遍铃声响过了，烛龙飞快地伸出手，和羽握了一下。就在他转身的刹那间,她看见他的眼泪夺眶而出。

羽真是个拙劣的演员。很久很久,她站在那儿,车站上早已空无一人,天空在落雨。翅膀掠过的时候,天空总要留下刀痕。那些看上去优美的伤口,每一个都藏匿着令人心碎的故事。这血腥的故事让羽哭不出声音,她只是流着泪,在雨地里,没完没了地流着泪,好像要把整个身体化成眼泪,倾泻而出。她捡起他们扔在烟缸里的两个纸团,叠成两只很小的纸船,放进雨水里,看着它们在漩涡里,打转。

一个月之后烛龙死了,死于脑溢血。烛龙死得很简单,在送外卖的途中忽然一头栽下来,就完了。在异国他乡,他被当做慈善的对象被送进医院,没有名字,谁也不知道他是谁,看他的穿着无疑是来自贫民窟。安小桃当时在另一座城市。等她知道的时候,人们已经把他埋了,在一片平民的墓地,没有墓碑,谁也不知道他曾经是个有远大抱负的青年,是一个泱泱大国赫赫有名的青年领袖,也许本来他可以干一番大事业的。墓地的管理人只记得死者是个谢顶的胖子,看上去像是中国人或者日本人,没有亲属,也不知是否信教,因此只把他草草埋了,连简单的仪式也没有。

4

前面我们已经讲过了:金乌没有年龄。

金乌属于现在。永远属于现在。

传说与金乌有染的男人数都数不清。金乌现在的男人叫朋。金乌和朋是在异国的一个赌场相识的。那是个世界驰名的大赌场。赌场的夜空散发着金属的气味。虹彩流溢勾勒出无数流动的画面。金乌一眼看中一只画着鲜亮水果的老虎机。那紫红欲滴的葡萄似乎标识着一种成功。她坐下来，放进一枚面值25美分的硬币，按键。鲜果参差不齐地出现，那只硬币被吞掉了。硬币就这样接连不断地被吞掉。当她扔进第六枚硬币的时候，她没有按键而是摇动了杠杆，奇迹出现了：老虎机上方的顶灯忽然大亮，四枚鲜果被齐齐地排成一列，她看见负责换币的小姐推着车过来了，周围的人群向她投来奇异的目光，她知道她中彩了。

那时有一道目光顽强地击中了她。那是个叫作朋的男人。朋走过来，两人目光只是很细微地交流了一下，便彼此认出了对方。朋觉得她正是他目前迫切需要的女人。而金乌则感到目前正需要一个不比朋更差的男人。

当天晚上他们包了一个房间。那是一个巨大的宾馆，外面闪烁着骷髅头与十字架，还有女人。女人与死神似乎总是连在一起的。这一点倒是东西方文化的相通之处。金乌看到骷髅与女人便想起了贾瑞与风月宝鉴。他们当晚并没有做爱。他们像一对一直没有性关系的老相识那样隔着一定距离聊天，慢慢地啜着咖啡。朋给金乌讲了一个故事。

朋和她一样来自中国大陆，是一家大公司的老板。公司下面有十几个子公司。朋是为了逃避一桩重大的经济案件而远走他乡的。朋一跨进异国便有一种失落感：再没有人众星捧月似的围绕着他，再没有那种居高临下发号施令的快感，最要命的是没有语言。没有语言对于朋来说有一种致命的限制，这意味着他在异国寸步难行。

所以当金乌站起来，用纯正的英语与小姐交谈的时候，他立即选中了她。

朋的故事在当代中国并不鲜见。朋与一个叫做迟荡的个体户做房产生意。朋虽为合同的一方，其实本人也是中间人，真正的幕后人是李，一个不大不小但颇有实权的官员。朋和李已有几年私交，为了买通李，朋先后花了不下十万美金。但李似乎永远处于饥渴状态，永远像一只喂不熟的狼一样张开血盆巨口，等待着。

个体户迟荡急于购楼，通过郑认识了朋。当代中国的老板们几乎都在灯红酒绿的OK厅里相识。当时朋恰恰在此前从李那里得到区里要建楼的信息。个体户迟荡用900万人民币的代价获得了购楼的权利，合同签了3年，签合同的时候朋觉得3年十分遥远，但现在3年到了。

朋的售楼自然取决于李。朋完全明白自己该如何与李打交道。那座楼实际上只值700万，有200万可以供朋享用。30万的零头给了郑，朋自以为胜券在握。其余的700万朋分三次交给了李，李给了开发区的收据，一切都顺理成章，但是朋万万没有想到，就在合同即将到期的时候，李跑了。李携带家眷跑到了M国。朋知道此事后大吃一惊，他知道在劫难逃了。

幸好朋少时便熟读《孙子兵法》《三十六计》对《三国演义》倒背如流。朋手中那份可以多次出入境的护照救了他，在东窗事发之前，他来到了M国。

5

这座不夜城的夜瑰丽多姿，潜藏着无数变幻的颜色。凌晨4点两人悄然离开宾馆，徘徊在一座喷着泉水的马头鱼尾怪兽的旁边，那怪兽是金色的，金中偏红像是十足的赤金。朋给金乌照了不少相。朋在照相的时候才发现金乌是个十分艳丽性感的女人。金乌告诉他，她是个演员，在国内时只演过很少几部戏，都是演少数民族或者女间谍之类。出国的机会使她做起了明星之梦。她梦想在M国最大的环球影城成为一颗东方之星。朋觉得金乌绝对具有超级明星的风度和演技，仅仅从她照相时便感觉到了，她缺少的仅仅是机会，当然，还有金钱。

金乌是在脱衣舞场真正认识朋的。舞场上为数不多的东方人目光猥琐局促不安，只有朋镇定如常不怒而威。一个大乳房的脱衣舞女扭到朋面前，将她那对丰乳在距他不到10公分的地方晃来晃去。金乌注意到朋根本不为所动，那舞女使尽浑身解数，朋也不过冷冷地扔给了她10美元，然后站起身，向金乌示意了一下，扬长而去。金乌在这一瞬间觉得这个男人甚至可以和自己演对手戏，因为他不但英俊，还风度翩翩。

金乌把这个在赌城邂逅的男人带回了家。她的家坐落在距赌城不远的一个小镇上，开车用了不到两个小时。小镇的荒凉和赌城的繁华恰成对比。金乌住在一座装修古朴的公寓里，有朋很喜欢的那种木制的地板和墙壁。可以看出房屋主人高雅的审美趣味。现在朋坐在地毯上，在壁炉的炭火旁边慢慢饮酒。金乌拿出一套中国式的酒具，在炉边为他烫酒。整个暖色的温馨使他产生了一种幻觉，仿佛他走进了一个电影里，那影片正在拍摄关于男女主人公初会的镜头。恰巧这时金乌放了一个唱盘，颤动的小提琴声加强了镜头幽深细腻的感觉，朋觉得那感觉需要慢慢品味。

但是有一个人不合时宜地走进了这个镜头，破坏了朋的镜头感。

6

朋在黑暗深处看到的那双眼睛使他战栗。那是一双非人的眼睛，在黑暗里闪着荧光。

这是羽，我的小表妹。这是朋，我的新朋友。金乌笑盈盈地走过来介绍。接着朋看见一个脸色柔黄的年轻女人呈现在黑暗里。她穿着一件完全没有腰身的大衣服，长长的袖筒像古装戏里的水袖垂挂着，全身柔若无骨，好像可以随便弯来弯去似的。与金乌相反，她没有一点儿化妆的痕迹，即使在她微笑的时候，眼睛里也透出掩饰不住的惊恐。

在羽身上，好像特别能体现出女人是水做的这句话。很久之后，朋这样对金乌说。

7

我们知道，金乌来到M国的初衷是为了寻找母亲。

金乌的第一站当然是迈克。迈克竭尽全力热情洋溢地接待了金乌。迈克说，ALAN那条线断了，自从迈克连续在那老妇人的住宅附近出现三次之后，老妇人便神秘失踪了。当然这失踪加深了迈克的怀疑。迈克虽然在一家大公司里做推销员，但他不愧是接受中国式教育长大的，竟然在百忙之中开着本田车带着金乌转遍了M国西部所有的城市。按照金乌的线索，所有值得怀疑的地方全都找过了，所有值得注意的人全都谈过了，但结果是一无所获。

半年过去，尽管迈克一再挽留，但金乌深知M国人的民情，她决定自己去闯运气了。迈克为她介绍了一位影城导演，她很幸运地演了一回越南难民，接着又演了唐人街黑社会里的一位大姐大，她一半的异国血统帮了她，使她比一般初到M国的华人好混得多，但是她并不满足。在中国做过"女间谍"的金乌绝不满足在M国做使唤丫头。在演了两部戏之后，她拿着自己全部的酬金去了赌城。

　　3个人在一起的时候似乎没有什么戏剧性的故事。朋带来了一笔钱，足够3个人很宽裕地过上一年半载。朋小心翼翼地对待羽，平时很少和她讲话。金乌讲的关于羽的故事使他莫名其妙地害怕。

　　金乌说羽很小的时候就通巫，金乌说羽很小的时候就杀过人，而且还是自己的亲弟弟，金乌说羽很小的时候就自杀过，还不止一次。

　　这些话从金乌嘴里说出来，特别让朋害怕。朋觉得金乌已经很神了。金乌是那种聪明过人的女人，常常是朋只说了一个开头，金乌便立即明白了就里。金乌并不懂经济，可朋说出那种很复杂的经济案情，金乌竟然很快地理解，并且代他写电报发传真。金乌写的落在文字上的东西不露一点儿痕迹不留一丝证据。朋这些年做买卖，不知和多少女人打过交道，女人在他眼里大体分为两种：能上床的和不能上床的。朋的买卖越做越大，主动上门的女人也越来越多，至于那些歌舞厅的漂亮小姐更是一把一把地数不过来，谁都以能攀上朋这样的男人为荣。应当说朋还是相当自律的，朋的自律在于他是活得很明白的那种人，他知道自己到底要什么。他绝不允许感情之类的事干扰他做买卖，商场即战场，战局瞬息万变，为了一张漂亮脸蛋而放弃日进斗金的机会，在朋看来简直有病，何况他历来认为女人的漂亮与聪明是成反比的。

金乌的出现使他彻底怀疑了自己对于女人的成见。金乌的出现使他眼前一片金光灿烂，竟然使他在瞬间失明。失去了正常思维的男人一下子变成了男孩，他觉得有一种魔力使他激动不已。很久之后他才知道金乌是远古太阳的别名。可怕的是羽蛇是远古太阳的另一个别名。他被两个太阳夹击着，不但能感觉到灼热和辉煌，更多的是一种被压抑的焦渴和浮躁。这是他生平头一次感觉到女性对他的压抑。因为他历来是靠智力来取胜的，但他忽然丧失了这个法宝，他惊奇地发现自己成了"第三把手"，两个女人的智性使他头晕目眩，使他不得不重新界定女人的位置。

一个周日，他开车带两个女人逛商场，是附近那座大城市里最大的商场。朋说你们挑吧，挑中什么买什么，不要考虑钱的问题。朋的口气大到金乌也很吃惊。于是金乌便不客气地挑起来，金乌挑中了一套时装，是橄榄绿色的鹿皮，设计成宽袖窄腰的套裙，配上一条印第安式的绿松石项链和同样绿色的镂空宽沿遮阳帽，的确显得雍容华贵仪态万方。但是价钱也惊人：全套行头要1400多美元。但是朋毫不犹豫地拿出信用卡，朋在拿出信用卡的同时回头问羽：你呢？你要什么？

穿一件旧麻袍的羽手里拿着一瓶药，药瓶上印着骷髅和十字架。朋即使不懂英文也能猜到，那是一瓶毒药。

8

　　金乌后来告诉朋这没什么新鲜的，羽从小就失眠，慢慢地吃什么药也不管用，在第三次自杀未遂之后，她的身体里似乎有了一种对于毒药的免疫或自我解毒的能力。渐渐地，她只能用毒药来维持她的睡眠，就是这样，很简单，没什么大惊小怪的。

　　朋听了之后一夜没有睡着，连吃了五片安定才入睡。金乌说朋你也太脆弱了，这样下去你是不是也要像羽那样吃毒药才能入睡？金乌嘲笑地说完这句话就睡着了，一会儿便传来悠长而舒缓的鼻息声，还有一种淡淡的舍内尔香水的味道。

　　凌晨时分朋听见羽房间里传来窸窸窣窣的声音。朋觉得自己的听觉忽然变得无比敏锐，小镇的清晨清新而宁静，因此几十倍地加重了那声音的分贝。当门轻轻地关上之后，朋不可抑制地穿上衣服走出去，远远的，他看见那个年轻女人步履蹒跚的身影。

　　小镇旁边有一片树林，按照金乌的说法，那林子很像法国名画家柯罗笔下的那种树林，那树林有一种神秘幽深的感觉，尤其是在黄昏，黑色的树梢在紫蓝色的天空上衬出镂空的剪影，你就一定会想象到在林子深处会有一群金黄色的林妖在舞蹈。

　　当时朋远远地跟着那个叫作羽的年轻女人走进树林。他看见她不断地低下头在采摘着什么。他猜她一定是在采蘑菇。雨后的林子里常常长出一些新鲜的蘑菇。他想回去了。但是他掉转头，发现自己已经陷入了那片森林。在高大的乔木和低矮的灌木之间，只透出一丝丝天空的讯息，他不知道回去的路在哪里。他想他唯一的办法就是跟踪这个叫做羽的女人了，但这不是那么好做到的。他看见有一束迷蒙的阳光像宝剑一样直直地射入森林，那阳光照花了他的眼。他只能断断续续地看到那个年轻女人的碎片。她的灰白的衣服，她的黑发，她的手……好像都被什么隔离开了似的，如同镜花水月一般恍恍惚惚，那束光越来越强，飘浮起来，最后把那女人淹没了。

　　朋这才感到自己很累很不舒服，接着他一下子知道可怕的事情发生了。他的左侧腰突然剧痛，天哪，肾结石犯了，他想。肾结石是他的老毛病，犯起来便要疼得死去活来。他不知吃过多少碎石药但是毫无用处。来到M国之后他最怕的一件事便是犯病，因为他还没来得及买医疗保险，而在这个国家，看一次病要花许多钱。钱，他是有的，但他绝不希望这钱花在这方面。就在他这么想着的时候，他恍惚看见身旁一棵造型怪异的老树，那老树很像是一个巨人，那些树枝像是弯弯曲曲的手臂，树干上那些突起的部位很像是一张张婴儿的脸。天哪！那的确是婴儿的脸！他壮起胆子伸手触碰了一下那树枝，树枝突然像蛇一样地卷了起来。把他卷得紧紧地透不过气来，然后又突然扬起，张开，把他高高地甩了出去。他天旋地转了一会儿，重重地落在一个树桩上，失去了知觉。

　　多年以后朋对我讲起这段往事的时候，我的第一个反应便是质疑。因为我看过一个情节非常相似的恐怖电影。但是查过有关资料之后,发现朋的经历远在于那个电影之前,这使我感到双倍的恐怖。

9

朋醒来后的第一个反应是闻到一股浓浓的药香味。那种香气使人昏昏欲睡。接着他听见金乌那种带磁性的金属般的声音:喂,你没事儿吧?

朋把头转来转去地看,他看到那个灰白色的影子,那个采蘑菇的年轻女人,正在用一把长调羹在一只药锅里搅来搅去。金乌的声音在耳边轻轻掠过:羽很懂得医道,每天早上她都去采草药,你注意到我的皮肤了么?这都归功于她的那些草药。这时朋才认真注意到金乌比一般人都要鲜艳得多的肤色。金乌说当然还远远不止这些。你看我多少年了也不生病,内脏和机能都比同龄人强得多,建议你也吃点她的药试试,很灵的哟。朋心里有些怕,但还是点头,朋说可是她自己为什么不吃呢,你看她那样子有多憔悴。金乌说她吃了也没用,因为她吃的药太多了,现在只有毒药才能对她产生作用。朋说那我就吃了试试看吧,先吃一点儿点。朋吃了一小勺药,马上觉得腰部疼痛欲裂,但是还没容他叫出声来,他便感到有个什么东西顺着尿道排泄下来,他尿出来的时候尿里有一点点血,似乎是被什么划破,他一下子觉得轻松了，他知道那一小块顽固的石头已经出来了。

那天晚上，朋第一次对羽笑：朋笑着说羽我将来一定资助你开一个诊所。金乌听了这话便说诊所在这儿可不是那么好开的。需要医学院的文凭还需要办身份证，申请执照，我有个朋友有B国医学博士的文凭还没申请到执照呢。朋说这些都不难，事在人为，想当初我念中学的时候要办事就刻个萝卜章，后来，我们公司初创阶段常常那么办，那时候办个公司很简单，连注册资金也用不着。那天晚上朋喝了不少酒，大讲了一通他的发家史。金乌听得很仔细。羽一直瞪着眼睛，像听天书似的听他讲，金乌知道这些对于羽来讲的确是天书，她忍不住微微笑了一下。

朋治好了多年的痼疾自然高兴，高兴之下便提出去欧洲旅游。羽就是在那一次看到了欧洲的墓地和碑林。

在维也纳的音乐之声中金乌穿起朋为她买的睡衣，那睡衣袒胸露背，一条线从腰部开叉，露出整整一条大腿。金乌除了乳房过于丰满之外身材无懈可击。金乌的乳房饱满到了像是要胀破的程度，条条淡蓝色的静脉都紧绷着，两片乳晕大而鲜艳，一动起来便颤悠悠地晃动，像一对随时可以破裂的气球，朋看见这对乳房便明白了金乌的过去和自己的现在。他想不会有任何男人能够抗拒这对乳房。

那天他们做到很晚。朋上卫生间的时候大概已经是半夜了。他惊异地发现，外屋的灯亮着。羽坐在灯下在玩电脑。羽像一个幻影一般毫无表情，电脑屏幕像一个深邃的黑洞，对着她慢慢张开。

10

羽在欧洲这座古老的旅馆里捡到一台被人丢弃的电脑。第一次面对电脑，不知按动了哪一个键，电脑屏幕忽然亮了，整个屏幕出现了密密麻麻的字。全都是"锚"字。这铺天盖地的"锚"令人胆战心惊。

"锚"，一个多么可怕的字。在很久之后她依然不明白它的含义。这是在她与机器的对话中，机器的第一次回答。这第一次回答就结结实实地吓了她一跳。她对着满屏幕的锚字手忙脚乱地按了一气按键。但是那一群"锚"虎视眈眈地对着她，毫不动摇。

从那时起她一夜夜地面对着电脑。在发绿的鱼尾灯下，她的脸是绿的。金乌常常在深夜上洗手间的时候惊讶地看着她，但是她做梦也想不到，在她与电脑之间有了一个秘密。对于别人，这个秘密她缄口不言一直到死。

简单地说，这秘密起于一次偶然发现。有一天，她从昏睡中醒来，发现自己仍然伏在电脑桌上，而眼前的屏幕，忽然大得吓人。那是一扇闪着微红光泽的巨大的门。空无一物。她一探身，就如同受了牵引似的，被吸进去了。

她进入的速度越来越快。如同一束光，风驰电掣般地进入，一种失重的感觉令她晕眩。她不知不觉张开臂膀，觉得自己成了一只鸟，腾空飞行。——脱离翅膀的羽毛不是飞翔，而是飘零。但这不是飘零，是飞行，是连自己也不敢相信的飞行。

突然，她停下来了。她来到了一个完全静止的世界。那是一片树林，她很熟悉的童年树林。那树林有一种神秘幽深的感觉，尤其是在黄昏，黑色的树梢在紫蓝色的天空上衬出镂空的剪影，你就一定会想象到在林子深处会有一群金黄色的林妖在舞蹈。

她好像又回到了童年时代。她在采蘑菇。雨后的林子里常常长出一些新鲜的蘑菇。但是那些蘑菇有着令人恐惧的鲜艳色彩。在树林的深处，一个男人向她走来，他是朋。

朋怎么会在这里？他好像是在跟踪她，一束迷蒙的阳光像宝剑一样直直地射入森林，那阳光照花了她的眼。等到他越来越近的时候，她才发现他的面貌十分恐怖：他的嘴唇血一样红，他的头发是灰的，眼睛是绿的，他失重一般地飘着，他也学她的样子采起蘑菇来，但是他刚刚摘下一朵蘑菇就渗出了鲜血，天呐，她这才看清，原来那些鲜艳的蘑菇，竟是一个个的小婴儿，他拧断了他们的脖子！他把它们一个个甩在旁边那棵造型怪异的老树上，那老树很像是一个巨人，那些树枝像是弯弯曲曲的手臂，树干上那些突起的部位很像是一张张婴儿的脸。那的确是婴儿的脸！她看到他伸手触碰了一下那树枝，树枝突然像蛇一样地卷了起来。把他卷得紧紧的，然后又突然扬起，张开，把他高高地甩了出去。她呆了，好久，她才想起来寻找回去的路,但是找不到。有一口湖挡在面前。那分明是童年时代的湖。她趴在湖边寻找,好像那里面应当有一只蚌,一只黑色的巨蚌。但是她没有找到巨蚌,只有一个影像对着她狞笑:血一样红的唇,灰的头发,绿的眼睛,失重一般飘着,像卡通人物似的——那正是她自己。

她惊叫一声醒来。钟响三点,她正面对着电脑。

11

金乌听见羽的惊叫声就冲出了房间。她看见羽伏在电脑屏幕面前,一幅大梦初醒的样子,发怔。金乌忽然感到羽有了秘密。一个连她也不愿告诉的秘密。

金乌走到电脑前,随意按了一个键,忽然有两行英文字跳到屏幕上。金乌看了,皱皱眉头,没有说话。羽问:是什么?金乌说,没有看懂。

早上羽从盥洗室出来,迎面碰见朋,朋说,羽,你知道电脑上那两行英文字是什么吗?那英文字写的是:你父亲病了,是癌症。你母亲让你回去。

朋还要说什么,金乌走了过来,金乌说羽你千万不要回去,回去就可能再也回不来了。羽一声不吭地走回房间,开始收拾东西。金乌说羽你千万要想好,这可能是一个陷阱。羽听了这话就抬头看了看她说，即使是陷阱我也要回去。

羽离开的那一个晚上金乌搬到客厅的沙发上，面对朋的要求她微笑着，但是带着一种令人心寒的距离感，这个聪明的女人很明确地让朋感到了对他的厌恶。她用一种轻蔑的态度和冷漠的技巧来应付他，使他身体的激情一下子消退了下去，他的身体变得异常悲哀，充满了耻辱感。

后来金乌说，她想离开这里了。她还想试试，去找她的母亲。

12

那口蓝色的湖是羽离去的最后一站。

那一天的风很大。所有的帆船都在湖中打着旋儿。

羽看见那只帆船就知道自己盼着的是什么了。那一片湛蓝的天空和湖泊之间驶来一叶帆，白得如此炫目如此亮丽，就像是一颗星星，出现在天和湖中间。

羽上了那只帆船。驾帆船的是个陌生的男孩。男孩脸上的微笑像那天的阳光一样灿烂。男孩用英语对她说，请上船吧。

羽觉得自己一生盼的就是这一天。这个男孩是上帝派来的天使。他生着金黄色的头发，蔚蓝色的眼睛，雪白的牙齿，矫健的身体荡漾着青春活力，一笑，就亮在心里。羽生平第一次觉得自己什么也不怕了，她和那个男孩一起拉起帆船的绳索。男孩用英语对她说，笑一笑。她试着笑了一下，男孩便笑得露出两排雪白的牙齿："像我这样笑。"男孩的眼睛那么透明，里面没有一点点伪善和欺诈，羽从心里笑了出来，几十年来，第一次。

羽觉得那男孩能读懂她心里的话。她想让他抱抱她，他就轻轻搂住她的颈子，他的手臂又健壮又温柔，羽闭上眼睛享受着，感到温暖的泪汩汩地流过脸颊。他轻轻地揩去她的泪水，那样纯洁无瑕地盯着她。那样的目光使她一下子回想起和圆广的初次见面。羽觉得自己正在那目光中开始飞翔，那是一种可以使女人飞翔的目光。羽的目光说我等了你那么久久为什么你刚刚出现，男孩的目光回答我出现得并不晚。羽的目光问你要带我到什么地方去，男孩回答："我也不知道。我们跟着风走吧，乘着我们的诺亚方舟。"

什么？诺亚方舟？羽吃了一惊。

是的，诺亚方舟。男孩用健壮的双臂把风帆高高扬起。

羽的泪水夺眶而出。

诺亚方舟？太好了，是诺亚方舟。

那男孩作为上帝派来的使者，正在把她引渡到彼岸。羽心里明白这个。

彼岸是什么并不重要，关键是引渡的过程。引渡是个多么迷人、多么动人心弦的过程啊！羽希望这个过程永远永远不要消失。

第十二章 终结与终结者

1

父亲住院已经四个月了。俗话说,久病床前无孝子。其实何止无孝子,连母亲也是淡漠的,箫真的不知道什么才能使母亲真正痛心。母亲疲软的脚步一直响在他们睡梦的深处。可是他们从来没吃过一顿她做的饭,无论多晚回来,无论多么饥肠辘辘,那饭桌总是空的。那个伴随了他们四十多年的摇摇欲坠的旧饭桌。外婆活着的时候说过,它是金花梨的。

所有的事都有可能成为导火索,吵架,争斗,摔盘子摔碗——多年来的恶性循环。父亲就是在这样的气氛下住进医院的。

"我死在医院里,再不回来了!"他枯黑的脸上带着那样一种极度的厌倦。他说这话的时候箫心里一抖,好像预感到这话将一语成谶。

昨天他的同事探视回来告诉他们,父亲吐了几口血。"不多,只有六小口。"他笑着说,"可能是咳嗽震破了气管罢。"

于是大家这才慌乱。箫和母亲赶到医院,先到了内科办公室,大夫不在。一个年轻护士一语泄露了天机:"你们是陆尘的家属吧?他肺部肿物的事你们先不要和他本人谈。"

母亲攥着箫的手变凉了。

父亲的责任医师是个年轻大夫,姓何,是这个医院毕业的研究生。

"你父亲的情况是这样的,从上星期开始,咳嗽忽然加剧,"他拧起两道清秀的眉毛,用一种居高临下的傲慢态度望着箫,"前天,痰里带血,并且吐了六小口鲜血,当时她们立即采取措施,止了血,接着就和放射科会诊,给他拍了十来张肺片,正侧断层都拍到了,发现右肺门纵隔部位有个鹅蛋大小的肿物,10cm×15cm,很大的,我们准备进一步确诊,做支气管镜……"

这几天,家里的气氛紧张得要爆炸。说也奇怪,自从那天起,母亲反而轻松了似的,一直唠叨着在后院盖小房的事,再不提父亲的病。箫和宁去交大车库要了车,绫也跟她们上了车,父亲的病让她们暂时团结起来了,绫主动跟她讲话,箫也平和地回答她。箫扶父亲下楼,他却不让她碰他。她总觉得这个老人还带着一股倔强的、好逞能的孩子气,他拄着拐杖蹒跚地行走着,硬装出一副精神抖擞的样子。上了车，他说什么也不愿躺在中间的担架上，于是只好放下玻璃窗，让他坐在萧和绫中间，他吐痰，吐很浓的黄痰。萧准备了很多卫生纸，把它撕成了小块，用痰盂接了痰之后，就用小块纸把他嘴边的痰擦掉，萧注意到，绫厌恶地掉过头，不愿意看那拉得很长的黏液。

萧和宁模范夫妻的形象一直维持到了20世纪90年代。宁早已是著名摄影师，变得很忙。她们始终没有孩子。她读了英美文学硕士学位，做了大学教师，常常很幸福地独守空房。直到有一天，为宁收拾东西的时候，发现他在一本书的夹层里放着许多照片。她把那些照片通通抖出来，摊了一桌子。那些照片只有一个女主人公，看上去又漂亮又纯情，但全都是全裸和半裸的照片，那些姿势的淫荡和她天使般的表情形成奇特的反差，把她深深地吸引住了，以至于她很久才注意到间或出现的一个男人，那个守护在女主人公身边的一往情深的男人——他是宁。

后来她把照片装好，什么也没说。她的倾诉习惯已经随着那唯一的一次爱情终止了，她巨大的进步在于学会了沉默。她一如既往地为宁做饭洗衣。只是在她每天的日程表中，多了一项托福练习。每年到了考托福的季节，她便用宁给她的钱换些美元，交报名费。她考了3年。终于在满40岁的那一年，考取了美国西部的一所大学。临走前，她把全部存款都换成了美元。3年之后她去了欧洲。3年之内她只给宁写过一封信，就是提出离婚的协议。

很久之后她才从羽那里知道,那个有着天使表情的美丽女子叫做安小桃,是烛龙——那个令羽和亚丹迷恋的男人的太太。现在,她在M国做买卖。

晚上,母亲忽然问她:"为什么不把羽叫回来?三丫头是你爸心爱的女儿,你爸病了,她也该尽尽义务!"

2

羽回来的时候,陆尘的癌症已经进入晚期。羽惊奇地看见爸爸已经瘦成了一个木乃伊,那种瘦太可怕了,可怕到了羽不敢看自己亲生的父亲。

但是羽坚信自己的父亲能活下去。她一夜夜地坐在父亲的病床边,侧耳倾听,她想听到那神谕,但是没有,奇迹始终没有发生。

她想起了丹朱。大夫说,要购买大量人血清蛋白和转移因子。只有丹朱能够办到。

丹朱调到了一个很远的医院,并且层层门岗。羽花了整整一个上午才找到那个地方。丹朱仍然像过去一样,冷静地听完了羽的陈述,然后冷静地说:好办,今天我就让我父亲开个条子。"然后呢?"羽问。"然后,我就给你送过去。"

羽疑惑地看看丹朱的脸,丹朱总是这样,在她最意想不到的时候,给她安慰。但是丹朱从来没觉得什么,既没觉得帮了羽什么，更没觉得自己有多么高尚。羽一直奇怪出身高贵的丹朱的这种平民意识从何而来。丹朱笑笑说这不是什么平民意识，这是职业道德。"但是我求你办的事不在你的责任之内。"羽说。"你还是这么爱较真儿。"丹朱又笑一笑，埋下头写病案，不再理她了。

在羽心目中，丹朱始终是个谜。她曾经设想他爱她，但是他们在一起的时候，他从来没有显示过什么激情，他只是做他需要做的事，她不辞而别一去多年，他对于她既没有丝毫的怀恨，甚至连问也不问一声她的去向，她再次出现在他面前的时候，他没有半点惊讶，好像他们是昨天刚刚见过面似的。

丹朱真的在三天之内就把人血清蛋白和转移因子送到了陆尘的J医院。J医院的大夫看到丹朱，都惊讶得半张了嘴说不出话来。他们的惊讶也引起了羽的惊讶，羽不知道丹朱在他们眼中是个什么样的大人物。然后她听见肿瘤科主任谄媚的笑声："丹朱大夫，你怎么亲自来了？有什么事打个电话不就完了？哎呀呀，这样的小事还劳驾你亲自跑一趟，真是我的罪过！……"接着J医院院长也迅速赶来了，一定要留丹朱吃饭，并且说："原来那位老教授是您的亲戚啊？你怎么不早说？马上把教授转到高干病房，从今天起，特级护理！……"

羽怔怔地看着这群人，她完全不明白发生了什么事，她不懂丹朱在他们眼里到底是个什么样的伟人，她全都不懂，但是她很高兴父亲的境遇从此得到了根本性的改善。

医院中央的小公园里,柳树已经发芽了。羽这才想到,又一个春天来了。丹朱和羽一起把陆尘用轮椅推出来,陆尘已经说不出话,但是吸到春天的气息,眼里就蒙上了一层泪。

"爸爸生病之后就变得多愁善感了。"

"所有人都是这样。"

"你也是这样吗?"

"我说了,所有人都是这样。"

"他们为什么对你那么诚惶诚恐?"

丹朱看了她一眼,淡淡地说:"我不过做了一位首长的专职医生。"

"谢天谢地先前我不知道,不然我就不敢找你了。"

丹朱忽然停住脚步,深深地看了她一眼:"你也这么俗气?"

他们把陆尘放在一小块阳光下,然后走进旁边的树林。

"我岂止俗气……"羽心里发着抖,觉得自己正在说着不该说的话,做着一桩愚蠢的事,但她像以往那样无法控制自己,"丹朱,我其实很卑鄙,真的,我对你,其实很不公平……"

"你是想说,你从来没真的爱过我,对吗?"丹朱淡淡地一笑,他的冷静让人吃惊。"我早就知道,一直知道。但是这有什么?这很正常。你心里有个很值得你爱的人。你爱谁,那是你的自由,这话对我来说也成立。我不想说什么爱不爱的,这话分量太重。但是你对于我来说,的确很重要,真的,很重要……不过……"

"什么？"

"不过说真的，无论是我，还是那个你很爱的人，还是所有的男人，都很难进入你的世界，不，不是很难，是根本不可能。哪个男人也不敢要你，你让男人……恐惧。"

羽惊异地看着他，"……这么说，我没希望了？"

丹朱一笑："除非你做脑胚叶切除，和我们大家一样愚蠢。"

假如丹朱知道日后发生的事情，那么他是绝不会说这句话的。烛龙死了，丹朱走了，我们将伴着羽，走完她的一生。丹朱在若干年后知道羽做了手术的消息，痛悔不已，但那已经不属于我们这部书的观照范围了。

当时羽告别了丹朱，一个人静静地把父亲推回病房。在注射了人血清蛋白和转移因子之后，父亲的病似乎骤然减轻了许多。父亲可以自己起来解手，甚至想吃参汤。箫和羽合资买了野山参，箫把参汤炖得浓浓的，用小调羹一点点地放进父亲枯黑的唇里。

这时若木来了。

若木穿着一件旧式的薄呢大衣，全身漾着香气，脸上写着四十年代或者更早一些的忧郁。那种忧郁完全是一种表演式的，看见若木的表情羽就想，她瞬间的痛悔已经过去了。

若木坐下来，忧郁的表情更加忧郁了。"陆尘啊，可怜我这些日子，天天失眠，刚才在路上，几次差点晕倒，"若木用手帕半捂着鼻子，一副楚楚可怜不堪重负的样子，"苦啊，我跟你这些年,哪过过一天好日子?好不容易盼着孩子大了,你又病倒了,你是我养命的人,你要是有个三长两短,让我靠谁?!"——这话明明是说给箫和羽听的,箫皱着眉头说:"妈,现在爸爸病着,你说这些干吗?"若木像没听见似的继续说:"现在你还在,她们就对我这样,对你孝顺是好的,可难道我就是铁打的?就不要补养?人家说,宁死做官的爸,也不死要饭的妈……"陆尘听了这话,喉咙里咯咯一阵响,一层混浊的泪蒙上了眼睛。

箫急忙盛了参汤送到若木手里:"妈,求求你别说了,让爸爸安静一会儿好吗?……"若木喝了一口参汤说:"瞧瞧这孩子说的话,难道你爸和我过了一辈子,我多说两句话他还嫌烦?他在这里孤孤单单的,巴不得有人多跟他说句话呢!"说着,斜瞟了羽一眼,正好碰上羽的目光,羽的目光里,有一种不可掩饰的蔑视和厌恶。

若木啪地把碗摔在桌上。

陆尘的脸上出现哀求的神色,好像在说:"求求你们,别吵了,别吵了……"

但是七十多岁的若木一如既往:"天哪,看看她,看看你心爱的三姑娘,她怎么对我呢?是啊,你妈没钱没势,你犯不着理我,可你别搞错了,是我生了你,不是你生了我!!……"

羽到底没能忍住自己的脾气,她把声音压得很低,尽量不让爸爸难过,但是她的声音因为气愤全都顶在了齿间,如一颗颗子弹一般迸出来:"告诉你,你让我恶心!"

"你让我恶心"这句话自然打中了若木,像陆家多年不熄的战火,一旦燃起就无法熄灭。若木把一腔怒火都哭了出来,所用的话语无非是几十年一贯的用词,但是这次要激烈多了。而且汹涌澎湃势不可当。"我早就说过,这个死丫头是要杀人的啊!她杀了她的弟弟还不够,她还要杀她的爸爸,她还要把我们全家一个个杀死!……"

或许是杀死这种骇人听闻的词听起来太可怕,值班医生、护士长、护士一拥而进,他们的到来才使若木汹涌的哭声转为令人怜惜的悲泣。在若木痛哭的时候,陆尘的头始终摇来摇去的十分痛苦,但是现在他安静下来了。他的皮肤慢慢变成铅灰色,他的脸塌陷下去,他全身都抽成了一团,慢慢地缩小。

羽慢慢走出去,倚着医院的走廊,站住了,她觉得两腿发软,不倚着墙就站不住,她觉得两眼发烧,但是哭不出来,这时她突然想起自己已经五天五夜没有吃饭和睡觉了,医院的墙凉得彻骨,凉得她出了一身冷汗,她还没有来得及叫一声就浸泡在了自己的冷汗里,软绵绵地失去了重量。

陆尘死在那一天的深夜。死前没有任何反应,没有留下遗言或者别的什么。在羽的记忆里,爸爸说的最后一句话是"你去小铺买点儿包子吃吧"。这句话还是几天之前说的。医院旁边是个小包子铺,所有的陪床都在开饭的时间大啃包子,整个病房都弥漫着猪肉大葱的香味。但是羽无动于衷。

陆尘死后变得很小很小。但分量却极重。为他换衣服的时候，箫和护士们累得满头大汗，若木、绫和韵儿也赶到了，连久未露面的亚丹也来了，还带着10岁的儿子羊羊。一片哭声陡然而起，只有羽，当时还处于昏迷中，在昏迷中她做了个梦。梦见父亲身穿道袍，和老子本人坐在湖边谈天，就是童年时的湖泊和森林。父亲表情恬淡，和生前的焦虑恰成对比。有一只梅花鹿在他们身边走来走去。这时，羽忽然眼前一亮，仙境逝去，眼前变成一个宽而长的银幕，有画外音道："陆尘教授就长眠在这青山绿水之中。"于是场内灯亮，梦醒。羽晕晕乎乎地想吐，坐起来，果然就吐了，趴在床沿上吐的时候，她忽然看见绫收拾好的行李袋开着，里面露出羽和箫合资购买的野山参。她看见了参须就哇哇大吐起来，不能抑制，直到吐出了胆汁。

"你去小铺买点儿包子吃吧。"这句话，她总是无法摆脱。在以后的日子里，只要她想起这句话就心如刀割。

3

绫觉得自己进入了生命的最低谷。绫得了一种怪病：全身长满红斑，低烧不退，盗汗心悸，没有一点儿力气。绫到处求医问药的结果，被告知她得了一种要命的病，叫做红斑狼疮。

绫痛哭了一场。外婆不在了，没有人可以撒娇。绫日夜失眠寝食不安，有一天恍惚入睡，忽然梦见了妈妈香芹。有多少日子没有香芹的消息了，绫忽然觉得，她有地方可去了。她当天就去买火车票，她知道那地方离此地有四千多里路，要坐两天一夜的火车，那地方叫做西覃山，过去是个荒凉的所在，现在成了新开发的旅游点。

绫第一眼看到香芹的时候吓了一跳，几十年过去了，香芹似乎一点没变，最难以置信的，是她引以为骄傲的一对豪乳，依然挺立着。香芹的气色依然那么好，每一个毛孔似乎都是通畅的，说起话来，气韵生动，有流水之音，谁也不会相信她已是67岁的老太太。香芹见了绫先是一怔，然后就把绫一把搂在怀里哭了起来，一把鼻涕一把泪地哭道："可怜的孩子，嬷不在跟前，你怎么成了这个样子？！"绫的眼泪也就像开闸的洪水一般涌了出来，47岁的绫依然愿意做"可怜的孩子"，绫依然像几十年前一样梳着小刷子穿着娃娃服，但是这年轻的标识不但没给她带来任何效应，反而让她像个怪物似的显得不伦不类。

绫只有见到香芹才把心底的仇恨哭了出来："嬷，都是王中这个王八蛋害的啊！为了个回回娘们儿，把我们母女都扔了，他该千刀万剐，不得好死啊！呜呜呜……"香芹急忙为她拭泪，又添一碗红糖莲藕炖蛋，边吹边说："嬷早就说他不行，你家是什么？你家是世代书香！他家是什么？三代都是要饭的！要饭的能有好东西？他不要你？你还不要他呢！……""可是嬷呀，我都奔五十的人了，谁还要我呀？！……""瞎说！只有没人要的男人，哪有没人要的女人？！女人多大岁数都是宝，嬷都奔七十了,不是也没断了相好儿?""谁能跟你比呀,嬷!""傻孩子,女人都是一样的,都是你们念书多了,念傻了,踏实儿在嬷这儿住着,看它一年半载,嬷把你调理成啥样儿?"

接下来的日子,香芹好吃好喝地伺候绫,闲下来,就让孙子去山里采药材,煎给绫吃,不到半年的工夫,绫真的觉得慢慢好了,红斑也褪掉了,也不发低烧了,有天晚上,香芹照例炖一碗莲子百合汤给绫,坐在昏暗的灯光下,自己酌了酒,边喝边款款地开口道:"你尽管安心住着,如今我有钱了,什么也不缺你的,你怕什么?我虽只有一个儿子,可侄子侄女一大堆,个个孝敬,哪个不给我寄钱来?如今连孙子也工作了,我记挂的,唯独你一个,你要是不嫌弃,我就跟了你去,给你做做饭洗洗衣裳,也做个伴,岂不比你一个人强?"绫听了这话,知道那些"侄子侄女"都是香芹过去与相好们生的孩子,就对着香芹鞠一大躬:"嬷,要真是这样,就算是把我救了。只不知道弟弟妹妹们愿不愿意?那么一大家子人让你管呢。"香芹说:"他们土生土长,一个个皮实得很,要我操什么心?你是世家,过去应当是千金小姐的,现在被人作践,我不管你管谁?过去我娘常说,你家老太太对她的恩德一辈子还不尽,她还不尽,我就接着还么。老太太最疼的是你,若是她老人家在世,要骂王家祖宗十八代的!……绫姑娘,你莫觉着欠了嬷什么,像嬷这样的人,能做你的奶妈,就知足得很了!"看见绫有些发怔的样子,香芹又喝一口酒说:"你当嬷是谁?过去你小不能讲,现在可以告诉你了，我是在堂子里待过的，是挂了牌的红姑娘！每日里的水牌，我比谁的都多都满，有头有脸的爷们儿给我摆花酒，常常争得打架！14岁起我就赚钱养家，女人不光要一张好脸一个好身段，还要会讨男人喜欢，要骚！可要真谈到姻缘，就要掂量了，头一条就要门当户对，门不当户不对的婚姻，早晚要散，那时你年轻不懂事，为你的婚事，老太太气得差点吐血！所以现在散了，倒是好的……"

绫有些吃惊地看着香芹："嬷，你给我做奶妈的时候，不过才20岁，你是怎么从堂子里出来的？"香芹笑一声："是位爷把我赎出来的，那时我已经跟他有了孩子，早产了，没活下来，那位爷就要娶我做小，娘不愿意，正好你妈没奶，就把我带到府上做奶妈了，我娘对老太太忠诚一辈子，只这件事瞒了她老人家。"

绫听了倒吸一口冷气，心想外婆玄溟处处要强的人，要是知道这个，岂不一头撞死？又想幸好是不知道，这世界上才多了个疼她的人。绫还恍惚记着小时候偷看香芹洗澡，那个突然出现的恶棍式的男人，难道也是嬷的相好？还有那次为嬷挤奶，那个瘦得像耗子似的小孩自然就是嬷的亲儿子了。她记得嬷的男人当时上供销社去了，男人当时做小学教师，想起这些她眼前就晃动着嬷的一对硕乳，她最初的欲望就是被那对硕乳勾起来的，想起这些她好像复苏了似的，好久没痒过的骨头缝儿又开始痒痒起来了。

第二天，香芹带她去金阕寺还愿。她们看见一个鬓发如雪的老太太对着佛祖金身长跪不起。还愿后随僧人去禅房，见了住持，问及那位白发老媪，住持微微一笑："那就是鼎鼎大名的西覃山梅姑啊！……自悔罪孽深重，在为她的女儿做祈祷。"香芹惊道："梅姑不是去世好几年了么？"住持笑而不答。唬得两人急忙又转到大殿里看，已经空无一人了。

4

和人所能有的真情实感相比，文字总是那么苍白无力。但是人的真情实感又是什么呢？亚丹的写作，已经好久好久不能使用自己心里的文字了。人真是奇怪的动物，当他被捆着的时候，他动不了，给他松了绑之后，他照样动不了。因为他已经被捆惯了，即使松了绑，胳膊腿儿也不会行动自如了。而像亚丹这样的可能问题更大，因为当她被捆着的时候，她曾经拼命地挣扎，在挣扎过程中她曾经爆发出惊人的光彩，可是现在松了绑，她反而无所适从了。不知从什么时候开始，她觉得自己的内部已经空了。她需要新的刺激，但是生活乏味得榨不出一滴汁水。不管外面世界如何精彩，她都避犹不及，一个巨大的矛盾横亘在她与世界之间，具体地说，是在她与异性世界之间。面对一个顽固的阳痿症患者，亚丹生命的汁液都一点点地在手淫中耗尽。少年时的恶习加重了。亚丹惊异地发现，生育后的女人的性欲简直不可抗拒，无论你用什么样的方法也无法忘掉它的存在。曾经有一天深夜，亚丹骑着自己的破车转遍了整个城市，因为体内有一团火燃烧着让她无法停下来，后来她觉得她的整个身体都烧成了一根焦炭，但是仍然有一股血腥的冲动从喉咙里向外喷涌。在那夜深人静的街头，亚丹甚至想，如果突然跳出来一个歹徒，那么她不会拒绝的，一种被强暴的妄想牢牢地攫住她，如果不是文字，那些用于掩饰的虚伪的文字，那么我们的亚丹很可能发疯。那些虚伪的空洞乏力的文字构成了一张蛛网，把鲜活的亚丹遮蔽起来，使她变成与这个城市同样的灰色。

　　从很早以来亚丹就逃避镜子了。但是她逃避不了我们的目光。我们看见现在的羊羊妈妈亚丹，完全是个邋里邋遢的胖女人。头发灰蓬蓬的，里面已经有了不少白发，看不出发型，她的脸上，长满了色斑，脖子上的毛孔张得很大，积满了皱褶，一双手又粗又黑，像老人的手一样布满皱纹，最要命的是那肥胖的身材，两条粗腿把她的身材拉短，远远看去，就像个东北用来打水的柳罐。看着亚丹长大的交大老人们都感叹着，真是岁月催人老啊，亚丹都这样了，我们怎么能不老？！与亚丹久别重逢的少时朋友都忍不住的心疼，他们的印象里，亚丹还是那个去不掉婴儿肥的女孩，那种很美的婴儿肥，曾经伴随了亚丹很久，但是在一夜之间，亚丹就从一个可爱的女孩变成一个可厌的胖女人，这让童年伙伴们无论如何无法接受。

　　肥胖是我们的时代病，世纪病。虚假苍白的医学想出千万种方法抵御肥胖，但却忽略了最根本的一种，那就是生命力的张扬。无法张扬的生命郁结在身体里，必然会变成某种物质积存起来。裹着灰色蛛网爬格子的亚丹努力把自己龟缩起来，但是她仍然会流泪。任何男人也不再会对她感兴趣，她太清楚这个，于是充满了绝望。她和阿全分居已经6年了，每天晚上，当她把肥胖的身子吃力地塞进冰凉被窝的时候，她都能突然闻到一股荡漾在房间里的臭气，就像她过门儿那天太婆婆放的屁，现在她依然不能习惯，在黑暗中她努力躲避着自己的身体，身体里的热流变成眼泪，慢慢从眼角流淌下来。她知道那是生命的汁液，但却无法阻止，她眼睁睁地看着自己的生命就那么流逝了。

在文字中她欺骗着自己。她把自己想象成一位国色天香的美女，有很多男人在爱她，追求她。她的写作越来越像廉价的通俗小说。她的写作套路已经被许多人识破，她再没有什么把戏可玩了。她像许多熬年头的写手那样毫无激情地排泄着自己体内的垃圾，而这正是她若干年前所最最鄙视和憎恶的。

她全部的快乐只有羊羊。羊羊大了，10岁了。羊羊长得很美。看见羊羊她就想起少年时代的烛龙。她完全不知道烛龙死去的消息，她还在想着，若干年后，烛龙会见到他的亲生儿子，那时，她会去整容，减肥，买最昂贵和最漂亮的衣裳，她会重新变成一个人，一个女人，出色的女人。而现在她受的苦，都是为了他，她甘心情愿。这么想着的时候，她就略略好了一点儿。我们知道，亚丹的天真就在于，她从来都觉得她自己怎么想别人也会怎么想,她想自己有烛龙的儿子,这对于男人来说是很重的砝码,安小桃就是再出色,烛龙也会向着自己这一方倾斜,何况,烛龙与小桃早已出现了感情危机。亚丹一厢情愿地认为,烛龙回来之时,便是一家人团聚之日。

但是烛龙没有回来,回来的是安小桃。

5

那时这座城市的近郊已经建了别墅区。红红白白的小楼,明显是仿造海边的那种俄式别墅盖的。上面热热闹闹地挂了两行小旗子,逢年过节,还要装饰上两行彩色气球。空气是明显比城区好多了,天是蓝蓝的,偶尔有白云飘过,让人回忆起五十年代的天空。据说有一大批演艺界的名人在这儿买了别墅,但是并不常住。

谁也没想到会出问题。几乎是同时报案,有二三十家住户都被盗了。凡贵重的珠宝首饰金银细软都被劫掠一空。分局的人检查了现场百思不解,这些住户家的门锁虽然普通,可里面全部都安了门链,门链是用合金钢制的,如果不是剪断,是摘不下来的,而上面绝无剪断又焊接上的痕迹,也没有摘下门链的迹象。窗子更是全部插着插销,那么,盗窃者是从什么地方进去的呢?!

暗哨布置了月余,一无所获,只有一位看桃园的老农民说,曾经看见一个很漂亮的女人从一辆欧宝车上下来,走进一栋别墅。

用电脑技术拼接了女人图像，老头只是摇头，车牌号码更是不记得，所以仍然一无所获。

几个月之后，全市最大的邮局遭到抢劫，劫匪在午休时间蒙面持枪闯进邮局，把正在休息的三名职员赶进厕所，命令所有的顾客趴在地上，然后打开保险柜，把成捆的现钞全部掠走。

但是那一天因为报案及时，几分钟之后警车就呼啸而来了。警察把所有的人都堵在了邮局里。说是所有的人，其实当时只有7名顾客，4男3女，其中一个是很漂亮的女人。对7个人都进行了搜身检查，那个漂亮女人不断地喊着："我抗议！我抗议！……"并且掏出证件，证明自己是已经取得绿卡的旅美华人，尽管如此，仍然被女警请到单人间搜了身。当然，最后的结果是什么也没找到。

那位年过五旬的老刑警队长记得，那位漂亮女人有着极亮的眼睛和长长的睫毛，年轻时一定像个洋娃娃，但是现在，看不出年龄，说她30岁、40岁，都有人信。

老警长绝对想不到，3天之后，就在这座城市西部的一栋豪华别墅里，那个被认为清白无辜的漂亮女人，收到了一个邮包，那里面，有全部抢劫的现钞。

那个女人，自然就是安小桃。

小桃一如既往的美丽，甚至更美了。因为多了几岁年纪，于是在原来的美之中，又增加了几分风韵与沉潜。现在我们看到的小桃,正穿着一件华丽的猩红色睡衣,往杯子里倒着马爹利,然后她坐下来,一条腿习惯地搭在另一条腿上,跷起来的那条腿的脚趾,一动一动地往上跷着,吊挂着一只同样颜色的丝绒拖鞋,随着她的身子晃来晃去。放的是惠特尼·休斯顿的歌,去M国几年,小桃对休斯顿痴情不改,每当她驾车"例行公事"的时候,都要大放特放休斯顿的歌,在那种韵律里,她做任何事情都会游刃有余——休斯顿给她带来了好运气。

安强的血液对于女儿起着至关重要的作用,小桃啜一口酒,脸上露出冷冷的笑意——谁会想到那天中午之前那个操着山东口音寄包裹的女孩就是她安小桃!当时她胡乱往包裹里塞了两件衣裳,装好,外面用最朴素的字体写上了她郊外别墅的地址,并且挂了号。然后,她化妆,用黑袜蒙面,盗出保险柜里的钱,再打开那个包裹照原样装好——人们是不会怀疑抢劫案前收寄的邮包的,连老刑警队长,邮局局长也都忽略了这一点。那天警车来得太快了,她没能跑出去,只好在厕所里迅速地剥掉黑袜,把那只精致的玩具手枪从下水道冲走。

她记得那天老警长特意让人查了一下:"有没有抢劫案之后的新邮包?"回答自然是没有,所有的邮包都贴着邮资盖着邮戳,全部都是案件之前办理的。她看着老头谢顶的脑袋冷冷地笑了。

别墅区失窃案自然也是她的杰作。手法很简单:门链的长度总是有些富裕的,她先撬开锁,然后用了一根有磁铁头的铁丝插入门缝,很轻易地就把门链从金属槽里摘出来了,从屋里走出来的时候,可以照原样把门链再放回金属槽里。这样,根本不必剪断门链,就可以登堂入室。

在M国,她有着辉煌的战绩,如果说,过去她还有着什么顾虑的话,那就是烛龙的存在。烛龙对于她的吸引是因为他的独特,还有,与她各方面的强烈反差。但是后来烛龙的落难与她的救赎全部完成之后,就再没有什么精彩刺激可言了。英俊的烛龙变成了那样一个灰暗的胖子,她根本无法忍受与他天天厮混,同床共枕,事情变得很不好玩了,于是她只好重操旧业。她奇怪,M国的人大约因为没受过什么阶级斗争的教育,警惕性都不高,她总是一帆风顺地得手。譬如有一次在机场,她看准了一条水晶项链,设计了大约十余种方法,但是她最后只用了最简单的方法,趁售货员小姐接待别人的时候把它摘走了——什么事情也没发生。这样的简单和千篇一律让她深感乏味,她是安强的女儿,她热爱智力挑战式的游戏,而这样容易的得手不好玩,太不好玩了。

烛龙的死于她来讲并不意外。烛龙那样的人肯定是要早死的。所有人的命运还在娘胎里的时候就被注定了,谁也救不了谁。她把烛龙办到了M国,已经很对得起这一段姻缘了。当然,她的回国还不仅仅是因为对于M国的智力水平不满,最重要的,是她答应了烛龙生前的要求——找到他的儿子。

我们大概已经发现,玄溟老太太的母系家族的后裔,个个都是人物。而她们混迹于人海之中,已经无法相识。譬如玄溟四姐玄湛，只知道有个不肖之子安强落草为寇，又如何知道安强还有个宝贝女儿安小桃呢？玄溟的小外孙女陆羽，就更无从知道，那个精灵古怪的安小桃，正是自己表舅的女儿呢。再如金乌，她的异国血统自然来源于母亲沈梦棠与美国人史密斯的那一段姻缘，但是沈梦棠又是谁呢，在叙事中我们当然知道她是玄溟七哥玄渒的女儿，但是她们互相之间，却永远认不出了。她们在茫茫人海中走失又相遇，却又像陌路人一样擦肩而过，永远流失了。但是有一种神秘的东西注定她们会相遇，会相互吸引，她们会左顾右盼地凝视对方，恰似照见自己镜中之像。那就是血缘，哪怕有万分之一的血缘关系，也一定会有一种神秘的吸引。

有如我们在开篇中的那种设计，那种美丽的树形的网络，那种错综复杂的形态，其实就是血缘。血缘的模式就是随机分形，凝聚扩散，有如灰烬的形成，水在石中的渗漏，国际象棋皇后群体的巨大网络。它们如此复杂又如此单纯地表现了美丽的分形艺术，以及它们与真实世界之间的深奥关系。

但是谁义能肯定这种关系的存在呢？假如不是孟静在坚持一种说法，那么谁能证明亚丹就是天成的亲生女儿呢？在法律上，当一切证据都消失殆尽的时候，所有的"说法"都不成立。

能够作证的只有血缘。

奇怪的是，小羊羊的血型，是极其罕见的B型—RH。亚丹后悔没有问过烛龙的血型，她痴痴地想，B型—RH一定是天才的血型，烛龙那么聪明，羊羊也绝不会差的。

6

亚丹现在的工作是文学编辑。亚丹坐在办公室,在看一大堆稿子。主编准备编一套海外女作家丛书,让亚丹当责任编辑。主编很希望亚丹在接受任务的时候有受宠若惊之感,但是主编很失望。

亚丹边看稿子边在心里骂着,什么"泪尽时分",什么"魂断日月潭"……一大堆无病呻吟的咏叹调。这些抱着巴儿狗写作的女人,知道什么是真正的痛苦和不幸?假如不是主编正处在心有余力不足的男性更年期,谁会走眼走到这个份儿上,把这样的烂稿子也约来?海外女作家中不是没有好的,但是真正的好作家都心高气傲,哪个肯与主编这样的人打交道?就如当年的亚丹,出污泥而不染,绝不对任何达官显贵泰斗名流就范,有些人轻车熟路的那一套,亚丹连半点也不会,岂止不会,亚丹也绝不愿学,并且充满鄙弃。当年心高气傲的亚丹想,玩那一套有什么用?最后我们还得在作品上见!

当年的亚丹,单纯到了以为批评家们真的会看她的作品。在她那间陈旧发锈的房间里,没有桌椅,她就搬个小凳子放在床边,趴在床沿上一个字一个字地写出几百万字的作品,每一个字,都是从她的心里流出来的,就像她的一个孩子。本来可以做母亲英雄的亚丹做了爬格子的英雄,她的每一篇故事都精心架构、充满玄机,她痴心妄想着能与破译者结为知己。但是没有。她的每一篇心血之作发表后都如泥牛入海杳无音讯,再没有20世纪80年代的那种集中热点轰动效应了,九十年代于纯文学,是个寂寞之秋。"炒作",成为九十年代的一个新名词。肥胖难看怕见人的亚丹自然惧怕炒作,于是她的写作生涯也就面临着有史以来最大的危机。渐渐地,各刊物出版社不再像过去一样约她的稿子了,她的收入一落千丈,显然,亚丹还没有盛开就要成为过气作家被甩掉了。

偶然的,她化名写了一部爱情小说。完全是通俗小说的套路,是她写作以来最最拙劣的作品,她写完了,连看都不敢看,就交了,交给了书商,为的是挣一笔钱为羊羊买钢琴。但是这部书为亚丹带来了好运气。出版社连印数次都抢购一空。接着是盗版书铺天盖地。亚丹挣的钱,竟相当于过去十数年写作稿酬总和的5倍!读者来信也凑热闹地装了几麻袋。亚丹这才幡然醒悟:原来是这样的!

亚丹齐旧图新的结果是从纯义学界淡出,成了一个很高级的言情小说的写手。但是最初的惊喜过去之后,丰厚的收入并没有为亚丹带来什么快乐,每当她看到自己真正喜欢的作家,看到那些文学大师的作品……她心里就会有一种突然的刺痛。就像多年以前的那个下午,她亲眼看到心爱的烛龙向自己家里走来,而她却因为怀孕变得难看而不愿意见他的时候,就是那种感觉。当她真正进入通俗小说的领域中之后,她忽然觉得,她已经失去了一生中最重要的两个情人，两种支撑她活下去的最重要的力量。多年以前《铁窗问答》的台词，忽然以不可阻挡的穿透力，穿越时空，呈现在她的面前：

生命在十字路口。

一条，是红地毯和橄榄枝编织的平坦道路。可以有名有利，有地位，得人心。可以有领导的青睐，各方面条件的便利，小家庭的幸福，总之，可以得到个人的一切。

另一条，是荆棘丛生、坎坷不平的崎岖小径，虎豹豺狼在暗中窥视，魑魅魍魉在中途藏匿……这条小径上，没有安逸，没有个人的幸福。然而，几十年，几百年，甚至几千年后，公正的法官——历史，却会给他（她）以应得的报偿。他（她）的生命永远有两条，一条是短暂的，而另一条却与日月共存，历史上不就有许多先例吗？！

何去何从，是选择的时候了。

亚丹冷冷地笑了一笑。她想不到在几十年之后，困扰她的仍然是老问题。现在，她可以毫不犹豫地选择前者。当然是选择前者，无论放弃后者多么令人心痛。

安小桃的电话就是这时打来的。

亚丹拿起电话，"喂"了一声，听见一个很性感的女人声音："喂，亚丹吗？我是安小桃，烛龙的太太……有事想见见你，安排一个时间可以吗？"

主编正好在那时走进来，他看见亚丹拿电话的手抖得很厉害。亚丹虚肿的脸蒙上了一层青黄，他惊讶地叫了一声："你怎么了！亚丹？"

7

现在我们的场景已经回到故事的开始。

手术室的门打开，那辆平车如划过水面静静地飘了出来。羽的母亲若木，第一次为脑胚叶切除后的女儿流下了慈母之泪。她想，她和小女儿羽之间的多年恩怨，可以一笔勾销了。

事情缘起于陆尘的追悼会。那时时兴向遗体告别。陆尘的遗体，那个缩得很小的遗体，现在忽然又膨胀了起来。像是注了水的猪肉似的，那张脸，完全变形了，并且涂满了红红粉粉的颜色。羽看到那张脸就忍不住叫了起来："不，这不是我爸爸！不是！你们把我的爸爸弄到哪儿去了？！"

我们看到，在那个庄严肃穆的陆尘教授的追悼会上，披头散发、苍白憔悴的羽挣脱了所有的人，扑到父亲的遗体上，揭开盖在遗体上的红绸，有如一个女巫一般发出令人心悸的咒语："我的神谕，给我启示，这个躺在这里的人，到底是不是我的父亲？！……"

我们当然知道，这句话实际上是羽常说的，是从她的童年开始便一直伴随着她的，但要命的是，这句总是藏在心里的话，她却在不经意之间，说了出来，喊了出来，而且，是在大庭广众的面前。

这就难怪她的母亲失声痛哭了。在几十年的岁月里，交通大学到处传诵着陆家三姑娘的故事：当她还是个孩子的时候就扼死了自己的弟弟，大了一点儿，又曾经投湖自杀，后来又跳楼造成肝破裂和多处软组织损伤……幸好他们还不知道文身的故事，但即使这样，所有的人都足以判定她有病了。

所以若木的哭号是顺从民意的，那一天，同时伸出的几十双手揪住了羽，他们把她从父亲身边拉开。当时她已经神志不清，迷迷糊糊地只觉得几个壮汉把她拽上了汽车，那车发出令人心悸的嗡哨声，使她想起多年以前的那个恐怖之夜，一辆突然出现的车响着嗡哨声，使走在她前面的亚丹和烛龙在瞬间消失。她在车上迷迷糊糊地想，说不定我也要消失了，然后，她就什么也不知道了。

羽真的消失了，尽管她的躯壳还在，但她的灵魂，她的记忆，她的心智……全都消失了，消失得那么彻底。无论如何她的母亲是仁慈的，她坚决反对把她的女儿陆羽送入精神病院的建议，而同意了另一种方案，那种方案可以使她的女儿永远成为一个正常人。

现在，我们的女主人公羽，终于成为一个正常人了。她的性格变得开朗乐观，她和所有的人都合得来，岂止合得来，还能打成一片,她乐于社交,乐于做好事,她对领导言听计从,对妈妈尤其孝顺,妈妈所说的一切,她都点头称是,她还能把妈妈各种构想变为现实,譬如妈妈想在后面的小园子里种些东西,她就买来了玉米和葵花种子,用两个小时的时间就种上了,妈妈想去公园转转,她就蹬着那辆破旧的平板三轮,一直把妈妈拉到公园,像个小伙子似的那么好使唤。若木的生活模式终于回到了玄溟去世之前。每天吃饭的时候,若木便坐在那张已经修补了几次的老式藤椅上,慢慢地用金挖耳勺掏耳屎。到时候,自然有羽端了热菜热饭上来。羽现在一家毛衣厂上班,专织手工毛衣,羽过去画过画,所以画些花样子很容易,毛衣厂老板因此辞退了设计师,羽画的样子,从不要钱,厂里上上下下,人缘好得很。

　　几年之后,韵儿从日本回来了,样子憔悴得很,但是依然很美,并且很有钱。她只是偶然地回家看看,大部分时间都住在五星级饭店。若木对羽的担忧就这样转移到了韵儿身上。80岁的若木每天除了掏耳屎,就常常有这样的话题:"韵儿怎么样了?怎么这次一个人回来的?真是让人担心!"

　　韵儿回来的日子正好和小桃赶个前后脚,是羽做了手术6年之后,距离我的小说结尾已经很近了。

8

　　亚丹和小桃的会见好像具有某种历史性的意义。亚丹在见小桃之前刻意地修饰了一下，但是尽管如此，小桃心里还是暗暗地吃了一惊。小桃原来想烛龙看上的人就是再差，也差不到哪去。但是亚丹从容貌到精神气质，都那么苍老那么衰败，哪一点也不会是烛龙那种人喜欢的，真奇怪烛龙竟然能和这样的女人生儿子！

亚丹心里的惊讶一点也不比小桃差：按照年龄，烛龙的太太安小桃比自己小不了几岁，可是她多么年轻啊！如果她做成少女的发型和服饰，那就是活脱脱的一个少女！亚丹知道烛龙最喜欢这种少女型的女人，过去，他曾经那么喜欢羽。但是眼前的小桃比起羽来，起码要会打扮得多，小桃的形象是把艳丽和清纯很好地结合在了一起，那副样子，是典型的男人们的梦中情人。亚丹甚至完全不恨她了，就在看到小桃那双极亮的大眼睛的时候，亚丹多年的仇恨忽然冰释了。她想，烛龙和这个女孩在一起的时候，一定很般配。

安强的女儿的应变能力自然是一流的。小桃只是怔了几秒钟，就立即很殷勤地招待亚丹，亲自为亚丹换上丝绒拖鞋，然后调上一杯加冰的鸡尾酒。小桃用带着磁性的性感声音问："没把羊羊带来吗？"

亚丹倒觉得不好意思了，为自己对人家明显的不信任而不好意思。她期期艾艾地拿出照片："先看看照片吧，他现在上五年级，功课多，过两天你到我那儿，自然会看见他。"小桃并不介意地笑笑："我知道，你们的日子艰难，烛龙也是惦记羊羊，让我给他带些钱来,不多,1000美金。按现在汇价,可以换9000元人民币。"亚丹感动地看着她从鳄鱼皮包里拿出一个信封,嘴上说:"烛龙身体好吗?"小桃怔了一下,急忙说:"比先前好多了。他的身体亏得厉害,大补还不行,只能温补,所以这次回来,还想带些枸杞、桂圆、百合、黄芪什么的,给他熬粥吃。"亚丹说:"这些东西我家里都有,你就别买了……你没带张烛龙的照片?我也好带回去,让羊羊认认他的爸爸……"亚丹说到这儿眼圈一红,险些掉下泪来。小桃急忙拉了她的手:"真是的呢,我怎么就忘了?该死该死!……不过也没关系,这次等我回去,帮你办个大学的邀请,你去了,你们不就能见面了吗?羊羊长得这么聪明,将来就到M国去上大学,还愁他们父子见不了面?今儿个既然见了,聊得又投缘,我们以后就是姐妹了,我又不想生孩子,两家人就是一家人了,在M国买栋房子,住在一起,该有多美!"又亲羊羊的照片:"多可爱的孩子,我要是有这么个孩子,就是一辈子找不着男人,也认了!"亚丹觉着这话刺耳,就站起身来告辞,忍不住又问了一句:"难道烛龙就没提我?"小桃的笑容僵了一下:"当然提了,他说……让你注意身体,带孩子……挺累人的……""难道他就没提我写作的事儿?""写作?……哦,不,他没提。"小桃不想再和眼前这个丑陋的女人周旋下去了,她索性闭嘴,带着一种欣赏的态度看到一种苍白慢慢地从亚丹的脸升到脑门儿。

亚丹用汗湿的手捏紧了自己的包。那里面装着那本有着轰动效应的通俗爱情小说。她想起中央喷泉的那个晚上,那时她刚刚写作不久,《奶油蛋糕》使她一举成名,所有的人都认为她前途无量。喷泉的水花映照着她和烛龙年轻的脸。那时的月光如水。那时的月亮是她的月亮,月亮当时正在把天上的雪投给人间。月光被喷泉击碎,碎成雪花一般的粉末,但是每一粒都带着韵律,宛如琴弦上流淌着的宁静,正是她和烛龙冉冉流动的鲜活的血液。

那一天,亚丹带着羊羊搬出了阿全的家。她用通俗小说挣来的钱在这座城市的北部租了一套两居室的房子。从那一天起,亚丹想开始新的生活。亚丹每天上班之前,一定要到保龄球馆作晨练。亚丹的体重和保龄球一样让整个打了蜡的地板发出通通的响声。球馆的小姐们鄙夷地看着这个面容苍老的胖女人一次次把保龄球打出球道。

半个月之后的一个晚上,亚丹照例带着学完琴的羊羊回家。亚丹欣喜地回忆着钢琴教师的话:"孩子进步很大,小汤普森已经学完了,从下周起,讲大汤普森、卡农和拜尔,别忘了准备好这些书。"

事情是在亚丹拉着羊羊走过过街天桥的时候发生的,当时她忽然听见警车由远而近的鸣叫,有好些年了,她一听见这样的鸣叫就要发抖,她拉着羊羊加快了脚步,这时她看见在临街的地方,中国银行咏春分理处的那座大楼里,形只影单地跑出来一个人,是个蒙面人,但是那体形姿态像个女人,亚丹还没来得及反应,就觉得手上握着的那只热乎乎的小手一下子蹿了出去,亚丹看见自己的儿子羊羊呼叫着跑向那辆停在银行门口的欧宝车,羊羊叫着:"抓坏蛋啊!……"羊羊的声音在这个污染严重的夜晚格外单薄稚嫩,好像被一种什么黏稠的东西牢牢笼罩着,冲不出去似的,亚丹的全部身心顿时成了一片空白。

羊羊是在欧宝启动大约五十米处倒下的,亚丹还来得及上前扑救,但是亚丹上前扑救的时候,来自警车的枪声响了。欧宝车突然加速,风驰电掣般地飞驰而去。欧宝车在亚丹最后的记忆里像一只突然起飞的大鸟,两只跃动的翅膀卷起尘土,呼啸着穿过那个寂静之夜。那些尘土迷住了她的眼睛。她只觉得枪弹是从她的背后射进去的,但是她看不清开枪的人。在那一瞬间她只是下意识地伸出手,向儿子的模糊的小身影使劲地伸过去。后来在检查现场的时候警方人员觉得这个死去的胖女人的姿势很奇怪,她是整个趴着倒下的,但是似乎全身都在够一件什么东西,那一条胳膊整个伸展开来,头在努力地扬起,就是在那一刻僵硬的,如果不是肥胖,那么那种姿势倒是很漂亮的,很像是"夸父逐日"或者"精卫填海"。

那一条新闻是这样报道的:

  本报讯:(记者张香华)昨晚,位于本市咏春立交桥的中国银行咏春分理处遭到劫匪抢劫。我公安人员迅速赶赴现场,但因劫匪甚为狡猾,未能将其抓获归案。

  昨晚21点45分,我公安机关接举报电话,迅速赶赴中国银行咏春分理处作案现场,劫匪已经跳入一辆红色欧宝车逃逸。当时正有一妇女带一名11岁儿童行至过街天桥,欧宝车当场将儿童撞倒。妇女亦在随后的枪战中中弹身亡。母子身份尚待查明。儿童已被我公安机关当场送至医院抢救,据院方透露,该儿童现在仍未脱离危险。

9

亚丹母子的遇难成为整个交通大学的头号新闻。孟静家里从早到晚迎来送往一批批慰问的人们,孟静当时已经哭晕过去,醒来之后反复地向着不同的人讲述她悲伤的心境,话语多次重复之后就失去了它的真实性,哪怕是再悲痛的事实。人们的安慰最终都落实到了小羊羊身上。"还有羊羊呢。一定要把羊羊抢救过来。"但是孟静哭着说羊羊的事情很麻烦,因为他需要大量输血,但是他的血型属于十分罕见的B型—RH,就是一万个人里也难找到一个。听到这样的话之后人们就缄默不语了。无论孟静如何痛心疾首,人们也只是带着敷衍的同情微笑,离开了她。

但是若木的反应似乎与众不同。若木似乎深深地吃了一惊,然后就默默无言地回家了。若木回家之后就坐在那把破旧的老式藤椅上,用纯金的挖耳勺一点点地掏着耳屎,想着心事。50年前的往事已经很模糊了。但是她记得天成的血型也是一种非常罕见的血型,如果他是一种普通的血型,那么当时很有可能获救。

那么,就是说,孟静的话不一定是谎言,可能亚丹真的是弟弟的亲生女儿!那么,羊羊就是她若木的嫡亲侄孙了!天哪,玄溟如果活着,这消息于老太太该有多么的震撼!一生渴望着男孩的玄溟从天上掉下来一个重孙子了!这对于这个阴盛阳衰的家族,真是久旱逢甘霖啊!

这时她忽然记起了玄溟的临终遗言。玄溟说:把灯留给亚丹的儿子羊羊。——原来聪明绝顶的母亲早就想到了这一层。愚笨的是她,他们,后代们。种在退化。后代无论如何也赶不上先人。这趋势不可逆转。

若木沉溺于自己的想象之中,直到羽下班回来。若木的一双眼睛盯得羽有些害怕,若木说:"孩子,你去验验血吧,隔壁的亚丹死了,羊羊还躺在医院里,怪可怜的,要是能帮,咱们就帮他们一把吧。"

前面我们已经讲过了,手术后的羽,变得非常乖,非常孝顺,对于母亲和上级的话,言听计从。羽答应了一声就奔向了医院,在医院那间不太洁净的验血室里,伸出了自己细瘦的胳膊。

结果也许我们已经猜测到了,羽的血型,恰恰与小羊羊的相符。输血的时候,只有一个护士语音犹疑地提出疑问:"输血者的血小板偏低,不会有什么麻烦吧?"但是她的话几乎完全淹没在主治医师兴奋的嗓门儿里,主治医师说,这下好了,让6号手术室准备,可以为小家伙做手术了。

下午的手术,若木竟然亲自来了,若木的到来让孟静感动得说不出话来。若木趴在平车的白布单上，眼睛直直地盯着羊羊，看了又看，然后，孟静听见若木的喉咙里好像咕噜了一句什么，若木好像在说："造孽哟……"

10

羽得了一种奇怪的病。输血之后她并没有什么不适，但是当天晚上，她全身的毛细血管开始向外慢慢地渗漏，淡色的血珠从每一个毛孔里渗出，就像当年法严大师为她刺青的时候，但那时的血很浓，而现在的血却失去了色彩。这种渗血是间歇性的，隔离的时间不定，可能是几分钟，可能是几小时，甚至几天。但是每次渗出的时候，羽的整张脸都在慢慢变红，非常可怕，尽管若木在她的枕边放了很多卷卫生纸，但揩拭的速度无论如何也赶不上渗出的速度。羽的被子，全都被淡色的血染红了。

这是羽一生中最后的时刻。应当说，羽最后的时刻是相当幸福的。羽几乎完全生活在了一种幻觉里。羽觉得母亲对她非常慈爱，羽一生也没有享受过这样的慈爱，她非常幸福和满足。羽的幸福还远不仅如此，在一个黄昏（又是黄昏），她看见那个可爱的男孩推开了自己的家门，就是那个M国驾着帆船的天使。她高兴极了。那个男孩也非常高兴。那个男孩在她的床边跪下一条腿，向她求婚。她羞怯地说，这怎么行呢？我比你大很多，可以做你的妈妈了。但是那个男孩坚持着："你是我遇到的最美，最真实,最可爱的女人,我一定要娶你。"后来他们还说了许许多多的话,羽都忘掉了。后来,若木走了出来,留那男孩吃饭。

羽清楚地记得,那男孩很喜欢吃中国饭,但是不会使筷子。于是若木从箱子里找出了银制的刀叉——可能是当年招待那位比利时大夫专用的。就在那时,韵儿推门走了进来。韵儿一看见那个男孩就露出了笑容。韵儿紧紧地挨着那个男孩坐下了,韵儿说你真好看。奇怪的是羽看见韵儿向男孩调情没有丝毫的不舒服。她只是像看电影似的看着这一对美丽人儿的一举一动。羽想上帝造人都是成双成对的,她总是在一双一对之外。或许上帝是用最后剩的一点儿泥巴造了她,没有人和她出双入对,她注定一生孤独。

她看见的场景都像是藏在一层薄纱的后面,但是非常清晰。她看见韵儿开始亲吻那个男孩,韵儿说:"我是个雏妓,你害怕吗?"接着她看见韵儿解开上衣,露出两个很袖珍的小乳房,在那个男孩的胸前蹭来蹭去。韵儿一边蹭一边用一只手拿起一双筷子,把菜里的精华部分放进男孩的嘴里。

后来她看见他们两人就躺在地板上做爱。那男孩的动作笨拙,显然像是第一次,但是韵儿像一条灵活的小鱼似的在地上翻滚,使男孩的动作慢慢地有了韵律感。他们换来换去的部位终于转到正对着她,那男孩的眼睛正对着她,忽然那男孩一声惊叫站了起来,她听见男孩在说:"快看哪,她怎么了?!"她看见男孩的形象一下子从那一层纱幕后面走了出来,男孩的脸离她很近很近，就像焦距过近的变形似的，她忽然觉得那男孩根本不是什么天使，男孩放大了的脸，十分狰狞。

11

羽最后的幻觉非常美。

羽似梦非梦地觉得自己下了床，洗了脸，甚至还化一点儿淡妆。羽对若木说，想回到童年住过的地方去看看，那个M国男孩听了这话就说，我陪你去。

于是那男孩就挽着羽走了出去。有一只巨大的鸟正停在门外，等着他们。羽看到这只鸟并不惊奇，好像是在预料之中的，是多年之前就见过的那只鸟。那只鸟的眼睛静静地、平和地看着他们，那里面好像藏着另一双眼睛——那是烛龙的眼睛，看到那双眼睛羽的心里一下子静如止水，她心里充满了安全感，她和那个男孩很从容地跨到了鸟背上。她心里想这真是个童话。

鸟飞起来十分平稳。男孩说，就是M国最好的客机也不过如此了。

鸟穿过了云层，原来云层上面是那么蓝、那么高远的天空。在那种深邃的蓝中，阳光滚动，羽似乎听到了来自天堂的流水声。她把眼光转向那里，就像是太阳烛亮了天空，她是羽蛇，她是远古时代的太阳，是阴性的太阳，这个太阳仅仅属于女人。

他们那么快就来到了羽童年住过的地方，快得让她不相信。

羽童年住过的地方，如今已是一个新开发的风景区。那片森林，那口湛蓝的小湖，似是而非地存在着，说它们似是而非，是因为它们已经丧失了过去的那种无法染指的美，它们已不再是被神雪藏着的独一无二的美丽。它们每天都要迎来送往那么那么多旅游者，它们必须接受他们的评头品足，与各种各样它们并不了解的人们合影，接受他们投下的垃圾污物，甚至无休无止的蹂躏。它们早已不是纯洁的童贞女，它们敞开胸怀迎接每一个投给它们钱币的人，它们早已忘却了天堂合唱的秘密，忘记了在每一天的黄昏，与天空、云彩……进行神秘的交合。

羽坐在湖畔，觉得自己又回到了6岁。那时她常常在黄昏的时候面对湖水发呆。湖边各种各样奇怪的花朵在黄昏幽暗的光线下悄悄地闭合。在太阳和月亮交接的一瞬，那些花朵的颜色变得十分阴暗。那些花瓣会变得如同玻璃一般透明而脆弱。羽捏紧它们的时候，它们会发出纷乱而破碎的声响。这时，羽会看见那只巨蚌静静地躺在湖底一动不动。在一个雷电交加的夜晚，羽躲过家人的视线来到湖边，羽的头发如烟一般在空中飘动。闪电把羽的脸勾勒得忽明忽灭。那个无星无月的夜晚湖水一片黝黑。就在羽穿行在那片奇怪的花丛中的时候，一个巨大的闪电照亮了整个湖面，羽看见那只巨蚌慢慢打开了。里面是空的，什么也没有。羽趴向水面细细地看，羽的头发像淡青色的水母一样在水中飘浮。雷声闪电和暴雨在那一刻就压迫在这6岁女孩的身上。她还不知道什么是害怕。她只觉得兴奋，好像有什么事就要发生了。

但是后来闪电中掺进了手电筒的亮光。这几种光线把羽和湖水分割成许多块面，就像大教堂中罗可可式的彩绘玻璃一样。在这同时羽听到外婆声嘶力竭的叫声。

有一盏灯渐渐近了，羽闻到茶叶的芳香。

她的厄运。或许就从那一天开始了。

但是现在没有灯，也没有茶叶的芳香。甚至没有外婆，没有爸爸妈妈和姐姐，没有亲人，没有那些彼此仇恨却又深深挚爱，彼此排斥却又强烈吸引的亲人。有一个来自异国的男孩陪着她。他陪着她是为了背弃她。如今的羽，对于叛逆、背离、颠覆……这些闪闪发光的词，充满了迷恋。

因为她已经了解天堂合唱的秘密。

羽一直等到黄昏降临。那是她一生最后的心愿。黄昏最后的一缕光线出现的时候，她清晰地听见久未听到的神谕：你盼着的，就要来了。她笑了。她想自己花了整整一生的时间来领悟这句耳语，她曾经以为是恨，是报复，是友情或者是爱，但都不是。她已经距它很近很近了。

她走进湖水前很失望地看了那个男孩一眼，她说："那个蚌已经没有了，再也看不到它了。"

她缓缓地走入湖水，让那种碧蓝把她淹没了，男孩觉得她就像是黄昏中的一个水妖，他甚至一点儿不惊奇地等着，等着在黑暗中水妖的重新出现。

12

羽死于一个普通的黄昏。

当时韵儿正好在看报纸。巨大的标题铺天盖地地写着"手机换春装——","特别的爱给素面的你","小护士隔离造就美白第一步","男士美容——世界趋势","入市十年无消息,九八要火洗碗机","冰海沉船,商海浮起,八十六年后泰坦尼克号超载","本世纪最后一次世界杯进入倒计时"……

在临死前一天,羽的出血忽然停止了。她的皮肤变得像少女一样娇嫩,全身的疤痕都消失了。黄昏最后的光照在她的脸上,她的脸白而透明,犹如一杯盈满了的清水,映出了天空的行云流影。那是充满幻想、宁静和酒的黄金时间。在亚光白色立邦漆粉刷过的墙壁映衬下,她的身体就像是河床里埋着的越沉越深的白银。她胸前的两朵梅花也变成了白色,那效果是一种沉淀的钛白油画色,上面覆盖着透明的白色颜料。

在一片白色中,羽慢慢睁开了眼睛,她看见自己亲爱的妈妈,就坐在身边。慈母爱女的图画,终于在羽生命终结的时刻出现了。羽看着妈妈清晰地说:"妈妈,我欠你的,我还了。你满意了吗?"

若木慈母的泪水再次涌流出来:"孩子,过去的事就不要提了。你是妈妈最爱的孩子。"

羽听了这句话就心满意足地闭上了眼睛。她想，她用整整一生的工夫来赎罪，这代价也太大了，假如有来生，她一定要过另一种生活。

若木第一次看到羽背后的文身，那精美的图案让她暗暗吃惊。她真的不知道这个行为古怪的女孩都做了些什么，但是她很为女儿伤心。若木觉得那么美丽的图案永远消失实在太可惜了，就命韵儿找张纸把它临摹下来。韵儿老大不愿意地用一只签字笔来摹，觉得外婆简直无聊。韵儿费了好大力气才算把那图案摹了下来，但是若木并不满意。若木说，论才华，你们都比你的小姨差远了，她六七岁的时候就会画雪花，画得很美。

接着，若木似乎沉浸在对于遥远往事的回忆之中。几十年前的那场茫茫大雪，现在似乎又降临在这个家里。家里到处都是白色的，雪白的墙壁，亮晶晶的白色砂糖，月白的被单，乳白的杯子，暗白色的石膏雕像，窗外白蒙蒙的天空，都像是蒙上了一层茫茫大雪。白得那么有层次，那么奇怪。

尾声

羽的死讯如同被一场茫茫大雪所遮盖,悄无声息。

羽的死是一种消失,彻底的消失,就像她从来没有来到过人间一样。而亚丹,则在她死后一年之内,火暴文坛。到处都是亚丹的书,包括她生前存入电脑、还没来得及销毁的不愿发表的纯属私人的作品。社会上到处都议论着亚丹,就像十多年前,不懂弗洛伊德就够不上知识分子标准似的,现在的文坛,没读过亚丹的就叫没文化。愤怒的知情者们清算着过去亚丹多么遭受冷遇,"十多年前就以《奶油蛋糕》蜚声文坛,但后来这样的天才作家因为生计问题,竟然为人捉刀代笔,写起了通俗小说,这是多么巨大、多么现实的悲剧!"所有的官员、批评家们都在这样的愤怒声讨下抬不起头来。而以亚丹朋友自居的那些人,则充满了快感。亚丹的死使阿全一家成为最大的获益者,有莫名其妙的版税稿酬源源而来,还有很多很多的信,向阿全诉说着他们的忧伤,并且有无数的小报记者纷至沓来，希望能得到著名作家的第一手材料，哪怕仅仅是作家生前的二三事。有一天太婆吃完了稀烂的肘子，边啜牙花子边说，古训到底是不会错的：丑妻值千金嘛。阿全听了无比感动。

金乌依然在M国寻找她的母亲，事情没有任何进展，但是金乌已经在寻母的数年之内习惯了M国的生活，她终于打进环球影城，饰演了一些女配角，但是因为年龄关系，她不可能在演艺界有更多的发展。她做起了买卖，做得很成功，她来过信也来过传真，但是若木通通没有回。因此她至今不知道羽的死讯。

安小桃的游戏越做越大，如今，她已经在一家跨国公司做了法人代表。一年大概有两三次出入境的时候，和海关人员都混熟了。小桃与黑道白道的人都是朋友，且在圈内威信极高，有"女教父"之称，但是小桃偶尔也做一把清除异己的事，譬如在去年，她就曾经帮助公安机关破获了一个贩毒集团——安强的女儿玩得娴熟，有青出于蓝而胜于蓝的趋势。不过公道地说，她并不知道那天晚上倒在她车轮下的是烛龙的亲生儿子小羊羊，更不知道死去的那个"妇女"是亚丹。当然，她和亚丹之间那种微妙的血缘关系，就更无从知道了。所以，安小桃至今都活得十分坦然。

陆绫在离婚5年之后又结了婚。对象是她的顶头上司，干妈香芹老情人的儿子。说也奇怪，陆家大小姐再婚之后脾气好了许多，也学会做家务了。婚后第二年丈夫就升了职，陆绫便退了职，像当年的若木一样回到家里，只怕饭做得不好吃，就把香芹请了来，香芹的儿孙都在城里，老头故去多时，正好和干闺女做伴，这点家务活对于香芹完全是小菜一碟，闲下来便让绫叫两个人来一起搓麻将。日子过得优哉游哉，倒也各得其所。对于羽的死，绫只是去了一封电报，上写惊悉噩耗万分悲痛还望节哀云云。这样的电报绫在十年里打过不下二十封。倒是韵儿的照片使她惊讶："韵儿长漂亮了，很像当年我的模样了。"韵儿看了信便撇嘴："像她就麻烦了。"

如今的韵儿，谁的账也不买。韵儿有的是钱，谁也不知道她的钱究竟是哪来的。韵儿长期包着饭店，过着公主一样的生活，只是偶尔回一趟家看看外婆。

25岁的韵儿比52岁的人还要世故，谁也摸不透她在想什么。她很少讲话，回来之后只是看看报纸，或者长时间地抚弄着那盏紫罗兰色的吊灯，出神。

为了妹妹的死，陆箫特地从欧洲回来了一趟。当时她已和所有的情人分手，一人独居在步行街。箫的头发已经化白了，但精神还好。见了母亲，免不了哭了一场，临走时把那张刺青图案的摹品带走了，箫说，在欧洲，这样充满东方神秘色彩的图案，很受欢迎。

倒是年岁大些的人更硬朗、更经得起折腾些。若木和孟静老姊妹两个如今过从甚密。维系她们的自然是羊羊。

若木如今已然认定了羊羊是她嫡亲的侄孙，对孟静自然也好得多了。但问题是,虽然羽的血救出了羊羊的性命,羊羊却再不是原来意义上的羊羊了。羊羊因为颈椎受创而导致了高位截瘫。一生一世,这一血脉里唯一幸存的男孩羊羊再也过不上正常人的生活了。

ISBN 978-7-229-05448-9

定价：32.00元

月光之爱书系

《青草垛》	铁凝 著
《三恋》	王安忆 著
《第三地晚餐》	迟子建 著
《黄连·厚朴》	叶广芩 著
《我的内陆》	蒋韵 著
《有爱无爱都铭心刻骨》	方方 著
《红艳见闻录》	林白 著
《羽蛇》	徐小斌 著
《火车火车娶老婆没有》	须一瓜 著
《凤尾鱼》	唐韵 著

策　　划：华章同人
出版人：罗小卫
出版统筹：陈建军
主　　编：贺绍俊
责任编辑：陈建军　张好好
特约编辑：刘　飞
责任印制：杨　宁
营销编辑：张　颖　魏依云
封面绘画：车前子
装帧设计：奇文雲海設計團隊　www.qwyh.com
电　　话：010-85869377
传　　真：010-85869372
网　　址：www.alpha-books.com
投稿信箱：bjhztr@vip.163.com

这是一部史诗。它涵盖了中国百余年的历史，它是从1890年开始的。女主人公是一个非常孤独、敏感的女人，她从小失去了母亲的爱，因此终生都在寻求爱——但却始终没有得到。她的爱情也许发生在1980年代，然而，这爱却并没有真正实现。书中有很多神话一般美丽的场景，使这个故事显得神秘，但这并不妨碍它是一部史诗。

——美国国家图书馆协会会刊

翻译这样一部作品无疑是一个几乎不可能完成的任务。但SIMON SHUSTER的英文译本的水准却超出了我的预料。从信、达、雅的翻译原则来说，英文译本应该说是基本上达到了现阶段中译英的较高水准。《羽蛇》是一部艺术上成就很高的作品，但这并不意味普通读者就只能将其束之高阁。除了诗一般的语言，《羽蛇》的故事叙述也是非常扣人心弦的，尤其是当每一个故事的主人翁的命运被历史所左右时引发的悬念都会让读者不想停下来。

——《温哥华太阳报》

上架建议：文学·畅销
ISBN 978-7-229-05448-9

定价：32.00元